五四时期儿童文学翻译研究

A Study of the Translation of Children's Literature during the May Fourth Period

王 琳 著

项目策划：王　冰
责任编辑：王　冰
责任校对：陈　蓉
封面设计：墨创文化
责任印制：王　炜

图书在版编目（CIP）数据

五四时期儿童文学翻译研究 / 王琳著 . — 成都：四川大学出版社，2021.8
ISBN 978-7-5690-4885-8

Ⅰ . ①五… Ⅱ . ①王… Ⅲ . ①儿童文学－文学翻译－研究－中国－民国 Ⅳ . ① I058

中国版本图书馆 CIP 数据核字（2021）第 161974 号

书名	五四时期儿童文学翻译研究
	WUSI SHIQI ERTONG WENXUE FANYI YANJIU
著　者	王　琳
出　版	四川大学出版社
地　址	成都市一环路南一段 24 号（610065）
发　行	四川大学出版社
书　号	ISBN 978-7-5690-4885-8
印前制作	四川胜翔数码印务设计有限公司
印　刷	四川盛图彩色印刷有限公司
成品尺寸	165mm×238mm
印　张	21
字　数	416 千字
版　次	2021 年 8 月第 1 版
印　次	2021 年 8 月第 1 次印刷
定　价	78.00 元

版权所有　侵权必究

◆ 读者邮购本书，请与本社发行科联系。
　电话：（028）85408408/（028）85401670/
　（028）86408023　邮政编码：610065
◆ 本社图书如有印装质量问题，请寄回出版社调换。
◆ 网址：http://press.scu.edu.cn

四川大学出版社
微信公众号

国家社科基金后期资助项目
出版说明

后期资助项目是国家社科基金设立的一类重要项目，旨在鼓励广大社科研究者潜心治学，支持基础研究多出优秀成果。它是经过严格评审，从接近完成的科研成果中遴选立项的。为扩大后期资助项目的影响，更好地推动学术发展，促进成果转化，全国哲学社会科学工作办公室按照"统一设计、统一标识、统一版式、形成系列"的总体要求，组织出版国家社科基金后期资助项目成果。

全国哲学社会科学工作办公室

序

　　数年之前,王琳考入西南大学中国新诗研究所攻读比较文学与世界文学专业的博士学位,作为指导教师,我见证了她学术上的进步与成熟。

　　王琳本科、硕士都是英语语言文学专业,不仅的外语优势,还谙熟翻译理论;读博期间,很自然地将学术兴趣聚焦于译介学,以"五四时期儿童文学译介"为主要研究对象,可谓顺理成章。在其学位论文的写作过程中,王琳克服多种困难,搜集大量资料,及时调整思路,最终交出让外审专家、答辩委员都充分肯定的满意答卷。

　　毕业后,王琳继续从事五四时期儿童文学译介研究,并在原有研究基础之上扩展研究范围,丰富研究视角,申报并获批国家社科基金后期资助,不仅如此,她还通过审核进入广东外语外贸大学博士后流动站,如今项目最终成果《五四时期儿童文学翻译研究》又出版在即,短短几年时间,王琳完成学术上的三级跳,的确可喜可贺!

　　王琳能够取得如此成绩,对我来说,并不感到意外。仅就读博期间的表现看,她算是聪慧敏捷、刻苦认真的好学生。每当讨论学习或研究中出现具体问题,她都能充分领会我的意图,迅速抓住关键,保质保量地完成写作或修改任务。说实话,几年下来,我操心不多,而她自己不仅获得学位,还勇敢地生了二胎,被学弟、学妹们誉为人生赢家,授位典礼上一家四口齐聚的幸福场景,定格成一道独特而靓丽的风景,至今还常浮现在我眼前。

　　初春时节,百花盛开,适值王琳新著付梓,我写下几句话,表达喜悦、祝贺之情,也期待她更多的好消息!

向天渊

2021 年 3 月 21 日于重庆北碚·坎井斋

目 录

绪 论 ·· 1

第一章　五四时期儿童文学翻译研究背景及概况 ············ 7
　第一节　五四时期儿童文学翻译研究概述 ················· 7
　第二节　五四时期儿童文学翻译概况 ······················ 24

第二章　五四时期儿童文学翻译的制约因素 ················· 32
　第一节　"儿童本位"与"启蒙教育"儿童观 ············ 32
　第二节　个人与团体/机构赞助者 ························· 45
　第三节　"戴着镣铐跳舞"的译者 ························· 57

第三章　五四时期儿童文学翻译的社会接受与影响 ········ 71
　第一节　我国民间儿童文学受到的启示 ·················· 72
　第二节　儿童观和教育理念的发展与进步 ··············· 84
　第三节　"爱之教育"：夏丏尊译《爱的教育》个案研究 ··· 96

第四章　五四时期儿童文学翻译的文学接受与影响 ········ 108
　第一节　接受者与接受环境的"创造性叛逆" ············ 110
　第二节　儿童文学体裁的丰富与变革 ····················· 120
　第三节　儿童文学翻译对创作的影响 ····················· 132

第五章　女性视角下的五四时期儿童文学翻译 ············· 146
　第一节　女性原作者的"朦胧"足迹 ······················· 146
　第二节　她们与"她们"的翻译 ···························· 154
　第三节　女性读者与儿童文学翻译 ······················· 169

第六章 美学视角下的五四时期儿童文学翻译 ·············· 185
　第一节　儿童文学翻译之语言美 ·············· 186
　第二节　儿童文学翻译之内容美 ·············· 197
　第三节　儿童文学翻译之风格美 ·············· 210

结　语 ·············· 227

参考文献 ·············· 232

附　录 ·············· 243
　附录一　五四时期儿童文学译作书目 ·············· 244
　附录二　五四时期报刊儿童文学译作篇目 ·············· 249

后　记 ·············· 324

绪　论

"我把翻译看作生产透明文本的尝试，透明得看起来像没有被翻译过一样。好的翻译就像一块玻璃。只有当它有小瑕疵时，如有划痕、气泡之类的，你才会注意到它的存在。理想的情况下没有任何瑕疵。它是不应该引人注意的。"① 诺曼·夏皮罗这段话出现在韦努蒂《译者的隐身：一部翻译史》(The Translator's Invisibility: A History of Translation) 一书首页，对阐明翻译与译者地位而言极具代表性。长期以来，译者及研究者大多认为翻译应忠实传达原作内容与形式，翻译的目的则是使译作"在总的效果上……等同于原作"②。此外，在翻译过程中，应尽量避免"改变或歪曲""增添或删削""遗漏或阉割"等现象③，主张消解译者主体性，"否定文学翻译亦需发挥译者的创造性"，期冀其能长期"隐身"(invisibility)④。总之，古今中外，译者及研究者大多认为翻译应"透明"，而译者也应成为原作者身后的"隐形人"。

在西方及我国翻译史上，"翻译一直是一种从属的、第二性的艺术"⑤，翻译和译者长期处于尴尬境地，被认为是原作及原作者的"附庸"与"影子"。欧阳桢曾提出鉴别翻译的三条标准，即自明、信达和透明，其中"透明"指的是"透过译文看到原著"⑥，这一标准被认为是翻译"最高的价值之所在"⑦。由此可见，译作价值主要通过依附原作而得

---

① Lawrence Venuti. *The Translator's Invisibility: A History of Translation*. Shanghai: Shanghai Foreign Language Education Press，2004，p.1.
② 谭载喜：《西方翻译简史》，商务印书馆，1991年版，第238页。
③ 马祖毅：《英译汉技巧浅谈》，江苏人民出版社，1980年版，第2页。
④ 罗新璋：《释"译作"》，载于《中国翻译》，1995年第2期，第9页。
⑤ Hillaire Belloc. *On Translation*，转引自廖七一等：《当代英国翻译理论》，湖北教育出版社，2001年版，第333页。
⑥ 欧阳桢：《翻译漫谈》，收入罗新璋《翻译论集》，商务印书馆，1984年版，第932页。
⑦ 费小平：《翻译的政治：翻译研究与文化研究》，中国社会科学出版社，2005年版，第21页。

到承认，译者希望通过它"把原文的本意，完全正确的介绍给中国读者，使中国读者所得到的概念等于英俄日德法……读者从原文得来的概念"①。就传统译论而言，译作本身并无独立价值，其主要作用在于充当原作与译语读者之"桥梁"，使译语读者能够借助其来欣赏和感受原作，但达到阅读目的后，读者则会弃之如敝屣，仅提及其读过某部作品，而对阅读的哪个译本绝口不提。

事实上，翻译②并非如人所想的那般"透明"或是长期从属于原作，它有时会"越界"，甚至占据文学多元系统的中心位置。佐哈尔曾描述翻译文学处于文学多元系统中心的三种情况："（1）当一个多元系统还未被固定下来，也就是说，一种文学还处于被建立过程中的'幼稚期'时；（2）当一种文学处于'边缘'（在一个大的相互关联的文学群体内部）或者'弱小'阶段，或者兼而有之时；（3）当一种文学正经历转折点、危机或出现文学真空时"③。在这三种情况下，翻译文学是一股强而有力的革新力量，能够有效引进外国文学作品中的"异质"元素，如"新的（诗学的）语言或写作规范和技巧""新模式"等。④

在我国现代文学史上，翻译文学曾占据过文学多元系统的中心位置，其不仅为本土创作引入了大量"新的内容"，也输入了许多"新的表现法"⑤，在某种程度上甚至可以说当时译介浪潮"推动"了新文学的"发生"⑥。作为我国现代文学的重要组成部分，翻译儿童文学也曾处于儿童文学多元系统中心，是外国儿童文学影响我国儿童文学理论与创作的主要中介，其重要作用不可忽视。五四时期，我国现代儿童文学尚处于诞生和起步期⑦，相较于成人文学仍不够成熟，在文学多元系统内部处于

---

① 瞿秋白：《关于翻译——给鲁迅的信》，收入中国翻译工作者协会《翻译通讯》编辑部《翻译研究论文集（1894—1948）》，外语教学与研究出版社，1984年版，第219页。

② 此处的翻译既指翻译过程，也指翻译作品。

③ Itamar Even-Zohar. *The Position of Translated Literature Within the Literary Polysystem*，收入廖七一《当代西方翻译研究原典选读》，外语教学与研究出版社，2010年版，第156页。

④ Itamar Even-Zohar. *The Position of Translated Literature Within the Literary Polysystem*，收入廖七一《当代西方翻译研究原典选读》，外语教学与研究出版社，2010年版，第155～156页。

⑤ 鲁迅：《关于翻译的通信（并J.K.来信）》，收入《二心集》，人民文学出版社，2006年版，第205页。

⑥ 鲁迅：《"中国杰作小说"小引》，收入《鲁迅全集（编年版）》第10卷，人民文学出版社，2014年版，第75页。

⑦ 参见蒋风：《中国现代儿童文学史》，河北少年儿童出版社，1987年版。

边缘位置；此外，该时期儿童文学正经历从古代到现代，即从"成人本位"到"儿童本位"之转型，符合佐哈尔所描述的翻译文学处于文学多元系统中心的三种情况。实际上，翻译是五四时期成人为儿童提供阅读材料的主要方法之一，翻译儿童文学则是当时儿童文学的重要组成部分，发挥了其他时期同类作品（多处于儿童文学系统的边缘位置）无法比拟的巨大作用，不仅感染了几代读者，还对我国儿童观、教育理念、民间儿童文学、本土儿童文学等产生了深远影响。

五四时期的儿童文学翻译对当时教育理念、民间儿童文学、现代儿童文学的发生/发展都有着积极的"触媒"作用。正是在其直接影响下，我国儿童观、教育理念等开始进行"现代"转型，民间儿童文学逐步获得关注，儿童文学体裁得到丰富与更新，本土儿童文学创作也受到启发及促进。简言之，该时期儿童文学翻译有效促进了当时多个相关领域之革新与进步，因而对其进行研究具有特殊而重要的意义。此外，该时期的儿童文学译作既是外国儿童文学作品之生命在我国的延续与再生，也是译语读者到达原作的"桥梁"，且其处于当时儿童文学系统的中心位置，拥有独特历史地位，是现代儿童文学与翻译文学中一道亮丽的风景线，令儿童文学研究与翻译研究均无法忽视其存在。

综上所述，本书以五四时期儿童文学译作为基本立足点，对该时期儿童文学翻译进行深入考察，不仅具有重要价值及方法论意义，还有利于还原该时期翻译在现代儿童观/教育理念转型、民间儿童文学整理、现代儿童文学理论/创作发展等过程中的重要推动作用。本书关心翻译过程中两种文化的理解/误解、交融/排斥以及翻译作品中的文化扭曲/变形，并在此基础上展开"对文学交流、影响、接受、传播等问题的考察和分析"[①]。鉴于五四时期儿童文学翻译的来源国家与地区甚多，且多为转译，进行文本对比分析的难度过大，本书较少涉及翻译"忠实度"、译作质量等问题，而是在借鉴翻译研究学派、译介学、比较文学影响/接受研究、女性主义翻译研究、美学等理论/方法基础上，分别从社会、文化、文学层面对该时期儿童文学翻译进行深入探讨。

为了论述方便及避免不必要的误解，本书特地做出如下说明：

首先，本书所称"中国"，若无特殊说明，均指中国内地，本书不涉及港澳台地区的儿童文学翻译研究。此外，本书主要关注五四时期外国儿童文学在我国的翻译情况，不涉及该时期本土儿童文学之对外译

---

① 谢天振：《译介学》，上海外语教育出版社，1999年版，第11页。

介研究。

其次，关于"五四时期"时段的划分问题。周策纵在《五四运动史》中提到"一些作者们认为这一时代始于 1915 或 1916 年，终于 1923 年。还有一些作者则把'五四时代'延长到 1925 年，因为那年发生的'五卅惨案'成为另一个时代的开始"①。茅盾指出"'五四'这时期并不能以北京学生火烧赵家楼那一天的'五四'算起，也不能把它延长到'五卅'运动发生时为止"，只有跳出政治的狭隘视角，"方才能够把握得'五四'的真正的历史的意义"②。王瑶则认为"我们现在所谓'五四'时期，是指'五四'和第一次国内革命战争这一时期，即 1919 年到 1927 年。在时间概念上与过去习惯所指的新文学运动第一阶段并无很大差别，只是他们的出发点是由 1917 年提倡白话文算起，到 1927 年算作第一个十年而已"③。若将五四时期定为 1919—1925 年，更多的是基于政治方面的考量，而将其定在 1917—1927 年则将当时文化和思想主潮的变化纳入了考虑范畴④，且"'十年说'为许多治现代文学史的学者所普遍接受"⑤。另外，将五四时期的起止时间定于 1917—1927 年也更符合我国现代儿童文学发展的基本规律。很多学者都将现代文学的第一个十年看作现代儿童文学的第一阶段，如蒋风在《中国现代儿童文学史》中将儿童文学划分为三个阶段，其中 1917—1927 年是我国现代儿童文学的诞生和起步期⑥；王蕾则认为该时段是我国现代儿童文学发展的第一个十年，也是"中国现代儿童文学初创期"⑦。可见，在儿童文学史上，1917—1927 年这段时间的完整性也有着其本体价值，且在该时段内，翻译儿童文学处于文学多元系统中心，无论是对我国儿童文学理论还是创作都有重要影响。因此，本书结合历史事实和文化背景，将五四时期儿童文学翻译的研究时

---

① 周策纵：《五四运动史》，陈永明等译，岳麓书社，1999 年版，第 6~7 页。
② 丙申：《"五四"运动的检讨——马克思主义文艺理论研究会报告》，载于《文学导报》，1931 年第 1 卷第 2 期，第 8~9 页。
③ 王瑶：《"五四"时期散文的发展及其特点》，收入《中国现代文学史论集》，北京大学出版社，1998 年版，第 217 页。
④ 1917 年《新青年》拉开了五四新文化运动的序幕，而 1927 年的"四·一二"事变导致了国共两党的分裂，思想主潮也发生了巨大变化，由民主主义向马克思主义转变。将五四时期划分到该时段符合其生成的历史和文化背景，是"文化/文学"的"五四"，而非"政治"的"五四"。
⑤ 丁晓原：《"五四"散文的现代性阐释》，苏州大学出版社，2003 年版，第 3 页。
⑥ 蒋风：《中国现代儿童文学史》，河北少年儿童出版社，1987 年版。
⑦ 王蕾：《安徒生童话与中国现代儿童文学》，华东师范大学出版社，2009 年版，第 18 页。

段界定为 1917—1927 年。

再者，关于"翻译儿童文学"范围的划分问题。"翻译儿童文学"首先是儿童文学，其次是翻译文学，两个条件缺一不可。研究者对儿童文学有着不同的定义：克林伯格认为儿童文学是"专门为儿童创作的文学"，并指出儿童可能阅读到的其他作品和图片（即不是专为儿童创作的）不包括在内，建议将"儿童阅读的文学与为儿童创作的文学"区分开来①；海辛从社会学或心理学角度出发来定义儿童文学，认为"儿童文学是儿童读到或听到的任何东西，包括报纸、连续剧、电视节目、广播、书等"②；浦漫汀提出"儿童文学即适合于各年龄阶段儿童的心理特点、审美要求以及接受能力的，有助于他们健康成长的文学"③；蒋风则认为儿童文学"是指符合儿童的审美需求，适合特定年龄阶段儿童的心理特点、接受能力的，有助于他们成长的文学，其中以特意为他们创作、编写的作品为主，也包括一部分虽非刻意为儿童所作，却能为小读者所理解、接受又有益于他们成长的文学艺术作品"④。如上所述，国内外还未形成普遍认同的儿童文学定义，遑论五四时期成人对儿童文学之定义。此外，由于历史文化语境限制，五四时期对儿童文学的定义必然与现在有所区别。因此，为了尊重史实，本书并未严格按照目前主流儿童文学定义对当时作品进行划分，不仅研究现在公认的翻译儿童文学，也将当时译者、编者、出版商、教师、家长等明确表示或看作儿童文学的翻译作品纳入研究范围，以便客观公正地考察五四时期儿童文学翻译。此外，本书的主要研究对象是以文字为传播形式的儿童文学作品，且这些作品必须经过跨语言、跨文化、跨国家转换，不包括从我国少数民族文学中翻译过来的作品。

然后，关于部分翻译术语的使用问题。本书中酌情变换使用"原文、原著、原作、原文本、原语文本""源文、源著、源作、源文本、源语文本"等词，前一组指"最初文本"，后一组指"来源文本"，例如，周作人由英译本转译了《稻草与煤与蚕豆》，其原文本是格林兄弟《麦草、煤块和豆子》，源文本则为美国凯思女士《故事与讲故事法》中的作品。

---

① Riitta Oittinen. *Translating For Children*. New York/London：Garland Publishing, Inc. 2000, pp. 61~62.
② Riitta Oittinen. *Translating For Children*. New York/London：Garland Publishing, Inc. 2000, p. 62.
③ 浦漫汀：《儿童文学教程》，山东文艺出版社，1991 年版，第 1 页。
④ 蒋风：《新编儿童文学教程》，浙江大学出版社，2013 年版，第 2 页。

"翻译文学、译作、译著、译本、译文、译语文本"等词语在书中基本等效使用。重译、复译、转译的使用有所区别,其中重译指同一译者对同一作品的重新翻译,如周白棣于1922年翻译了斯托克顿《狮怪与小牧师》(《民国日报·妇女评论》,第73~75期),又于1926年重译了该作品,题名为《狮怪与小僧官》(《进德季刊》,第4卷第1期);复译指重复翻译、一作多译;转译则并非直接从原作进行翻译,而是译者依据自身所掌握外语,根据原作的该语种译本进行翻译,如周作人由英译本转译《稻草与煤与蚕豆》。

最后,关于正文和附录中文章/译作的引用/整理说明。晚清五四时期存在著译不分的情况,译作经常只标明译者姓名,却忽略原作者信息,或是直接在落款处写上译者姓名,却并不标明其译者身份,更有甚者直接省略原作者及译者信息。由于该时期译作年代久远,大多难以确认原作者或译者信息,本书只能保持信息缺失状态;对于可通过查阅资料、分析文本等方式得知原作者或译者信息的作品,为保持其发表"原貌",本书在引用和整理时均按照实际情况录入,未进行补充或修订。本书引用该时期未署名的本土理论与文学作品时,也参照上述原则进行。另外,涉及不符合当下语法与汉字使用规范的语言和异形字时,笔者引用时进行了调整,而对于使用句读的古文,为方便阅读,加入现代标点符号。此外,由于晚清五四时期的期刊不如当下规范,为避免错漏,1949年前的尽量标明期卷数,之后的只标注期数。

本书写作中面临一些客观存在的困难与问题。首先是资料搜集问题,本书需要搜集大量五四时期出版、刊登的儿童文学译作,单行本的搜集除自行查证外还可参考《民国时期总书目(1911—1949)·外国文学》《中国现代文学总书目·翻译文学卷》等相关书籍/资料,但由于暂无学者系统整理过该时期报刊上的儿童文学译作,资料搜集十分困难烦琐,且该时期报刊风起云涌,搜集时难以囊括其所有。此外,很多刊物现已难寻踪迹,即使有影印本也常不够齐全。因此,范围过广的资料搜集和匮乏缺失的一手资料均带来诸多困难。其次,五四时期儿童文学译者并无明确版权意识,在出版或刊登作品时常未标明原作或原作者信息,有的连译者姓名也未标出,著译不分情况严重,增加了译作确认难度。最后,该时期儿童文学翻译以转译为主,当时常见的中介语为英语、日语、德语等,由于源文本难以寻觅,且笔者语言能力有限,本书进行文本对比或分析时受到一定限制。

第一章　五四时期儿童文学翻译研究背景及概况

阿里斯佩在 2007 年是这样谈论儿童文学翻译研究的："尽管儿童文学研究现在已经被确立为学术研究的一个分支，但是对其翻译的研究才刚刚开始。"[①] 至今虽已过去多年，我国儿童文学翻译研究的发展却仍不尽如人意，无论是儿童文学史还是翻译文学史对五四时期儿童文学翻译的关注都较为缺乏，其理论研究尤显薄弱。

第一节　五四时期儿童文学翻译研究概述

一、研究现状

"尽管研究文化的历史学者大多认为翻译在国家文化的形成中起到了重要作用，但是迄今为止很少有这方面的相关研究。通常说来，文学史只有在无法回避的情况下才会提及翻译。"[②] 五四时期的儿童文学翻译也是如此，其较少作为一个有机整体出现在我国儿童文学史上，更普遍的情况是混杂在该时期儿童文学概貌的描述中，抑或是零散出现在对当时著名文学家（兼具作者/译者双重身份）的研究性文字里。

在《中国现代儿童文学史》"'五四'时期儿童文学的概貌"一节中，

[①] Evelyn Arizpe. "Review of Children's Literature in Translation: Challenges and Strategies by Jan van Coillie and Walter P. Verschueren", *Translation and Literature*, Vol. 16, 2007 (1), p. 134.

[②] Itamar Even-Zohar. *The Position of Translated Literature Within the Literary Polysystem*，收入廖七一《当代西方翻译研究原典选读》，外语教学与研究出版社，2010 年版，第 154 页。

蒋风认为当时"翻译不再是为了'载道'而是为了儿童,于是出现了焕然一新的变化"[①],他梳理了部分"重译""直译"情况,并对鲁迅、茅盾、郑振铎、文学研究会的儿童文学译介进行了描述与分析。张香还在《中国儿童文学史·现代部分》的"翻译和介绍外国儿童文学"中介绍了五四时期安徒生、王尔德、托尔斯泰、爱罗先珂等作家及其作品在我国的译介情况,以及许多报刊/丛书中的翻译儿童文学,如《小说月报》"儿童文学"专栏、《妇女杂志》"儿童领地"专栏、《世界少年文学丛刊》中的翻译作品。[②] 蒋风、韩进《中国儿童文学史》一书梳理了孙毓修、茅盾、郑振铎的编译以及鲁迅在儿童文学译介/编辑出版中的贡献。[③] 张之伟在《中国现代儿童文学史稿》中虽然明确地提出了"童话的译介",但实际上只花了半页篇幅粗略地对《新青年》及《小说月报》中的部分译作进行了描述;随后详细介绍了孙毓修、茅盾、郑振铎的儿童文学译介,并谈及鲁迅的儿童文学翻译活动。[④] 王泉根在《中国儿童文学概论》的"20年代文学研究会的'儿童文学运动'"一章中谈到"郑振铎的核心作用与三次重要举措",详细介绍了郑振铎的儿童文学译介/研究,及其在主编《儿童世界》和《小说月报》时对翻译儿童文学的大力推广;在"百年中国儿童文学的外来影响与对外交流"中则着重探讨了五四时期儿童文学翻译在引进新内容/题材以及促进文体革新中的重要作用。[⑤] 张永健在《20世纪中国儿童文学史》的"'五四'时期的儿童文学翻译"一节中介绍和整理了该时期积极刊登翻译儿童文学的报刊、儿童文学翻译的价值取向及翻译方法/原则,并简要提及了儿童文学翻译之影响。[⑥]

如上所述,五四时期儿童文学翻译并非儿童文学史着墨重点,其相关论述非常零散,通常出现在该时期儿童文学概貌部分,或是对鲁迅、茅盾、郑振铎等大文学家翻译活动的介绍里。此外,研究者注意力普遍集中在文学研究会"儿童文学运动"以及《儿童世界》和《小说月报》的外国儿童文学译介,一定程度上忽略了五四时期儿童文学翻译的其他层面。

---

① 蒋风:《中国现代儿童文学史》,河北少年儿童出版社,1987年版,第15页。
② 张香还:《中国儿童文学史·现代部分》,浙江少年儿童出版社,1988年版,第50~53、120~130页。
③ 蒋风、韩进:《中国儿童文学史》,安徽教育出版社,1998年版,第112~124、268~277页。
④ 张之伟:《中国现代儿童文学史稿》,华东师范大学出版社,1993年版,第8、19~36、77页。
⑤ 王泉根:《中国儿童文学概论》,湖南少年儿童出版社,2015年版,第51~53、219~232页。
⑥ 张永健:《20世纪中国儿童文学史》,辽宁少年儿童出版社,2006年版,第56~62页。

儿童文学翻译在翻译文学史上的地位与其在儿童文学史上的地位基本相同，常散见于外国文学翻译、著名译者/译作、文学社团/期刊翻译活动的介绍之中。翻译儿童文学属于翻译文学中的"小儿科"，长期处于边缘位置，迄今为止暂无翻译儿童文学史，而现有翻译文学史大多也未罗列儿童文学专章。部分翻译文学史著作如下（见表1-1）：

表 1-1　翻译文学史著作目录

书名	作者	出版社	出版时间
中国翻译文学史稿	陈玉刚	中国对外翻译出版公司	1989年
中国近代翻译文学概论	郭延礼	湖北教育出版社	1998年
二十世纪中国的日本翻译文学史	王向远	北京师范大学出版社	2001年
五四以来我国英美文学作品译介史（1919—1949）	王建开	上海外语教育出版社	2003年
中国翻译简史（"五四"以前部分）	马祖毅	中国对外翻译出版公司	2004年
中国现代翻译文学史（1898—1949）	谢天振、查明建	上海外语教育出版社	2004年
中国翻译文学史	孟昭毅、李载道	北京大学出版社	2005年
二十世纪中国翻译文学史·五四时期卷	秦弓	百花文艺出版社	2009年

上述 8 部翻译文学史中有 5 部涉及五四时期儿童文学翻译。陈玉刚在《中国翻译文学史稿》中梳理了《新青年》上发表的以及"文学研究会丛书"中收录的翻译作品（包括儿童文学），论述鲁迅翻译活动时涉及其儿童文学译介。[①] 王建开在《五四以来我国英美文学作品译介史（1919—1949）》中介绍了《世界少年文学丛刊》中的译作，并在"一本多译：译介的影响"中对英美经典儿童文学的不同译本（多为 30 年代以后的）进行了梳理。[②] 谢天振、查明建在《中国现代翻译文学史（1898—1949）》的"新文学作家的翻译活动"中探讨了鲁迅与周作人的

[①] 陈玉刚：《中国翻译文学史稿》，中国对外翻译出版公司，1989年版，第103~104、119~120、166~168页。

[②] 王建开：《五四以来我国英美文学作品译介史（1919—1949）》，上海外语教育出版社，2003年版，第79~80、99~100页。

儿童文学译介。①孟昭毅、李载道在《中国翻译文学史》的"新青年社的翻译活动"中罗列了《新青年》上刊登的译作（包括儿童文学）；在"现代翻译文学主将鲁迅"中梳理了鲁迅的翻译作品（包括儿童文学）。②秦弓在《二十世纪中国翻译文学史·五四时期卷》中设立"儿童文学翻译"专章，对该时期儿童文学翻译进行了详细梳理与罗列，并对其特点进行了归纳总结。③

如上所述，相较于儿童文学史，翻译文学史关于五四时期儿童文学翻译的研究更加有限，除了梳理《新青年》上发表的翻译作品和谈及鲁迅翻译活动时罗列了部分译作，无论是提及文学研究会（包括其成员）还是《小说月报》的翻译时，基本不关注其儿童文学翻译活动。秦弓虽在《二十世纪中国翻译文学史·五四时期卷》中设立了"儿童文学翻译"专章，但也多限于史实罗列，并未对其社会文化背景、译者翻译目的、翻译方法/策略、影响因素等进行深入分析。

从接受和影响角度出发，涉及五四时期外国儿童文学在中国译介情况的专著主要有《安徒生童话的中国阐释》《格林童话在中国》《现代儿童文学的先驱》《现代中国儿童文学主潮》《安徒生童话与中国现代儿童文学》和《生成与接受：中国儿童文学翻译研究（1898—1949）》。

李红叶在《安徒生童话的中国阐释》中对周作人、郑振铎、赵景深与安徒生的关系和渊源进行探讨时，涉及其安徒生译介与研究；在谈论安徒生童话的"翻译与传播"时，主要将目光聚焦于20世纪80年代以后，如叶君健、任溶溶等人的翻译。④付品晶的《格林童话在中国》"勾勒出格林童话在20世纪中国的接受史"⑤，在梳理"格林童话的汉译研究"时，涉及五四时期王少明、赵景深、周作人的翻译以及《晨报副刊》上刊登的翻译作品。上述两部专著分别论述了安徒生童话和格林童话近百年来在我国的传播和接受情况，而五四时期只是其研究时段中的一小部分；另外，在探讨五四时期安徒生童话和格林童话的翻译时，多限于翻译作品的简单罗列，并未展开深层次的分析与论述。

---

① 谢天振、查明建：《中国现代翻译文学史（1898—1949）》，上海外语教育出版社，2004年版，第62~74、81~86页。
② 孟昭毅、李载道：《中国翻译文学史》，北京大学出版社，2005年版，第69、70、95~102、128、129页。
③ 秦弓：《二十世纪中国翻译文学史·五四时期卷》，百花文艺出版社，2009年版，第151~202页。
④ 李红叶：《安徒生童话的中国阐释》，中国和平出版社，2005年版。
⑤ 付品晶：《格林童话在中国》，四川文艺出版社，2010年版，第7页。

王泉根在《现代儿童文学的先驱》的"大胆'拿来',精心翻译"一章中,介绍了文学研究会在儿童文学翻译领域的成就以及"翻译必须忠实原著的原则"①。另外,王泉根还在《现代中国儿童文学主潮》中论述了文学研究会"儿童文学运动",涉及郑振铎等主要成员翻译活动以及《小说月报》上刊登的和"文学研究会丛书""文学周报丛书"中收录的儿童文学译作;在"现代中国儿童文学的外来影响与对外交流"部分着重探讨了外国儿童文学对我国现代儿童文学之影响。②王泉根率先关注外国儿童文学对我国现代儿童文学的影响,并进行了较为深入的探讨,具有积极借鉴意义:在《现代儿童文学的先驱》的"翻译对创作的促进"部分论述了安徒生、王尔德童话对叶圣陶的影响及泰戈尔《新月集》对冰心的影响;在《现代中国儿童文学主潮》的"现代中国儿童文学的外来影响与对外交流"中则探讨了外国儿童文学对我国现代儿童文学之整体影响。

王蕾在《安徒生童话与中国现代儿童文学》一书中探讨了安徒生童话与我国现代儿童观、儿童文学理论/创作的关系,认为安徒生童话是我国现代儿童观的具象化、现代儿童文学理论建构的言说资源以及现代文学童话创作之范本;在拓展研究里还概述了早期儿童文学在思想内容及文体形式上所受到的外来影响。王蕾对早期安徒生童话译介进行了梳理,并深入探讨了其对我国现代儿童文学初创期理论/创作之影响,对研究外国儿童文学在我国的接受/影响进行了良好示范。③

李丽在《生成与接受:中国儿童文学翻译研究(1898—1949)》中对清末民初至新中国成立期间的儿童文学翻译进行了研究,其将研究时段划分为清末民初、五四时期及三四十年代三个部分,纵向对比了不同时段的儿童文学翻译及其研究情况。李丽考察了1898—1949年间我国儿童文学翻译概貌,并探讨了儿童文学翻译与诗学、赞助者、语言、译者性情之关系,另外,还论述了部分儿童文学译作在我国的接受情况。该书不足之处在于过度关注鲁迅与周作人的儿童文学翻译,有以点概面之嫌④;此外,该书统计/分析主要着眼于单行本,并未将报刊上的儿童文

---

① 王泉根:《现代儿童文学的先驱》,上海文艺出版社,1987年版,第131页。
② 王泉根:《现代中国儿童文学主潮》,重庆出版社,2000年版。
③ 王蕾:《安徒生童话与中国现代儿童文学》,华东师范大学出版社,2009年版。
④ 如在第四章中以周氏兄弟作为"赞助者"例子,第六章里以周氏兄弟不同性情作为"译者性情"影响翻译活动的例子,第七章和第八章中以鲁迅译《表》作为接受与影响个案。

学译作纳入考察范围①，难免存在严谨性欠佳和分析失之偏颇之处。②

有关五四时期儿童文学翻译的研究性文章最早出现于五四时期，伴随当时儿童文学翻译的发生而产生。与成人文学翻译研究相比，该时期儿童文学翻译研究显得零散且不成体系。下列为五四时期儿童文学翻译相关文章（见表1—2）：

表1—2 五四时期的儿童文学翻译研究

篇名	作者	刊物/出版社	发表/出版时间
随感录（二四）③	作人	《新青年》第5卷第3号	1918年
编译儿童用书与儿童心理	陈鹤琴（讲演）、周邦道（笔记）	《教育汇刊》第1期	1921年
儿童文学之管见	郭沫若	《民铎》第2卷第4号	1921年
儿童世界宣言	郑振铎	《晨报副刊》	1921年12月30日
童话作家爱罗先珂先生		《妇女杂志》第8卷第1号	1922年
阿丽思漫游奇境记	仲密	《晨报副刊》	1922年3月12日
童话的讨论三	周作人	《晨报副刊》	1922年3月29日
王尔德童话	仲密	《晨报副刊》	1922年4月2日
教育童话家格林弟兄传略	赵景深	《晨报副刊》	1922年5月26、27日
童话家之王尔德	赵景深	《晨报副刊》	1922年7月15、16日
《安徒生评传》（收入《童话评论》）	赵景深	新文化书社	1924年
国粹里面整理不出的东西	西林	《现代评论》第1卷第16期	1925年
安徒生的作品及关于安徒生的参考书籍	西谛	《小说月报》第16卷8号	1925年

---

① 仅1898—1919年的统计结果代表整个时段内报刊上登载的儿童文学译作。

② 李丽：《生成与接受：中国儿童文学翻译研究（1898—1949）》，湖北人民出版社，2010年版。

③ 原文无标题，但王泉根将其收入《中国现代儿童文学文论选》和《中国安徒生研究一百年》（王泉根主编，中国和平出版社，2005年版）时，均使用篇名《读安徒生的〈十之九〉》。

在上述文章中，《随感录（二四）》《王尔德童话》《阿丽思漫游奇境记》《国粹里面整理不出的东西》分别针对特定翻译作品进行分析/评论；《编译儿童用书与儿童心理》《儿童文学之管见》《儿童世界宣言》《童话的讨论三》均涉及翻译方法/态度，另外，与此话题相关的著作还有《儿童文学概论》[①]；《童话作家爱罗先珂先生》《教育童话家格林弟兄传略》《童话家之王尔德》《安徒生评传》《安徒生的作品及关于安徒生的参考书籍》分别对爱罗先珂、格林、王尔德和安徒生该时期译作进行了梳理。此外，五四时期涉及儿童文学翻译的相关资料还包括当时大量的译序、译后记、新书介绍/广告、读后感、书评等，但其中仅有部分文献涉及翻译方法、原则、质量等，未能对该时期翻译进行系统/深入论述。

整体而言，有关五四时期儿童文学翻译的研究发轫虽早，但同时期研究数量少[②]，且不成规模与体系，主要是译作梳理，或是翻译方法/原则探讨。五四时期关于儿童文学翻译的研究一直处于"边缘地带"[③]，直到 21 世纪才逐步受到重视[④]。相较于五四时期的研究，新世纪儿童文学翻译研究数量和质量均有大幅度提高，包括以下方面：（1）关于著名文人儿童文学翻译的研究，主要有《论茅盾的外国儿童文学翻译策略》[⑤]《郑振铎的儿童文学翻译研究——以〈新月集〉为个案研究》[⑥]《赵景深翻译对儿童文学创作的影响研究——以安徒生童话和儿童文学理论的翻译为中心》[⑦]；（2）关于文学期刊儿童文学翻译的研究，主要有《〈小说月报〉（1921—1931）翻译儿童文学研究》[⑧]《意识形态、赞助人系统和

[①] 第四章谈到儿童文学应用"白话去译"，使用"直译法"，并提出对译者语言、文化和文学素养之要求，见魏寿镛、周侯予：《儿童文学概论》，商务印书馆，1923 年版，第 34~35 页。

[②] 以该时期儿童文学翻译和研究中的"显学"安徒生童话为例，《中国安徒生研究一百年》中收录的 1917—1927 年关于安徒生的研究文章共 9 篇，其仅 3 篇涉及翻译，即《读安徒生的〈十之九〉》《安徒生评传》和《安徒生的作品及关于安徒生的参考书籍》。

[③] 该时期翻译研究的重点仍在成人领域，仅以译诗歌为例，根据熊辉《五四译诗与早期中国新诗》（人民出版社，2010 年版，第 9~12 页）的不完全统计，当时关于译诗（基本为成人诗歌）研究的文章就有 60 篇，且涉及语言、文体、标准、影响等多个层面。

[④] 20 世纪八九十年代仅有一篇文章涉及该领域，即王泉根《略论文学研究会翻译外国儿童文学的工作》（《玉溪师专学报》，1986 年第 5 期）。

[⑤] 唐丽君：《论茅盾的外国儿童文学翻译策略》，湘潭大学，2009 年硕士学位论文。

[⑥] 王小燕：《郑振铎的儿童文学翻译研究——以〈新月集〉为个案研究》，合肥工业大学，2012 年硕士学位论文。

[⑦] 伍丽洁：《赵景深翻译对儿童文学创作的影响研究——以安徒生童话和儿童文学理论的翻译为中心》，西南大学，2012 年硕士学位论文。

[⑧] 赵晓红：《〈小说月报〉（1921—1931）翻译儿童文学研究》，四川外语学院，2011 年硕士学位论文。

诗学的制衡与统一——〈小说月报〉"安徒生号"翻译研究》①《郑振铎主编时期〈儿童世界〉译作研究》②；(3) 名家名译研究，主要有《儿童文学翻译中的创造性叛逆——赵译〈阿丽思漫游奇境记〉研究》③《略论赵元任〈阿丽丝漫游奇境记〉翻译中的节奏美》④《从"译味"角度看赵元任译〈阿丽思漫游奇境记〉》⑤；(4) 关于儿童文学翻译影响/接受的研究，主要有《恒星之光：西方经典童话在中国的接受研究》⑥《二十世纪初外国儿童文学的译介与我国现代儿童文学——影响研究和文化透视》⑦《论五四前后重要的儿童文学翻译作品及其影响》⑧《"五四"时期安徒生童话在中国的影响与接受》⑨；(5) 关于外国儿童文学在中国译介情况的研究，主要有《"五四"时期的安徒生童话翻译》⑩《五四时期的儿童文学翻译（上/下）》⑪；(6) 关于五四时期儿童文学翻译的宏观研究（如整体的翻译背景、目的、方法、原则等），主要有《"五四"时期儿童文学的翻译》⑫《五四时期儿童文学翻译的特点》⑬《萌芽时期中国儿童文学之翻译——从晚清到"五四"时期》⑭《"五四"时期儿童文学翻译简论》⑮

---

① 李慧：《意识形态、赞助人系统和诗学的制衡与统一——〈小说月报〉"安徒生号"翻译研究》，西南财经大学，2011 年硕士学位论文。
② 蔺晓丽：《郑振铎主编时期〈儿童世界〉译作研究》，山西大学，2015 年硕士学位论文。
③ 胡波、张璘：《儿童文学翻译中的创造性叛逆——赵译〈阿丽思漫游奇境记〉研究》，载于《内蒙古农业大学学报（社会科学版）》，2008 年第 6 期。
④ 赵秀芳：《略论赵元任〈阿丽丝漫游奇境记〉翻译中的节奏美》，载于《兰州交通大学学报》，2013 年第 5 期。
⑤ 杨平：《从"译味"角度看赵元任译〈阿丽思漫游奇境记〉》，载于《长春理工大学学报（社会科学版）》，2013 年第 11 期。
⑥ 申利锋：《恒星之光：西方经典童话在中国的接受研究》，华中师范大学，2013 年博士学位论文。
⑦ 杨丹屏：《二十世纪初外国儿童文学的译介与我国现代儿童文学——影响研究和文化透视》，贵州大学，2006 年硕士学位论文。
⑧ 张昆群：《论五四前后重要的儿童文学翻译作品及其影响》，载于《作家杂志》，2009 年第 2 期。
⑨ 张珍：《"五四"时期安徒生童话在中国的影响与接受》，西南大学，2011 年硕士学位论文。
⑩ 秦弓：《"五四"时期的安徒生童话翻译》，载于《涪陵师范学院学报》，2004 年第 4 期。
⑪ 秦弓：《五四时期的儿童文学翻译（上/下）》，载于《徐州师范大学学报（哲学社会科学版）》，2004 年第 5、6 期。
⑫ 夏历：《"五四"时期儿童文学的翻译》，华中师范大学，2000 年硕士学位论文。
⑬ 秦弓：《五四时期儿童文学翻译的特点》，载于《中国社会科学院研究生学报》，2004 年第 4 期。
⑭ 桂念：《萌芽时期中国儿童文学之翻译——从晚清到"五四"时期》，华中师范大学，2006 年硕士学位论文。
⑮ 夏丹：《"五四"时期儿童文学翻译简论》，载于《长江论坛》，2007 年第 1 期。

《儿童文学翻译研究——从晚清到五四》①《"五四"时期翻译儿童文学的价值取向》②；（7）其他相关研究，如《论意识形态对"五四"时期儿童文学翻译的操纵》③《延异的策略 新文学的建构——论"五四"的儿童文学翻译》④《儿童启蒙思想的推进和五四儿童文学翻译热的发生》⑤《从切斯特曼翻译伦理模式解读五四时期儿童文学翻译》⑥《文学研究会的儿童文学翻译》⑦《从操纵学派看译者主体性——以五四时期王尔德童话汉译为例》⑧等。

如上所述，进入21世纪后，关于五四时期儿童文学翻译的研究逐渐多元化，译介学、语言学、多元系统理论、影响研究等均进入研究视野，但研究者要么从语言层面出发探讨儿童文学翻译，期冀完善儿童文学翻译理论，以更好地指导翻译实践，如《略论赵元任〈阿丽丝漫游奇境记〉翻译中的节奏美》和《儿童文学翻译中的创造性叛逆——赵译〈阿丽思漫游奇境记〉研究》；要么以考察五四时期著名文人、报刊或文学团体的儿童文学翻译活动/主张为主要目的，如《郑振铎的儿童文学翻译研究——以〈新月集〉为个案研究》和《文学研究会的儿童文学翻译》。简言之，针对五四时期儿童文学翻译的研究虽多元化，但大多是为"论翻译"而展开，并非出于对该时期儿童文学翻译之看重。实际上，翻译是五四时期成人为儿童提供阅读材料的主要方法之一，儿童文学译作占据着当时儿童文学多元系统的中心位置，拥有独特的历史地位与价值。本书以五四时期儿童文学译作为基本立足点，将该时期儿童文学翻译作为一个有机整体进行系统考察，既是对基本史实的尊重，也有利于还原该时期翻译在儿童观/教育理念现代转型、民间儿童文学整理、现代儿童文

---

① 赵国春：《儿童文学翻译研究——从晚清到五四》，载于《淮北煤炭师范学院学报（哲学社会科学版）》，2010年第3期。

② 章景风：《"五四"时期翻译儿童文学的价值取向》，安徽师范大学，2012年硕士学位论文。

③ 丁娜：《论意识形态对"五四"时期儿童文学翻译的操纵》，中南大学，2007年硕士学位论文。

④ 伍荣华：《延异的策略 新文学的建构——论"五四"儿童文学翻译》，载于《苏州教育学院学报》，2007年第4期。

⑤ 潘白鸽：《儿童启蒙思想的推进和五四儿童文学翻译热的发生》，浙江师范大学，2009年硕士学位论文。

⑥ 张雪：《从切斯特曼翻译伦理模式解读五四时期儿童文学翻译》，天津大学，2011年硕士学位论文。

⑦ 赵国春：《文学研究会的儿童文学翻译》，载于《湖北科技学院学报》，2012年第11期。

⑧ 王妍：《从操纵学派看译者主体性——以五四时期王尔德童话汉译为例》，天津大学，2013年硕士学位论文。

学理论/创作发展等过程中的重要作用与意义。

综上所述,无论是儿童文学史还是翻译文学史,儿童文学翻译均不是其着墨重点,即使有所涉及也多限于文学翻译活动/事件的客观描述或是翻译作品之简单罗列,大多零散且不成体系。目前暂无专门研究五四时期儿童文学翻译的学术著作,而现有相关专著的研究时段均较长,五四时期只是其中一小部分,导致相关研究不够深入。本书将研究时段设定在五四时期,不仅是因为该时期儿童文学翻译的重要作用和意义,更是出于对该时期大量名家名译的肯定。本书不仅关注五四时期儿童文学翻译中的"显学"安徒生童话,还将影响深远的格林童话以及《阿丽思漫游奇境记》《爱的教育》等纳入研究范畴;在考察五四时期译作单行本的同时,也搜集整理了该时期主要文学报刊上的儿童文学译作;既关注当时社会与文化中不同元素对翻译活动的制约,将翻译研究置于更为广阔的空间,同样在史料挖掘和事实考证的基础上,探讨翻译对我国现代儿童观、教育理念、民间儿童文学、本土儿童文学之深远影响。笔者尽量以史实/史料说话,避免主观色彩浓厚的联系或对比,以还原五四时期儿童文学翻译的重要作用与价值。

二、研究思路与方法

目前,我国儿童文学翻译研究主要借鉴国外翻译语言学派理论,该学派"把翻译理论和语义、语法作用的分析紧密结合起来,从语言的使用技巧上论述翻译,认为翻译旨在产生一种与原文语义对等的译文,并力求说明如何从词汇和语法结构上产生这种语义上的对等",注意力主要集中在语言层面的"等值"及翻译技巧的讨论上。[①]"对等"是该学派的核心概念:雅科布逊把翻译看作将"两种不同符号系统中的两组对等信息"进行重新编码和转换的过程[②];奈达提出了"动态对等",将翻译描述为"与源语信息最切近的自然对等物"[③];卡特福德将翻译定义为"用一种等值的语言(译语)的文本材料(textual material)去替换另一种语言(原语)的文本材料",认为翻译的中心任务就在于寻求译语中的等

---

① 谭载喜:《西方翻译简史》,商务印书馆,1991年版,第9~10页。
② 罗曼·雅科布逊:《论翻译的语言学问题》,江帆译,收入谢天振《当代国外翻译理论导读》,南开大学出版社,2008年版,第8页。
③ 尤金·奈达:《论对等原则》,江帆译,收入谢天振《当代国外翻译理论导读》,南开大学出版社,2008年版,第50页。

值成分①；纽马克提出了"交际翻译"和"语义翻译"，前者力求翻译的效果接近原文本，后者则主张"在目标语结构许可的情况下尽可能准确再现原文意义和语境"②。可见，翻译语言学派虽有不同流派及代表人物，但均"以语言为核心，从语言的结构特征出发研究翻译的对等问题"，使语言层面的各种"对等"成为关注重点。③ 然而，正如奈达所说，"没有哪两种语言是完全一致的，无论是对应符号被赋予的意义还是这些符号排列为词组和句子的方式"，完全"精确"的翻译都并不存在。④ 因此，翻译研究若仅将目光聚集在语言"等值"上，势必会存在一定局限性。本书意在打破语言桎梏，在借鉴翻译研究学派、译介学、比较文学影响/接受研究、女性主义翻译研究以及美学相关理论/方法的基础上，对五四时期儿童文学翻译展开全方位、多层次研究。

20世纪以来，翻译研究呈现出一条或隐或显的"语言→文学→文化"发展轨迹，其中50—60年代西方文化研究的兴起为翻译研究提供了崭新视角，直接引起70年代翻译研究的文化转向⑤，正如弗洛托所说："翻译研究越来越多地转向文化研究，并成为文化研究的一部分。"⑥ 翻译研究逐步由"以原文为导向的""规约性的"微观研究走向"以译文为导向的""描写性的"宏观研究。研究者不再将翻译只看作"两种语言之间的转换"，而认为其是"两种文化之间的交流"，主张从文化层面来考察和审视翻译活动。⑦ 翻译研究学派认为"文本不再是语言里一成不变的标本"，进而成功跳出将翻译视作简单语言转换之窠臼。⑧ 此外，在还原翻译社会/文化属性和打破语言"等值"限制的基础上，翻译研究学派还十分关注翻译产生的特定文化背景以及"翻译过程外部制约因素以及译作

---

① 卡特福德：《翻译的语言学理论》，穆雷译，旅游教育出版社，1991年版，第24页。
② 江帆：《交际翻译与语义翻译Ⅱ·导言》，收入谢天振《当代国外翻译理论导读》，南开大学出版社，2008年版，第14~15页。
③ 谢天振：《当代国外翻译理论导读》，南开大学出版社，2008年版，第1页。
④ 尤金·奈达：《论对等原则》，江帆译，收入谢天振《当代国外翻译理论导读》，南开大学出版社，2008年版，第38页。
⑤ 谢天振：《翻译研究新视野》，青岛出版社，2003年版，第46页。
⑥ Luise von Flotow. *Translation and Gender: Translating in the "Era of Feminism"*. Manchester：St. Jerome Publishing，1997，p.1.
⑦ 熊辉：《五四译诗与早期中国新诗》，人民出版社，2010年版，第15页。
⑧ Mary Snell-Hornby et al. *Translation Studies: An Interdiscipline*. Amsterdam/Philadelphia：John Benjamins Publishing Company，1994，p.2.

功能、作用与影响"①，重视考察"译文对译入语文化中的文学规范和文化规范所产生的影响"②，将翻译研究放到了更为广阔的社会与文化语境之中。简言之，翻译研究学派不仅可拓宽五四时期儿童文学翻译研究的领域，还使研究者在关心语言层面各级"对等"之外，也关注翻译与社会/文化各因素的联系与互动。翻译研究学派为本研究提供了整体思路，使笔者能够结合五四时期历史语境和文化背景，对当时儿童文学翻译与儿童观、赞助者、译者之间的关系进行探讨，并对儿童文学翻译在社会和文学层面的接受/影响展开系列论述。

除翻译研究学派外，译介学同样为翻译研究提供了新的视角与思路。译介学的产生与20世纪70年代末80年代初比较文学在我国的重新崛起密不可分，其为比较文学视野下的翻译研究。卢康华、孙景尧在《比较文学导论》（黑龙江人民出版社，1984年）一书中首先提出"译介学"这一比较文学术语，乐黛云则在《中西比较文学教程》（高等教育出版社，1988年）中设立专节对其展开进一步分析与论述。谢天振于20世纪末、21世纪初推出了系列论文和专著，对译介学的基本概念、研究对象、范畴等进行深入阐述，完成了基本理论建构。③ 译介学不再延续传统翻译研究对"怎么译"之重视，而是"把翻译研究从单纯的两种语言文字转换的层面拓展到了两种不同文化的交往、传播、接受、影响的层面"④。译介学既不限于语言理解或表达，也不对译作进行优劣评判，而是将其作为一种既成事实来进行研究；将原作和译作置于不同文化和社会背景下，考察二者如何进行交流；关注翻译活动中不同文化/文学的相

---

① 王洪涛：《翻译学的学科建构与文化转向：当代西方翻译研究学派理论研究》，上海译文出版社，2008年版，第265页。

② 郭建中：《当代美国翻译理论》，湖北教育出版社，2000年版，第156页。

③ 代表性著作：《译介学》（上海外语教育出版社，1999年版）、《翻译研究新视野》（青岛出版社，2003年版）、《译介学导论》（北京大学出版社，2007年版）、《比较文学与翻译研究》（复旦大学出版社，2011年版）、《超越文本 超越翻译》（复旦大学出版社，2014年版）、《隐身与现身：从传统译论到现代译论》（北京大学出版社，2014年版）；主要论文：《翻译文学——争取承认的文学》（《中国翻译》，1992年第1期）、《探索比较文学研究新领域》（《中国比较文学》，2006年第2期）、《译介学：比较文学与翻译研究新视野》[《渤海大学学报（哲学社会科学版）》，2008年第2期]、《外国文论在中国的译介（一九四九—二〇〇九）》（《当代作家评论》，2009年第5期）、《从译介学视角看中国文学如何走出去》（《中国社会科学报》，2013年11月4日）、《中国文学走出去：问题与实质》（《中国比较文学》，2014年第1期）、《翻译文学：经典是如何炼成的》（《文汇报》，2016年2月2日）。

④ 谢天振：《隐身与现身：从传统译论到现代译论》，北京大学出版社，2014年版，第21页。

互理解和交融、误解与排斥以及翻译/接受过程中的文化扭曲与变形。[1]

译介学的最终目的不是"总结和指导翻译实践",而是把翻译作为一种文学研究对象。[2] 从译介学出发来研究五四时期儿童文学翻译,可使研究者不再执着于"如何忠实地传递原文信息""儿童文学应该直译还是意译""儿童文学翻译标准"等问题,而是把目光投向儿童文学翻译中信息的增添、失落和变形,或是译者的"创造性叛逆"等问题。译介学兼具比较文学/文化研究视野,"把传统狭隘的翻译研究带上了跨文化交际研究的广阔平台",从而能够合理解释更多翻译现象。[3] 例如,五四时期为何出现"安徒生热",在俄国名不见经传的作家爱罗先珂在我国如何一度成为炙手可热的人物,严肃的政治讽刺小说《格列佛游记》怎么成为轻松有趣的儿童读物等问题。译介学不仅能够拓宽五四时期儿童文学翻译研究的领域,还能极大地丰富其学术内涵与外延。

上述理论与方法使笔者可将儿童文学翻译研究放入五四时期历史语境和文化背景之中,考察翻译与诸多社会文化因素之间的联系,但若要进一步研究翻译在社会和文学层面的接受及影响,则需要更多地借助比较文学影响/接受研究相关理论与方法。"影响研究"是比较文学最传统的研究方法之一,早期代表人物有巴尔登斯伯格、梵·第根、卡雷、基亚等,形成了流传学、渊源学、媒介学等分支,主要采用历时性考证法,"把两种或两种以上的民族文学,包括作品、作家、文学思潮等的相互作用、相互联系作为研究中心"[4]。"影响"是指"一位作家和他的艺术作品,如果显示出某种外来的效果,而这种效果又是他的本国文学传统和他本人的发展无法解释的,那么,我们可以说这位作家受到了外国作家的影响(influence)"[5],一般"指已经完成的文学作品之间的关系"[6]。由此可见,影响研究的关注重点是"作家作品及其关系",较少涉及作家作品与外国"普通接受者"之间的关系,具有传统精英历史观和作家作品倾向。[7]

---

[1] 谢天振:《译介学》,上海外语教育出版社,1999年版,第10~11页。
[2] 谢天振:《译介学》,上海外语教育出版社,1999年版,第11页。
[3] 谢天振:《隐身与现身:从传统译论到现代译论》,北京大学出版社,2014年版,第22页。
[4] 孟昭毅:《比较文学通论》,南开大学出版社,2003年版,第94页。
[5] 约瑟夫·T.肖:《文学借鉴与比较文学研究》,收入北京师范大学中文比较文学研究组《比较文学研究资料》,北京师范大学出版社,1986年版,第119页。
[6] 乌尔利希·韦斯坦因:《比较文学与文学理论》,刘象愚译,辽宁人民出版社,1987年版,第47页。
[7] 曹顺庆等:《比较文学论》,四川教育出版社,2002年版,第170页。

20世纪60年代中期,"康斯坦茨学派"提出了接受理论,"把批评的焦点从作品本体转移到读者身上,发现了文本、阅读、读者三者之间存在的新的联系和新的研究意义,其中心论点是把阐释理解为读者和作品互相融合的产物"①。在接受理论影响下,比较文学拓展了研究领域及关注对象,形成了比较文学的接受研究,从对文学作品的关注走向对阅读过程和读者反应的重视,"尊重读者对同一部作品的不同理解和不同阐释"②。接受研究使文学研究成为双向互动过程,能够有效阐明接受者在接受影响后"形成的艺术气质、集体意识、精神风貌和文化心态",以及进行再创作时"所表现出的艺术个性等诸多特点",将影响研究"单一网络"变成了"复线交织的复杂网络"③,并指向更为广阔的研究范围,如"文学的社会学和文学的心理学范畴",积极考察文学作品与接受环境、读者、评论者、出版商以及其他周围情况的种种关系④。

事实上,比较文学影响研究和接受研究为同一事物的两面:"信息"与"接受者"之间的"交流"既能看作"信息对接受者的影响",也可作为"接受者对信息的影响",存在两种"交流"方向,即"信息→接受者"和"接受者→信息",研究者称前者为"影响",后者为"接受"⑤。一般说来,二者难以分而论之。本书在借鉴比较文学影响研究和接受研究理论与方法的基础上,考察五四时期儿童文学翻译对我国现代儿童观、教育理念、民间儿童文学、本土儿童文学的影响,以及当时儿童文学翻译在接受过程中发生的变形。比较文学影响/接受研究理论与方法的运用使本书既能有效关注翻译对我国儿童文学作家作品的影响,又能将研究放入当时的社会文化背景之中,考察儿童文学翻译对更广泛的、非作家接受群体⑥的影响,并关注该群体对翻译的态度/感受及其接受影响的方式、途径等。

女性主义翻译研究为本书提供了重要理论支持,不仅为认识女性译者之主体性提供新思路,还有利于探究翻译研究与文化研究之关系。女性主义翻译理论的历史背景可以上溯到文艺复兴和宗教改革时期的女性

---

① 陈惇、孙景尧、谢天振:《比较文学》,高等教育出版社,1997年版,第473页。
② 陈惇、孙景尧、谢天振:《比较文学》,高等教育出版社,1997年版,第481页。
③ 孟昭毅:《比较文学通论》,南开大学出版社,2003年版,第342~343页。
④ 乌尔利希·韦斯坦因:《比较文学与文学理论》,刘象愚译,辽宁人民出版社,1987年版,第47页。
⑤ 梅雷加利:《论文学接受》,冯汉津译,收入干永昌、廖鸿钧、倪蕊琴《比较文学研究译文集》,上海译文出版社,1985年版,第406页。
⑥ 即普通读者群体,包括经常阅读儿童文学作品的老师、家长等。

主义思潮，其主要理论基石为"女性主义理论的核心概念、反对父权制和文化性别"，以"颠覆有关翻译的、在翻译界内部所存在的男性优于女性的二元理论"为基本主题①，主张在翻译中彰显女性主义意识，因此，在翻译中常采用"介入性女性翻译"②，使用补充、撰写序言、加注、劫持③等方法④。整体而言，女性主义翻译理论经历了从求同⑤到求异⑥的转变过程。女性主义翻译理论批判语言里的男权意识，提倡彰显女性译者主体意识，主张关注这一长期被忽略的群体，研究其历史地位/作用、审美取向、表现特征、艺术手法等。⑦ 伍尔芙更是认为"女性写作可以有女性自己的方式，即主张创造一种女性的文风"⑧。那么，五四时期被译介到我国的原作者为女性的儿童文学作品具有女性特征吗？该时期女性译者翻译的儿童文学作品是否不同于男性译者的呢？如果二者翻译不尽相同，那么又呈现出怎样的差异性？当时女性读者对儿童文学翻译的接受是否与男性读者的不同，有何不同？相信女性主义翻译理论可为上述问题提供有效解答。

中西方翻译理论素来与美学有着不解之缘，最初均以依附哲学和美学的方式得以萌芽与发展。一般认为，西方译论始于马库斯·西塞罗和昆塔斯·贺拉斯，前者主动吸收了柏拉图美学观的优点，后者则是西塞罗译学主张的"忠实继承者"，同时自身也是著名抒情诗人，"倡导斯多噶式（Stoic）的淡泊美和泰勒斯的自然美"⑨。由此可见，西方译论从发展伊始就与美学关系密切，而我国传统译论同样如此。我国译论家将美学命题，如意与象、虚与实、神与形、雅与俗等引入译论，并把美学中的部分审美原则直接作为翻译标准。传统译论中与美学密切相关的命题

---

① 段峰：《文化视野下文学翻译主体性研究》，四川大学出版社，2008年版，第106~107页。
② Luise von Flotow. *Translation and Gender: Translating in the "Era of Feminism"*. Manchester：St. Jerome Publishing，1997，p. 24.
③ 此处"劫持"（hijacking）是女性主义译论中颇具争议的一个概念，指的是女性主义译者对本来没有女性主义意图的原作进行"挪用"（appropriation），使其显现出女性主义特征，即进行"女性主义化翻译"（feminizing translation）。（Sherry Simon. *Gender in Translation:Cultural Identity and the Politics of Transmission*. London/New York：Routledge，1996，p. 14.）
④ Sherry Simon. *Gender in Translation: Cultural Identity and the Politics of Transmission*. London/New York：Routledge，1996，p. 14.
⑤ 如反对各种形式的父权专制、争取与男性平等的权利/地位等。
⑥ 如研究女性文化性别的形成机制、张扬女性独立/自足的差异性并探究其文化意义等。
⑦ 段峰：《文化视野下文学翻译主体性研究》，四川大学出版社，2008年版，第119页。
⑧ 转引自孟昭毅：《比较文学通论》，南开大学出版社，2003年版，第316页。
⑨ 刘宓庆：《翻译美学导论》，中国对外翻译出版公司，2005年版，第44~45页。

有严复"信达雅"、傅雷"神似"与"形似"、钱钟书"化境"等,可见,美学与翻译研究之结合在我国有着悠久历史。从美学视角出发对五四时期儿童文学翻译进行研究,既能使译者和读者成为翻译审美主体,关注原文/译文美学价值,并对其进行审美欣赏与判断,还有利于展现该时期儿童文学译作在语言、内容、风格等不同层次之美,有助于重新发现和审视该时期译作长期被忽视与遮蔽的美学价值。

除以上研究思路或方法外,本书在具体研究中还采用了其他方法。例如,通过个案研究法对夏丏尊译《爱的教育》在不同读者群体中的接受情况进行分析;利用文本分析法对郑振铎译泰戈尔诗歌及冰心小诗进行对比,以探究翻译对创作的影响;运用平行类比法对冰心、郭沫若、王统照等的诗歌进行比较,以阐释不同性别读者对泰戈尔诗歌接受之异同。上述研究思路和方法互相融合渗透,共同指导了本研究的开展。

三、研究特色及意义

本书研究特色及意义主要体现在以下几个方面:

(1)从译介学出发,将五四时期儿童文学翻译作为研究对象,承认译作是文学作品存在的一种特殊方式,从而赋予译作独立存在价值,改变其无家可归的"弃儿"[①]形象,并为翻译文学研究找到学理与方法上的支持和归宿;同时,将文化因素纳入研究范畴,从比较文学视角出发,对儿童文学翻译和接受过程中译者、接受者、接受环境等的"创造性叛逆"进行客观评价,有利于打破传统翻译研究之语言中心主义。

(2)克服传统翻译研究的静态、规约、微观等特点,采用描述性研究方法对五四时期儿童文学翻译进行论述,突出其对文学、文化、社会施加的作用和影响;从文化角度出发,还原当时儿童文学翻译的社会历史背景,并以中立、宽容态度对待当时"不忠"的翻译,不对其进行翻译意义上的优劣评价或价值判断。

(3)在探讨五四时期儿童文学翻译对本土作家创作的影响时,将作家的文学接受史与其创作风格、特点等相联系,并强调作家在接受影响过程中产生的新生点及其对我国儿童文学的建构作用;研究不同作家对同一儿童文学译作的接受,能够对不同作家个性、风格等做到较为具体

[①] 谢天振认为翻译文学本身没有独立地位,是中国人眼里的"外国文学"、外国人眼里的"中国文学",导致"在中国文学史上没有它的地位,在外国文学史上也没有它的地位",从而成为"弃儿"。(谢天振:《译介学》,上海外语教育出版社,1999年版,第208~209页。)

的把握，从而使作家研究迈向新高度。

（4）现有儿童文学史或翻译文学史均较少论及儿童文学翻译，即使有所涉及也仅为翻译史实/史料的简单罗列，仅能从中寻觅到关于五四时期儿童文学翻译的只字片语。实际上，一部翻译文学史应该包括作家（翻译家及披上译入语"外衣"的外国作家）、作品（译作）和事件（文学翻译事件及译作在译语国的传播、接受和影响的事件）。① 本书对五四时期儿童文学翻译的考察、分析和论述，既有利于该时期翻译儿童文学史编撰，也对儿童文学交流史、关系史及影响史有着积极作用。此外，现有研究对作为文学现象的五四时期儿童文学翻译不甚关注，暂无文学史将其纳入整体的历史、社会、文学背景中加以描述或阐释，本书试图将其放入当时的历史文化背景中进行研究，以便全面了解该时期儿童文学翻译在社会/文学系统中的功能与作用。

（5）五四时期出现了"妇女的解放"和"儿童的解放"，且妇女与儿童有着天然而密切之联系。本书特意选取女性视角，从女性原作者、女性译者和女性读者三个层面出发来研究该时期的儿童文学翻译。这不仅使本研究具有特定历史与文化意义，也有利于对该时期女性主体意识、社会地位、文化地位、翻译策略/风格等进行探讨。

（6）译作虽长期依附于原作而存在，但实际上每篇/部译作都是独立的文学作品，这在一作多译情形下尤为明显：即使来自同一原作，不同译者笔下的译作也拥有不尽相同之美学价值。在肯定五四时期儿童文学译作特殊文学地位与价值的基础上，将之作为主要研究对象，从美学出发对其进行考察，既能有效审视翻译文学长期被遮蔽的文学与美学价值，也能展现以其为主要代表的早期现代儿童文学在语言、内容、风格等层面之美学特征。

（7）现有翻译研究大多只关注单行本，报刊上的译作常被忽视，五四时期报刊上发表的儿童文学译作浩如烟海，难以进行全面统计。但由于报刊儿童文学译作的独特价值②，本书尽量将其纳入研究范围③，对报

---

① 谢天振：《译介学》，上海外语教育出版社，1999年版，第20页。
② 现代报刊出版周期短、信息更新快、售价低廉、销量大，报刊上刊登的译作有着单行本不可比拟之优势，另外，报刊发行量和影响范围也不亚于单行本。
③ 据《五四时期期刊介绍》（中共中央马克思、恩格斯、列宁、斯大林著作编译局研究室编，生活·读书·新知三联书店，1978、1979年版）中的不完全统计，五四时期期刊就有160余种。本书虽不能逐一对其进行梳理，但附录中两个目录仍覆盖报刊百余种，基本囊括了当时有影响力的成人及儿童报刊。

刊在儿童文学翻译及传播中的作用进行探讨，以便更为全面地对该时期儿童文学翻译进行考察与论述。

第二节　五四时期儿童文学翻译概况

本节笔者主要依据自行编制的《五四时期儿童文学译作书目》和《五四时期报刊儿童文学译作篇目》（见附录），采用描述性翻译研究范式对五四时期儿童文学译作的出版时间、机构、体裁、内容、来源国家/地区、整体特征等进行描述与分析，以期较为客观地勾勒出该时期儿童文学翻译之概貌。

一、出版时间与机构

据统计，五四时期出版的儿童文学译作单行本共 123 部[①]，每年出版数量如下（见表 1-3）：

表 1-3　五四时期儿童文学译作单行本统计表

年份	1917	1918	1919	1920	1921	1922	1923	1924	1925	1926	1927
数量	9	11	9	5	3	22	20	9	17	10	8
合计	123										

该时期报刊上刊登的儿童文学译作共 1587 篇[②]，每年刊登数量如下（见表 1-4）：

表 1-4　五四时期报刊儿童文学译作统计表[③]

年份	1917	1918	1919	1920	1921	1922	1923	1924	1925	1926	1927
数量	72	44	41	52	157	184	194	240	210	189	204
合计	1587										

该时期每年出版/发表的儿童文学译作数量（单行本与报刊总和）变化如下（见图 1-1）：

---

① 不计再版，下同。
② 不计重复发表，下同。
③ 报刊上的翻译儿童文学如连载时间跨越年份，统计时以起始时间为准。

第一章 五四时期儿童文学翻译研究背景及概况

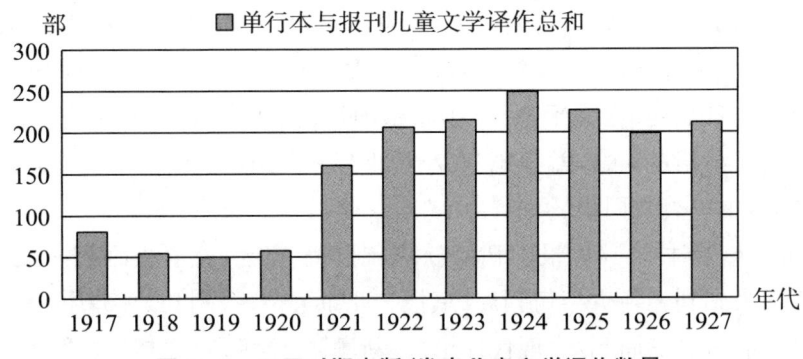

图 1-1 五四时期出版/发表儿童文学译作数量

如图 1-1 所示,五四时期儿童文学译作数量整体呈上升趋势,其中 1918 年和 1919 年的最少(每年大约 50 篇/部),1921—1927 年的数量均较多(每年超过 150 篇/部),1924 年达到峰值,翻译作品数量多达 249 篇/部。

单行本出版机构共 21 家,分别位于上海、北京、常州和开封,另有一本为译者自行出版[①]:

上海(17 家):商务印书馆、土山湾印书馆、中华书局、亚东图书馆、广学会、开明书店、协和书局、广协书局、崇文书局、世界书局、泰东图书局、北新书局、公民书局、生活书店、新文化书社、群益书社、云海出版社。

北京(2 家):新潮社、北新书局。

常州(1 家):华新书社。

开封(1 家):河南教育厅编译处。

报刊 107 种,其中 68 种出版于上海、18 种出版于北京、5 种出版于天津,另外 15 种散见于其他城市,1 种出版地不明:

上海(68 种):《东方杂志》《儿童世界》《妇女杂志》《教育杂志》《小说月报》《复旦》《国闻周报》《沪江大学月刊》《家庭》《家庭杂志》《联益之友》《弥洒月刊》《民国日报·妇女评论》《民国日报·杭育》《民国日报·觉悟》《民国日报·黎明》《民国日报·平民》《南洋周刊》《女铎》《前进》《申报》《时报》《时事新报·学灯》《文学周报》《文学周刊》《文艺旬刊》《新女性》《新青年》《新申报》《兴华》《星期评论》《学生杂志》《中国青年》《德文月刊》《爱国·爱国女学校校友会年刊》《晨曦》《广益杂志》《家声》《青年友》《青声周刊》《清心钟》《日新杂志》《新的

---

① 即《泰西五十轶事》(极姆斯·包尔文著,高振陆译),1922 年无锡锡成印刷公司代印,具体出版年月不详,跋文写于 1922 年 11 月。

小说》《新世界》《新晓》《新医人》《友声日报》《北新》《学生文艺丛刊》《青年镜》《小说新报》《青年进步》《东方小说》《少年》《英语周刊》《创造》《创造日汇刊》《太平洋》《少年中国》《真光杂志》《儿童文学》《进德季刊》《小朋友》《广益杂志》《小说世界》《小说世界附刊·民众文学》《余兴》《中华英文周报》。

北京（18种）：《晨报副刊》《晨报副刊·家庭》《晨报副刊·文学旬刊》《晨报副刊·新少年旬刊》《京报·儿童》《京报副刊》《莽原》《民众文艺周刊》《清华周刊》《现代评论》《新潮》《学汇》《学林》《语丝》《云南旅京学会会刊》《微言》《新生活》《国民新报副刊》。

天津（5种）：《虹纹季刊》《南开大学周刊》《南开思潮》《新民意报副刊》《新民意报副刊·朝霞》。

其他城市（15种）：《雅礼学生杂志（长沙）》《新学生杂志（太仓）》《思益附刊（太仓）》《冬之芽·儿童文艺半月刊（苏州）》《少年社会（南京）》《江苏省立第二师范学校校刊（南京）》《民间文艺（广州）》《民钟（新会）》《台湾民报（日本东京）》《民铎（日本东京）》《工读杂志（美国俄亥俄州欧柏林）》《少年（法国巴黎）》《旅欧杂志（法国里昂）》《繁星季刊（成都）》《厦大周刊（厦门）》。

地点不明（1种）：《新舞台》。

由上述数据可见，五四时期儿童文学翻译的中心是上海，位于上海的出版机构和报刊共85家，占该研究时段总数的66.4%，北京仅占15.6%，其他地方加起来也不到20%（详见图1-2）。上海无愧于"儿童文学重镇"称号，仅商务印书馆就出版了80部儿童文学译作单行本，占该时期单行本的65%；此外，商务印书馆还发行了许多极具影响力的期刊，如《小说月报》《东方杂志》《教育杂志》《学生杂志》《妇女杂志》《儿童世界》等，这些刊物同样热衷于儿童文学译介。

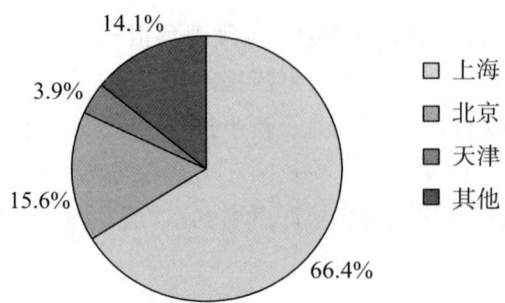

图1-2 五四时期儿童文学出版地饼状图

二、体裁与内容

五四时期儿童文学翻译不仅内容丰富，体裁也十分多元，包括童话、故事、寓言、神话、民间传说、诗歌、戏剧、传记等形式。该时期儿童文学译作单行本体裁统计如下（见表1-5）：

表1-5 五四时期儿童文学译作单行本体裁统计表

体裁	童话	故事	寓言	诗歌	小说	其他
数量	54	24	10	1	18	16
合计	123					

报刊上儿童文学译作体裁统计如下（见表1-6）：

表1-6 五四时期报刊翻译儿童文学作品体裁统计表

体裁	童话	故事	寓言	诗歌	小说	其他
数量	567	430	185	130	126	149
合计	1587					

该时期儿童文学译作体裁（包括单行本和报刊译作）统计如下（见图1-3）：

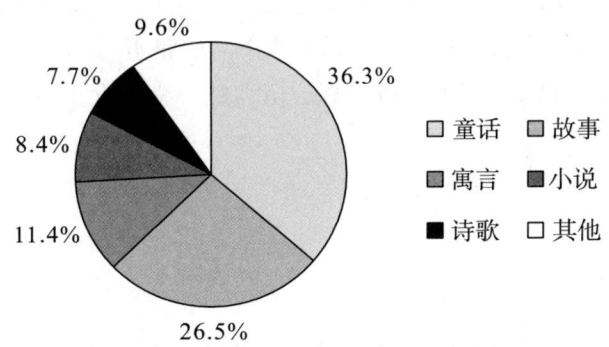

图1-3 五四时期儿童文学译作体裁饼状图

如图1-3所示，童话是五四时期儿童文学译介重心，占儿童文学译作总数的36.3%，其次分别是故事（26.5%）、寓言（11.4%）、小说（8.4%）和诗歌（7.7%）。就篇幅而言，长/中/短篇儿童文学作品均有涉及，如长篇童话《竹公主》、长篇故事《拜他尔的故事》、中篇小说《长腿蜘蛛爹爹》、短篇童话《老人和胡桃》、短篇故事《聪明的法官》等。该时期儿童文学译作丰富多样，包括名人故事、名人小史、爱国小说、冒险小说、科学小说、卫生故事、传记故事、滑稽故事等。

五四时期最值得注意的是出现了"安徒生热",仅可考证的安徒生童话译作就有146篇/部。1917年周瘦鹃译《断坟残碣》(收录于《欧美名家短篇小说丛刊》,中华书局)是该时期第一篇安徒生童话译作,随后几年我国掀起了安徒生童话译介热潮。安徒生主要作品,如《皇帝的新衣》《打火匣》《丑小鸭》《卖火柴的小女孩》《拇指姑娘》等均被译介到我国,且出现了一作多译情况,如《丑小鸭》有继程、SL和秋荼译本①,《豌豆上的公主》有YC、后觉及赵景深译本等②。

三、译者情况与译作来源国家/地区

五四时期儿童文学成为文学界、教育界和出版界"最时髦"与"最新鲜"的话题,成人大多愿意阅读、研究及出版儿童文学作品,如此"蓬蓬勃勃"的状态"令人可惊可喜"③。此类情形同样出现在翻译界,该时期译者热衷于儿童文学翻译,据不完全统计就已有超过400人翻译过儿童文学作品,但暂无专职儿童文学译者④。该时期主要儿童文学译者有郑振铎(73篇/部)、顾均正(42篇/部)、茅盾(40篇/部)、赵景深(37篇/部)、孙毓修(29篇/部)、殷佩斯(32篇/部)、张近芬(29篇/部)、周作人(25篇/部)、徐调孚(18篇/部)、张若谷(20篇/部)、萨士武(18篇/部)等⑤。五四时期的儿童文学译者主要为男性,但一批优秀女性译者也开始投身于儿童文学译介,如张近芬(CF女士)、高君箴、君义女士、P.C.女士、伍季真、伍孟纯、喜莲女士等。

---

① 即《丑的小鸭》(继程译,《儿童世界》,1922年第3卷第1期)、《丑小鸭》(SL译,《晨报副刊》,1924年5月28—30日)和《难看的小鸭子》(秋荼译,《晨报副刊·家庭》,1927年第61~63期)。

② 即《豌豆上的公主》(YC译,《民国日报·妇女评论》,1923年第103期)、《豌豆上的公主》(后觉译,《学生杂志》,1924年第11卷第12号)和《豌豆上的公主》(赵景深译,《小说月报》,1925年第16卷第8号)。

③ 魏寿镛、周侯予:《儿童文学概论》,商务印书馆,1923年版,第1页。

④ 由于该时期很多儿童文学译者没有署名,其数量只能进行粗略统计。五四时期儿童文学译者多为成人文学作家或教育工作者,属于"双肩挑"人员;从20世纪30年代起,我国才开始有专职儿童文学作者与译者。

⑤ 计算译作数量时,译者独译及与他人合译的作品都包括在内。

五四时期的成人文学翻译大多带有明显政治或国家偏好①，对于儿童文学，成人却主张不要过早令其成为政治的附庸。该时期儿童文学翻译极为注重作品题材与内容，译者大多以自己精通的外语为中介，尽量将各国优秀作品译介到我国，转译风气盛行。该时期儿童文学翻译的来源国家/地区非常广泛，包括阿拉伯、埃及、爱尔兰、奥地利、巴西、比利时、冰岛、波兰、波斯、朝鲜、丹麦、德国、俄国、法国、芬兰、高加索、古希腊、荷兰、加拿大、捷克、立陶宛、美国、南非、南斯拉夫、挪威、日本、瑞士、瑞典、苏丹、苏格兰、土耳其、西班牙、匈牙利、意大利、印度、英国等，其中主要来源国家为丹麦、德国、俄国、法国、英国、美国、日本和印度。

四、儿童文学翻译整体特征

我国早期文学翻译一直处于无组织状态，1906年周桂笙提出成立"译书交通公会"，以纠正复译、乱译、错译等现象，其认为晚清时期翻译由于译者大多"声气不通，不相为谋"，导致"坊间所售之书"长期存在"异名而同物"的情况。② 直到五四时期，儿童文学翻译仍未形成严密组织与体系，大多译者仍从自身兴趣出发进行翻译。因此，该时期重复翻译例子较多，除上述安徒生《丑小鸭》和《豌豆上的公主》有多个译本外，格林童话、王尔德童话、印度寓言等作品的翻译也是如此，一作多译现象普遍。此外，该时期儿童文学翻译虽以直译为主，但仍存在内容或形式调整，再加上译者翻译风格不同、译作名称各异以及转译流行，原作在翻译过程中的多次变形使读者难以辨认其原貌，进而出现购买同一原作不同译本的情况，使读者"倍付其值"却"仅得一书之用"，既"徒耗""精神"，又无过多益处。③ 简言之，五四时期儿童文学一作多译现象使儿童文学翻译看似兴盛，实际上并不利于其长远发展，浪费大量人力物力。

---

① 五四时期，成人文学翻译常"借他人之酒杯浇我中华民族饱受压迫与屈辱之块垒"，体现了一定国家/民族意识，如该时期成人十分关注弱小国家/民族之文学——周作人十分推崇显克微支，沈雁冰积极译介爱尔兰、捷克、保加利亚等国家的作品，《小说月报》推出了"被损害民族的文学号"等。（张中良：《中国现代文学的"民族国家"问题》，花木兰文化出版社，2012年版，第90~93页。）

② 周桂笙：《译书交通公会试办简章》，载于《月月小说》，1906年第1卷第1期，第264页。

③ 周桂笙：《译书交通公会试办简章》，载于《月月小说》，1906年第1卷第1期，第264页。

五四时期，儿童文学译作读者多为教师/家长与儿童，前者大多关注作品能否满足教育需求，后者则更关心作品内容是否有趣，基本不注意原作/原作者信息。由于该时期儿童文学读者与译者均无较强著作权意识，译作在出版或刊登时大多未标明原作/原作者信息，如《渔父之妻》（吟痴译，《妇女杂志》，1917年第3卷第11号）、《十二兄弟》（宗铭译，《青年友》，1924年第4卷第5期）等，均只标明译者姓名。上述针对成人读者的报刊尚且如此，目标读者为儿童的报刊情况更甚。郑振铎在《儿童世界宣言》中就明确宣称，由于《儿童世界》是"儿童杂志"，因此该刊所登译作的"原著的书名及原著里的姓名也都不大注出"①。不仅如此，儿童报刊上的译作有时甚至连译者姓名也未标出，如《忠厚的童子皮绿》（《儿童世界》，1922年第1卷第2期）、《伊索与旅客》（《少年》，1923年第13卷第7期）、《樱桃树》（《儿童世界》，1922年第3卷第6期）等。前两篇译作只有标题，无原作、原作者、译者相关信息；《樱桃树》则直接落款为"孙凤来、赵景深"，难以分辨是作者还是译者。对于上述著译不分的情况，读者只能从文本标题、结构、情节、内容、语言等窥豹一斑，抑或是从译者、编者的回忆性文章中寻找蛛丝马迹。②

　　五四时期儿童文学译作单行本或是成人报刊上的译作常附有序、跋、译后记、引言、附记等，此类文字常涉及译者翻译态度、方法、目的以及对原作/原作者之看法。例如，鲁迅在《春夜的梦》译者附记中谈到该作品"最富于诗趣"，认为作者思想"非常平和而且宽大"，并提到文中"露草"在我国叫"鸭跖草"，如果直译会"很损文章的美，所以仍用了原名"③。《穿靴子的猫》末尾附有常惠的跋和周作人的附记，常惠认为文中的句子"差不多都是直译的，即便偶尔有两句译意那也是无法的事情"，谈到原作者"笔法简单，极美丽，极朴实"，其作品"很有一种引人爱读的魔力"④；周作人认为此作"是世界的最好的童话之一"，并且"是这样的美，轻泛而且好顽"，在该附记里他还对"友谊的兽"的起源进行了民俗学探讨⑤。可见，五四时期儿童文学译者并未忘记儿童"身

---

① 郑振铎：《儿童世界宣言》，载于《妇女杂志》，1922年第8卷第1号，第134页。
② 前两篇译作可根据文本内容、情节等进行判断，最后一篇则在郑振铎信函中有所提及，"《樱桃树》的原著者是德国的格奥克昆（Jnauck-Kuhnl）"。（郑振铎：《复何思聪函》，收入郑尔康、盛巽昌《郑振铎和儿童文学》，少年儿童出版社，1982年版，第85页。）
③ 鲁迅：《春夜的梦·译者附记》，载于《晨报副刊》，1921年10月22日。
④ 常惠：《穿靴子的猫·跋》，载于《妇女杂志》，1922年第8卷第5号，第104页。
⑤ 周作人：《穿靴子的猫·附记》，载于《妇女杂志》，1922年第8卷第5号，第105页。

旁"的成人，成人报刊上刊登此类译作并非只为阅读消遣，很多时候带有翻译方法探讨、民俗学研究等其他目的。

儿童报刊上登载译作的目的常更单纯，译文前后一般没有上述延展性文字，即使附有文字也多为简要的背景介绍或一些生动的引入性话语，如茅盾在《普洛末修偷火的故事》的正文前就添加了一些文字："小朋友们呀！当你们看见天下雨，打雷的时候，你们大概曾经问过父亲母亲：天为什么下雨，为什么打雷……你们的父亲母亲一定要告诉你：怎样地上的水受了热，成为水蒸气，上升到天空，又遇着冷空气，就凝结成水落下来了；怎样带着阴阳两电的云在空中互相吸引，就发出极大的声音，成为雷了……古代希腊人因为要解释火的来处，所以就编了这个故事。"① 这些亲切又充满趣味的文字不仅有利于提高儿童阅读兴趣，还能使其了解部分希腊神话来历及原作相关信息，从而更好地进行阅读和理解。

整体而言，五四时期儿童文学翻译在数量上较清末民初有大幅增长，自1921年开始增长较快，于1924年达到峰值。该时期各出版机构和报刊均积极出版、刊登儿童文学译作，据不完全统计出版机构就已超过20家，报刊则是过百，这些出版机构和报刊大多来自"儿童文学重镇"上海。该时期儿童文学翻译题材丰富、体裁多样，童话是当时的主要译介对象，出现了"安徒生热"。欧洲是五四时期儿童文学翻译主要来源地，其中以丹麦、德国、俄国、法国、英国为主。此外，该时期儿童文学翻译以直译为主，兼有编译、意译、译述和节述，一作多译现象普遍。

---

① 《普洛末修偷火的故事》，雁冰译，《儿童世界》，1924年第11卷第11期，第27～29页。

第二章　五四时期儿童文学翻译的制约因素

　　翻译是推动我国社会与文学向前发展的主要动力之一，但其并非处于"真空"之中，社会与文学发展过程中的起落消长均会对其产生深远影响。五四时期的儿童文学翻译也是如此，不仅与新文学运动关系密切，还受益于该时期思想、文化和艺术之发展，是"社会思想文化波动的晴雨表，又是照出历史走向的一面独特的镜子"①。换言之，五四时期思想革命、语言革命等对我国现代儿童文学产生过深远影响，而上述运动与思潮在该时期翻译中也有所体现。五四时期是我国社会和文学"新""旧"交替的关键时期，要对该时期儿童文学翻译的发生进行考察，就必须将之置于现代文学与思潮之大背景中，以便全面清晰地探讨其来龙去脉。

第一节　"儿童本位"与"启蒙教育"儿童观

　　正如周作人所说，新文学运动中"文字改革是第一步，思想改革是第二步"，而后者却比前者"更为重要"，可见思想变革在文学发展中的重要作用。② 五四时期儿童文学翻译也是如此，其发生与发展均受到当时儿童观变革之巨大影响。儿童观"是成人社会关于儿童的系统的认识与看法的凝炼，是成人对儿童自然与社会本质属性的认知及在此基础上形成的相关理念"③，即成人对儿童的根本看法与观点。"一个社会、一个时代为它的儿童所产生的那种类型的文学，最好地标示出那个社会所

---

① 朱自强：《中国儿童文学与现代化进程》，浙江少年儿童出版社，2000年版，第149页。
② 仲密：《思想革命》，载于《新青年》，1919年第6卷第4号，第397页。
③ 陆克俭：《发现与解放：中国近代进步儿童观研究》，华中科技大学出版社，2015年版，第14页。

理解的儿童究竟是什么样子。"① 可见，儿童观是儿童文学之根本驱动力，既决定儿童文学前进方向又制约其发展进程。由于五四时期"儿童的发现"，成人儿童观经历了从"古代"到"现代"、从"成人本位"到"儿童本位"之巨大转变，而该转变不可避免地会对当时儿童文学翻译产生深远影响。

一、"无意思之意思"："儿童本位"之儿童观②

从古至今，儿童在我国都备受重视，并享有独特地位。"慈幼""慈小"是中华民族传统美德，早在春秋战国时期孟子就已提出"敬老慈幼，无忘宾旅"③ 和"幼吾幼，以及人之幼"④ 的观点，主张关心爱护儿童，更有甚者将"慈幼"作为考察战国时期各国政绩标准之一。⑤《礼记·内则》中还专门记载了关于儿童的各种事项，例如，孩子出生后，如果是男孩就"设弧于门左"，女孩则"设帨于门右"，且出生三天以后才能把小孩抱出来，再"男射女否"；举行"接子"仪式时，要先"择日"，并且根据小孩的身份地位将仪式分为不同等级；给孩子取名字时，"不以日月，不以国"，且"不敢与世子同名"；除此以外，成人还非常注重儿童礼仪培养，具体到小孩说话时应"男'唯'女'俞'"，七岁以后"男女不同席，不共食"，八岁开始出门和吃饭时要"必后长者"等细节⑥。上述观点和事项都体现了成人对儿童的关怀与重视。但是古人对于儿童之看重更多是出于储备劳动力、蓄兵、养儿防老、家族传承等功利性目的，并未将儿童看作不同于成人的独立个体，忽略了其生理及心理之特殊性，认为儿童是"未长成"或"不完全"的人，"比成人小、弱、笨"⑦，夸奖和赞扬儿童时多用"有若成人""宛如成人"等语句，如"邓哀王冲字

---

① 基梅尔：《儿童文学理论初探》，转引自蒋风、韩进：《中国儿童文学史》，安徽教育出版社，1998年版，第62页。

② "无意思之意思"由周作人提出，他认为儿童文学应以儿童为"本位"且"没有意思"，主张重视儿童文学愉悦身心、提升审美、丰富想象等"无意思"、非功利作用，不赞成其传统的"教训"功能。此处的"无意思"不是指"无意义"，而是对儿童文学认识功能与教育价值的淡化。

③ 孟子：《告子下》，收入《四书》，李长莼译注，岳麓书社，2014年版，第637页。

④ 孟子：《梁惠王上》，收入文心工作室《孟子》，中央编译出版社，2014年版，第272页。

⑤ 洪秀敏：《当代幼儿教育新理念》，上海教育出版社，2007年版，第3页。

⑥ 孙希旦：《礼记集解（上）》，沈啸寰、王星贤点校，中华书局，1989年版，第761~773页。

⑦ 洪秀敏：《当代幼儿教育新理念》，上海教育出版社，2007年版，第3页。

仓舒。少聪察岐嶷，生五六岁，智意所及，有若成人之智"① 和"王讳元祐，字庆长……亦既免怀，未尝好弄。虽在稚齿，宛如成人"②。古代封建儿童观不仅将儿童看作私有财产，还认为其是"成人的预备"或"缩小的成人"，忽视了儿童"与成人截然不同"的世界，进而也否认了儿童独立人格以及"儿童期"对于人的重要意义。③

由于"父为子纲"封建儿童观的束缚，成人常使用"施之于成人"的方法来教育儿童，知识传授以"注入式"为主，主张把"'成人'所应知道的东西"全部"具体而微"地教授给儿童。④ 古代儿童读物主要为"学则，学仪，家训以至《小学》，《圣谕广训》一类的伦理书"，《三字经》《百家姓》等"作为识字用的基本书"以及"《四书》，《五经》一类的比较高级的书"⑤。对于此类读物，儿童不仅"总不会写，也看不懂书"，对于其中"礼教的精义"更是显得"茫然"⑥。此外，儿童在情感上对于上述枯燥、陈腐的读物更是敬而远之，书中内容不仅"死气沉沉"还"缺乏幽默又少机智"，"从来不会在孩子们那活泼爱笑的脸上增加一点轻松"⑦。简言之，在"父为子纲"封建儿童观的观照下，成人把儿童看作个人财产，否认儿童在生理与心理方面与成人的不同，将其当作"缩小的成人"，完全从成人精神需求出发去教育儿童，因此，我国古代儿童读物与儿童基本上可说是"隔绝"的，既不符合儿童阅读趣味，也不能满足其精神需求。

经过近代"欧风美雨"洗礼、晚清救国启蒙运动和新教育体制改革⑧，我国儿童观发生了巨大变化，许多进步人士更多地将目光投向儿童。梁启超认为"彼儿子亦人也，生而有自由权，而此权当躬自左右之，非为人父者所能强夺也"⑨，承认儿童之独立地位与自由权利，其《少年中国说》更是颠覆了成人对儿童的传统看法，认为"老年人如夕照，少年人如朝阳；老年人如瘠牛，少年人如乳虎"，儿童才是国家民族的希望

---

① 陈寿：《三国志（上）》，中华书局，2011年版，第482页。
② 杨亿：《武夷新集》，福建人民出版社，2007年版，第177页。
③ 唐俟：《我们现在怎样做父亲?》，载于《新青年》，1919年第6卷第6号，第559页。
④ 郑振铎：《中国儿童读物的分析》，载于《文学》，1936年第7卷第1期，第48页。
⑤ 郑振铎：《中国儿童读物的分析》，载于《文学》，1936年第7卷第1期，第50~51页。
⑥ 周作人：《我学国文的经验》，收入李晓明、高长春《周作人散文》，吉林文史出版社，2012年版，第91页。
⑦ 麦高温：《中国人生活的明与暗》，朱涛、倪静译，时事出版社，1998年版，第83页。
⑧ 颁布"壬寅癸卯学制"，废除科举制度，设置教育行政机构，颁布新教育宗旨。（详见王建军：《中国教育史新编》，广东高等教育出版社，2003年版，第313~323页。）
⑨ 梁启超：《卢梭学案》，载于《清议报》，1901年第99期，第2页。

与未来,"少年强则国强,少年独立则国独立,少年自由则国自由,少年进步则国进步"①。高旭呼吁:"新少年,别怀抱,新世界,赖尔造……思救国,莫草草。"②钱瑞香也认为救国的"责任尽在吾童子……二十世纪中国之存亡,实系于吾童子之手矣。则虽谓二十世纪之世界为吾童子之世界也亦宜"③。以上言论均表达了晚清进步人士对儿童的看重,虽然该时期对儿童的褒扬带有一定功利性,但儿童"未来国民"身份得到充分肯定,成人在该阶段初步"发现"儿童,"成人本位"传统儿童观被动摇。

晚清时期,由于"成人本位"儿童观的"松动",成人开始关注到儿童不同于成人之阅读需求,如黄海锋郎认为儿童很难明白"四书五经"一类的"大义微言",此类读物只能令其"积久生倦,趣味毫无",阻碍儿童"好学的心思"和"活泼的天籁"④;徐念慈呼吁"著译家"们"专出一种小说,足备学生之观摩",并建议文字使用"浅近之官话"⑤;孙毓修认为教科书中的"典与雅,非儿童之所喜也",而成人所"深戒""痛恶"的"荒唐无稽之小说"却能令儿童"甘之如寝食,秘之于箧笥"⑥。为寻求"适合"儿童的读物,该时期成人逐步将目光投向西方,一千零一夜、格林童话、伊索寓言中的作品被陆续译介到我国。该时期儿童读物与古代相比,呈现出一定的儿童性与趣味性,但其中所包含的"教训"也不可忽视。《童话》丛书的产生对于我国儿童文学而言具有划时代意义,因为孙毓修在编辑此丛书时已有较为明确的儿童及儿童文学意识,不仅关注到儿童独特的审美心理,还对不同年龄段儿童的阅读需求有着清楚认识。但在晚清时期特定的历史、社会环境下,孙毓修虽有较为明确的儿童意识,但其儿童观从根本上说来依然为"成人本位",因此,《童话》丛书的编撰虽是以儿童为基本出发点,但其中仍随处可见"教训的尾巴"。要产生真正的"儿童"文学就应先摆脱"成人本位"儿童观之束缚,而五四时期思想革命、语言革命等正好为其创造了必要条件。

---

① 任公:《少年中国说(附中国少年论)》,载于《清议报》,1900年第35期,第2249、2255~2256页。
② 剑公:《新少年歌》,载于《新小说》,1903年第7期,第158页。
③ 钱瑞香:《论童子世界》,载于《童子世界》,1903年第1期,第1页。
④ 黄海锋郎:《儿童教育》,收入王泉根《中国现代儿童文学文论选》,广西人民出版社,1989年版,第4页。
⑤ 觉我:《余之小说观》,载于《小说林》,1908年第10期,第11~12页。
⑥ 孙毓修:《童话序》,载于《东方杂志》,1908年第5卷第12号,第178页。

我国最先"发现"儿童的是周作人，其早在 1913 年《儿童研究导言》中就曾说道："盖儿童者大人之胚体，而非大人之缩形……世俗不察，对于儿童久多误解，以为小儿者大人之具体而微者也"，认为儿童并非成人"缩形"或是"具体而微者"，而是有别于成人的独立个体。① 之后，周作人又在《人的文学》和《祖先崇拜》中分别提出"祖先为子孙而生存，所以父母理应爱重子女"②和"废去祖先崇拜，改为自己崇拜——子孙崇拜"③，从根本上否认"父为子纲"这一"谬误思想"。儿童的"发现"使周作人能够"正当理解"儿童，并提出"儿童本位"的观点。他在 1914 年《学校成绩展览会意见书》中指出，"故今对于征集成绩品之希望，在于保存本真，以儿童为本位，而本会审查之标准，即依此而行之"，其"儿童本位"思想初现端倪。④ 随后，周作人又发表了《人的文学》《儿童的文学》等文章，进一步阐述和推广"儿童本位"儿童观，得到鲁迅、郑振铎、郭沫若等积极支持，并成为当时众多儿童文学研究者之信条。该时期"弱者本位""幼者本位""以孩子为本位"等不同表述，都同样表达了"儿童本位"的意思。"儿童本位"儿童观是五四时期主流儿童观，决定当时儿童文学"只是儿童本位的，此外更没有什么标准"⑤。

儿童和成人一样"爱好"和"需要"文学，为把"儿童的文学"及时"给予儿童"，叶圣陶、郑振铎、冰心等都拿起笔积极进行创作。⑥ 但是，"儿童本位"儿童观的形成是"以鲁迅、周作人为代表的新文化倡导者形成于纸面上的理论陈述而推演出的理论成果"，"理论先行"是不可否认的客观情况。⑦ 由于客观历史/社会条件限制，五四时期的儿童文学作者大多缺乏"儿童本位"的生活体验，如叶圣陶就曾谈到自身体验与创作之间的矛盾："有的朋友……说我一连有好些篇，写的都是实际的社会生活，越来越不象童话了，那么凄凄惨惨的，离开美丽的童话境界太

---

① 持光：《儿童研究导言》，载于《绍兴县教育会月刊》，1913 年第 3 号，第 1 页。
② 周作人：《人的文学》，载于《新青年》，1918 年第 5 卷第 6 号，第 582 页。
③ 仲密：《祖先崇拜》，载于《每周评论》，1919 年 2 月 23 日。
④ 周作人：《学校成绩展览会意见书》，收入刘绪源《周作人论儿童文学》，海豚出版社，2012 年版，第 80 页。
⑤ 周作人：《儿童的书》，载于《晨报副刊·文学旬刊》，1923 年 6 月 21 日。
⑥ 吴研因：《清末以来我国小学教科书概观》，载于《教与学》，1936 年第 1 卷第 10 期，第 262 页。
⑦ 王蕾：《安徒生童话与中国现代儿童文学》，华东师范大学出版社，2009 年版，第 51 页。

远了","但是有什么办法呢？生活在那个时代，我感受到的就是这些嘛"。① 可见，当时儿童文学作者的生活体验与"美丽的童话境界"出现了"错位"，要在布满"灰色云雾"的成人世界中"重现儿童的天真"几乎成为"不可能的企图"②。因此，在"非儿童的时代"，想要有"儿童本位"的作品，仅靠创作难以实现，"借西风也就不可避免了"，于是，成人开始积极译介适合我国儿童的外国儿童文学作品。③

五四时期，我国儿童观经历了从"古代"到"现代"、从"成人本位"到"儿童本位"的巨大转变。该变化不仅改变了我国儿童文学的整体格局，使儿童文学译作占据了该时期儿童文学多元系统的中心，还令成人不再一味强调儿童文学的"教训"功能，而开始关注其中的非功利性因素，如对儿童阅读趣味的满足、审美能力的提升等，因此，该时期儿童文学译作大多兼具"儿童性"与"趣味性"，充满童心童趣之美。五四时期，我国最具代表性的儿童文学翻译当属安徒生童话的大量引进。根据附录《五四时期儿童文学译作书目》和《五四时期报刊儿童文学译作篇目》的统计，该时期安徒生童话译作共146篇/部（不计再版和重复发表）；此外，1925年《小说月报》和《文学周报》还分别推出了安徒生纪念专号④。"安徒生热"的出现与当时"儿童本位"儿童观关系密切，可以说正是在该儿童观的直接影响下，成人才开始集中关注与译介安徒生童话。实际上，我国安徒生童话译介并非始于五四时期，孙毓修和刘半农在"五四"之前就曾对安徒生童话进行过译介，但由于当时"成人本位"儿童观之限制，成人大多认为安徒生童话此类"幼稚荒唐的故事，没甚趣味"，实在"不晓得他好处在那里"，因此，早期安徒生童话译介并未引起成人广泛注意。⑤

随着五四时期新文化运动的推进，"父为子纲"封建儿童观被颠覆，自此禁锢儿童文学发展的思想囚笼被打破，此外，该时期白话文运动也

---

① 叶圣陶：《我和儿童文学》，收入叶圣陶等《我和儿童文学》，少年儿童出版社，1980年版，第5页。

② 郑振铎：《〈稻草人〉序》，载于《文学周报》，1923年10月15日。

③ 王建开：《五四以来我国英美文学作品译介史（1919—1949）》，上海外语教育出版社，2003年版，第81页。

④ 1925年是安徒生诞生120周年和逝世50周年，报刊上登载了大量安徒生童话译作，其中《小说月报》的第16卷第8、9号均为"安徒生号"，刊登了安徒生童话和国外安徒生研究资料的译文，以及其他安徒生研究的相关文献；《文学周报》第186期安徒生纪念专号刊出了5篇介绍及研究性文章。

⑤ 作人：《随感录（二四）》，载于《新青年》，1918年第5卷第3号，第286页。

为儿童文学的进一步发展创造了必要条件。五四时期成人思想"经了大变化",不仅"发现"儿童,还逐步对其有了更加全面深入之认识,进而最终确立"儿童本位"儿童观。在此历史文化背景下,周作人译《卖火柴的女儿》(《新青年》,1919年第6卷第1号)才能令大家"注意"到安徒生童话,并"陆续"开始对其进行译介。① 五四时期,成人不但大规模译介安徒生及其童话,还有意使之成为"童心""童趣"的代名词。成人认为安徒生不仅"老而不失童心""有如童稚",还能"以小儿之目"观察万物②,用"童心"开辟崭新的童话世界,并在其中融入"歌声、图画和鬼脸"③;安徒生童话则充满"小儿说话"般的语言和"小野蛮"思想,"处处合于儿童心理"④,"充满着儿童的精神"⑤。周作人、赵景深、顾均正等"安党"⑥人士及时为其贴上"儿童性""儿童本位"之标签,突显"儿童本位"特色,积极呼应当时"儿童的发现"以及"儿童本位"主流儿童观,从而达到有效推进安徒生童话译介之目的。

除安徒生童话外,五四时期报刊、译者、评论者也十分重视其他儿童文学译作的"儿童性"与"趣味性",该时期各大报刊都积极刊登译作介绍、广告或是其他相关文字,其中不乏对"童心""童趣"的欣赏。例如,《儿童世界》在《拜他尔的故事》的"预告"中声称,这是一篇"极有趣味的连续的故事",以吸引小读者⑦;《白尾蓝色猪的大战争》的"附注"中则提到译者是"因为读起来,很有趣味",才动手进行翻译的⑧;葛孚英译《穿靴子的猫》后面附有常惠的跋与周作人的附记,常惠认为大人和小孩读了该作品都会感到"惬意"⑨,周作人则说它是"世界的最好的童话之一",因其"好顽"且"没有寓意"⑩。总之,成人竭

---

① 西谛:《安徒生的作品及关于安徒生的参考书籍》,载于《小说月报》,1925年第16卷第8号,第6页。
② 周作人:《安兑尔然》,收入王泉根《周作人与儿童文学》,浙江少年儿童出版社,1985年版,第99页。
③ 西谛:《卷头语》,载于《小说月报》,1925年第16卷第9号。
④ 赵景深:《安徒生评传》,收入赵景深《童话评论》,新文化书社,1924年版,第231页。
⑤ 顾均正:《安徒生传》,载于《小说月报》,1925年第16卷第8号,第21页。
⑥ 周作人就曾说"我自认是中国的安党"。见作人:《随感录(二四)》,载于《新青年》,1918年第5卷第3号,第286页。
⑦ 《儿童世界》,1922年第2卷第5期,第32页。
⑧ 一飞:《白尾蓝色猪的大战争·附注》,载于《民国日报·觉悟》,1921年6月10日。
⑨ 常惠:《穿靴子的猫·跋》,载于《妇女杂志》,1922年第8卷第5号,第105页。
⑩ 周作人:《穿靴子的猫·附记》,载于《妇女杂志》,1922年第8卷第5号,第105页。

力提倡儿童文学之"儿童性"与"趣味性",呼吁为儿童献上适合的文学作品。该时期产生了许多充满童心与童趣的儿童文学译作,这既符合"儿童本位"儿童观,又与该时期成人的"精神追求"相一致,是其"按照自己的取向和方式去理解和选择"外国儿童文学之结果。①

五四时期,成人除了积极译介"童心""童趣"之作,还极力挖掘、强调各类儿童文学作品中的"儿童性",其中比较有代表性的是对爱罗先珂童话中"童心"的强调。爱罗先珂原本想要传达给读者的是"无所不爱,然而不得所爱的悲哀"②,其《狭的笼》更是创作于在印度漂泊之时,是"用了血和泪所写的"③。因此,无论是就作者创作意图还是就写作经历而言,爱罗先珂童话都与"悲哀""漂泊""血""泪"等密切相关。鲁迅对爱罗先珂的创作及经历无疑十分了解,然而在翻译时仍然选择展开其"童心的,美的,然而有真实性的梦"④,称赞爱罗先珂"有着一个幼稚的,然而优美的纯洁的心",并对"人类中有这样的不失赤子之心的人与著作"表示"感谢"。⑤ 在上述文字中,无论是"童心""幼稚""纯洁"还是"赤子之心",均表达了鲁迅对爱罗先珂及其童话"儿童性"之青睐,这与当时"以幼者弱者为本位""以孩子为本位"的儿童观休戚相关。⑥

五四时期,"儿童本位"儿童观处于主流地位,成人大多不主张在儿童文学中添加"教训",即使是"果汁冰酪"型作品⑦在当时也不算"最上乘",报刊、译者、读者等都十分重视儿童文学的"儿童性""趣味性","无意思"之作备受青睐。由于该儿童观对于当时社会环境而言具有一定超前性,"儿童本位"作品若仅依靠本土创作"恐怕是能说不能行

---

① 杨义:《文学地图与文化还原:从叙事学、诗学到诸子学》,北京师范大学出版社,2011年版,第101页。
② 爱罗先珂:《爱罗先珂童话集》,鲁迅等译,商务印书馆,1922年版,第1、2页。
③ 鲁迅:《狭的笼·译者附记》,载于《新青年》,1921年第9卷第4号,第27页。
④ 鲁迅:《爱罗先珂童话集·序》,收入爱罗先珂《爱罗先珂童话集》,鲁迅等译,商务印书馆,1922年版,第2页。
⑤ 鲁迅:《狭的笼·译者附记》,载于《新青年》,1921年第9卷第4号,第26页。
⑥ 鲁迅虽在1925年《杂忆》中谈到之前翻译爱罗先珂童话主要是为了"传播被虐待者的苦痛的呼声和激发国人对于强权者的憎恶和愤怒"[收入《鲁迅全集(第1卷)》,人民文学出版社,1981年版,第224页],但实际上其当时更多是出于对爱罗先珂童话中"童心"的青睐,"悲哀"及"血和泪"并非关注重点,这从鲁迅的译序和附记中均可得知。
⑦ "果汁冰酪"型作品指的是带有教育目的之儿童文学,此类作品强调寓教于乐,将"果子味"(指教育目的)混在"冰酪"(指儿童文学)里,而不是将"果子皮放在上面就算了事"。(周作人:《儿童的书》,载于《晨报副刊·文学旬刊》,1923年6月21日。)

吧",于是成人主张"把西洋的童话故事,多翻译一些出来"①。在"儿童本位"儿童观的观照下,该时期出现了大量"无意思"之译作,即使原作并无传达"趣味"或"童心"之意,译者和读者也倾向于为其涂上一抹"童趣"之色,如该时期成人有意淡化安徒生童话中的宗教色彩以突显其"儿童性",对爱罗先珂童话中"悲哀"的忽略和对"童心"的宣扬等。

综上所述,"儿童本位"儿童观不仅改变了我国儿童文学的整体格局,使儿童文学译作占据儿童文学多元系统中心,还使该时期儿童文学翻译呈现出童心童趣之美。但值得注意的是,"儿童本位"儿童观与儿童文学翻译之间并非单向影响/作用,实为双向互动关系:一方面,前者不仅促使后者发生量变,译作数量急剧增加,还使其发生质变,产生了大量不同于晚清时期作品的"无意思"之作;另一方面,后者的发展同样满足了当时阐释和传播"儿童本位"儿童观之基本需求,并为我国现代儿童文学创作提供了可资借鉴的范本,为儿童文学理论的阐述与建构提供了大量论说资源。

二、"文以载道":"启蒙教育"之儿童观

我国"文以载道"传统源远流长,虽有"文以明道""文以贯道"等不同说法,但均强调文学作品是"道"之载体。② 儿童文学亦是如此,古代儿童读物"长期归诸传统蒙学教材",主要用于儿童启蒙教育。③ 成人认为儿童如"花木",其"智识初开"就像"花木萌芽","蒙师"需像"花匠栽培花木"般教导儿童,将"爱国的故事""为人的箴言"传授给他们,从而"养成儿童爱国心,陶铸儿童天良性"。④ 归根结底,古代儿童读物以传授知识和生活常识、宣传封建伦理道德、进行礼仪规范等为最终目标。由于儿童教育与儿童文学关系密切⑤,"启蒙教育"儿童观长期以来无论是对本土儿童文学创作还是外国儿童文学译介都产生过深远

---

① 春:《儿童文学的翻译问题》,载于《文学周报》,1921年8月20日。
② "道"在不同时期拥有不同内涵,如道德、情感、思想、道理等。
③ 王泉根:《现代中国儿童文学主潮》,重庆出版社,2000年版,第16页。
④ 黄海锋郎:《儿童教育》,收入王泉根《中国现代儿童文学文论选》,广西人民出版社,1989年版,第3、7页。
⑤ 有学者明确提出"儿童文学从产生之日起就受到教育的青睐呵护"(见侯颖:《论儿童文学的教育性》,中国社会科学出版社,2012年版,第25页)。中国现代儿童文学的诞生与教育更是紧密相连:五四时期儿童文学作者、译者和研究者大多都是文学、教育"双肩挑",如叶圣陶、郑振铎、夏丏尊等,这使儿童文学得以依托教育茁壮成长。

影响，该儿童观对五四时期儿童文学翻译的影响同样不可小觑。

五四时期，在"儿童本位"和"启蒙教育"儿童观双重影响下，成人认为儿童教育应寓教于乐，不主张在儿童文学中直接添加"教训"，而倾向于选择"果汁冰酪"型作品，因此，寓言这类"言近旨远""叙述如绘"的作品开始引起译者关注。寓言通常"借物比拟"，能有效避免儿童对"教训"之抗拒，进而获得更佳教育效果，是"儿童教育家们"公认的"良好的儿童文学"①。寓言译介在五四时期处于兴盛状态，根据本书第一章第二节中五四时期儿童文学翻译概况分析，该时期寓言为译介重心之一，仅次于童话和故事，共有译作195篇/部，占儿童文学译作总数的11.4%。"在西方儿童文学中，寓言是已经衰萎的文体，但在我国儿童文学中，寓言却一直比较发达"，如此鲜明的对比引人深思。② 实际上，翻译界和教育界对寓言的长期偏好，与我国"文以载道"传统以及"启蒙教育"儿童观密不可分。

寓言在我国的译介可追溯至明朝中叶③，第一本《伊索寓言》选译本是1625年的《况义》（金尼阁口译，张赓笔记）。寓言之"教育"功能仅从书名已可窥豹一斑，根据谢懋明附于该书之后的跋可得知，"况"为"盖言比也"，"义"则为"义理""道理"，期冀通过故事进行浅显比喻，以说明相对复杂的道理，进而使人"迁善远罪"④。可见，寓言"载道"传统滥觞于我国《伊索寓言》译介之初，并且影响深刻。请看下文：

> 俗话说跟我说好话，必有缘故。都要提防着人家赚我的。唉，这老鸦如果不信狐狸的假话，东西万不至到狐狸嘴里去。恭维是能白受的吗？⑤

这段话来自裴毓芳译《树上鸦唱曲受欺》结尾部分，该寓言讲述了

---

① 陈伯吹：《论寓言与儿童文学》，载于《东方杂志》，1944年第40卷第21号，第54~55页。
② 朱自强：《中国儿童文学与现代化进程》，浙江少年儿童出版社，2000年版，第280页。
③ 明朝万历和天启年间已有西方传教士译介伊索寓言，而最早的寓言是作为例证材料出现在利玛窦、庞迪我等人著作中的（见郭延礼：《中国近代翻译文学概论》，湖北教育出版社，1998年版，第199页）。
④ 杨扬：《〈伊索寓言〉的明代译义抄本——〈况义〉》，载于《文献》，1985年第2期，第276页。杨扬根据罗大冈赠予北京图书馆的《况义》明抄本复印件进行了整理，此文为《况义》的标校稿。
⑤ 梅侣：《树上鸦唱曲受欺》，载于《京话报》，1903年第6期，第19~20页。

狐狸想吃乌鸦嘴里叼的肉，于是溜须拍马骗乌鸦唱歌，最后成功吃到肉的故事。在故事末尾，狐狸对乌鸦说道："将来有烦先生，唱曲儿的，总不要信他了。"[①] 若无此段强加于文末的"教训"，该寓言不失风趣幽默，既能给儿童带来阅读乐趣，又能使其明白不能随便轻信别人恭维之道理。但是，"文以载道"传统和"成人本位"儿童观令成人"不能正当理解"儿童，常将之视作"缩小的成人"，总是忍不住要拿"大道理"尽量给儿童"灌下去"，习惯性地在儿童读物末尾添加"教训的尾巴"。

五四时期，随着"儿童本位"儿童观的确立，成人对儿童有了更为深入的了解，主张对其进行寓教于乐的启蒙教育。因此，尽管五四时期寓言译介难以摆脱"载道"传统影响，但其仍呈现出不同于早期作品之独特风貌，变得少"说教"多"趣味"。请看下文：

> 一只鸭子在一条河里，顺流而下地浮游，捉一条鱼；但是捉了一天，没有捉到一条。
> 其时夜天来了。他看见水上的月光，以为是一条鱼；于是潜入水底，去捉那月光。
> 其余的鸭子看见他捉月光，大家都戏弄了他一回。
> 从此以后，这只鸭子有点儿害羞了；志气也颓唐了；所以无论什么时候，他真见鱼在水底下，他也不愿捉了，他竟因此饿死了！[②]

这则寓言中的鸭子本来十分勤劳有耐心，即使一整天捉不到一条鱼也毫不气馁，却因同伴"戏弄"变得"害羞"和"颓唐"，最后居然因为不愿捉鱼而被"饿死了"。该寓言告诉读者不要过于在意他人目光或看法，否则只会使自己陷入困境，甚至有性命之忧。这则寓言全文似乎都在讲述一只鸭子的故事，其中道理却仿佛是"藏在白雪里"的"草芽"，会时不时地轻轻"刺"一下儿童，使其能从中看到自己的影子，从而有所思有所得。[③] 此类"果汁冰酪"型作品虽未将道理"明白说出"，却能使儿童获得更好的阅读体验与感悟，达到事半功倍的教育效果。

五四时期，除寓言外，其他体裁儿童文学作品中的"教训"也在明显减少。试对比孙毓修编译和郑振铎节述的《无猫国》结尾部分：

---

① 梅侣：《树上鸦唱曲受欺》，载于《京话报》，1903年第6期，第19页。
② 托尔斯泰：《鸭子与月亮》，愉译，《民国日报·觉悟》，1921年12月30日。
③ 郭沫若：《儿童文学之管见》，载于《民铎》，1921年第2卷第4号，第2页。

大男得了许多金珠,自然是个大富人,不忍与主人相别,仍在他家里住下。大男却并不恃富而骄,见着主人,仍旧是恭恭敬敬。见着同伴,仍旧是和和气气。天天到学堂念书,不消几年,学问就很好了。

大男为着金砖,一心走到京城弄得几乎讨饭,幸遇富人收留,免了冻饿,已是满心知足。不料意外得了这注大财,真可称为奇遇。你看他有钱之后,安心读书,要做个上等之人。这才算受得住富贵了。①

从此大男成富翁了。他不做苦工了。他入学读书,十分用功,后来成了一个很有学问的人。②

第一则来自《童话》丛书第 1 集第 1 编孙毓修编译《无猫国》。孙毓修版《无猫国》试图从故事中挖掘"教训",教育儿童要"不恃富而骄"、对人恭敬和气和认真学习,此外,还在故事末尾强行添上了"教训的尾巴",再次教育儿童"安心读书","做个上等之人"。除了上述"教训",孙毓修版《无猫国》中还有大男分金子给主人的女儿、同伴以及"打骂他的老婆婆"的内容,以此教育儿童要不计前嫌、以德报怨。孙毓修《童话》丛书被誉为儿童的"恩物与好伙伴",受到广大儿童喜爱,但其中诸多"教训"无疑会损害故事趣味性。例如,赵景深就曾谈到幼时看孙毓修《童话》丛书时的情形:"我幼时看孙毓修的童话,第一二页总是不看的,他那些圣经贤传的大道理,不但看不懂,就是懂也不愿去看。"③ 第二则来自五四时期郑振铎节述的《无猫国》。郑振铎的《无猫国》是根据孙毓修版《无猫国》节述的,在故事开头的编者按中郑振铎说自己节述以前作品的目的在于"使儿童们看了,引起他们想去看原书的兴趣",并"增进儿童看书的欲望"④。想提高儿童读书兴趣,就要先去掉书中"圣经贤传的大道理",使儿童文学作品符合儿童阅读趣味,因此,郑振铎在保持原作趣味性的同时,尽量去掉孙毓修版《无猫国》中的"教训"。尽管郑振铎在故事中仍保留了"劝学"部分,但其中的道理

---

① 《无猫国》,孙毓修编译,收入张锡昌、盛巽昌《中国现代名家童话选》,新蕾出版社,1989 年版,第 6 页。
② 《无猫国》,振铎节述,载于《儿童世界》,1922 年第 3 卷第 1 期,第 3 页。
③ 赵景深:《童话的讨论三》,载于《晨报副刊》,1922 年 3 月 28 日。
④ 振铎:《无猫国·编者按》,载于《儿童世界》,1922 年第 3 卷第 1 期,第 1 页。

仿佛"刺手的草芽"，只会偶尔"刺"一下儿童，不再是以前的直白说教。

另外，在"启蒙教育"儿童观的影响下，五四时期成人十分热衷于儿童小说翻译，希望通过小说对儿童进行启发教育。该时期很多儿童小说译作被标注为"爱国小说""科学小说""教育小说""伦理小说"等，以突显其不同的教育功能，如都德《最后一课》被贴上"爱国小说"标签。法国作家都德的短篇小说《最后一课》以普法战争为大背景，讲述了一位普通小学生小弗郎士在最后一节法语课里的见闻及感受。作者通过对小弗郎士心理活动的细致描写，生动地表现了法国人民失去国土的悲哀以及对法语的热爱，集中而深刻地体现了爱国主义精神。五四时期，六位译者都曾翻译过《最后一课》①，其中《工读杂志》和《新申报》均将该译作明确标注为"爱国小说"。正是《最后一课》中深刻的爱国主义情怀吸引了该时期众多译者，其希望通过翻译这部小说来对广大读者（包括儿童和青少年读者）进行爱国主义教育。

晚清时期儿童读物倾向于使用劝说性话语或口号式话语对儿童进行爱国教育，大多主张将道理"明白说出"，如：

> 新少年，别怀抱，新世界，赖尔造……思救国，莫草草。②
> 责任（指救国的责任，引者注）尽在吾童子……二十世纪中国之存亡，实系于吾童子之手矣。则虽谓二十世纪之世界为吾童子之世界也亦宜。③

第一部分儿童诗歌节选自剑公《新少年歌》，作者意在呼吁儿童"救国"与创造"新世界"。第二段文字来自钱瑞香《论童子世界》，此文发表于《童子世界》，该刊本就为爱国学社学生所编，意在宣传爱国思想、培养儿童爱国精神，此段文字意图不言自明，几乎是直接劝说儿童要有"二十世纪之世界"主人翁精神，应关心国家"存亡"。上述文字与《最

---

① 《最后一课》，梁荫曾译，《工读杂志》，1917年第1卷第1期；《最后之课》，周瘦鹃译，《新申报》，1919年5月17—22日；《最后一课》，顾雁宾译，《中华英文周报》，1921年第5卷第105~110期；《最后一课》，胡适译，《台湾民报》，1923年第1卷第3期；《最后一课》，胡适译，《冬之芽·儿童文艺半月刊》，1925年第1~2期；《最后的一课》，吴志谦译，《中华英文周报》，1927年第16卷第396期；《最后的一课》，守一译，《儿童世界》，1927年第19卷第20期；《最后一课》，胡适译，亚东图书馆，1919年版。

② 剑公：《新少年歌》，载于《新小说》，1903年第7期，第158页。

③ 钱瑞香：《论童子世界》，载于《童子世界》，1903年第1期，第1页。

后一课》目的相同，都是为了养成儿童的"爱国心"，不同之处在于晚清时期作品太过直白，直接使用类似口号的话语对儿童进行劝说，令其一眼就能发现放在上面的"果子皮"，顿时觉得索然无味，甚至产生反感，更别提教育效果如何；而五四时期译作则是通过特定背景设置以及情感氛围营造去感染儿童，在令其沉浸于故事情节的同时也能达到教育目的。简言之，五四时期儿童文学翻译更注重"趣味性"，该时期译作即使以教育为目的，也不再是"干燥辛刻的教训文学"，即使存有"教训的分子"也仿佛是"藏在白雪里"的"草芽"，只会偶尔轻轻地"刺"一下儿童，使之在享受阅读的同时更能有所体会与思考。①

综上所述，晚清时期，在"成人本位"儿童观影响下，成人大多忽略儿童特殊精神与阅读需求，将其当作"缩小的成人"，基本按照自己的人生预设对儿童进行教导。该时期儿童文学翻译以"教训"为基本目的，大多数儿童文学译作，包括作为一版再版、经典之作的《童话》丛书在内，基本都饱含"教训"，沦为成人教育儿童的"工具"。五四时期，"儿童本位"和"启蒙教育"儿童观是当时主流儿童观，在其观照下成人译介儿童文学作品时十分注重"趣味性"，不再主张"对儿童讲一句话，眨一眨眼，都非含有意义不可"，抑或是"把儿童故事当作法句譬喻看待"②，即使在译介以教育为目的之作品时，也常"知识"与"趣味"并重。该时期出现了大量"无意思之意思"以及"果汁冰酪"型儿童文学译作，呈现出不同于晚清时期译作与同时期创作之独特风貌。简言之，在"儿童本位"和"启蒙教育"儿童观影响下，五四时期儿童文学翻译从"成人"走向"儿童"，从"教训"走向"教育"。

第二节 个人与团体/机构赞助者

从 20 世纪 80 年代起，翻译研究学派逐步从文化层面来考察和审视翻译活动，认为译作作为文学的重要组成部分，是文化的子系统之一，其生成受到来自文学系统内外部的双重制约。勒菲弗尔在《翻译、改写以及对文学名声的控制》一书中提出了"赞助者"（patronage）这个概念，认为它是文学系统之外制约翻译的主要因素之一，"能够促进或阻碍

---

① 郭沫若：《儿童文学之管见》，载于《民铎》，1921 年第 2 卷第 4 号，第 2 页。
② 周作人：《儿童的书》，载于《晨报副刊·文学旬刊》，1923 年 6 月 21 日。

文学的阅读、创作和改写（此处的'改写'包括翻译、编写、批评等含义，引者注）"①。赞助者既可是个人，也可为"群体、宗教团体、政治党派、社会阶层、宫廷、出版机构……大众传媒，包括报纸、杂志和较大的电视公司"，包括三个基本要素，即意识形态元素、经济元素和地位元素。② 赞助者的三个基本要素具有不同功能，其中意识形态元素（并不特指政治意识形态）限制翻译形式与主题，经济元素影响译者津贴和职位，地位元素则决定译者社会地位和知名度。三者可以是集中或分散的，换言之，三个元素可掌握于一个或多个赞助者手中。③

五四时期，赞助者以不同形态和方式对儿童文学翻译产生影响，本节将对个人赞助者和团体/机构赞助者的制约作用进行论述。

一、个人赞助者

五四时期，报刊发展蓬勃兴盛，"是现代中国文坛的一个醒目现实"，且当时报刊对外国文学译介多持积极态度，"几乎是凡期刊必有译文、无译文不成期刊"④。由于出版周期短、信息更新快、与读者互动强等特点，报刊有着单行本无法企及之优势，在五四时期外国文学译介中起到了举足轻重的作用。主编和编辑作为拥有"权力"⑤ 的个人，决定着报刊办刊宗旨、主题思想、组稿策划等。例如，李小峰译《两条腿》（爱华耳特著，北新书局，1925年）在发行单行本前曾在《晨报副刊》上连载（1924年3—5月），其在单行本"译者叙"中对《晨报副刊》编辑孙伏园表示感谢："初稿承孙伏园兄替我登在副镌上，随译随登，鼓励着我，使我的工作不致中辍。"⑥ 可见，若非孙伏园为李小峰提供译作发表机

---

① Andre Lefevere. *Translation*, *Rewriting and the Manipulation of Literary Fame*. Shanghai：Shanghai Foreign Language Education Press，2010，p. 15.
② Andre Lefevere. *Translation*, *Rewriting and the Manipulation of Literary Fame*. Shanghai：Shanghai Foreign Language Education Press，2010，p. 15.
③ Andre Lefevere. *Translation*, *Rewriting and the Manipulation of Literary Fame*. Shanghai：Shanghai Foreign Language Education Press，2010，pp. 16~17.
④ 王建开：《五四以来我国英美文学作品译介史（1919—1949）》，上海外语教育出版社，2003年版，第133页。
⑤ 根据勒菲弗尔的定义，此处"权力"并不专指"压制的力量"（repressive force），其既可促进也能阻碍翻译的发生与发展。（Andre Lefevere. *Translation*, *Rewriting and the Manipulation of Literary Fame*. Shanghai：Shanghai Foreign Language Education Press，2010，p. 15.）
⑥ 李小峰：《两条腿·译者叙》，收入爱华耳特《两条腿》，李小峰译，鲁迅校，北新书局，1933年版，第11页。

会，并时时对其进行"鼓励"，李小峰的翻译活动便不能顺利开展，甚至可能"中辍"。作为报刊核心人物，主编和编辑在五四时期儿童文学翻译活动中有着不可替代之重要作用。

《儿童世界》于1922年1月7日在上海创刊，是"中国第一本儿童文学专刊"，郑振铎于1922年至1923年（第1卷第1期至第5卷第1期）任主编。① 在《儿童世界宣言》中，郑振铎将该刊宗旨设定为弥补学校教育不能"十分吸引"儿童兴趣之"缺憾"，希望改变"注入式"教育，"尽力去启发儿童的兴趣"；该刊欢迎"翻译或自作诗歌"，寓言也"以翻译的为主"，小说则"大概采用《天方夜谭》"，除此以外，"更特别多用各民族的神话与传说"②。由此可见，《儿童世界》十分重视刊登各国儿童文学作品。郑振铎主编期间此刊为儿童文学译介重地，积极采用适合我国儿童的"一切世界各国里的儿童文学的材料"，刊登译作多达72篇③。《学生杂志》也是五四时期非常重要的儿童报刊，但其与《儿童世界》读者定位不同，主要是作为中学生的课外知识读物。《学生杂志》以"辅助学生学业，溶发学生知识，绍介新学说，灌输新思潮，使学生思想适合世界趋势为宗旨"，十分重视新知识、新思想的介绍，如该刊长期设置"学艺"栏目，致力于介绍国外先进科学知识。④ 在文学作品方面，主编朱元善非常重视科学小说译介，刊登了《三百年后孵化之卵》《两月中之建筑谭》《理工学生在校记》等作品，以期学生在享受阅读的同时也能学习自然科学知识。

作为报刊"掌舵人"，主编和编辑不仅制定办刊宗旨，决定报刊主要方向与特色，还常根据个人喜好来进行组稿与策划，使其主编或编辑的报刊极具个人特色。叶圣陶曾说郑振铎"本性酷爱着童话"⑤，郑振铎主编《儿童世界》期间不仅自己积极译介外国童话，还主动寻找译者"拉稿"，赵景深就曾提到郑振铎见其"有兴趣翻译童话"，就写信让他投稿。⑥ 五四时期，成人虽对儿童有了更多认识，但不少人仍对儿童文学持怀疑态度，认为"故事、童话中多荒唐怪异之言"，对儿童有害，且

---

① 韩信夫、曾景忠：《20世纪中国大事典》，四川人民出版社，2002年版，第161页。
② 郑振铎：《儿童世界宣言》，载于《妇女杂志》，1922年第8卷第1号，第133~134页。
③ 郑振铎：《第三卷的本志》，载于《儿童世界》，1922年第2卷第13期，第47页。
④ 转引自吴俊、李今、刘晓丽等：《中国现代文学期刊目录新编（下）》，上海人民出版社，2010年版，第2496页。
⑤ 叶绍钧：《天鹅序》，载于《文学周报》，1924年第150期。
⑥ 赵景深：《郑振铎与童话》，收入上海鲁迅纪念馆《郑振铎纪念集》，上海社会科学院出版社，2008年版，第141页。

"童话中多言及皇帝、公主之事，恐与现在生活在共和国里的儿童不相宜"，但郑振铎觉得这是"过虑"了，认为儿童"所喜欢的正是这种怪诞之言"，"与将来的心理是没有什么影响的"①。由于自身对童话的喜爱以及对儿童"小野蛮"思想的深刻理解，郑振铎力排众议，坚持在《儿童世界》上刊登各国"荒唐怪异"的童话，尽量引起儿童阅读兴趣、满足儿童阅读需求。例如，《儿童世界》第2卷1期上刊登了《彭仁的口笛》，该故事中彭仁在路上碰见一个鼻子被夹在树枝中的老妇人，彭仁救了她并拿烧饼给她吃，老妇人就送给他一支口笛作为报答。这支口笛非常神奇，从一头吹时可以使动物向四面散开，从另一头吹时则可将散开的动物聚拢，并且口笛若是丢失，只要主人想找回，它便会自动回来。这样一支口笛在当时许多人眼中无疑"荒唐怪异"，而郑振铎却认为这正是儿童"爱好所在"，适宜其"本能的兴趣与爱好"②。《儿童世界》刊登了大量充满"怪诞之言"的故事与"言及皇帝、公主"的童话，如《安乐王子》《竹公主》《鸟女》《渔夫和他的妻子》等。郑振铎更是在《儿童世界》第1卷第1期目录中将《安乐王子》标注为"王尔特神异故事"，突出其"神异"特质，以吸引和满足具有"初民心理"之儿童。在郑振铎的不懈努力下，童话成为《儿童世界》"最重要的文体"，72篇儿童文学译作中有43篇为童话，占总数的59.7%。③《学生杂志》的主编朱元善不如郑振铎那么推崇童话，而是希望学生在阅读的同时也能有效学习自然科学知识，认为"学生最好看点科学小说"④。朱元善要求茅盾（该刊当时的编辑兼译者）翻译和刊登《三百年后孵化之卵》，之后与茅盾经过商议，决定要继续认真"登科学小说"，于是又继续策划和刊登了《两月中之建筑谭》《理工学生在校记》两部科学小说，显示出对科学知识的极大热忱以及对科学小说之重视。

主编和编辑除了决定报刊宗旨、进行组稿策划，还常对译者的翻译方法和策略提出具体要求、进行指导。例如，茅盾在翻译《两月中之建筑谭》时，认为译文只要"百分之八十的忠实"即可，不必要求"百分之百的忠实"，而朱元善则"认为技术部分要忠实于原文，此外则可以不拘"，还要求茅盾"一定要用骈体"进行翻译，因为这些作品要给中学生

---

① 郑振铎：《儿童世界宣言》，载于《妇女杂志》，1922年第8卷第1号，第134页。
② 郑振铎：《儿童世界宣言》，载于《妇女杂志》，1922年第8卷第1号，第133页。
③ 王泉根：《现代儿童文学的先驱》，上海文艺出版社，1987年版，第51页。
④ 茅盾：《我走过的道路（上）》，人民文学出版社，1981年版，第138页。

读，应做到"文字优美"。① 因此，应朱元善要求，茅盾与其弟泽民合译了《两月中之建筑谭》，具有河海工程专门学校学习背景的泽民负责技术部分的翻译，以满足朱元善"技术部分要忠实于原文"的要求，而茅盾则用骈体对原作其余部分进行编译，以做到"文字优美"。另外，作为《学生杂志》主编，朱元善还必须考虑该刊的阅读与发行量，以保证经济收益。"人们一般会凭直觉而排斥他们不熟悉的事情，并将其视为一种侵犯行为"，因此，"读者是否熟悉译文的表达模式"直接"攸关译文的接受命运"②。为适应当时读者阅读习惯，朱元善对《两月中之建筑谭》进行了"汉化"，在"发排时加上了'砚'、'笔洗'和'香炉'"，调整译文以符合读者所"熟悉"之表达模式。③ 此外，为与《学生杂志》办刊宗旨相呼应，茅盾还积极翻译和刊登提倡新思想、鼓励学生奋斗自强的作品，如《履人传》（1918年第5卷第4、6号）、《缝工传》（1918年第5卷第9、10号）等，这些作品均使用骈体进行翻译，以满足主编"文字优美"之要求，做到投其所好。

报刊主编和编辑是非常具有影响力的个人赞助者，无论是其对翻译选材的指导还是对具体翻译过程的干预，均会对儿童文学翻译产生深刻影响。此外，文学/文化名人也会对儿童文学翻译活动产生巨大作用，五四时期主要代表人物有鲁迅和周作人。鲁迅作为个人赞助者，首先对周作人的翻译产生了重要影响。鲁迅不仅在周作人翻译"倦怠偷懒"时对其进行督促，使之"不敢有松懈之心"，还为其翻译指明方向，如二人最开始进行翻译时多为鲁迅"领着弟弟译书"，二人合译的《域外小说集》从选材来说"显然受到鲁迅的支配"，该书包括儿童文学译作《安乐王子》和《皇帝之新衣》。④ 即使后来周作人在翻译上能独当一面，鲁迅仍会给其建议，如鲁迅曾说安徒生童话中"《无画之画帖》便佳"，建议周作人翻译该童话，并提议"此后再添童话若干"，为周作人发行单行本积极出谋划策。⑤ 鲁迅对周作人的翻译事业（包括儿童文学翻译）而言，始终是一盏指路明灯。此外，鲁迅还积极为青年译者校改儿童文学译稿。

---

① 茅盾：《我走过的道路（上）》，人民文学出版社，1981年版，第143~144页。
② 孙艺风：《视角 阐释 文化——文学翻译与翻译理论》，清华大学出版社，2004年版，第188页。
③ 茅盾：《我走过的道路（上）》，人民文学出版社，1981年版，第144页。
④ 孙郁：《鲁迅与周作人》，现代出版社，2013年版，第51页。
⑤ 鲁迅：《210806 致周作人》，收入《鲁迅全集（编年版）》第2卷，人民文学出版社，2014年版，第175页。

例如，李小峰的《两条腿》"在付印之前，曾经鲁迅先生比对德译本校改过"，鲁迅不仅对比德译本对译稿进行添加，还亲自比较英、德译本的差异之处，参考德译本进行"修改者也有好几处"，最后还对照德译本将李小峰的译稿"加以精细的修正"①。鲁迅曾说："只要能培一朵花，就不妨做做会朽的腐草。"② 正是秉承这种奉献精神，鲁迅积极关心和帮助青年译者，不仅为其儿童文学翻译选材及质量把关，还利用自己编辑和校阅的报刊③为译作提供发表机会，有效促进了当时儿童文学翻译事业迅速发展。

周作人作为赞助者既指导青年译者进行选材，也会为其推荐翻译材料，如周作人曾为赵景深的《安徒生童话集》"筹画应该选译的篇名"④，还主动借《两条腿》给李小峰，使其"有翻译的机会"⑤。除了对青年译者进行指导，周作人的赞助者功效主要体现在为他人译作作序、撰写评论性文章等方面。例如，周作人曾为葛孚英译《穿靴子的猫》（《妇女杂志》，1922年第8卷第5号）撰写附记，为李小峰译《两条腿》作序，此外，还分别为陈家麟、陈大镫译《十之九》（中华书局，1918年）和赵元任译《阿丽思漫游奇境记》（商务印书馆，1922年）写了书评《随感录（二四）》与《阿丽思漫游奇境记》。

作为当时的文学/文化名人，周作人之文章，尤其是刊登在发行量大的报刊上的文章，能对儿童文学译作的阅读与传播产生较大促进或阻碍作用。周作人在为《两条腿》所作序中对此书赞赏有加，认为《两条腿》有"自己的特色"，是"科学童话中的一种佳作"，其中的材料"有戏剧的趣味与教育的价值"⑥，此外，还在序中给《两条腿》"以新的解释，使读者得深一层的了解"⑦。周作人的大力推介让教师和家长认识到此书

---

① 李小峰：《两条腿·译者叙》，收入爱华耳特《两条腿》，李小峰译，鲁迅校，北新书局，1933年版，第10~11页。
② 鲁迅：《〈近代世界短篇小说集〉小引》，收入《三闲集》，人民文学出版社，1958年版，第103页。
③ 如《民众文艺周刊》《国民新报副刊》《语丝》等。
④ 赵景深：《安徒生童话集·短序》，收入安徒生《安徒生童话集》，赵景深译，新文化书社，1924年版，第1页。
⑤ 李小峰：《两条腿·译者叙》，收入爱华耳特《两条腿》，李小峰译，鲁迅校，北新书局，1933年版，第11页。
⑥ 周作人：《两条腿·序》，收入爱华耳特《两条腿》，李小峰译，鲁迅校，北新书局，1933年版，第3~4页。
⑦ 李小峰：《两条腿·译者叙》，收入爱华耳特《两条腿》，李小峰译，鲁迅校，北新书局，1933年版，第11页。

"教育的价值",鲁迅的校改则确保了译文质量,再加上译作本身也颇具趣味性,能够合于儿童本性和心理,这些因素共同促使《两条腿》成为当时的畅销书,在1925年发行初版后几乎每年重印1次,至1933年时已发行7版。赵元任译《阿丽思漫游奇境记》于1922年1月出版,周作人于1922年3月12日及时在《晨报副刊》上发表了同名书评《阿丽思漫游奇境记》,称其为"一本很好的书",认为大人"也不可不看"这部"绝世妙文",另外,还在文中"郑重的介绍这本名著",请大人读一读,并"给他们的小孩子读"。① 《晨报副刊》作为"四大副刊"之一,其销售量与影响力非同一般,周作人在该刊上的大力推荐无疑有效扩大了《阿丽思漫游奇境记》的影响力,极大促进了其销售和阅读。周作人的序和书评是一把"双刃剑",既能促进也可阻碍译作的阅读和传播。例如,周作人曾在《新青年》上发表《随感录（二四）》,批评陈家麟、陈大镫译《十之九》,之后安徒生便为国人"所认识,所注意"②。《随感录（二四）》影响广泛,在使国人认识安徒生的同时,也相当于为《十之九》做了一次大型负面宣传,自此以后,大多数人应该都不会愿意购买"用古文来讲大道理"和"抹杀"了安徒生童话特色的《十之九》了,以致严重阻滞了该书的销售和阅读。③ 可见,文学/文化名人不仅会对儿童文学译者的翻译选材进行指导,还会为其校改译文和推荐发表,另外,名人的序和正面评论更是译作的有力宣传,简言之,文学/文化名人在儿童文学译作的阅读和推广中有着不可替代的重要作用。

如上所述,主编、编辑和文学/文化名人作为具有影响力的个人赞助者,对儿童文学翻译选材、翻译策略/方法制定、译作销售/推广等都有明显制约作用,充分体现了其在翻译活动中的"权力"。但是,个人赞助者的喜好、思想等常处于变化之中,其在翻译活动中的指导作用一般较具随意性。例如,主编和编辑常根据报刊销售情况对儿童文学翻译体裁、题材、方法等进行及时调整;文学/文化名人也会因思想变化而对儿童文学翻译有不同偏好。相对而言,团体和机构赞助者常拥有更为统一的指导思想/方针,对儿童文学翻译的影响也更成体系且稳定。

---

① 仲密:《阿丽思漫游奇境记》,载于《晨报副刊》,1922年3月12日。
② 西谛:《安徒生的作品及关于安徒生的参考书籍》,载于《小说月报》,1925年第16卷第8号,第6页。
③ 作人:《随感录（二四）》,载于《新青年》,1918年第5卷第3号,第286页。

二、团体/机构赞助者

赞助者既包括个人赞助者，也包括各种有影响力的群体、团体、政治党派、报刊等。团体和机构赞助者对儿童文学翻译以及译作推广和传播有着绝对影响力。例如，寓言向来是我国儿童文学译介的重心，但寓言在我国的接受也非一帆风顺，曹聚仁在《文思》中曾提及《意拾蒙引》（1840年）①在道光年间出版后曾"风行一时"，人们竞相传阅、津津乐道，后来清朝官员读后认为书中故事是在讽刺他们，就下令将书"列入违碍书目"，此书遂被查禁。②从《意拾蒙引》的"风行一时"到被"查禁"可以看出赞助者掌握了译作的生杀大权，能够主导其生成与传播，影响力不可小觑。由于本书主要讨论的是儿童文学翻译影响因素，下文中团体赞助者主要指五四时期的文学社团，机构赞助者则主要指与儿童有关的机构，如学校、相关教育部门等。

五四时期，儿童文学引起了社会各界热切关注，"年来最时髦，最新鲜，兴高采烈，提倡鼓吹，研究实验的"③正是儿童文学。该时期文学社团为迎合这一儿童文学潮流，无论是出于对儿童文学的关心还是盈利目的，都积极推出各类丛书，如"文学研究会丛书""创造社丛书""新潮社文艺丛书""共学社文学丛书"等，其中不乏儿童文学译作。文学社团是该时期强有力的儿童文学翻译赞助者，除推出系列丛书，很多文学社团还在自己主办的刊物上不遗余力地登载儿童文学译作，当时比较有代表性的刊物有《小说月报》《文学周报》《莽原》《语丝》《新潮》等。相对于个人赞助者对儿童文学翻译的影响，文学社团的作用更成体系，能够体现其一贯文学主张和宗旨。

五四时期，对儿童文学影响最大的文学社团当属文学研究会（即文研会）。文研会成立于1921年1月，主要成员有郑振铎、周作人、茅盾、叶圣陶、赵景深、徐调孚、夏丏尊、张近芬、冰心等，很多成员在文研会成立前就已开始从事儿童文学相关工作，如郑振铎和茅盾均参加过《童话》丛书的编撰。为响应时代呼声，文研会于20世纪20年代"掀起了一场以创作为中心，翻译、研究、编辑同步发展"的"儿童文学运

---

① 《伊索寓言》的译本之一，署名蒙昧先生著，门人懒惰生编译。
② 曹聚仁：《海外异闻录》，收入曹聚仁《文思》，上海书店出版社，1937年版，第219页。
③ 魏寿镛、周侯予：《儿童文学概论》，商务印书馆，1923年版，第1页。

动"。① 由于该会宗旨之一是"研究介绍世界文学",文研会成员在外国儿童文学译介方面倾注了不少心血。② 首先,文研会机关刊物《小说月报》和《文学周报》(其前身为《文学旬刊》《文学》)均积极登载儿童文学译作:先后由茅盾、郑振铎主编的《小说月报》在该时期共刊登儿童文学译作92篇,且该刊于1926年第17卷第1号起设置了"儿童文学"专栏,是最早设立此类专栏的大型文学刊物;《文学周报》刊登了儿童文学译作37篇。此外,《小说月报》(第16卷第8、9号)和《文学周报》(第186期)均在1925年推出了安徒生纪念专号,有组织、成系统地对安徒生及其童话进行译介,使国人有更多机会了解这位"老孩子",这是文研会里众多"安党"人士的共同努力。其次,郑振铎创办了《儿童世界》,该刊是我国现代最具影响力的儿童刊物之一,同样热衷于译介各国优秀儿童文学作品,积极采用适合我国儿童的"一切世界各国里的儿童文学的材料",刊登译作多达72篇。③ 最后,文研会还推出了"文学研究会丛书"和"文学周报社丛书",主要目的是"介绍世界的文学",其中不乏外国儿童文学。④ "文学研究会丛书"(商务印书馆)中的儿童文学译作有《爱罗先珂童话集》(鲁迅等译,1922年)、《青鸟》(傅东华译,1923年)、《天鹅》(高君箴、郑振铎译,1925年)、《莱森寓言》(郑振铎译,1925年)和《印度寓言(一)》(郑振铎译,1925年),另外,《梅脱灵戏曲集》(汤澄波译,1923年)里还收录了儿童戏剧《七公主》。"文学周报社丛书"(开明书店)中有儿童文学译作《列那狐的历史》(文基译,1926年)和《东方寓言集》(胡愈之译,1927年)。可见,文研会成员身体力行地积极译介各国儿童文学作品,成系统、有组织地编辑、出版了大量儿童文学译作。

在文研会"儿童文学运动"带动下,20世纪20年代掀起了一股儿童文学译介热潮,其他文学社团也开始关注儿童文学及其翻译,踊跃推出专门的儿童文学丛书或是在文学丛书中收入儿童文学译作。例如,创造社《世界儿童文学选集》(泰东图书局)共6种,包括《王尔德童话》(穆木天译,1922年)、《新月集》(王独清译,1922年)、《蜜蜂》(穆木天译,1922年)、《沉钟》(郁达夫译)、《人鱼》(何道生译)、《圣诞节

---

① 王泉根:《现代儿童文学的先驱》,上海文艺出版社,1987年版,第9页。
② 《文学研究会简章》,载于《小说月报》,1921年第12卷第1号,第1页。
③ 郑振铎:《第三卷的本志》,载于《儿童世界》,1922年第2卷第13期,第47页。
④ 《文学研究会丛书缘起》,载于《东方杂志》,1921年第18卷第11号,第127~128页。

歌》(张资平译)①，其中《王尔德童话》还被收录到创造社《世界名著选》中，《蜜蜂》也被收录到"创造社丛书"(第14种)和"世界名著选"两种丛书里；另外，新潮社"新潮社文艺丛书"②、狂飙社"狂飙丛书"③、共学社"共学社文学丛书"④ 等都收入了儿童文学译作。此外，各文学社团还在自己主办刊物上登载儿童文学译作，如《创造》的《皇太子—小山羊》(刘正华译，第1卷第2号)，《新潮》的《呆子伊凡的故事》(孙伏园译，第2卷第5号)和《自私的巨人》(穆敬熙译，第3卷第1号)，《语丝》的《朝鲜传说》(开明译，第28期)、《阿尔萨斯的"鸣儿歌"》(刘复译，第89期)和《木马歌》(小惠译，第121期)等，此类译作数量相当可观。如本书图1-1所示，1917—1920年间共有译作200余篇/部，自1921年开始大幅增长，1921—1927年间每年译作数量都超过150篇/部，1924年更是多达249篇/部，如此可喜的译介成绩与当时众多文学社团的共同努力密不可分。

由于文学社团拥有特定文学主张与追求，其儿童文学翻译并不完全受唯利是图的书商或出版机构摆布。例如，李小峰就曾谈到"新潮社文艺丛书"从著译、设计、定价到发行"一切都是自己来"，"不受书商的掣肘"，由于该丛书"完全自主"，因此"就有条件来印出一批兼顾内容与形式的好书"。⑤ 正是在各文学社团的坚持与努力下，该时期涌现出了大量儿童文学译作。由于文学社团的儿童文学翻译并不完全为市场利益所驱使，其体裁、题材、风格等才能够呈现出多样性，从而有效丰富了我国儿童文学这块"小百花园地"。

儿童文学与成人文学的重要区别之一就在于购买者与阅读者的不统一性，儿童文学预期读者虽主要为儿童，但其实际购买者多为成人，换言之，只有获得成人认可，儿童文学才能更好地被阅读与传播。学校和相关教育部门作为与儿童密切相关的机构，是对儿童文学翻译有着巨大影响力的机构赞助者。儿童文学被称为"小学校里的文学"⑥，学校作为

---

① 后三种未见书，只是在《创造》1922年第1卷第2期的广告中提及正在"印刷中"。(见饶鸿竞、陈颂声、李伟江等：《创造社资料》，福建人民出版社，1985年版，第447页。)
② 包括儿童文学译作《桃色的云》(鲁迅译，新潮社，1923年)、《纺轮的故事》(CF女士译，北新书局，1924年)和《两条腿》(李小峰译，北新书局，1925年)。
③ 包括儿童文学译作《给海兰的童话》(鲁彦译，开明书店，1927年)。
④ 包括儿童文学译作《涡堤孩》(徐志摩译，商务印书馆，1923年)。
⑤ 李小峰：《北新书局的由来》，收入上海市政协文史资料委员会《上海文史资料存稿汇编(第10卷)》，上海古籍出版社，2001年版，第378页。
⑥ 周作人：《儿童的文学》，载于《新青年》，1920年第8卷第4号，第1页。

其"阅读场所之一……对儿童文学的影响是直接而巨大的",能够有效促进其阅读和传播。① 早在1908年,徐念慈就已清楚意识到学校对于儿童书籍(包括儿童文学译作)销售的影响,认为儿童书籍不仅可做平时"讲谈"的参考,也能作为考试时的"奖赏",若能获得学校认可,哪怕购买书籍的学校数量只是"折半计之","销行之数"也不可小觑,"必将倍于今也"。② 例如,包天笑在谈论《馨儿就学记》时就曾说到当时学校"正大为发展",很多都购买此书作为毕业奖品,发奖时"每次就是成百本",购买量蔚为可观。③ 学校可以大量购买其认可的儿童文学译作,相关教育部门则可为儿童文学译作颁奖或是批准其成为教材/教辅,以使之获得主流地位,成为当时文学经典与正宗,进而使更多的教师和家长"慕名"购买。

学校和相关教育部门对儿童文学译作的认可或否定,能够促进或阻碍译作的阅读和推广。例如,五四时期,学校和相关教育部门对《侠隐记》④、《续侠隐记》⑤ 和《天方夜谭》⑥ 的认可,极大地促进了其传播。《侠隐记》《续侠隐记》和《天方夜谭》均被教育部列入"新学制中学国语文科补充读本",且被著名教育家、《学生杂志》主编杨贤江列入《初中学生适用各科参考书》"国语"部分推荐书目⑦。由于教育部门和专家的强烈推荐,这几本译作在当时销量极好,流传甚广:伍光建译作多次再版,至1932年已再版5次,而《天方夜谭》也至少再版了6次,在30年代还被收入"万有文库"。如上所述,上述译作的畅销和流行与当时教育部门/专家的认可密不可分,入选教育部"新学制中学国语文科补充读本"使之获得主流地位,教育专家的推荐令师长也乐意"慕名"购买。但是,机构赞助者对儿童文学翻译的影响并非总是积极或正面的,有时也会阻碍儿童文学的翻译和阅读。例如,江苏省第二师范区于1923年成立了一个"儿童图书审查委员会",专门"审查坊间出版之儿童图书,以

---

① 朱自强:《中国儿童文学与现代化进程》,浙江少年儿童出版社,2000年版,第37页。
② 觉我:《余之小说观》,载于《小说林》,1908年第10期,第12页。
③ 包天笑:《钏影楼回忆录》,生活·读书·新知三联书店,2014年版,第364页。
④ 大仲马:《侠隐记》,伍光建译述,商务印书馆,1924年版。
⑤ 大仲马:《续侠隐记》,伍光建译,沈雁冰校,商务印书馆,1926年版。
⑥ 《天方夜谭》,奚若译述,叶绍钧校注,商务印书馆,1924年版。
⑦ 杨贤江:《初中学生适用各科参考书》,收入杨贤江《杨贤江全集(第2卷)》,河南教育出版社,1995年版,第527~528页。列入《初中学生适用各科参考书》中的儿童文学译作还有鲁迅译《爱罗先珂童话集》和赵元任译《阿丽思漫游奇境记》。

为本区各学校选择之标准"①;《教育部训令第一九七九号》要求陕西省教育厅"将儿童文学等书一律送部审查"②;于祥文《儿童读物审查报告》明确要求儿童读物内容"不含神怪,凶残,恐怖,威权,诡诈,等成分"③。儿童文学译作若未通过上述部门"审查"或是不符合其要求,就会被禁止在该区域内流通,在某种程度上阻碍了特定类型儿童文学作品之翻译。

机构赞助者虽不能直接影响儿童文学翻译过程,如对儿童文学翻译方法、风格等提出具体要求,但由于其对译作阅读和传播之巨大影响,书商或出版机构常出于盈利目的,主动根据其"喜好"要求译者在儿童文学翻译选材、方法等方面做出调整。对于备受教育部门/专家认可的《侠隐记》《续侠隐记》和《天方夜谭》,文学界有如下评论:《侠隐记》的"译文实在有它的特色",它能够一版再版、吸引如此多的读者,"译文的漂亮"应该是"最大的原因"④;伍光建翻译《侠隐记》时使用了"一种特创的白话",不仅简明流畅,还"最能传达原书的神气"⑤,且译者态度认真,使《侠隐记》"谨严而不失为好文章"⑥;《天方夜谭》译文"非常纯熟而不流入迂腐;气韵渊雅;造句时有新铸而不觉生硬,止见爽利",文字"明白干净"⑦;《天方夜谭》译法不同于晚清时期"豪杰译",译者"必期无漏无溢",尽量不对原文进行随意增删,另外在译文中也"不敢稍参以卤莽俚杂之词"⑧。《侠隐记》《续侠隐记》和《天方夜谭》被列入教育部"新学制中学国语文科补充读本"以及杨贤江《初中学生适用各科参考书》推荐书目,可见,机构赞助者对其语言、翻译方法/风格等同样持肯定态度。因此,该时期若想获得机构赞助者认可,儿童文学翻译应该做到译文"漂亮",没有"卤莽俚杂之词";此外,翻译时还

---

① 《江苏第二师范区小学教员研究会儿童图书审查委员会规程》,载于《江苏第二师范区小学教育研究会年刊》,1924年5月,第24页。
② 《教育部训令第一九七九号》,载于《陕西教育周刊》,1930年第3卷第11/12期,第13页。
③ 于祥文:《儿童读物审查报告》,载于《开封实验教育》,1934年新1第34期,第2页。
④ 味茗:《伍译的〈侠隐记〉和〈浮华世界〉》,载于《文学》,1934年第2卷第3号,第558页。
⑤ 胡适:《论短篇小说》,收入《胡适译短篇小说》,胡适译,岳麓书社,1987年版,第188页。
⑥ 胡适:《论翻译》,收入《胡适译短篇小说》,胡适译,岳麓书社,1987年版,第196页。
⑦ 叶绍钧:《天方夜谭·序》,收入《天方夜谭(一)》,奚若译,商务印书馆,1930年版,第18页。
⑧ 奚若:《天方夜谭·译序》,收入《天方夜谭(一)》,奚若译,商务印书馆,1930年版,第2页。

需使用纯熟不生硬的白话,并做到"谨严"且"无漏无溢"。简言之,学校和相关教育部门虽不能直接干预译者翻译方法/风格,但由于其对译作推广的巨大促进或阻碍作用,书商和出版机构会尽量生产符合机构赞助者"优秀"标准之作品,从而对儿童文学翻译题材、体裁、方法等进行"隐形"操控,影响其整体风格与结构。

综上所述,五四时期赞助者以不同形态和方式而对该时期儿童文学翻译具有深刻作用。个人赞助者对译者翻译选材、策略、方法等有着直接而明确的指导作用,但此类影响常极具个人特色与随意性。团体和机构赞助者拥有较为统一的指导思想和方针,对儿童文学翻译的影响相对更成体系且稳定。个人赞助者、团体/机构赞助者在翻译的各个阶段,通过不同手段与方式,有效促进或阻碍儿童文学译作的阅读与销售,从而对五四时期儿童文学翻译选材、方法、风格等产生巨大影响。

第三节 "戴着镣铐跳舞"的译者

研究者与译者长期认为翻译需要忠实传达原文内容与形式,"至少应该……忠实地传达原作的内容"[①]。虽然有"质""信""化境"等不同说法,但"忠实"始终都是对翻译的基本要求。在理想状态下,译者应该生产出"玻璃"般的"透明文本"[②],使译语读者能够通过译作感受原作,并"象读原作时一样得到启发、感动和美的感受"[③]。虽然传统译论主张译者"隐身"或译作"透明",但在具体翻译过程中译者并非"隐形人"。由于文学翻译不是简单转换文字,译者首先需要"通过原作的语言外形,深刻地体会了原作者的艺术创造的过程,把握住原作的精神,在自己的思想、感情、生活体验中找到最适合的印证",然后才能动手翻译。[④] 在这个"体会"原作和"把握"原作精神的过程中,译者虽受原作限制,但仍可"戴着镣铐跳舞",在充分发挥主观能动性基础上,结合

---

① 茅盾:《为发展文学翻译事业和提高翻译质量而奋斗》,收入罗新璋《翻译论集》,商务印书馆,1984年版,第511页。

② Lawrence Venuti. *The Translator's Invisibility: A History of Translation*. Shanghai: Shanghai Foreign Language Education Press, 2004, p. 1.

③ 茅盾:《为发展文学翻译事业和提高翻译质量而奋斗》,收入罗新璋《翻译论集》,商务印书馆,1984年版,第511页。

④ 茅盾:《为发展文学翻译事业和提高翻译质量而奋斗》,收入罗新璋《翻译论集》,商务印书馆,1984年版,第511页。

自身情感和"生活体验"对原作进行阐释。可见,在实际翻译过程中,译者并非始终客观公正,其对译作功能、预期读者、译者角色/责任等的看法都会影响翻译过程中的具体选择与决定。①

译者在翻译过程中会遭遇两种文化的碰撞,常会根据所处文化语境、价值取向等将原作"改头换面",此外,译者自身审美倾向、认知能力、语言能力等也会为译作打上"烙印"。埃斯卡皮认为"翻译总是一种创造性的背叛",而译者正是该"背叛"过程的主导与实施者。②译者虽"戴着镣铐",不能摆脱原作制约,但其仍要坚持"跳舞",在翻译中加入自身风格,为译作打上自己以及本土文化之"烙印"。五四时期儿童文学译者是极具主观能动性的"叛逆者",其"接受屏幕"、翻译方法等均会对翻译过程产生影响。

一、"接受屏幕"

梁启超曾说译书"第一义"就是"择当译之本",可见,开展翻译活动首先要解决"译什么"问题。③ 在进行翻译选材时,译者虽受社会审美、文学传统、赞助者等诸多外部因素影响,但其自身主体性与创造性也不可忽视,如孙郁在谈到鲁迅翻译时,认为其"主观性很浓",有"较坚定的主张,世风怎样吹,与他均无影响"④。可见,译者在进行翻译选材时虽会受一定"世风"影响,但更大程度上是受制于自身的"接受屏幕",即"一种内化了的文化心理结构,它是指读者由于其文化传统及特定的个人经历而构成的知识背景,包括其文学修养、知识水平、个人志趣等"⑤。接下来,本书将以儿童文学的积极译介者周作人为例,探讨"接受屏幕"中知识结构、个人志趣等对翻译选材的影响。

周作人在日本留学期间对小说、神话等"闲书"非常感兴趣,曾谈到所读书籍中《习俗与神话》和《神话仪式与宗教》对自己"影响最

---

① Haidee Kruger. *Postcolonial Polysystems: The Production and Reception of Translated Children's Literature in South Africa*. Amsterdam/Philadelphia: John Benjamins Publishing Company, 2012, p.20.
② 罗贝尔·埃斯卡皮:《文学社会学》,王美华、于沛译,安徽文艺出版社,1987年版,第137页.
③ 梁启超:《论译书》,收入梁启超《梁启超全集(第1册)》,北京出版社,1999年版,第46页.
④ 孙郁:《鲁迅与周作人》,现代出版社,2013年版,第51页.
⑤ 曹顺庆等:《比较文学论》,四川教育出版社,2002年版,第197页.

多"①。安德鲁·朗格著作对周作人影响深远，不仅引起其"对于文化人类学的趣味来"，还使之对"儿童学"产生"兴趣"。② 在"接受屏幕"中人类学成分的影响下，周作人开始研究儿童学和儿童文学，并将兴趣转向国内外神话、传说、民间童话/故事等，五四时期译介了诸多此类作品，如《扬拉奴媪复仇的故事》和《扬尼思老爹和他驴子的故事》（《新青年》，第5卷第3号）、《空大鼓》（《新青年》，第5卷第5号）、《久米仙人》（《晨报副刊》，1922年5月3日）、格林童话中的《稻草与煤与蚕豆》和《大萝卜》（《晨报副刊》，1923年7月24日、8月28日）、《朝鲜传说》（《语丝》，第28期）等。周作人"接受屏幕"中的人类学成分对其儿童文学译介影响极为深远，几乎贯穿一生。周作人在五四以后同样翻译了大量神话和民间故事，如《俄罗斯民间故事》（天津人民出版社，1957年）、《乌克兰民间故事》（天津人民出版社，1957年）、《希腊神话故事》（天津人民出版社，1958年）等。

除了文化人类学，周作人还"常涉猎戏剧史"，虽"不懂戏剧"，但在研究希腊悲剧史料过程中还是"得到好些知识"，此外，其还十分关心"日本戏曲发达的径路"。③ 由于"接受屏幕"中的戏剧构成，周作人对儿童戏剧极易产生共鸣，于20世纪20年代开始着手翻译儿童戏剧，如在《晨报副刊》上连续刊登了《乡间的老鼠和京都的老鼠》（1923年7月28日）、《乡鼠与城鼠》（1923年8月3日）和《老鼠的会议》（1924年1月17日），之后又翻译了《青蛙教授的讲演》《公鸡与母鸡》和《卖纱帽的与猴子》，这6篇儿童剧于1932年结集出版④。

五四时期，译者常通过"中介语"对各国作品进行翻译，此类"辗转"的译法在当时文学界"非常盛行"。⑤ 周作人在《我的杂学》中谈到自己"所读的"不是"英文学"，而是把英语作为"媒介"，"杂乱的读些书"⑥。周作人不仅通过英语阅读各国书籍，还通过英语和日语来广泛译

---

① 周作人：《我的杂学》，收入吴平、邱明一《周作人民俗学论集》，上海文艺出版社，1999年版，第12页。

② 周作人：《我的杂学》，收入吴平、邱明一《周作人民俗学论集》，上海文艺出版社，1999年版，第10、17页。

③ 周作人：《我的杂学》，收入吴平、邱明一《周作人民俗学论集》，上海文艺出版社，1999年版，第30页。

④ 即《儿童剧》（儿童书局），前3篇标题略有调整。

⑤ 郑振铎：《译文学书的三个问题》，收入中国翻译工作者协会《翻译通讯》编辑部《翻译研究论文集（1894—1948）》，外语教学与研究出版社，1984年版，第89页。

⑥ 周作人：《我的杂学》，收入吴平、邱明一《周作人民俗学论集》，上海文艺出版社，1999年版，第8~9页。

介各国儿童文学作品，如德国格林兄弟、丹麦安徒生、法国法布尔等人的作品。周作人为何不直接翻译英语或日语作品，而是将这两种语言作为"媒介"来转译其他语种作品呢？该问题引人深思，通过其解答可更深层次地揭示译者如何进行翻译选材。一飞曾在其译作《白尾蓝色猪的大战争》的"附注"中提到自己是因为该作品"读起来，很有趣味"，才动手翻译，"把彼做成浅近的白话登出来"①。无独有偶，郑振铎《列那狐的历史》根据英译本转译而来，其在译文前所附序言中谈到该书"异常的可爱"，因此将其翻译出来"介绍给读者"②。可见，译者翻译选材与个人兴趣/爱好密切相关，常从个人志趣出发对作品进行筛选。

周作人通过英语和日语广泛译介各国儿童文学作品，常因为觉得"有趣"而选择特定作品。例如，周作人曾说译文集《陀螺》是自己愉快玩耍的"纪念"，是没有"什么大意思"的"小玩意儿"，至于用"陀螺"为这本书命名，是因为"觉得陀螺是一件很有趣的玩具"③。由此可见周作人未泯之"童心"：由于觉得"有趣"进行翻译，严肃的翻译对其来说不过是玩耍，译作则是玩耍的"纪念"；周作人还用"陀螺"为译文集命名，仅因为"陀螺"是"有趣的玩具"，恰好与这本"有趣"的"小玩意儿"相配。周作人认为自己既非"诗人"，"亦非文士"，包括创作与翻译在内的"文字涂写"于他而言不过是"游戏"，"或者更好说是玩耍"，因此，其翻译不需要有什么"大意思"，但必须充满"趣味"。④ 简言之，周作人将儿童文学翻译当作日常"游戏"之一，希望能从中"找回童真，找回生活固有的乐趣"⑤。

周作人"接受屏幕"中的个人志趣（个人兴趣、爱好等）使之极为重视儿童文学的"趣味性"，对充满"趣味"的"无意思"之作更是推崇备至。例如，周作人曾"郑重"地向读者介绍赵译《阿丽思漫游奇境记》，因为此书最大特色"在于他的有意味的'没有意思'"，能够使读者"得到一种快乐"⑥；在为《朝鲜童话集》作序时周作人对其中"趣味"也是大加赞赏，认为该书里"都是很有意思的故事"⑦。正是对"童心"

---

① 一飞：《白尾蓝色猪的大战争·附注》，载于《民国日报·觉悟》，1921年6月10日。
② 文基：《列那狐的历史·译者序》，载于《小说月报》，1925年第16卷第8号，第1页。
③ 周作人：《〈陀螺〉序》，载于《语丝》，1925年第32期，第105～106页。
④ 周作人：《〈陀螺〉序》，载于《语丝》，1925年第32期，第105页。
⑤ 王友贵：《翻译家周作人》，四川人民出版社，2001年版，第78页。
⑥ 仲密：《阿丽思漫游奇境记》，载于《晨报副刊》，1922年3月12日。
⑦ 周作人：《〈朝鲜童话集〉序》，收入王泉根《周作人与儿童文学》，浙江少年儿童出版社，1985年版，第118页。

"童趣"的青睐将周作人引向了安徒生其及童话的译介①,对他而言安徒生及其童话就是"童心""童趣"的代名词:安徒生虽"行年七十",却仍"不改童心"②,其童话"词句简易,如小儿语",且"以小儿之目,观察庶类",十分符合儿童心理。③ 由于"儿童本位"儿童观的影响以及对安徒生童话的喜爱,周作人在《儿童的文学》《儿童的书》《童话略论》《安兑尔然》等文章中对安徒生及其作品赞誉有加,并亲自翻译了《卖火柴的女儿》和《皇帝之新衣》(收入《域外小说集》,群益书社,1920年)。此外,周作人还积极指导"安党"人士译介安徒生童话,如曾向赵景深推荐"应该选译"的安徒生童话篇目,其中包括周作人"最爱的两篇",即《小伊达的花》和《坚定的锡兵》。④

除上述神话、传说、民间童话/故事等,周作人还翻译过科学题材作品,如法布尔《爱昆虫的小孩》(《妇女杂志》,1923年第9卷第9号)、《蝙蝠与癞蛤蟆》(《晨报副刊》,1923年8月4日)、《蜂与蚁》(《晨报副刊》,1923年8月7日)、《蜘蛛的毒》(《晨报副刊》,1923年8月25日)等。鲁迅和郑振铎也翻译过科学题材作品⑤,但其选择此类作品的理由/目的与周作人截然不同。鲁迅认为科学小说能够使读者"触目会心,不劳思索",从而"于不知不觉间,获一斑之智识"⑥,选择翻译科学小说主要"是为了普及科学,欲借'小说'之形式宣传'科学'之内容"⑦。郑振铎则认为目前儿童书籍中"自然科学的材料"仍比较"缺乏",并且"也嫌无味",无论是数量还是质量都不尽如人意,希望"用

---

① 五四时期,安徒生及其作品与"童心""童趣""儿童本位"等基本是画等号的,前者已然成为后者的代名词。例如,郑振铎认为安徒生的童话中充满"歌声、图画和鬼脸",是用"<u>童心</u>"(下划线为笔者所加,下同)开辟的童话世界(西谛:《卷头语》,载于《小说月报》,1925年第16卷第9号);赵景深觉得安徒生的童话"处处<u>合于儿童心理</u>"(赵景深:《安徒生评传》,收入赵景深《童话评论》,新文化书社,1924年版,第231页);顾均正认为安徒生能"把儿童的气味曲曲地表现出来",并使童话"处处<u>充满着儿童的精神</u>"(顾均正:《安徒生传》,载于《小说月报》,1925年第16卷第8号,第21~23页)。
② 周作人:《童话略论》,载于《教育部编纂处月刊》,1913年第1卷第8册,第8页。
③ 周作人:《安兑尔然》,收入王泉根《周作人与儿童文学》,浙江少年儿童出版社,1985年版,第99页。
④ 赵景深:《安徒生童话集·短序》,收入安徒生《安徒生童话集》,赵景深译,新文化书社,1924年版,第1页。
⑤ 鲁迅曾译过凡尔纳《月界旅行》《地底旅行》和《北极探险记》,郑振铎译过杜柏《树居人》。
⑥ 鲁迅:《月界旅行辨言》,收入培仑《月界旅行》,鲁迅译,中央编译出版社,2014年版,第2页。
⑦ 王琳、向天渊:《游走于"科普"与"科幻"之间——鲁迅对儒勒·凡尔纳小说的翻译》,载于《鲁迅研究月刊》,2016年第11期,第43页。

有趣味的叙述方法来叙述关于这种知识方面的材料"①，最终目的是为引起儿童"研究科学"的兴趣。②总之，无论是鲁迅的"普及科学"还是郑振铎的引起"研究科学"之兴趣，最终目的都是更好地教育儿童，对其进行科学启蒙。

相较于鲁迅和郑振铎之教育目的，周作人对科学题材作品的译介显得更为"孩子气"。例如，周作人曾在《晨报副刊》的"儿童世界"专栏中登载了10篇译作，其中有5篇是科学文艺作品，即法布尔《蝙蝠与癞蛤蟆》（1923年8月4日）、《蜂与蚁》（1923年8月7日）和《蜘蛛的毒》（1923年8月25日），房龙《上古的人》（1923年9月2日）以及汤姆生《蚂蚁的客》（1924年1月16日）。上述译作以"土之盘筵"为总标题，在"儿童世界"专栏进行连载。"土之盘筵"出自诗句"垒柴为屋木，和土作盘筵"③。对于周作人而言，翻译法布尔等人的作品就如同"筑沙堆"一样，是在"游戏"和"玩耍"，而"土之盘筵"里的那些译作就是"游戏"中的"土饭尘羹"，充满"趣味性"。④周作人大力译介法布尔等人作品只因其比"那些无聊的小说戏剧更有趣味，更有意思"⑤。此外，周作人还曾打算翻译《两条腿》⑥，因为它是科学童话里的"佳作"，写人类生活时"能够把人当作百兽之一去看"，这不但合乎"科学的精神"，还使"故事更有趣味"⑦。如上所述，周作人翻译选材时，原作有无"趣味"或"意思"是重要标准之一，其选择科学题材作品既非为了传播科学，亦非为了寓教于乐、进行科学启蒙，只是单纯从自身兴趣、爱好出发，为"游戏"而翻译。

综上所述，周作人"接受屏幕"对其翻译活动产生了深远影响。首先，"接受屏幕"中的知识构成有效制约了周作人翻译选材，如人类学知

---

① 郑振铎：《第三卷的本志》，载于《儿童世界》，1922年第2卷第13期，第46页。

② 郑振铎、何其宽：《树居人·例言》，收入杜柏《树居人》，郑振铎、何其宽译，商务印书馆，1926年版，第1页。

③ 作人：《土之盘筵·小引》，载于《晨报副刊》，1923年7月24日。这段所谓的"小引"本只是写在《稻草与煤与蚕豆》前的一段译者的话，并未添加任何标题，只是后来收录到各种集子里时多被称为《土之盘筵·小引》，笔者在此也沿用此标题，下同。

④ 作人：《土之盘筵·小引》，载于《晨报副刊》，1923年7月24日。

⑤ 周作人：《法布尔〈昆虫记〉》，收入王泉根《周作人与儿童文学》，浙江少年儿童出版社，1985年版，第157页。

⑥ 但是"后因事忙搁下"，之后推荐给了李小峰翻译。（见李小峰：《两条腿·译者叙》，收入爱华耳特《两条腿》，李小峰译，鲁迅校，北新书局，1933年版，第9页。）

⑦ 周作人：《两条腿·序》，收入爱华耳特《两条腿》，李小峰译，鲁迅校，北新书局，1933年版，第6~7页。

识使其热衷于翻译外国神话、传说、民间童话/故事等,戏剧知识则使之易对儿童戏剧产生共鸣,尝试儿童戏剧翻译。其次,周作人个人兴趣和爱好也对翻译选材有一定影响。由于未泯之"童心",儿童文学翻译对周作人而言只是"游戏",并不需要有什么"大意思",因此,其选择了当时与"童心""童趣"画等号的安徒生童话,而其对"土饭尘羹"类科学题材作品的选择,很大程度上则是出于对"趣味"的执着追求。

二、翻译方法

晚清时期,"豪杰译"盛行,儿童文学译者在翻译过程中经常自行增添或删减,甚至随意对作品情节、内容做出改动,如梁启超在翻译《十五小豪杰》时就声称"译意不译词",坚持"以中化西",将故事里外国人名、地名换为中国的,并删去"不合国情"的内容与情节①;包天笑翻译《馨儿就学记》时也是如此,将"书中的人名、习俗、文物、起居"都"中国化",还将原作日记体改为"中国的夏历"②。五四时期,译者不再只满足于文学作品内容"介绍",而是要求译文也能具有一定"文学上的价值",开始追求"翻译艺术的精进",力求译文与原文相"切合"③。

五四时期儿童文学翻译风格与晚清时期截然不同,不再以"改译""改编"或是"改头换面式"翻译为主,儿童文学译者和研究者开始倡导更为"忠实"的翻译。④ 例如,茅盾在谈论五四时期儿童文学翻译时曾说该时期"儿童文学运动"整体而言"就是把从前孙毓修先生……所已经'改编'(Retold)过的或者他未曾用过的西洋的现成'童话'再来一次所谓'直译'",此外,还提及《新青年》主编陈仲甫先生在私人谈话中(1922年左右)表示不赞成当时"仅仅直译格林童话或安徒生童话而忘记了'儿童文学'应该是'儿童问题'之一",此类言论均表明或是从侧面反映了直译在该时期儿童文学翻译中的主流地位⑤;魏寿镛和周侯予在《儿童文学概论》中也建议儿童文学翻译要用"直译法","不能用'意译'",对于"意思形式"都"有价值"的作品更应采用"直译法"。⑥如上所述,该时期成人不再随意对儿童文学进行增删或改编,主张保持

---

① 蒋林:《梁启超"豪杰译"研究》,上海译文出版社,2009年版,第125~126页。
② 包天笑:《钏影楼回忆录》,生活·读书·新知三联书店,2014年版,第363页。
③ 《文学研究会丛书缘起》,载于《东方杂志》,1921年第18卷第11号,第128页。
④ 王泉根:《现代中国儿童文学主潮》,重庆出版社,2000年版,第588页。
⑤ 江:《关于"儿童文学"》,载于《文学》,1935年第4卷第2号,第274页。
⑥ 魏寿镛、周侯予:《儿童文学概论》,商务印书馆,1923年版,第34页。

原作"本来面目",建议直译外国儿童文学,十分重视翻译忠实性。例如,魏寿镛和周侯予提议用"白话"翻译儿童文学,因为"白话"比"文言"更"接近""外国文字",用"文言"翻译会使原作"失了本来面目"①;夏丏尊在翻译《爱的教育》时认真"对照日英二种译本,勉求忠实"②;赵元任翻译完《阿丽思漫游奇境记》后,还尽力按照"'字字准译'的标准"进行修改③。总之,五四时期儿童文学翻译整体风格已转变,该变化无疑会对该时期儿童文学译作最终"面貌"产生影响。

虽然五四时期直译已成为儿童文学翻译的主要方法,译者、研究者、出版商等均十分重视译作忠实性,但该时期儿童文学翻译方法、风格、质量等并非整齐划一,仍存在改编、节译等情况。挪威民间故事《结了婚的野兔》在五四时期有多个译本,即茅盾编译《兔娶妇》(商务印书馆,1919年)、郑振铎译述《兔的幸福》(《儿童世界》,1922年第1卷第1期)以及顾均正译《结了婚的野兔》(《新女性》,1926年第1卷第7期)。接下来,笔者将上述译本与20世纪80年代丰华瞻、戚志廉译《结了婚的野兔》进行文本对比分析,考察翻译风格转变,即直译的逐渐流行及其程度加深,对五四时期儿童文学翻译之影响。

在《结了婚的野兔》中,有一个场景为狐狸和兔子见面后,兔子告诉狐狸自己结婚的消息,五四时期三个译本分别如下:

> 一天,狐狸在林中遇见兔子,见他满面喜气,极有兴致,狐狸因唤住兔子问道:"老朋友,你一向到哪里去了?我有一个多月不见你了,今天见你,又是这般快活,到底为了什么?"
>
> 兔子满面春风地回答道:"是呀,我们许久不见了,你知道我近来交了好运么?"狐狸听兔子说交了好运,忙道:"原来如此,怪不得你欢喜,究竟是什么事?好讲给我听听么?"
>
> 兔子笑道:"有何不可?其实也没什么大喜事,不过我娶了猫儿做老婆了。"狐狸哈哈笑道:"你真幸福,你该一天到晚开口笑了。"④

---

① 魏寿镛、周侯予:《儿童文学概论》,商务印书馆,1923年版,第34页。
② 夏丏尊:《爱的教育·译者序言》,收入亚米契斯《爱的教育》,夏丏尊译,开明书店,1948年版,第viii页。
③ 赵元任:《阿丽思漫游奇境记·凡例》,收入加乐尔《阿丽思漫游奇境记》,赵元任译,商务印书馆,1931年版,第16页。
④ 茅盾:《兔娶妇》,收入孔海珠《茅盾和儿童文学》,少年儿童出版社,1984年版,第109页。

兔子招呼道，"你好呀，你好呀！狐狸兄！我今天真快乐呀！你知道么？我今天早上已经结婚了。"

狐狸道："恭喜你！你真是快活人！"①

"你好，祝你老好！"野兔说。"今天我觉得很快活，因为我已经结了婚，你须得知道！"

"那是你的好福气，"狐狸说。②

丰华瞻和戚志廉译文如下：

"你好，你好，"野兔说。"我今天非常高兴，因为我已经结了婚了。我很高兴，所以我要把一切都告诉你。"

"哦，那一定是很美妙的，"狐狸说。③

整体而言，20世纪前期与后期读者拥有不同的阅读体验和期待视野，随着时间的推移和中外交流的发展，后期读者对翻译中"异质"成分的理解与接受程度更高，因此，20世纪后期的翻译常比前期的更倾向于直译，忠实度也更高。以上四个译本的情况正是如此，通过对比可发现其翻译策略从"归化"走向"异化"，翻译中"洋气"逐渐增多。

第一部分译文来自茅盾编译《兔娶妇》，该译本基本延续了晚清时期的"豪杰译"，随意对内容、情节进行增添：增加了多处关于兔子的细节描写，如"满面喜气""极有兴致""满面春风"等；此外，还加入了狐狸和兔子"一个多月不见"的情节，并将兔子的"老婆"具体化为"猫儿"。上述调整使译文对当时的儿童读者而言更具可读性，如郭沫若就曾谈到林纾、魏易译《吟边燕语》使童年时的自己"感受着无上的兴趣"，即使长大后能够阅读莎士比亚原作，仍觉得以前"童话式的译述"更为"亲切"。④ 茅盾的编译虽能使儿童读者感到"亲切"，其忠实度却大打折扣。茅盾编译的《兔娶妇》出版于1919年，处于"五四"早期。该时期成人虽已意识到应尽量保持作品"本来面目"，主张对儿童文学进行直

---

① 《兔的幸福》，载于《儿童世界》，1922年第1卷第1期，第4页。
② P. C. Asbjørnse：《结了婚的野兔》，顾均正译，《新女性》，1926年第1卷第7期，第530页。
③ 《结了婚的野兔》，收入彼得·克里斯登·阿斯伯扬森、约根·莫埃《挪威民间故事》，丰华瞻、戚志廉译，江苏人民出版社，1982年版，第114页。
④ 郭沫若：《我的童年》，收入《郭沫若选集》第1卷（上册），四川人民出版社，1979年版，第118页。

译，但在具体操作中标准不一，改编、节译等情况仍较为普遍，此类情况在低幼儿童文学翻译中尤为常见，以照顾年纪较小儿童之理解能力。

郑振铎和顾均正作品分别发表于1922年和1926年，此时随着直译的进一步普及和白话文运动的深入发展，翻译呈现出不同于晚清时期和"五四"早期的特殊面貌。相较于茅盾的编译，郑振铎和顾均正的翻译显得更为忠实，均未对内容或情节进行增删。对比丰华瞻、戚志廉译本可看出，郑振铎将"说话人"兔子和狐狸都放到了句首，而顾均正与丰华瞻、戚志廉在翻译时都尽量保持原文语序，将"野兔""狐狸"分别放在句中和句末。关于"说话人"的句中位置，刘半农曾经举了一个非常形象的例子：

> 子曰："学而时习之，不亦悦乎"？
> 这太老式了，不好！
> "学而时习之"，子曰，"不亦悦乎"？
> 这好！
> "学而时习之，不亦悦乎？"子曰。
> 这更好！为什么好？欧化了。①

可见，"说话人"在句中的位置分别处于句首、中、末时，译文欧化程度不尽相同。郑振铎将"说话人"放在句首，有效避免了欧化，更符合当时儿童的阅读习惯。郑振铎向来主张区别对待儿童书籍，认为"儿童看的书，与成人看的不同"，不应采用直译的方法，提倡在尊重原作/源作的基础上进行译述。② 在翻译《兔的幸福》时，郑振铎并未像茅盾一样对故事内容、情节等进行增添，但仍多次调整句子结构，以使译作符合"乡土的兴趣"③。例如，在上文中，对于兔子结婚的消息，狐狸的回答分别是"恭喜你！你真是快活人！"（郑振铎译）、"那是你的好福气"（顾均正译）和"哦，那一定是很美妙的"（丰华瞻、戚志廉译）。以上译本均由英译本转译而来，英语中一般"不用人称来叙述"，而是"较常用物称表达法……让事物以客观的口气呈现出来"，汉语则"较注重主体思

---

① 刘复：《中国文法通论·四版附言》，收入刘复《中国文法通论》，岳麓书社，2011年版，第80页。
② 郑振铎：《复周得寿函》，收入郑尔康、盛巽昌《郑振铎和儿童文学》，少年儿童出版社，1982年版，第89页。
③ 郑振铎：《儿童世界宣言》，载于《妇女杂志》，1922年第8卷第1号，第134页。

维……往往从自我出发来叙述客观事物"①。换言之，英语和汉语分别具有"物称"和"人称"倾向，如"Fear rooted him to the spot"可翻译成中文"他吓得无法动弹了"，主语由英语"Fear"转换成了汉语"他"。在上述译文中，郑振铎为适应儿童阅读习惯，对句中主语进行转换，用"人称"代替"物称"；后两个译本则为忠实的直译，保存了原有"物称"及语序，欧化程度更深。

通过译文分析可见，顾均正的翻译比同时期译者的更为忠实，其十分重视翻译中的"信"，例如，顾均正在《三公主》译序中曾谈到其翻译依据的源文本是《北欧童话》和《挪威童话》，而非原作"最著名"的英译本《北欧通俗故事》和《田野故事》，因为后者虽以文笔流利出名，但实际上并不"信达"。② 由于对"信"的看重和坚持，顾均正在翻译《结了婚的野兔》时基本保持了原有语序。例如，文中有几处狐狸对兔子结婚是否"幸运"的回答，郑振铎、顾均正以及丰华瞻、威志廉译文分别如下：

  狐狸道："那末你真是一个不幸的人了。"
  狐狸道："那末，你还是一个快活人！"
  狐狸叹道："你真不幸呀！"③

  "那是你的不幸了，"狐狸说。
  "那实在是很侥幸的，"狐狸说。
  "那真是太倒霉了，"狐狸说。④

  "那样，对你来说真是太糟糕了，"狐狸说。
  "这是一件好事情，"狐狸说。
  "噢，这实在是太糟了！"狐狸说。⑤

郑振铎坚持对儿童文学进行译述，对源文语序进行调整，把"说话

---

① 连淑能：《英汉对比研究》，高等教育出版社，1993年版，第76~77页。
② 顾均正：《三公主·序》，收入阿斯皮尔孙《三公主》，顾均正译，开明书店，1931年版，第vi页。
③ 《兔的幸福》，载于《儿童世界》，1922年第1卷第1期，第4~5页。
④ P. C. Asbjørnse：《结了婚的野兔》，顾均正译，载于《新女性》，1926年第1卷第7期，第530页。
⑤ 《结了婚的野兔》，收入彼德·克里斯登·阿斯伯扬森、约根·莫埃《挪威民间故事》，丰华瞻、威志廉译，江苏人民出版社，1982年版，第115页。

人"狐狸放在句首，并将主语"物称"转化为"人称"，以便适应儿童阅读习惯。而为使翻译显得"信达"，顾均正坚持直译，尽量保持源文语序，将"说话人"狐狸放在句末，并保留源文"物称"，即使与20世纪80年代丰华瞻、戚志廉译本相比，其忠实程度也毫不逊色。如上所述，从茅盾《兔娶妇》到郑振铎《兔的幸福》，再到顾均正《结了婚的野兔》，可看出从五四初期到后期，在直译日渐普及、欧化程度逐渐加深的情况下，儿童文学翻译也逐步从"豪杰译"走向直译，译作变得更加忠实，欧化程度加深。五四时期翻译方法的转变不仅使该时期儿童文学翻译整体风貌发生改变，还使译文从"文白杂糅"走向白话。

五四时期，儿童文学翻译语言之变化与当时白话文运动的发展密不可分。该时期，"以统一国语和言文一致为目的的现代语言运动"进展顺利，出现了大量白话报刊，文字也"渐进改良"，随着1920年教育部训令的颁布，"全国国民学校一二年级改'国文'为'国语'"，白话文正式进入教材，这意味着白话语言在教育体制内部合法地位之确立。[①] 白话文运动的持续发展必然会影响当时的儿童文学翻译。从上述五四时期《结了婚的野兔》三译本语言对比可见，该时期儿童文学翻译语言由"文白杂糅"走向白话。茅盾译本产生于五四初期，显得"文白杂糅"，其中的"唤住……问道""一向""这般""交了好运""笑道""有何不可""家私""妆奁"等文言痕迹明显，该译本中几处狐狸对兔子结婚是否"幸运"的回答如下：

狐狸听了，又看了，着实替兔子可怜，说道："这么说来，我不应贺你，你好没造化。"

狐狸才明白过来。说道："你还是有幸福。"

狐狸不觉大惊道："呀，烧了，我真替你可惜，你真不幸！"[②]

与上述郑振铎和顾均正译文中的"不幸""快活""侥幸""倒霉"等相比，茅盾译文中的"贺""造化""有幸福"等显得更为晦涩。反之，郑振铎在翻译时"文字力求其浅近"，其译文语序符合儿童阅读习惯；顾均正遣词造句也十分自然流畅，都是儿童"听得懂""说得出"的白话。

[①] 刘进才：《语言运动与中国现代文学》，中华书局，2007年版，第107~108页。

[②] 茅盾：《兔娶妇》，收入孔海珠《茅盾和儿童文学》，少年儿童出版社，1984年版，第109~110页。

五四时期，译者使用白话文翻译儿童文学，不仅与当时白话文运动密切相关，也与该时期儿童观及翻译方法的转变关系匪浅。随着"儿童本位"儿童观主流地位的确立，成人对儿童的认识逐渐加深，认为"文言文与儿童生活和心灵世界是隔绝的"，"儿童文学所要表现的儿童生活和心灵世界，从来就是白话文所构筑的世界"，因此，为切近儿童生活与心灵，用白话文进行儿童文学翻译势在必行。① 另外，该时期成人提议用白话文翻译儿童文学，也是因为"白话"比"文言"更"接近""外国文字"，用"文言"翻译会使原作"失了本来面目"。② 以童话为代表的儿童文学常"词句简易，如小儿语"，若要保持其本来面貌，保留"小儿说话"般的语言特色，就只能用白话对作品进行直译。③ 因此，白话文在儿童文学翻译中的流行，不仅是因为当时白话文运动的直接作用，也是该时期儿童观及翻译方法转变之结果。

五四时期儿童文学翻译以直译为主，但直译的普及是一个渐进过程，该时期《结了婚的野兔》三译本之变化正是该过程的最佳演示。茅盾《兔娶妇》编译于五四前期，延续了晚清时期的"豪杰译"，"归化"程度高，随意对内容、情节进行增添，译文"文白杂糅"。郑振铎《兔的幸福》译述于五四中期，其在保存源文思想、内容和情节基础上，对"说话人"位置、主语"物称"等进行了调整。实际上，郑振铎十分赞成忠实的直译，在翻译《高加索民间故事》时就曾表示："我这个译本，也力求合于 Dirr 的书（指源文，引者注）"④，翻译《树居人》时也"很谨慎的照原文译述，以期不失原书的意旨"⑤。简言之，郑振铎十分重视翻译的忠实性，虽主张对儿童文学进行译述，但"删节出入之处"都是为便于儿童阅读而进行的调整。顾均正《结了婚的野兔》译于五四后期，译者坚持忠实的直译，保留了源文语序，译文使用白话，显得浅近明快、自然流畅，即使在将近一个世纪后的今天再来阅读仍可称为佳作。总之，五四时期儿童文学翻译逐步从"豪杰译"走向直译，大致经历了"编译—兼顾忠实的译述—直译"过程，在该过程中，翻译变得更为忠实，

---

① 朱自强：《中国儿童文学与现代化进程》，浙江少年儿童出版社，2000 年版，第 30 页。
② 魏寿镛、周侯予：《儿童文学概论》，商务印书馆，1923 年版，第 34 页。
③ 周作人：《安兑尔然》，收入王泉根《周作人与儿童文学》，浙江少年儿童出版社，1985 年版，第 99 页。
④ 郑振铎：《〈高加索民间故事〉序》，收入郑尔康、盛巽昌《郑振铎和儿童文学》，少年儿童出版社，1982 年版，第 39 页。
⑤ 郑振铎、何其宽：《树居人·例言》，收入杜柏《树居人》，郑振铎、何其宽译，商务印书馆，1926 年版，第 2 页。

语言从文言走向白话，译作逐渐成为儿童"听得懂""讲得出"的文学作品。

如上所述，译者是极富主观性和创造性的叛逆者，即使深受原作制约，仍要"戴着镣铐跳舞"，其在翻译活动中充分发挥主观能动性，结合自身情感和生活体验对原作进行阐释。译者"接受屏幕"中的知识结构、个人志趣等会使之对特定作品产生共鸣，进而影响译者翻译选材，如自诩为"中国未来的易卜生"的田汉主动译介戏剧，而有过法国留学经历并以小说创作见长的李劼人选择翻译法国卜勒浮斯特和纳魏党的小说。[①] 此外，译者的翻译方法在很大程度上也会制约其翻译活动，并对译作最终"面貌"产生直接而深刻的影响，为其打上自身及本土文化之"烙印"。

综上所述，翻译不是纯粹的语言转换，而是一种跨文化交流活动，"受到诸如历史、社会、文化、政治、审美情趣等多种外部的和内部的因素的限制"[②]。就五四时期儿童文学翻译而言，其发生和发展均受到文学系统内/外部若干因素，如意识形态、文学传统、读者等的制约，其中儿童观、赞助者、译者的影响尤为直接与显著。五四时期，"儿童本位"和"启蒙教育"两种儿童观处于相对主流的地位，对当时儿童文学翻译选材产生了巨大影响，在其观照下出现了大量"无意思之意思"和"果汁冰酪"型儿童文学译作。作为儿童文学翻译的掌舵人，个人和团体/机构赞助者不仅会限制翻译选材，还会对译者翻译方法进行干预。但是，译者是具有强烈主体意识的叛逆者，并不总是服从儿童观、赞助者等外部因素的约束与限制，其虽受原作、文学传统等"镣铐"束缚，但仍坚持"跳舞"，常在自身"接受屏幕"影响下进行翻译选材；此外，译者独特的翻译方法、风格等也会为其翻译打上"烙印"。正是在儿童观、赞助者、译者等因素的多维影响与制约下，五四时期儿童文学翻译才在本质上有别于晚清时期翻译，不仅翻译数量急剧上升，还更成规模与体系，产生了大量无论是翻译态度还是语体都极具儿童特色的现代译作，标志着我国现代儿童文学之发端。

---

① 田汉在《少年中国》上登载的译作有王尔德的《沙乐美》（1921年第2卷第9期）、莎士比亚的《哈孟雷德》（1921年第2卷第12期）和《罗蜜欧与朱丽叶》（1923年第4卷第1~5期）、菊池宽的《海之勇者》（1922年第3卷第11期）和《屋上的狂人》（1922年第3卷第12期）；李劼人在《少年中国》上翻译了卜勒浮斯特的《忠荩》和《恩惠》（1923年第4卷第3期）、《火》（1923年第4卷第6期）、《酒馆中》（1923年第4卷第7期）、《新春》和《戏谑》（1924年第4卷第9期）以及纳魏党的《烦恼》（1923年第4卷第4期）。

② 许钧：《论翻译之选择》，载于《外国语》，2002年第1期，第62~63页。

第三章　五四时期儿童文学翻译的社会接受与影响

五四时期，大多数读者不懂外语，主要通过翻译了解外文作品，对此类读者而言，"折射①就相当于原著"，外国文学正是通过该时期译作对我国广大读者产生影响②。例如，叶圣陶曾说自己写童话"是受了西方的影响"，事实上其并未受外国儿童文学直接影响，而是在"五四前后，格林、安徒生、王尔德的童话陆续介绍过来"后才产生了"试一试的想头"，换言之，在该时期译文的直接"刺激"下开始创作。③ 但是，对于不懂外语的读者而言，外国儿童文学的选译本、节译本甚至改写本都等同于原作，此类读者常在阅读译作后就认为自己已阅读原作并受其影响。对于精通外语、直接阅读原作的读者而言，对其产生影响的则是头脑中"潜在"的译作。此类读者阅读外国儿童文学作品时"实际上暗含了翻译过程，尽管在这个过程中没有形成具体的翻译文本，但在读者的头脑中已经形成了一种没有用文字传递出来的翻译文本"④。外国儿童文学可通过"潜在"译作对精通外语的读者产生直接影响。如上所述，研究者常说的外国文学作品的接受与影响事实上是其译作的接受与影响，在实际研究中不可能绕开后者谈前者。以译作为基本立足点来考察五四时期儿童文学翻译之接受与影响合理且可行，不仅因为翻译研究难以绕开结果（译作）只谈过程，也因为五四时期儿童文学翻译距今太过久远，如不通过译作来寻找蛛丝马迹，实在难以对其接受与影响进行考证。

---

① 此处指对文学作品的改编，主要形式包括翻译、评论、文选等。
② 安德烈·勒菲弗尔：《大胆妈妈的黄瓜：文学理论中的文本、系统和折射》，江帆译，收入谢天振《当代国外翻译理论导读》，南开大学出版社，2008年版，第276页。
③ 叶圣陶：《我和儿童文学》，收入叶圣陶等《我和儿童文学》，少年儿童出版社，1980年版，第3~4页。
④ 熊辉：《五四译诗与早期中国新诗》，人民出版社，2010年版，第181页。

由于翻译的"混血"特质,译作常拥有"异域内核"和"本土外表",因此,五四时期儿童文学翻译的接受与影响也是多方面、多层次的,如我国儿童观、教育理念/方法等的变化多受译作"异域内核"影响,而文学创作中主题、艺术手法等的革新则主要是受其"本土外表"影响[①]。在接下来的两章中,笔者以五四时期儿童文学译作为立足点来考察该时期儿童文学翻译之接受与影响:第三章主要探讨翻译在社会层面的接受与影响,如对儿童观、教育理念/方法、民间儿童文学等的影响与作用;第四章则主要关注翻译在文学领域的接受与影响,如翻译在文学接受过程中的变形以及对本土儿童文学体裁、创作等的巨大影响。简言之,第三章主要从文化、社会、教育等层面出发进行研究,第四章则主要从文学层面进行论述。另外,笔者对五四时期儿童文学翻译的接受与影响研究并不局限于该时段,因为译作常能产生持续影响,如夏丏尊译《爱的教育》、赵元任译《阿丽思漫游奇境记》等经典译本影响了几代读者。因此,笔者虽将五四时期儿童文学翻译作为研究对象,但其接受和影响并不严格限于该时段,而是略微有所超出,如第三章中对 20 世纪 30 年代"鸟言兽语"之争的考察。

第一节　我国民间儿童文学受到的启示

我国童话"自昔有之",其中"乡村之间"口头作品尤多[②],而"成文之童话"则多见于"晋唐小说",但常被归于"志怪"小说之列,难以辨别,如《吴洞》《雀折足》《女雀》等作品。[③] 可见,我国古代已有民间童话,只是没有"童话"这一说法。实际上,我国童谣、儿歌、童话等口头文学源远流长,书面作品则有明朝杨慎《古今风谣》和吕坤《演小儿语》、清朝郑旭旦《天籁集》和范寅《越谚》等。我国民间儿童文学虽然资源丰富,但长期处于无人问津之状态,如鲁迅就曾指出我国神话

---

①　实际上,"忠实"译作的"本土外表"也是"异域内核"的一种外化形式,二者常密不可分。一般说来,"异域内核"的影响常更深刻,"本土外表"的影响则更为直观,多能在译作的字、词、篇中找到蛛丝马迹。

②　周作人:《童话研究》,载于《教育部编纂处月刊》,1913 年第 1 卷第 7 册,第 13 页。

③　周作人:《古童话释义》,收入王泉根《中国现代儿童文学文论选》,广西人民出版社,1989 年版,第 429 页。

和传说大多"散见于古籍",还没有"集录为专书者"①;茅盾也持相同观点,认为我国神话十分"零碎",多"散见于古书"②。

五四时期,随着外国儿童文学,尤其是民间儿童文学在我国的译介,成人逐渐将目光投向本土民间儿童文学,如郑辜生就曾说道:"西欧学者,对于这种材料(指民间文学,引者注),都尽量的搜集和研究!我们为什么不加以注意呢?"③周作人在《儿童的文学》中更是呼吁尽量"采集或修订"民间儿童文学,将之"拿来应用",并建议"起手研究"此类作品。④总之,在外国民间儿童文学译介影响下,研究者逐步将目光投向我国古代童谣、童话、神话等,不仅形成了本土民间儿童文学采集标准,还开始系统整理和研究"零碎"的民间儿童文学作品。

一、民间儿童文学采集标准的形成与运用

我国目前可考的第一部儿歌集为明朝吕坤《演小儿语》,周作人对其评价颇高,认为该书兼顾"趣味"和"教训",是"不可多得"的儿歌集。⑤可见,《演小儿语》中不乏"童趣"之作,但由于"父为子纲"封建儿童观在当时占据主流地位,该书主要目的并非为"娱乐"儿童,而是"趣味"之外多"教训"。实际上,吕坤"非常重视利用通俗的文学形式向群众宣传封建道德风教……《演小儿语》也是抱着这种目的编成的"⑥,常"趣味"之下"暗含"封建道德思想。请看下面两首儿歌⑦:

> 盘脚盘,盘三年。降(平声)龙虎,系马猿。心如水,气如绵,不做神仙做圣贤。(主静是性命双修。)
>
> "王婆婆,开门来。""若要开,待夫回。任君等候几多时,除是天上下钥匙。"(老妇坚金石之约,远瓜李之嫌,况女子乎。)⑧

---

① 鲁迅:《中国小说史略》,人民文学出版社,2007年版,第18页。
② 茅盾:《神话研究》,百花文艺出版社,1981年版,第65页。
③ 郑辜生:《中国民间传说集·序》,收入郑辜生《中国民间传说集》,华通书局,1933年版,第1页。
④ 周作人:《儿童的文学》,载于《新青年》,1920年第8卷第4号,第4、7页。
⑤ 周作人:《吕坤的〈演小儿语〉》,收入王泉根《中国现代儿童文学文论选》,广西人民出版社,1989年版,第356页。
⑥ 赵景深、车锡伦、何志康:《古代儿歌资料》,少年儿童出版社,1963年版,第8页。
⑦ 文中的注释和按语均照原书录入,下同。
⑧ 吕坤:《演小儿语》,收入赵景深、车锡伦、何志康《古代儿歌资料》,少年儿童出版社,1963年版,第11、13页。

第一首儿歌虽旨在教育儿童"静心",但不难看出其中对"圣贤"之推崇:首先,常人要做到"心如水"和"气如绵"才能"做圣贤",可见"圣贤"无论是地位还是修为都高于常人;其次,教导儿童宁可做"圣贤"也不做"神仙",在此"圣贤"地位甚至超过"神仙"。儿歌中对"圣贤"的推崇有利于树立"圣贤"在儿童心目中的崇高形象,在一定程度上有利于成人对儿童进行封建教化,因为儿童若想做"圣贤"就必须符合儒家道德思想和标准,并时常以其对自身言行进行规约。第二首儿歌对王婆婆"坚金石之约,远瓜李之嫌"的行为进行了褒扬,其主要目的是为教育儿童,尤其是女童遵守"男女大防",宣扬了"男女授受不亲"之封建思想。

除了《演小儿语》,《明清民歌选(乙集)》中"北京儿歌"部分以及伍兆鳌编《下里歌谣》① 中也有不少向儿童灌输封建思想的作品:

养活猪,吃口肉;养活狗,会看家;养活猫,会拿耗子;养活你这丫头作甚么?②

鸭脚生得短,鹅颈生得长,缩短鹅颈添鸭脚,神仙到了无仙方。莫缠足,痛难当,他人好看自家苦,爷娘想起也心伤。矮子做鞋八寸底,长子湾(弯)腰戴帽子,这样痴人在那里!放开两足穿大鞋,担谷担柴担井水。(《莫缠足歌》)

丫头驮打,丫头驮骂。丫头也是爷娘生,夫人打我,少打几下。(《丫头歌》)③

第一首儿歌中的"丫头"地位不如"猪""狗""猫",被列为"无用"之人,宣扬了古代"男尊女卑"思想。第二首儿歌名为《莫缠足歌》,主要用意在于劝说女童不要缠足,原因是"痛难当""自家苦"和爷娘伤心,因此,哪怕是"他人好看"也要拒绝缠足,但其中"他人好看"无意识传达了封建"缠足"审美观。最后一首《丫头歌》中充满了"丫头"对"夫人"的乞求,"丫头"既"驮打"也"驮骂",但对"夫

---

① 该儿歌集专为女童编撰,用于宣传"三从四德""克己让人"等思想。
② 蒲泉、群明:《明清民歌选(乙集)》,收入赵景深《古代儿歌资料》,少年儿童出版社,1963年版,第57页。
③ 伍兆鳌:《下里歌谣》,收入赵景深《古代儿歌资料》,少年儿童出版社,1963年版,第104、106页。

人"却无不满,只希望"夫人"能够"少打几下",宣扬了"克己让人"之封建思想。简言之,我国古代民间儿童文学散佚居多,少有人采辑,而为数不多的儿歌、童谣集又质量不高,编撰者多出于特定封建"教训"目的对其进行收集和整理,儿童兴趣或精神需求不在其考虑之中。

五四时期,为给儿童提供精神食粮,成人开始译介外国儿童文学作品,但"远求异文"实非长久之计,鉴于我国古代早有"成文之童话",只有"上采古籍之遗留,下集口碑所传道"才能从根本上解决儿童文学匮乏问题。① 然而,我国民间儿童文学良莠不齐,若不加筛选就提供给儿童,必然会对其身心产生不良影响,如茅盾就曾说民间故事是"大众智慧经验的累积",应将对儿童有益的作品"改编"成儿童文学,并仔细剔除其中"有害"的思想与观念②;郑振铎也建议"谨慎"采用"纯粹的中国故事",因为其中有很多"非儿童"或"不健全"因素③。抱着对儿童认真负责的态度,五四时期文学界人士大多主张学习格林童话、贝洛童话等优秀民间儿童文学作品,按照其采集标准与方法来对我国民间儿童文学进行征集与筛选,持该主张的代表人物有赵景深、周作人、茅盾、郑振铎等。

在格林童话和贝洛童话影响下,赵景深、周作人分别提出了针对我国民间儿童文学的采集标准。赵景深认为格林童话之选择标准十分"精密",建议编辑儿童读物前,先对格林童话"作一番研究";此外,还根据格林童话的筛选方法提出了三条民间儿童文学采集标准:第一,"不荒唐",荒唐的儿童文学会"伤害儿童的身心",建议"重新组合"儿童"经验范围以内"的事物,使其成为"儿童极爱听"且"新而有趣的事";第二,"不恐怖",恐怖的内容不但会将儿童的快乐"打断",还会令其产生"怕鬼怕神"的想法或是"养成迷信的心";第三,"不粗鄙",因为爱清洁是"人的天性",讲粗鄙的事给儿童听"总有些不相宜",建议学习格林童话,把粗鄙的话"删去了"。④

周作人十分推崇格林童话和贝洛童话,对"格林之功绩,茀勒贝尔(Frobel)之学说"相见恨晚。⑤ 面对我国民间童话"优劣杂出"及"未

---

① 周作人:《古童话释义》,收入王泉根《中国现代儿童文学文论选》,广西人民出版社,1989年版,第429页。
② 惕:《再谈儿童文学》,载于《文学》,1936年第6卷第1号,第6页。
③ 郑振铎:《第三卷的本志》,载于《儿童世界》,1922年第2卷第13期,第47页。
④ 赵景深:《教育童话家格林弟兄传略》,载于《晨报副刊》,1922年5月27日。
⑤ 周作人:《童话研究》,载于《教育部编纂处月刊》,1913年第1卷第7册,第13页。

经搜集"之情况,周作人提出参考格林童话、贝洛童话的收集方法"决择取之",并提出四条具体采集标准:第一,"优美",认为童话之"美"重在"自然"而非"藻饰","造作附会"只能抹杀趣味;第二,"新奇";第三,"单纯",这是童话"固有之德",也十分"合于儿童心理",叙事繁复则是童话"所忌";第四,"匀齐",好的儿童文学作品应当做到"段落整饬,无所偏倚"。①

茅盾、郑振铎在格林童话等优秀民间儿童文学启发下,也及时提出了一些民间儿童文学采集注意事项。格林童话大多"不很长",里面的句子也"短而简明",且十分符合"儿童的心理"。② 参照格林童话标准,茅盾认为民间儿童文学应避免"半文半白"的文字以及"死板枯燥"的叙述方式;至于"国货"中"封建迷信""荒唐"的东西,如吕纯阳点石成金、吃了女贞子身轻如燕等,则"千万请少用"。③ 郑振铎建议"谨慎"采用我国民间故事,对于其中会养成儿童"劣等嗜好"或是"残忍"性情的部分应极力"排斥"。④

如上所述,在格林童话、贝洛童话等外国民间儿童文学启发下,我国形成了具体的民间儿童文学采集标准与方法,且在其指导下,儿童文学"先驱"积极对本土民间文学进行筛选和改编,及时为儿童献上大批符合其阅读趣味的民间文学作品。接下来,笔者以"老虎外婆"型故事为例,说明五四时期民间儿童文学采集标准/方法在民间文学筛选/改编过程中的具体运用。

20世纪二三十年代,很多报刊都登载过"老虎外婆"型故事,如忧患余生《老虎外婆》(《妇女杂志》,1921年第7卷第4期)、黎明《老虎外婆》(《小朋友》,1922年第2期)、安乐《老虎外婆》(《晨报副刊·家庭》,1927年第2141期)、严果《老虎外婆故事》(《民间》,1931年第2期)、罗菲《老虎外婆型的故事》(《新学生》,1931年第1卷第5期)、漫礁《老虎外婆的故事——流传湘东一带》(《艺风》,1935年第3卷第5期)等,而中国民俗学会编纂的《民间月刊》更是将第2卷第2号(1932年)作为"老虎外婆故事专辑"推出,收录"老虎外婆型故事"

---

① 周作人:《童话略论》,载于《教育部编纂处月刊》,1913年第1卷第8册,第6~7页。
② 赵景深:《教育童话家格林弟兄传略》,载于《晨报副刊》,1922年5月27日。
③ 江:《关于"儿童文学"》,载于《文学》,1935年第4卷第2号,第276页。
④ 郑振铎:《第三卷的本志》,载于《儿童世界》,1922年第2卷第13期,第47页。

25则①。实际上,"老虎外婆"型故事在我国民间流传极广,据钟敬文统计,仅"被记录的已近百篇",还不包括"陕西、湖北、江西及青海、新疆、西康、蒙古、绥远等处"的此类故事②。我国"老虎外婆"型故事虽多,主要情节却大抵相同,一般为:

(1) 一妇人有两女儿(或一女儿)。
(2) 妇人外出,老虎(或野人,狼,其它野兽)幻形为妇人(自称她们的外婆或母亲)来到家里。
(3) 老虎吃小妹,姐姐惧而逃去。
(4) 老虎寻觅(或追赶)姐姐,但卒失败(或成功)。③

我国民间有许多"老虎外婆"型故事,但并非每个都适合儿童阅读,若只作民俗学研究之参考,"可以不加选择",但如作为"精神食粮"供给儿童,则应仔细筛选和改编。④《小朋友》和《新学生》上刊登的此类作品都根据当时民间儿童文学采集标准进行了改编,以适应儿童阅读趣味与审美心理。例如,"老虎外婆"型故事中有一情节为"老虎外婆"幻化人形后来到家中,大多版本都对其掩饰"尾巴"部分进行了描述。关于该情节,《小朋友》和《民间月刊》上登载的《老虎外婆》文本分别如下:

大丫头把门打开;外婆进来了。
小丫头说:"外婆,请坐!"
外婆说:"我不坐凳,我要坐斗。"
大丫头说:"外婆,怎么你忽然要坐斗呢?"
外婆说:"我屁股上长了一个疔,坐不得凳。"
小丫头忙搬来一个斗,让外婆坐在上面。
大丫头猛听得斗里什么东西敲得乒乒乓乓的响,他一想:不好!这外婆多半是老虎精变的;斗里就是他的尾巴哩。他便问外婆:"斗

---

① 包括我国的《沃猫精故事》(河南,孟津)、《秋狐外婆》(江苏南通)、《老虎叔婆故事》(浙江台州)、《熊人婆》(广东广州)等21则;外国同类故事4则,即《红兜头巾的小姑娘》(德意志)、《红巾孃》(英吉利)、《山姥的手》(日本)和《乔装母亲的老虎》(朝鲜)。
② 敬文:《征求"老虎外婆型故事"》,载于《艺风》,1933年第1卷第9期,第96页。
③ 敬文:《征求"老虎外婆型故事"》,载于《艺风》,1933年第1卷第9期,第96页。
④ 赵景深:《教育童话家格林弟兄传略》,载于《晨报副刊》,1922年5月27日。

里是什么东西响?"外婆说:"我带来了一个黄母鸡,送给你妈妈吃。"①

所以进了房子,这老虎变的外婆,就叫她俩搬过一个量米壳用的斗给她坐下,以便掩藏那不能变化的尾巴。两个小女孩虽然听见斗里"蓬冬、蓬冬"的响,可是不晓得什么缘故。②

走进去时,见母亲坐在甏上,有物在甏中索索的响。
大女儿说:"母亲,甏里响的是什么?"
老虎精说:"我在外婆家里拿来的蟹。"③

通过比较可见,《小朋友》上刊登的《老虎外婆》无论是关于"老虎外婆"要求"坐斗"还是斗中"声响"的解释都更详细,而且不论是屁股上长的"疔",还是关在斗里闹腾的"黄母鸡",均在儿童"经验范围"之内,不但便于儿童理解,还能满足其好奇心,读起来十分有趣。在李乐元和陶茂康的《老虎外婆》中,"老虎外婆"均未对女孩/女儿解释为何要坐斗/甏,至于其中响声,李乐元版本完全未加说明,陶茂康版本则解释为"外婆家里拿来的蟹"。与《小朋友》上改编的《老虎外婆》相比,《民间月刊》上的同类作品显得语焉不详且"死板枯燥"。若是直接将此类民间故事供给儿童,不但会使儿童感到一头雾水,还会使其觉得乐趣全无。

为儿童改编民间文学时,除使作品变得轻松有趣、简单明了之外,还应将其中"恐怖"的内容、情节剔除。例如,在"老虎外婆"型故事中有"老虎吃手指"的情节,在这个部分,姐姐/哥哥听见"老虎外婆"嚼东西的声音,要求她也给自己吃一点。不同版本"老虎外婆"型故事的叙述如下:

到了夜半,大丫头醒了,忽听得有人嚼东西的声音。他仔细一听,好像就是他外婆。他便问:"外婆,你嚼得甚么东西响?"
外婆说:"我吃脆豆子。"
大丫头说:"给一点我吃何如?"
外婆说:"你们小孩子不能吃,一来牙力不好,嚼不碎,二来吃

---

① 黎明:《老虎外婆》,载于《小朋友》,1922年第2期,第4~5页。
② 李乐元:《老虎外婆》,载于《民间月刊》,1932年第2卷第2期,第39页。
③ 陶茂康:《老虎外婆》,载于《民间月刊》,1932年第2卷第2期,第23~24页。

了生眼粪。"①

后吃小弟,有嚼骨头的声音;长女又问,她说:是从家里带来的胡萝卜;长女索取,予以小指;长女始知黑瞎子吃了弟妹,呼弟妹亦不应!②

等一回儿,大女儿又醒转来。听得外婆口里在吃着干脆的东西。她问道:"外婆,你口里吃着甚么东西?"

外婆答道:"我吃的是花生米。"

"外婆,你的花生米给一点我吃,好吗?"

外婆便把一只手指给她。她吃的时候,觉得这个不是花生米,而是她弟弟的手指。③

当她把弟弟的手指咬下来嚼的时候,给哥哥听见了,就问道:"外婆!你吃什么?"

"哦哦!我是吃你外公从外面寄来的小红枣;你要吃,我就给你一个尝尝!"说完了话,就拿了一只手指,扔给哥哥吃。

哥哥吃了,不觉得甜,而且有一个怪滋味,心里就有些疑惑,终于不敢说出这是手指头。④

前两个版本的"老虎外婆"型故事分别登载于《小朋友》和《新学生》,预期读者为不同年龄段儿童;后两个版本登载于《艺风》和《晨报副刊·家庭》,分别标注为通行于"江西省金溪县"和"安徽绩溪县"的民间故事,既可供成人休闲阅读,也可作民俗学"参考"。后两个版本"老虎外婆"型故事中,大女儿/哥哥都吃了弟弟手指,这会令儿童不仅感到不胜惊骇,更难以充分享受听故事的乐趣。而在前两个版本的故事中,大丫头/长女都没有吃掉小丫头/弟妹手指,故事改编者剔除了这一"恐怖"内容,以免将"恐怖"的"事"或"话"印入儿童头脑,妨害其心理健康。

除上述特点外,《小朋友》和《新学生》上"老虎外婆"型故事与同类作品相比显得更为积极上进,故事里的人物能为儿童树立学习榜样。

---

① 黎明:《老虎外婆》,载于《小朋友》,1922年第2期,第6~7页。
② 罗菲:《老虎外婆型的故事》,载于《新学生》,1931年第1卷第5期,第250页。
③ 万渊然讲、洪亮记:《老虎外婆故事——流行江西省金豁县》,载于《艺风》,1934年第2卷第12期,第129~130页。
④ 安乐:《老虎外婆》,载于《晨报副刊·家庭》,1927年第2141期。

例如，在故事结尾时，"老虎外婆"追赶姐姐/哥哥多以失败告终，姐姐/哥哥最终获救，但"获救"存在"自救"与"被救"的区别。《小朋友》上《老虎外婆》的结局为"老虎外婆"为了躲避"雷响"（实际是大丫头在楼板上滚动醋坛子的声音），藏到大柜里，大丫头赶紧找来锁将柜门锁上，再在柜顶钻了十几个小孔，最后把开水从小孔中倒下去将"老虎外婆"烫死。《新学生》上《老虎外婆型的故事》中的"黑瞎子"去追赶长女时，长女已经用白纸铺在井上做好陷阱，她请"黑瞎子"坐在白纸上，结果"黑瞎子"落入井中淹死。《民间月刊》上《老虎外婆》的结局如下：

> 等到老虎发觉女孩已逃走时，已经有许多的邻人围在房子外面了。那老虎从床上下来，预备逃走。但是，因为肠子的另一端在溺桶上，所以她一走动，便把溺桶拖翻。弄得满地是溺，她也因此滑到。邻人一拥进来，把她当场毙命了。①

《小朋友》和《新学生》上"老虎外婆"型故事中的大丫头和长女均十分机智勇敢、临危不乱，最后凭智慧挽救了自身性命；《民间月刊》上《老虎外婆》中的女孩虽也最终成功脱险，但此结果并非通过自身努力得来，而是在邻人救助下逃脱。通过对比可见，在儿童报刊上登载的作品中，小主人公是聪慧勇敢的"模范"儿童，能为儿童树立好的学习榜样。此外，前两个版本"老虎外婆"型故事中基本没有"粗鄙"的话或事，而《民间月刊》的《老虎外婆》中多了"肠子""溺桶""满地是溺"等内容，此类"屎尿屁"之"粗鄙"内容，只会"使人厌恶"，于儿童总有些"不相宜"。总之，相较于成人报刊，《小朋友》和《新学生》上的"老虎外婆"型故事语言简明易懂，情节曲折生动、富于童趣，非常符合儿童阅读趣味。

综上所述，在格林童话等优秀民间儿童文学影响下，我国形成了本土民间儿童文学采集标准和方法，并将之运用于民间文学的筛选与改编。五四时期，我国产生了大批适合儿童阅读的民间儿童文学作品，这既为本土民间儿童文学发展打下了坚实基础，也有利于现代儿童文学理论之深化与发展。

---

① 李乐元：《老虎外婆》，载于《民间月刊》，1932年第2卷第2期，第40～41页。

二、民间儿童文学的整理与研究

早在 17 世纪，法国的贝洛就开始有意识地为儿童收集、改编民间传说和故事。格林兄弟也于 1812 年出版了《给儿童和家庭的童话》，其最初虽是为了语言研究，但在 1819 年再版时对此书进行调整，使之能够满足儿童阅读需求，有意识地将民间文学转化为儿童文学。相较于西方对民间儿童文学的关注，我国古代神话、传说等向来为成人所忽视，除被收录到"笔记丛谈"中的部分作品外，其他大多没有文字记载，长期散落于民间。①

随着晚清和五四时期格林童话、贝洛童话等在我国的译介，成人逐渐认识到民间文学不仅是古代人类"本能的产物"，还与儿童性情相合，是"最好的儿童文学"，主张为儿童收集和整理民间文学作品。② 例如，周作人认为我国民间童话一直无人"采录"，"散逸"在民间，若长此以往，在"古风衰竭"的情况下，"不及一世，渐没将尽"，因此，民间文学整理任务"能无急急也"；此外，其对"格林之功绩，莆勒贝尔（Frobel）之学说"十分推崇，建议学习其收集、整理方法。③ 张梓生提出《格林童话集》作为"搜罗"民间文学的"专集"，"很可供我们研究"，主张学习格林兄弟，研究国内流传的民间童话，并将其"集成一种专书"。④ 郭沫若也认为我国童话、童谣中不乏"有艺术价值的作品"，建议学习"德国《格吕谟童话》Maerchen gesammelt durch grimm 之例"，将此类作品"征求、审判而裒集成书"。⑤

从上述言论可见，格林童话、贝洛童话等外国民间儿童文学译介在我国产生了巨大影响，使我国长期散落于民间的童话、童谣、神话、传说等开始走入成人视线，儿童文学界和民俗学界均主张学习以格林童话、贝洛童话为代表的外国民间文学之整理方法。该时期形成了民间儿童文学收集／整理热潮，很多"长期深埋'地下'的民间童话、故事以及童谣、儿歌等都被发掘了出来，并很快作为'儿童读物'印行出版"⑥。当

---

① 严既澄：《儿童文学在儿童教育上之价值》，载于《教育杂志》，1921 年第 13 卷第 11 号，第 58 页。
② 愈之：《论民间文学》，载于《妇女杂志》，1921 年第 7 卷第 1 号，第 33 页。
③ 周作人：《童话研究》，载于《教育部编纂处月刊》，1913 年第 1 卷第 7 册，第 13 页。
④ 张梓生：《论童话》，载于《妇女杂志》，1921 年第 7 卷第 7 号，第 39～40 页。
⑤ 郭沫若：《儿童文学之管见》，载于《民铎》，1921 年第 2 卷第 4 号，第 6 页。
⑥ 王泉根：《现代中国儿童文学主潮》，重庆出版社，2000 年版，第 33 页。

时比较有代表性的作品有《各省童谣集》(朱天民编，商务印书馆，1923年)、《广州儿歌甲集》(刘万章编，国立中山大学出版部，1928年)、《广州民间故事》(刘万章编，国立中山大学语言历史学研究所，1929年)、《蛇郎(中国民间故事汇编)》(黄诏年编，民风社，1929年)、《中华童话》(30种)(陆费墀、杨喆编，中华书局，1932年)、《中国童话》(1~4册)(吕伯攸编，商务印书馆，1933年)、《中国民间传说集》(郑辜生辑，华通书局，1933年)、《故事的坛子》(刘大白记录，钟敬文编纂，黎明书局，1934年)等。据生活书店《全国总书目》统计，截至1935年，五四以来出版的民间儿童故事类书籍达91种之多。[①] 此外，各大报刊，如《小说月报》《晨报副刊·家庭》《民间》《妇女旬刊》《少年》《小朋友》等，均积极登载民间儿童文学作品，《妇女杂志》更是于1921年第7卷第1号起，特辟"民间文学"专栏，积极征集各地童话、故事和歌谣，我国民间儿童文学之收集与整理进行得如火如荼。

除口头民间儿童文学外，成人也开始积极整理"古书里的材料"，改编部分适合儿童阅读趣味的古典文学作品。[②] 商务印书馆出版了我国第一部针对儿童读者的寓言集——《中国寓言初编》(沈德鸿编纂，孙毓修校订，1917年)，收录了"周秦两汉诸书"中的"诸子百家"寓言[③]；中华书局则于20世纪30年代陆续推出了"儿童古今通丛书"和"小小说丛书"，前者包括《搜神记童话》《诗经童话》《中山先生故事》《世说新语故事》《三国志故事》《史记故事》等20余种，主要改编自《搜神记》《世说新语》《三国演义》《诗经》《史记》等作品，后者包括《人参果》《七擒孟获》《大闹五台山》《火烧赤壁》《君子国》《红孩儿》《刘老老》等100种，改编或节选自《西游记》《三国演义》《水浒传》《红楼梦》等古典名著。

在收集和整理民间儿童文学的同时，学界也对其展开了较为系统的理论研究及建设。与儿歌、童谣研究相关的论文主要有周作人《读〈童谣大观〉》(1923年)、《读〈各省童谣集〉》(1923年)、《吕坤的〈演小儿语〉》(1923年)、《〈潮州畲歌集〉序》(1927年)和《〈绍兴儿歌述略〉序》(1936年)，冯国华《儿歌底研究》(1923年)，褚东郊《中国儿歌的

[①] 转引自王泉根：《现代中国儿童文学主潮》，重庆出版社，2000年版，第34页。
[②] 周作人：《儿童的文学》，载于《新青年》，1920年第8卷第4号，第7页。
[③] 孙毓修：《中国寓言初编·序》，转引自茅盾：《我走过的道路(上)》，人民文学出版社，1981年版，第131页。

研究》（1926年），张拾遗《儿歌的研究》（1927年），钟敬文《关于〈孩子们的歌声〉——序黄诏年君编的儿歌集》（1928年）等。上述论文系统分析了儿歌和童谣之起源、实质、特征、分类、形式等，肯定了其对儿童之积极作用，如褚东郊认为儿歌中"美妙的歌词"不仅颇有"文学意味"，能对儿童进行文学熏陶，还便于儿童"练习发音"，是儿童文学中"不可多得"的"好材料"。①

民间童话、故事相关论文主要有周作人《关于〈狐外婆〉》（1926年）、刘充葆《陆安传说，宁波传说与常州传说之比较——老虎外婆，老虎母亲与野人婆婆》（1926年）、桑洛卿《陆安传说与宁波传说之比较——老虎外婆与老虎母亲》（1926年）、郑振铎《老虎婆婆（读书杂记）》（1929年）、钟敬文《蛇郎故事试探》（1932年）等。上述论文均对我国较为流行的民间故事进行了深入探讨，其中前四篇论文比较了我国不同地方流传的"老虎外婆"型故事。通过此类"大同小异"故事之比较，能够"看出同一的母题（motif）如何运用联合而成为各样不同的故事，或一种母题如何因时地及文化的关系而变化"，有利于民间文学研究纵深发展。② 此外，涉及民间童话、故事等的论文集有赵景深《童话评论》（新文化书社，1924年）③、《童话论集》（开明书店，1927年）④、《民间故事研究》（复旦书店，1928年）⑤、《民间故事丛话》（国立中山大学语言历史研究所，1930年）⑥ 和郑振铎《痀偻集》（生活书店，1932年）⑦。上述论文集中的论文大多从民俗学和比较文学角度对民间文学进行阐述，有效拓宽了民间文学研究视野与范围。

涉及民间文学研究的专著主要有胡怀琛《中国民歌研究》（商务印书

---

① 褚东郊：《中国儿歌的研究》，收入王泉根《中国现代儿童文学文论选》，广西人民出版社，1989年版，第429页。
② 岂明：《关于"狐外婆"》，载于《语丝》，1926年第61期，第8页。
③ 该书第一部分的"民俗学上的研究"包括了《论童话》（张梓生）、《童话的讨论》（赵景深、张梓生）、《童话与空想》（冯飞）、《什么叫童话》（中孚）、《神话与传说》（周作人）、《论民间文学》（胡愈之）、《西游记在民俗学上的价值》（赵景深）、《童话的讨论一》（赵景深、周作人）、《童话的讨论二》（赵景深、周作人）等9篇论文。
④ 其中涉及民间文学的论文有《神话与民间故事》《民间故事的探讨》和《吕洞宾故事二集》。
⑤ 其中涉及民间文学的论文有《中国民间故事型式发端》《论帝王出身传说》和《中西童话的比较》。
⑥ 其中涉及民间文学的论文有《中西民间故事的进化》《海龙王的女儿序》和《民间故事杂抄》。
⑦ 其中涉及民间文学的论文有《西游记的演化》《民间故事的巧合与转变》《螺壳中之女郎》《中山狼故事之变异》和《榨牛奶的女郎》。

馆，1925年)、黄石《神话研究》(上海书店出版社，1927年)、徐蔚南《民间文学》(世界书局，1927年)、钟敬文《民间文艺丛话》(国立中山大学语言历史学研究所，1928年)、玄朱《中国神话研究ABC》(上海书店出版社，1929年)、赵景深《童话学ABC》(上海书店出版社，1929年)、杨荫深《中国民间文学概说》(华通书局，1930年)、谢刚主《民间歌谣的研究》(中华平民教育促进会，1930年)、钟敬文《楚词中的神话和传说》(国立中山大学语言历史学研究所，1930年)、胡怀琛《中国寓言研究》(商务印书馆，1930年)等。上述专著既对民间文学从整体上进行把握和研究，也对不同体裁的民间文学，如民歌、神话、传说、童话、寓言等分别进行深入探讨。

总之，以上论文和专著对我国民间文学进行了系统而深入的研究，但大多未将民间文学和民间儿童文学区分开来进行阐释，暂无独立和明确的民间儿童文学研究意识。尽管如此，随着民间文学研究的深入，其理论研究方法和成果对我国民间儿童文学理论的发展同样起到了促进作用。综上所述，在格林童话、贝洛童话等外国民间儿童文学译介之影响下，我国学者开始正视长期被排斥在"正统"之外的民间文学。儿童文学界和民俗学界人士不仅开始收集和整理民间童话、故事、童谣等，还对这些作品进行了较为系统和深入的理论研究。这不但有利于保存我国珍贵的民间儿童文学资源，也有利于形成基于我国本土作品的现代儿童文学理论。

第二节 儿童观和教育理念的发展与进步

五四时期，我国儿童观经历了从"古代"到"现代"、从"成人本位"到"儿童本位"的巨大转变。该变化不仅改变了我国儿童文学整体格局，使儿童文学译作占据了儿童文学多元系统中心，还使该时期儿童文学翻译呈现出童心童趣之美。值得注意的是，儿童观与儿童文学翻译之间并非单向影响/作用，二者实为双向互动关系。在第二章第一节中，笔者已论述五四时期儿童观、教育观等对儿童文学翻译的影响，接下来将继续讨论该时期儿童文学翻译对当时儿童观及教育理念之反作用。从某种程度上说，五四时期儿童文学翻译不仅满足了成人阐释和传播"儿童本位"儿童观的基本需求，同样有效促进了我国教育理念的现代转型。

一、从"成人本位"到"儿童本位":儿童观之变迁

我国向来"亲权重,父权更重",父亲对于子女有着"绝对的权力和威严"①,此外,成人大多不能"正当理解"儿童,不是把其看作"缩小的成人",便是将之当作"不完全的小人"②。在此情形下,儿童总是被忽略,如果说成人对儿童有所看重的话,也多是出于家族血脉继承与延续的需要。五四以前儿童观多为"成人本位",主张"祖先崇拜",对于儿童各种需求均以成人标准和价值观为衡量尺度。例如,古代儿童读物主要分为启蒙和应试两种,第一种常见的有《三字经》《百家姓》《千字文》《幼学》等,用于儿童识字和学习生活常识,对成人而言,"谐语"显得"不典","俚语则不雅",因此,此类蒙学读物多为"庄语"和"文言",与儿童兴趣/爱好背道而驰,"典与雅,非儿童之所喜也"③;第二类读物主要用于科举考试准备,多为"四书五经"之类的"圣贤的大义微言",此类书籍即便是"胡子一把的老先生"也不一定能够尽得其中"道理",对儿童而言更是"陈义过高",这类文字艰深的书籍只会令儿童"积久生倦",降低学习兴趣,最终导致儿童"天籁"的埋没。④

如上所述,五四以前儿童观主要为"成人本位"或"长者本位",其观照下的儿童文学大多充满严肃"教训",儿童实际阅读需求长期被漠视,成人几乎不从儿童兴趣出发选择读物,对儿童"甘之如寝食,秘之于箧笥"的小说、童话等更是"深戒"与"痛恶"。⑤ 五四时期,随着"儿童的发现",成人开始承认"儿童的世界",认为其与"成人的世界"截然不同,而儿童则"是完全的个人,有他自己的内外两面的生活","儿童本位"儿童观成为当时主流儿童观,受到广大文学界、教育界人士追捧。⑥ 但五四时期儿童观从"成人本位"向"儿童本位"的过渡并非一蹴而就,在该过程中,儿童文学翻译扮演着至关重要的角色,不仅加深了成人对"儿童本位"儿童观的认识与理解,还在"儿童本位"儿童观传播过程中起到了重要的推动作用。

---

① 唐俟:《我们现在怎样做父亲?》,载于《新青年》,1919年第6卷第6号,第555页。
② 周作人:《儿童的文学》,载于《新青年》,1920年第8卷第4号,第1页。
③ 孙毓修:《童话序》,载于《东方杂志》,1908年第5卷第12号,第178页。
④ 黄海锋郎:《儿童教育》,收入王泉根《中国现代儿童文学文论选》,广西人民出版社,1989年版,第4页。
⑤ 孙毓修:《童话序》,载于《东方杂志》,1908年第5卷第12号,第178页。
⑥ 周作人:《儿童的文学》,载于《新青年》,1920年第8卷第4号,第1页。

五四时期，"儿童本位"儿童观的形成与晚清时期启蒙思想影响以及当时西方学术思潮译介密不可分，正是在二者的影响下，"五四新文化运动的倡导者引入了现代儿童观"①。但是，"儿童本位"儿童观对于当时的社会环境而言具有一定超前性，形成了"理论先行"局面。由于"儿童本位"儿童观的超前性以及现实中"儿童本位"生活体验的缺乏，大多数成人对该儿童观并不了解。此外，"儿童本位"儿童观并非在形成初期就立刻占据主导地位或成为主流儿童观，因此，该儿童观的阐释与推广都有待进一步发展。五四时期出现了大量"儿童本位"或是刻意"儿童本位化"的译作，与我国处于"成人的灰色云雾"中的本土儿童文学作品形成鲜明对比。该时期的儿童文学译作不仅向成人展示了儿童的特殊精神需求，还使其了解到儿童并非"缩小的成人"，而是拥有独特生理和精神需求之个体。鲁迅、周作人、赵景深等积极利用五四时期大量存在的儿童文学译作对"儿童本位"儿童观进行阐释，在促进成人理解的同时，也加快了该儿童观的传播，从而最终确立其主流地位。

周作人在《随感录（二四）》中对陈家麟、陈大镫翻译的安徒生童话集《十之九》进行批评，认为译者古文翻译"抹杀"了安徒生童话"小儿说话"的语言特色，而通过童话来"讲大道理"更是曲解了原作中的"小野蛮"思想。② 在此文中，周作人主张用白话文翻译儿童文学，因为白话文既是"小儿的言语"，又"最合儿童心理"。试比较《十之九》和周作人部分译文：

  一退伍之兵，在大道上经过，步法整齐，背负行李，腰挂短刀，战事已息，资遣归家。（《十之九》译文）
  一个兵沿着大路走来——一，二！一，二！他背上有个背包，腰边有把腰刀；他从前出征，现在要回家去了。（周作人译文）③

从上述两段译文可见，陈家麟、陈大镫不仅用文言文进行翻译，还删除了士兵口号"一，二！一，二！"周作人使用白话文进行翻译，保留了安徒生童话"小儿说话"的语言特色，译文中"一，二！一，二！"不

---

 ① 王蕾：《安徒生童话与中国现代儿童文学》，华东师范大学出版社，2009年版，第25页。
 ② 作人：《随感录（二四）》，载于《新青年》，1918年第5卷第3号，第286页。
 ③ 这两段译文均转引自《随感录（二四）》（载于《新青年》，1918年第5卷第3号，第288页）。

仅将"儿童的气味曲曲地表现出来",还"充满着儿童的精神"①。相较于晦涩深奥的文言文,儿童显然更倾向于自己"听得懂"和"说得出"的白话文,因为后者不仅浅易简明,还更符合其理解能力。五四以前的儿童读物多为浅近文言,即把成人文言文作品简化后供给儿童,整体说来,儿童和成人读物之语言并无本质区别,儿童仅被当作"缩小的成人"或"未长成的大人"。五四时期,儿童文学理论家和译者主张使用白话文进行翻译,大量白话文译作改变了传统儿童文学语言表达,并向成人展示了儿童独特的语言需求,有利于儿童逐步成为"独立"个体,这既是儿童语言观的发展,也是整体儿童观之进步。周作人在《新青年》上发文对《十之九》进行批评,不同译文的对比与阐述可使成人明白儿童独特的语言和心理需求,加深其对儿童的理解与认识,进而达到阐释"儿童本位"儿童观之目的;另外,由于周作人和《新青年》的广泛影响力,《随感录(二四)》的发表无疑进一步促进了"儿童本位"儿童观的传播,让更多成人开始关注儿童与儿童文学研究。

五四时期儿童文学翻译不仅有利于成人了解儿童特殊语言需求,也便于其理解儿童的"小野蛮"思想。周作人曾说"原人和小儿,本是一般见识",儿童头脑中充满类似原人的"野蛮的思想"。②因此,儿童能坦然接受一些对于成人而言匪夷所思的事情,如《火绒匣》(今译《打火匣》)中士兵杀死老妇,却未受到惩罚,还因此交上好运;《飞箱》中商人的儿子偷偷从窗户爬进公主房间,还偷吻了她。上述在成人眼中于理/于礼不合的行为,对于儿童来说却并无"不正当",儿童不会对故事情节或人物进行道德评判。对儿童而言,人生就像"影戏",故事中的"忘恩负义""掳掠杀人"等只是"当着火光跳舞时,映出来的有趣的影"③。童话作为"幼稚时代之文学"④,大多"荒唐乖谬",其中常有"草木能思想,猫狗能说话"⑤。五四时期,童话是儿童文学译介重心,该时期大量外国童话的引进使成人对儿童"小野蛮""拜物教"等思想能够有所了解,进而加深其对儿童精神需求之认识。

五四时期,周作人和徐锡龄分别对儿童年龄与文学需求、阅读兴趣之关系展开研究。周作人在《儿童的文学》中将儿童分为"四期",即婴

---

① 顾均正:《安徒生传》,载于《小说月报》,1925年第16卷第8号,第21页。
② 作人:《随感录(二四)》,载于《新青年》,1918年第5卷第3号,第288页。
③ 作人:《随感录(二四)》,载于《新青年》,1918年第5卷第3号,第289页。
④ 周作人:《童话研究》,载于《教育部编纂处月刊》,1913年第1卷第7册,第13页。
⑤ 周作人:《儿童的文学》,载于《新青年》,1920年第8卷第4号,第2页。

儿期（1～3岁）、幼儿期（3～10岁）、少年期（10～15岁）和青年期（15～20岁），并提出根据儿童所处年龄阶段供给其相应体裁作品，如幼儿期儿童应阅读儿歌、寓言、童话（我国暂时"没有恰好的童话集可用"，建议翻译外国童话，安徒生童话里就"有许多适用的材料"）和天然故事（"中国这类著作非常缺少，不得不取材于译书"）；少年期儿童则适合诗歌、传说（"最好采用各国的材料"）、写实故事（"指多含现实分子的故事，如欧洲的《鲁滨孙》……《吉诃德先生》"）、寓言（"希腊及此外欧洲寓言作家的作品，都可选用"）和戏曲（"这类著作，中国一点都没有……只好先从翻译入手了"）。① 如上所述，儿童阅读兴趣与接受能力随年龄增长有所变化，应根据儿童年龄为其提供相应体裁、题材和难易程度的文学作品，但该时期我国现有儿童读物难以满足儿童阅读需求，应翻译外国童话、天然故事、传说、写实故事、寓言、戏曲等作为补充。随着上述"适用"儿童文学作品之引进，成人对儿童阅读兴趣、接受能力等的认识也逐步深化。

从1918年10月起，徐锡龄专门对儿童阅读兴趣进行研究，共用8个月左右时间搜集资料和做问卷调查。此次调查十分严谨且较具规模。徐锡龄对参与调查的儿童进行归类和划分，要求"公立私立学校儿童的数目要大约相等"，且"男女比率不能过于悬殊"；问卷经由调查人员和教育局共发出约16000份，收回5400多份，通过筛选和排查的最终有效问卷3027份，来自19所不同的学校。② 在"年级与读书兴趣的关系"版块下，徐锡龄列出了小学四年级至高中一年级学生所喜爱的文学作品，下面仅列出部分较受欢迎的书籍或丛书：

小四：《儿童故事》《西游记》《中华故事》《三国》《世界童话》《俄国童话集》《福尔摩斯》；

小五：《三国》《儿童故事》《西游记》《岳飞传》《女子童话》《俄国童话集》《圣经》《世界童话》《天方夜谈》《竹公主》；

小六：《三国》《水浒》《古文评注》《西游记》《天方夜谈》《俄国童话集》《鲁滨孙漂流记》《少年丛书》《爱的教育》；

初一：《红楼梦》《中华故事》《三国》《古文评注》《西游记》

---

① 周作人：《儿童的文学》，载于《新青年》，1920年第8卷第4号，第3～7页。
② 徐锡龄：《儿童阅读兴趣的研究》，收入李文海《民国时期社会调查丛编（二编）·文教事业卷（四）》，福建教育出版社，2014年版，第180页。

《爱的教育》《天方夜谈》《万有文库》《鲁滨孙漂流记》《十五小豪杰》《爱露先珂童话集》①；

初二：《三国》《红楼梦》《古文评注》《呐喊》《西游记》《天方夜谈》《鲁滨孙漂流记》《福尔摩斯》《爱的教育》《少年维特之烦恼》；

初三：《红楼梦》《三国》《水浒》《呐喊》《易卜生集》《少年维特之烦恼》《爱的教育》《茶花女》《天方夜谈》《苔莉》；

高一：《呐喊》《古文评注》《三国》《红楼梦》《少年维特之烦恼》《天方夜谈》《短篇小说》（胡译）、《纺轮的故事》《福尔摩斯》《苔莉》《爱的教育》《莫泊桑集》《少年哥德》。②

从上述书目可见，每个年级都将《西游记》《三国》等经典本土作品纳入了"喜爱的文学作品"之列，因此，若仅从本土作品入手则难以考察儿童年龄与阅读喜好之关系。通过对比可见，上述书目中各年级儿童所喜爱译作不尽相同，就译作体裁、题材等而言，可发现年纪较小儿童偏爱童话和故事，喜欢"远离实际生活"的作品，如《世界童话》《竹公主》等，而随着年纪增长，其开始关注《爱的教育》《莫泊桑集》等小说、传记类作品，童话逐步淡出视野。几乎所有年级的儿童都喜欢童话，但随年龄增长，对童话的喜好出现变化：低年级儿童喜欢"神奇怪诞"类童话，而高年级儿童爱看更具思想性和艺术性的作品，如具有人道主义精神的《爱露先珂童话集》和充满精美想象的《纺轮的故事》。简言之，在我国本土儿童文学创作有限，且儿童对经典本土作品喜好基本一致的情况下，正是通过大量外国儿童文学译介，儿童阅读需求得到满足，成人也在该过程中对儿童阅读兴趣、理解能力等有了进一步了解。

五四时期，我国现代儿童文学刚起步，本土儿童文学创作极为有限，童话、戏剧等缺乏，其他体裁作品也不完善，该时期儿童文学翻译对当时儿童文学进行了全方位补充。例如，由于暂时无"合适"儿童的童话集可用，该时期成人引进了大量童话，出现"安徒生热"；"非常缺少"和"一点都没有"的天然故事与戏剧则完全依靠翻译支撑；此外，成人还积极译介寓言、传说、小说、诗歌等体裁作品，以丰富"小百花园地"

---

① "爱露先珂"即爱罗先珂。
② 徐锡龄：《儿童阅读兴趣的研究》，收入李文海《民国时期社会调查丛编（二编）·文教事业卷（四）》，福建教育出版社，2014年版，第185~186页。

品种。在五四时期儿童文学译介热潮影响下,该时期产生了大量儿童文学译作,这些作品种类齐全、题材新颖,与当时处于"成人的灰色云雾"中的本土儿童文学形成鲜明对比。该时期译作不但向成人全方位展示儿童不同于成人之语言和心理需求,还帮助成人进一步了解儿童的"小野蛮"和"拜物教"思想,并为理论家、教育家阐释"儿童本位"儿童观提供了丰富例证。正是在大量儿童文学译作观照下,成人逐渐承认儿童"独立"的精神生活,倡导有关儿童的一切都应从儿童出发、以儿童为"本位"。可见,在"儿童本位"儿童观的阐释、传播与确立过程中,儿童文学翻译发挥了不可或缺的重要作用。

二、"猫狗说话"与"鸟言兽语":教育理念的变化及论争

"儿童文学"是"儿童问题"之一,由于儿童文学与儿童教育密不可分,儿童文学更是儿童教育问题之一。① 五四时期的儿童文学以翻译为主、创作为辅,译作处于儿童文学多元系统中心位置,对现代教育理念的形成和发展产生过巨大影响。自五四以来,我国引进了大量童话和寓言,其中的"猫狗说话"与"鸟言兽语"现象引起了文学界和教育界人士广泛关注,于20世纪二三十年代就此展开了系列讨论,其中最著名的是30年代的"鸟言兽语"之争。"鸟言兽语"之争以湖南省政府主席何键发表的《咨请教部改良学校课程》一文为导火线。何键在文中提及"民八以前,各学校国文课本,尤有文理;近日课本,每每狗说、猪说、鸭子说……禽兽能作人言……鄙俚怪诞,莫可言状",主要针对"民八"以后,即1919年之后的情况。② 可见,五四时期大量外国儿童文学的引进,不仅引起了我国儿童文学整体结构的变化,同样导致了新旧教育理念冲突。由于"鸟言兽语"之争主要是针对五四时期儿童文学翻译的论争,加上鲁迅、吴研因、魏冰心等人在此次论辩中所使用例证也多来自该时期译作,所以尽管"鸟言兽语"之争不在本书研究时段内,笔者仍将其纳入论述之列。

事实上,在儿童教育中使用"猫狗说话""鸟言兽语"类译作并非五四专属,其渊源可追溯至清末民初。伊索寓言译介始于明朝中叶,其读者最初虽非儿童,但由于语言浅显、形象鲜明,"颇合于儿童之性,可使

---

① 江:《关于"儿童文学"》,载于《文学》,1935年第4卷第2号,第274页。
② 何键:《咨请教部改良学校课程》,载于《论语》,1932年第5期,第173页。

不懈而几于道"，成人逐渐将寓言用于儿童教育。① 清末民初"供少年儿童阅读欣赏的寓言作品，大都见于当时的蒙学课本及有关辅助读物中"，如供学生课外阅读的《中西异闻益智录》（江南书局印行，1900 年）"卷十一'寓言'"中有 19 则寓言，其中大部分来自《伊索寓言》；另外，1901 年《蒙学课本》"也选刊了若干中西寓言"②。寓言是最早进入学校教材和课外辅助读物的"猫狗说话""鸟言兽语"类译作。之后，经过晚清教育改革，成人开始从儿童兴趣出发为其提供课外读物，许多外国童话也以译作形式进入学校课外辅助读物之列，如张天翼曾提到小学五十码赛跑奖品为孙毓修编撰《童话》丛书，该丛书包括《红帽儿》《睡公主》《大拇指》《三姊妹》《海公主》《小铅兵》等作品。③ 张天翼出生于 1906 年，可推测其读小学的时间大致为 1912 年到 1918 年，可见，寓言和童话在五四以前就已获得部分教育进步人士认可。

寓言、童话等儿童文学译作在清末民初就已进入学校教材/教辅之列，由于其"感人之速，行世之远，反倍于教科书"，当时文学界、教育界进步人士均希望通过此类作品来提高儿童学习兴趣，达到事半功倍之教育效果。④ 但整体而言，该时期"注入式"教育仍占主流，在"成人本位"儿童观的观照下，旧式教育家认为儿童"无殊成人"，常使用"施之于成人"的方法来对待儿童，主张把"'成人'所应知道的东西"全部"具体而微"地传授给儿童，并未从儿童需求出发对其进行"儿童本位"式教育。⑤ 在"成人本位"儿童观制约下，成人对儿童及其阅读需求认识有限，未能有意识地为儿童提供符合其阅读趣味的文学作品，因此，清末民初"猫狗说话""鸟言兽语"类译作数量十分有限，既未引起成人广泛关注与讨论，也未对当时教育理念产生深远影响。直到"民十左右"，儿童文学出现"高潮"，做了当时"小学国语课程"的中心，各大出版社"国语教科书"均"以儿童文学相标榜"。⑥ 换言之，五四时期儿童文学在教材/教辅中取得"中心"地位，引起了文学界与教育界广泛关注，成人开始对儿童文学中，尤其是儿童文学译作中大量存在的"猫狗

---

① 孙毓修：《寓言》，收入孙毓修《欧美小说丛谈》，商务印书馆，1926 年版，第 72 页。
② 胡从经：《晚清儿童文学钩沉》，少年儿童出版社，1982 年版，第 73、76 页。
③ 张天翼：《我的幼年生活》，载于《文学杂志》，1933 年第 1 卷第 2 期，第 63 页。
④ 孙毓修：《童话序》，载于《东方杂志》，1908 年第 5 卷第 12 号，第 179 页。
⑤ 郑振铎：《中国儿童读物的分析》，载于《文学》，1936 年第 7 卷第 1 期，第 48 页。
⑥ 吴研因：《清末以来我国小学教科书概观》，载于《教与学》，1936 年第 1 卷第 10 期，第 262 页。

说话"现象进行讨论。①

　　五四时期，学校教科书、课外辅助读物等包含大量儿童文学作品，周作人、郑振铎等进步人士也积极倡导儿童文学，但习惯了《三字经》《幼学琼林》等传统读物的师长和教育界人士对现代儿童文学仍感陌生，多持疑惑或怀疑态度，如曾有人质疑说："这草木思想，猫狗说话，拿来教儿童；纵使儿童学了，有什么价值？"② 最早对此类疑惑进行回应的是周作人，其在《儿童的文学》中对成人的"怀疑"进行解答。周作人认为"猫狗说话"类作品是对儿童"独立的生活"的尊重，因为儿童都是"拜物教"的，"相信草木能思想，猫狗能说话"，如果成人对此进行强行纠正，对儿童不但没有好处，反而会遏制其"想象力"；此外，儿童生理与心理都在不断发展变化，在其相信"猫狗能说话"的时候，成人应"放胆"供给儿童此类作品，不必担心有"坏的影响"，之后再将"生物学的知识"传授给他们，以防止偏离正常"轨道"。③ 周作人对"猫狗说话"类儿童文学的支持，不仅是对儿童"内面的生活"及"小野蛮"思想的尊重，更是推崇儿童想象力之结果，其认为儿童在充满想象力的时期十分需要"这种空想作品"，成人没有剥夺儿童"这需要的权力"，就如同"没有剥夺他们衣食的权力一样"。④

　　此外，严既澄、郑振铎也为"猫狗说话"类儿童文学进行了"辩护"。严既澄认为"儿童的脑筋，感染得易，也磨灭得易"，随着儿童成长，其会逐渐淡忘小时候的记忆，因此，只要编书的人对"激刺力太大"的内容、情节进行处理，"猫狗说话"的儿童文学就不会对儿童成长产生不良影响，相反，成人若能有效利用儿童"精神上的爱好"，儿童文学将成为"教育的利器"⑤。郑振铎认为成人对儿童文学的"怀疑"是"过

---

　　① 对于"猫狗说话""鸟言兽语"类儿童文学的讨论，实际上主要是针对儿童文学译作，因为该时期译作处于儿童文学系统中心，无论是数量还是影响力都远胜本土作品。
　　② 转引自魏寿镛、周侯予：《儿童有没有文学的需要》，收入王泉根《中国现代儿童文学文论选》，广西人民出版社，1989年版，第78页。
　　③ 周作人：《儿童的文学》，载于《新青年》，1920年第8卷第4号，第2～3页。该时期还有很多人与周作人持相同观点，如魏寿镛、周侯予认为成人应承认并理解儿童的"独立生活"，尊重其思想、想象和趣味；并且，儿童"拜物教"思想使之相信"草木有思想，猫狗能说话"，对此进行纠正只会对其有害，成人应随儿童的"转变生长"采取相应"对付的方法"。（魏寿镛、周侯予：《儿童有没有文学的需要》，收入王泉根《中国现代儿童文学文论选》，广西人民出版社，1989年版，第77页。）
　　④ 仲密：《阿丽思漫游奇境记》，载于《晨报副刊》，1922年3月12日。
　　⑤ 严既澄：《儿童文学在儿童教育上之价值》，载于《教育杂志》，1921年第13卷第11号，第60页。

虑"了，儿童对于"荒唐怪异之言"的喜爱只是"儿童期"爱好，对以后心理"没有什么影响"；此外，他还列举了《儿童世界》主要作品来源，如 Mackenzie—Indian Myth and Legend，Teutonic Myth and Legend，etc.（麦肯兹——印度神话和传说，日耳曼神话和传说等），Williston—Japanese Fairy Tales（威利斯顿——日本童话），Grimms—Fairy Tales（格林兄弟——童话）等，此类作品中不乏猫狗鸟兽的"怪诞之言"，由此可见郑振铎对"猫狗说话"类译作的大力支持。①

五四时期，对于"猫狗说话"类儿童文学成人并无明显反对之声，仅存少量"疑惑"与"怀疑"，这是接受过程中的正常现象，大多是出于对现代儿童文学的不了解或是不习惯。整体而言，该时期教育界人士积极学习西方先进教育方针/理念，认为教育应以儿童为"本位"，既要顾全其"内面的生活"，又要充分重视其想象力发展，主张尽量为儿童提供精神上的"粮食"，即符合儿童阅读心理与趣味的"猫狗说话"之作。五四时期，成人虽对以"猫狗说话""鸟言兽语"类译作为主的儿童文学进行了讨论，但该时期讨论更类似于解释或答疑，并未规模化或是理论化。相比之下，20世纪30年代的"鸟言兽语"之争则要激烈得多，该论争不仅是不同教育理念的正面冲突，还形成了以鲁迅、吴研因、陈鹤琴、魏冰心、张匡等为代表的"正方"，以及以何键、尚仲衣等为代表的"反方"，双方均积极发文，就儿童文学中的"鸟言兽语"现象进行激烈论辩。

"鸟言兽语"之争以湖南省政府主席何键《咨请教部改良学校课程》一文为导火索，其在文中提议"改良学校课程"，声称"民八以前，各学校国文课本，犹有文理"，而现在课本中满是"狗说""猪说""鸭子说"之类的禽兽"作人言"，实在是"鄙俚怪诞"，建议"焚毁"此类"邪说"，同时推荐讲授"中外先哲格言"。② 鲁迅率先对此做出回应，认为这是"杞天之虑"，因为"孩子的心"会进化，"决不至于永远停留在一点上"，"猫狗说话"之作对其"有益无害"，成人应"尽微末之力"将此类作品献给儿童。③ 随后，吴研因、陈鹤琴、魏冰心、尚仲衣等人就

---

① 郑振铎：《儿童世界宣言》，载于《妇女杂志》，1922年第8卷第1号，第134页。
② 何键：《咨请教部改良学校课程》，载于《论语》，1932年第5期，第173页。此文原载于《申报》（1931年3月5日）的"教育消息"一栏。
③ 鲁迅：《〈勇敢的约翰〉校后记》，载于《联合周报》，1945年第2卷第20期。此文写于1931年4月1日，最初收入同年10月出版的《勇敢的约翰》（裴多菲·山大著，孙用译，湖风书局）。

"猫狗说话""鸟言兽语"类儿童文学作品在教育中的作用进行了系列讨论。

首先，关于"启发想象"功效。早在1913年周作人就肯定了童话对于儿童想象力的积极作用，认为"小儿最富空想"，而童话正好与之"相合"，既可"长养"儿童想象，也能使儿童感受力日渐"敏疾"①。但尚仲衣对童话此功效持怀疑态度，认为科学故事和自然读物比童话更能激发儿童"想象的能力"，相较于"离奇的想入非非的幻想"，更应该推崇科学的想象。② 魏冰心迅速对此论说进行驳斥，强调儿童与"初民"的心理相同，都相信"草木有思想，鸟兽能说话"，并喜欢"描写动植物生活的物话"，因此，神话、传说、童话等非常适合儿童，"有益而无害"，对于启发创造和想象有着积极作用；另外，儿童如果只接受"科学的洗礼"，便会成为"现实生活的奴隶"，还会出现精神上的"苦闷"，所以，成人应尊重儿童精神生活，"以儿童为本位"来"教给"他们"东西"，倡导"儿童本位"教育方式，建议尽量给低年级儿童提供"合于想象生活"的童话；最后，魏冰心提出童话、神话等不仅对儿童以后的"实际生活""无害"，还有利于其"科学智识"发展，因为一般都是先有"空想"后有科学"发明创造"，因此，不但不必打破以童话为代表的"鸟言兽语"之作，还应主张儿童文学"儿童化"。③

其次，关于"引起兴趣"功效。尚仲衣声称儿童是否喜欢"幻想性"读物还有待考证，其列举邓恩近年实验，认为"幻想性"非但不能"引起兴趣"，还可让男孩"反感"；此外，还引用其他外国专家，如推孟、赵登、余尔等人的研究，得出"幻想性"并不是"引起兴趣"的"最好的材料"抑或"唯一方法"，在"不违反自然现象"的情况下还有很多其他选择。④ 魏冰心为证明儿童喜爱"情节新奇"的文学作品而专门调查了小学图书馆，发现最受儿童喜爱、"最容易破烂"的是童话、小说之类书籍。⑤ 张匡也对低年级学生阅读兴趣进行调查，发现其对于"神仙故事"和"物话"都很有"兴味"；另外，还引用加里和芒罗的调查，认为"动物界故事""自然界故事"和"神仙故事"对6~9岁儿童而言十分具

---

① 周作人：《童话略论》，载于《教育部编纂处月刊》，1913年第1卷第8册，第5~6页。
② 尚仲衣：《再论儿童读物》，载于《儿童教育》，1931年第3卷第8期，第419页。
③ 魏冰心：《童话教材的商榷》，载于《世界杂志》，1931年第2卷第2期，第371~372、375页。
④ 尚仲衣：《再论儿童读物》，载于《儿童教育》，1931年第3卷第8期，第419页。
⑤ 魏冰心：《童话教材的商榷》，载于《世界杂志》，1931年第2卷第2期，第373页。

有吸引力。① 简言之,"猫狗说话""鸟言兽语"之作是儿童,尤其是幼童"最喜欢听"和"最喜欢看"的作品类型。②

最后,关于"教训"功效。尚仲衣认为基于"事实"材料的"教训"比依据"不可能幻想"的更为可靠,并且,非"幻想的寓意"更易使儿童领会和信服。③ 魏冰心则提出伊索寓言、莱森寓言等均属于何键之前提出的"中外先哲格言"之列,但其中仍不乏"鸟言兽语"之作;此类作品用儿童"固有经验的具体影像"来重新组成其他事物,对儿童是"新奇的刺激",能够充分调动其兴趣,达到事半功倍的教育效果,因此,建议在低年级国语课本中"尽量"采用描写"动植物生活"和"自然现象"的儿童文学作品。④

从表面上看,关于"猫狗说话""鸟言兽语"类作品的论争是关于儿童文学是否应该包括猫狗鸟兽"能言"之作的辩论,但其本质上是不同教育理念之冲突,即是否应该照顾儿童"内面的生活"及其"小野蛮"思想,从儿童需求出发对其进行"儿童本位"式教育。成人对上述作品在儿童教育中的不同态度,在一定程度上反映了我国儿童教育理念之更替与革新。清末民初"猫狗说话""鸟言兽语"类译作数量有限,没有引起成人广泛关注,也未对当时的教育理念产生重要影响。随着五四时期外国儿童文学的规模译介,该时期产生了大批猫狗鸟兽"能言"之译作,这些作品无论是数量还是影响力都远胜本土作品,促进了我国教育理念的现代转型。五四时期大量猫狗鸟兽"能言"类译作引起了文学界和教育界人士的广泛讨论。经过系列讨论,尤其是鲁迅、陈鹤琴、吴研因、魏冰心、何键、尚仲衣等人的激烈论辩,成人对儿童及儿童文学有了更多了解,认识到"猫狗说话""鸟言兽语"之作在启发想象、引起兴趣等方面的积极作用,认为非但不必打破以童话为代表的"鸟言兽语"之作,还应在儿童相信"草木有思想,鸟兽能说话"的阶段,尽量为其提供"合于想象生活"的作品。总之,五四时期成人对儿童文学翻译的讨论涉及儿童观、教育理念等不同层面,这不仅帮助成人进一步了解儿童独特生理特点与心理需求,有效阐释和传播了"儿童本位"儿童观,还有利

---

① 张匡:《儿童读物的探讨》,载于《世界杂志》,1931年第2卷第2期,第376~377页。
② 陈鹤琴:《"鸟言兽语的读物"应当打破吗?》,载于《儿童教育》,1931年第3卷第8期,第424页。
③ 尚仲衣:《再论儿童读物》,载于《儿童教育》,1931年第3卷第8期,第419页。
④ 魏冰心:《童话教材的商榷》,载于《世界杂志》,1931年第2卷第2期,第371、373页。

于现代教育理念的形成与发展；此外，更是为儿童文学在教材和教辅中争得一席之地，有效促进其发展，为儿童文学成为独立文学门类打下了坚实基础。

第三节 "爱之教育"：夏丏尊译《爱的教育》个案研究

夏丏尊根据日译本和英译本转译《爱的教育》（意大利亚米契斯著），于1924年在《东方杂志》上连载（第21卷第2～23号），受到社会各界关注与好评。随后，商务印书馆将夏译《爱的教育》列入"文学研究会丛书"，1925年推出单行本①，初版售罄后把发行权转到开明书店，1926年3月再版。此书自出版就受到广大儿童与师长的热烈欢迎，不但"印数"日渐增多，每年还"多次印刷"，成为名副其实的"畅销书"。②夏译《爱的教育》"是对近现代中国产生持久影响的少数几种译作之一"，许多人都曾谈到过自己对该书之深刻印象。③例如，戈宝权认为在自己小时候读过的书中，夏译《爱的教育》使之"印象最深"④；巴金在年轻时也读过此书，认为书中师生以及同学之间的感情"非常动人"，此外，还提及该书"读者很多"，影响十分广泛⑤；黄裳谈到夏译《爱的教育》是其所读"第一本"译作，当时便被此书深深感动，哪怕现在故事细节已经"模糊"，"但当时心灵上受到的震撼仿佛仍旧可以追寻"⑥；楼适夷说自己一直喜欢夏丏尊"著译"，其中《爱的教育》触动过其"少年时代

---

① 具体出版日期不详，但推测应为1925年，因为是于1924年连载完毕后才推出的单行本，且刘薰宇在介绍夏丏尊译作时说其"曾分期载于去年的东方，现由文学研究会发行单行本"，而该新书介绍写于1925年。（薰宇：《爱的教育》，载于《教育杂志》，1925年第17卷第9号，第1页。）

② 莫志恒：《说说开明书店及其出版物的装潢艺术》，收入中国出版工作者协会《我与开明》，中国青年出版社，1985年版，第238页。

③ 邹振环：《20世纪上海翻译出版与文化变迁》，广西教育出版社，2000年版，第162页。

④ 戈宝权：《戈宝权自传》，收入王寿兰《当代文学翻译百家谈》，北京大学出版社，1989年版，第56页。

⑤ 巴金：《三说端端——随想录一四八》，收入张耀辉《巴金和儿童文学》，少年儿童出版社，1990年版，第419页。

⑥ 黄裳：《关于开明的回忆》，收入中国出版工作者协会《我与开明》，中国青年出版社，1985年版，第44页。

的心灵",使之"渴望有一个人与人相爱的世界"①。简言之,夏译《爱的教育》"充满着一种纯真的感情",能使读者自然地受到"最深的感动",影响了数代成人与儿童读者。②

由上述夏译《爱的教育》出版情况及其在读者中的深远影响可以看出,该书自出版以来"扩散十分迅速,引来普遍反响"。由于该书"尤其受青睐",之后各大出版机构都"争相推出自己的译本",形成了一作多译的"特别场面"。③夏译《爱的教育》之后的各类译本如下(见表3-1):

表3-1 《爱的教育》中译本

时间	书名	译者	出版社
1931年	爱的学校	柯蓬洲	世界书局
1935年	爱的学校(又名:爱的教育)(通俗本)	张栋	龙虎书店
1936年	爱的教育	施瑛	启明书店
1937年	爱的教育日记	杨逸声	大通图书社
1939年	奇童六千里寻母记	张鸿飞	春明书店
1940年	仁爱的教育	秦瘦鸥	春江书局
1940年	爱的教育	知非	大陆书局
1946年	爱的教育	林绿丛	春明书店
1947年	爱的教育	冯石竹	经纬书局
1949年	爱的教育	范泉	永祥印书馆

20世纪三四十年代,《爱的教育》各类译本的出现固然与原作"感人肺腑、催人泪下的爱的力量"密不可分,但更主要的原因在于夏译《爱的教育》之成功④。夏译《爱的教育》并非我国首译本,之前已有包天笑译《馨儿就学记》(商务印书馆,1910年)。包天笑在翻译时将此书"改头换面",不仅题目改为《馨儿就学记》,还把原作人名、地名等全部"中国化",另外,其还省略了原作/原作者信息,在封面署名"天笑生

---

① 楼适夷:《怀念夏丏尊先生》,收入上海市出版工作者协会《出版史料》编辑组《出版史料(第4辑)》,学林出版社,1985年版,第30页。
② 小俞:《夏丏尊先生与〈爱的教育〉》,载于《开明少年》,1946年第11期,第4页。
③ 王建开:《五四以来我国英美文学作品译介史(1919—1949)》,上海外语教育出版社,2003年版,第99页。
④ 邹振环:《影响中国近代社会的一百种译作》,中国对外翻译出版公司,1996年版,第330页。

著",从包译《馨儿就学记》中已难窥得原作面貌,当时读者大多以为此书是包天笑原创,因此,对晚清五四时期读者而言,夏译《爱的教育》顺理成章地成为第一个中译本。"原书在一九〇四年已三百版,各国大概都有译本"①,在我国却一直无人知晓。正是通过夏译《爱的教育》,原作"生命"在我国得以延续,且因为译作的巨大成功,国人才对该书有所了解,进而被原作"爱的力量"所感染和吸引,译者也开始积极翻译此书。

夏译《爱的教育》在当时十分畅销,带来的经济收益不可小觑。该书是开明书店"吃饭书"之一,是"支撑书店经济的柱子",给出版商带来巨大经济利益。② 同时,译者在经济方面也受益匪浅,当时在开明书店拿版税最多的除了编英语教科书的林语堂,"其次就是夏丏尊"③。王统照也曾谈及此情况:《爱的教育》之销量已经远超过夏丏尊"动笔时"的预期,就版税收入而言,译者所获"颇为不少",因为该译本"从初版至今,似乎比二十年来各书局出版白话所译西洋文学名著的任何一本都销得多"。④ 夏译本的成功使出版商和译者从中看到巨大商机,在经济利益驱使下,复译情况屡见不鲜。

夏译《爱的教育》在翻译界有着巨大影响,不仅使原作在我国出现一作多译情况,还基本确定了该书汉译名。《爱的教育》原名 *Cuore*(《心》),其在各国译本众多,"书名却不一致"⑤。夏丏尊在翻译时参考了日译本和英译本,前者译为《爱的学校》或《真心》,后者为《考莱》(下标《一个意大利小学生的日记》),译者觉得日译本中的"学校"不妥,因为书中还有关于社会和家庭方面的内容,而英译本题目不够简洁,综合考虑后将其命名为《爱的教育》。在表3-1所列10个译本中,有6个沿用了夏丏尊书名译法,其中范泉译本更是根据夏译本改编、缩写而成。夏丏尊最先使用《爱的教育》作为书名,之后译者纷纷效仿,这既

---

  ① 夏丏尊:《爱的教育·译者序言》,收入亚米契斯《爱的教育》,夏丏尊译,开明书店,1948年版,第viii页。
  ② 莫志恒:《说说开明书店及其出版物的装潢艺术》,收入中国出版工作者协会《我与开明》,中国青年出版社,1985年版,第238页。
  ③ 巴金:《我与开明》,收入巴金《无题集(〈随想录〉第五集)》,人民文学出版社,1986年版,第101页。
  ④ 王统照:《丏尊先生故后追忆》,收入亚米契斯《爱的教育》,夏丏尊译,译林出版社,1998年版,第288~289页。
  ⑤ 夏丏尊:《爱的教育·译者序言》,收入亚米契斯《爱的教育》,夏丏尊译,开明书店,1948年版,第viii页。

是对夏译本的认可，也不排除想借用夏译本"名号"来提高销量的因素，因为大多数购买者并非"专业"读者，其想购买的只是《爱的教育》这本书，通常不会关注书的译者与版本。可见，无论是《爱的教育》译介热潮，还是该书汉译本书名的基本统一，都与夏译《爱的教育》关系密切。

夏译《爱的教育》不仅在我国翻译界影响深远，对五四时期儿童及师长的影响更是巨大。五四时期，夏译《爱的教育》被标注为"教育小说"，不但深受少年儿童喜爱，也同样受到家长和教师热烈欢迎。"本土系在自身进化的某一阶段对某位作家的需要，也决定了国外作家为本土系统所接受的程度。"① 五四时期儿童和师长对夏译《爱的教育》的积极接受，既是对原作"爱的力量"和译者辛苦付出之肯定，也与当时"本土系统"的内在需求密不可分。该时期，我国处于儿童观及教育理念转型期，儿童与师长开始有各种新需求，此时"教育小说"夏译《爱的教育》正好问世，得到成人广泛支持。五四时期的儿童已不再是成人之"附庸"，逐步以全新姿态、作为"独立"个体出现在成人视野，而此时成人也不再推崇"宛如成人"的少年老成型儿童，开始呼唤新的儿童"学习榜样"。五四时期，我国社会发生巨变，儿童观完成从"成人本位"到"儿童本位"之转化，"儿童本位"儿童观占据主流地位，同时，"新文化运动促进了人道主义的传播和教育观念的转变"。② 在此情形下，家长和教师"发现"儿童，意识到传统教育模式与儿童天性之冲突，迫切希望得到现代教育方法/理念指导，该时期需要全新"教育蓝本"来适应和满足时代需求。简言之，夏译《爱的教育》的出现正好满足五四时期"本土系统"内需，及时为儿童和师长提供了所需的学习榜样与教育参考，该书的广泛接受与影响使之在我国现代教育史上留下了浓墨重彩的一笔。

一、"学习榜样"与"教育蓝本"：儿童与家长接受情况

范泉在《新儿童文学的起点》（1947年）中说道："夏丏尊先生的

---

① 安德烈·勒菲弗尔：《大胆妈妈的黄瓜：文学理论中的文本、系统和折射》，江帆译，收入谢天振《当代国外翻译理论导读》，南开大学出版社，2008年版，第263页。
② 秦弓：《二十世纪中国翻译文学史·五四时期卷》，百花文艺出版社，2009年版，第169页。

《爱的教育》(亚米契斯作),几乎已为全中国的少年们所熟知。"① 实际上,我国儿童对于夏译《爱的教育》不仅是"熟知",而且是异常"喜欢",这种"喜欢"在很多阅读调查或描述性文字中都可见一斑。例如,在徐锡龄针对儿童阅读兴趣的调查中,夏译《爱的教育》② 入选了小学六年级至高中一年级学生"喜欢读的书"书目,其中在初中一年级学生"喜欢读的书"中更是位列第一③;在凌子鎏1932年关于儿童读物的调查统计里,夏译《爱的教育》也被列入了小学六年级学生"欢喜的读物"之中④;王统照曾提及夏译《爱的教育》出版后"风行一时",且"至今仍为小学后期,初中学生喜爱读物之一"⑤。夏译《爱的教育》在儿童读者中流传颇广,书中亲人、朋友、同学、师生之间浓浓的爱给予其极大感染,使之主动将书中人物作为学习榜样,该情形在《开明》和《开明少年》上刊登的众多读书心得、读后感中均有所体现。

《开明》(又称"小《开明》")是开明书店推广科编印的一种小型宣传刊物,内容包括书评、广告、作家作品介绍、欣赏指导等,用于宣传开明书店出版的作品,夏译《爱的教育》也在其推广之列。1928年到1931年期间,《开明》连续刊登了关于夏译《爱的教育》的介绍性文章及读者来信,还在"儿童文学专号"上一次性推出10篇书评,形成了声势宏大而持久的宣传。⑥ 这些读者来信中,既有家长和教师的阅读心得,也有儿童的读后感。在来信中,儿童大多表达了对夏译《爱的教育》的喜爱,并主动将书中人物作为学习榜样。例如,高根发谈到夏译本曾带给自己"十二分的感动",书中"一切对于人生的情爱,都是深深地激动人情的",使其感到"虚度了十六年的生活",并对自身"学问""品行"等进行反思,觉得自己在"七八年的求学时期"所得甚少且不能"自勉",读此书后"得到许多可以大大的勉励的话和事实了",例如自己虽

---

① 范泉:《新儿童文学的起点》,收入王泉根《中国现代儿童文学文论选》,广西人民出版社,1989年版,第178页。
② 徐锡龄阅读调查中虽未标明《爱的教育》为哪个译本,但该调查始于1918年10月,《儿童阅读兴趣的研究》出版于1931年,该时期《爱的教育》只有夏丏尊译本。
③ 徐锡龄:《儿童阅读兴趣的研究》,收入李文海《民国时期社会调查丛编(二编)·文教事业卷(四)》,福建教育出版社,2014年版,第185~186页。
④ 凌子鎏:《从教师与学生观点去研究儿童读物的一个报告》,载于《教育研究》,1932年第40期,第13页。
⑤ 王统照:《丏尊先生故后追忆》,收入亚米契斯《爱的教育》,夏丏尊译,译林出版社,1998年版,第288页。
⑥ 欧阳文彬:《广告中的学问》,收入中国出版工作者协会《我与开明》,中国青年出版社,1985年版,第275页。

不如代洛西聪明，但其"用功的程度，多少可以学了"，此外"也总能唤起像斯带地那样的奋发精神"，"品行"方面则学到了许多做人的"好方法"，即对父母应"存报恩的孝心"，对兄弟姊妹"要和爱"，对师长"要十二分的敬爱"，另外"如忍耐心，义侠心，勇敢心，互助心，和其他一切人格的修养，在《爱的教育》里都很明显地指示给我们呢"[①]；陈湘清觉得"书中最动人是每月例话"，其中《六千里寻母》几乎使其"要哭出声来"，故事中"老人的慈爱，孩子的天真，诚孝，忠爱，毅勇，省己，待人……莫不含有强烈痛悲而真挚的情感"，让人难以忘却[②]；徐成滋在"小朋友作品"专栏中也谈到该故事中"有坚忍不拔的志向"，认为"如果都有这种艰苦的精神，和强健的身子，不躁急，不气馁，向着光明的大道前进，那么种种困难，总是会被我们所克服的吧"[③]。夏译《爱的教育》中的人物，无论是聪明又用功的代洛西还是之前"成绩恶劣"但后来奋发图强的斯带地，抑或热心助人、勇敢坚韧的主人公安利柯，都成了儿童学习榜样，唤起其心中"亲子之爱""朋友之谊""师生之情"等，使之养成"诚孝""毅勇""省己"等优良品格，不断激励着我国儿童在人生道路上积极前行。

夏译《爱的教育》不仅为少年儿童提供了学习榜样，使其"爱亲、爱校、爱国之情，油然而发"，还在一定程度上改善了学校师生、同学间的相处模式。[④] 当时的学校"缺少灵魂"，已完全被商业化和机械化，学生对于教师常"不能谅解"，同学间也充满"猜忌、厌恶或狎邪"，"似乎没有一点人同人应有的情谊发生"，一旦有利益冲突，哪怕"所关极小，也不肯相让，至于救护别人，更是不容易碰见"。[⑤] 夏译《爱的教育》中所描述的师生关系、同学关系等与上述情况形成鲜明对比，该书极富温情与人情，不但能让学生知道"学校的生活应当怎样地去领受，和同学中应当用怎样的态度去相处"[⑥]，还能"增进几分同学间的情感"[⑦]。自从夏译本在儿童读者中广泛传播后，不但师生及同学关系得到明显改善，

---

① 高根发：《阅读〈爱的教育〉以来之心得》，载于《开明》，1929年第1卷第8期，第455～456页。
② 陈湘清：《再谈爱的教育》，载于《开明》，1929年第1卷第8期，第461页。
③ 徐成滋：《读〈爱的教育〉以后》，载于《小朋友》，1949年第938期，第14页。
④ 李浴新：《爱的教育》，载于《开明》，1929年第1卷第11期，第651页。
⑤ 薰宇：《爱的教育》，载于《教育杂志》，1925年第17卷第9号，第9页。
⑥ 薰宇：《爱的教育》，载于《教育杂志》，1925年第17卷第9号，第9页。
⑦ 陈湘清：《再谈爱的教育》，载于《开明》，1929年第1卷第8期，第461页。

变得"亲爱异常",甚至连校风都"为之一变"。①

夏译《爱的教育》在改善师生/同学关系的同时,也改变了"父为子纲"的传统儿童观,进而改变了我国长久以来父母与子女之间的相处模式。在"父为子纲"传统儿童观影响下,父母地位向来高高在上,儿童则常俯首聆听训导。该相处模式导致的直接后果就是父母在子女教育中的绝对权威,父母总是试图"威压着"子女,使其"从顺自己",这在一定程度上使父母对子女的爱"多少带点寻开心的态度",难以建立紧密亲子关系。② 在《爱的教育》中,父母与子女关系较为平等,如安利柯父亲常像朋友一样鼓励他,并随时"利用极小的自然机会而指示做人的途径",为其指明前行方向,而非摆出父亲架子、不顾子女心情强行将"人生哲学"之类的"塞了进去"。③ 书中全新亲子关系刷新了"父为子纲"的传统观念,父母开始审视与子女之关系,并逐步将其放到平等对话的位置。简言之,夏译《爱的教育》有利于"儿童本位"儿童观的阐释、传播与确立,该书为成人理解"儿童本位"儿童观提供了丰富例证,而其在我国的巨大影响与广泛传播则有效促进了该儿童观之传播与接受,进而推动"儿童本位"儿童观主流地位的最终确立。

在夏译《爱的教育》直接影响下,我国父母与子女之间的相处模式发生了巨大改变。《开明少年》曾开辟了一个通信专栏,取名为"爱的教育",专门用于刊登父母与子女的通信,从中可窥见较为平等的相处模式。现摘抄部分如下:

孩子:

  你离开家三天了。这三天里,我差不多时时刻刻在惦念你。虽然已经十三岁了,你却从来不曾离开过家。你一向过惯了家庭生活,现在跑进学校去,开头过集体的生活了,我恐怕你有些不习惯。④

透过此段文字能够看到父母对子女的无限担心,其中父母温情与传统严厉"教训"形成鲜明对比。在述说女儿离家场景时,母亲说:"我望你跟在行李后面,沿着田塍走去,不由的想到你现在是个初中女学生了,

---

 ① 陈伯吹:《牧歌声声一线牵》,收入中国出版工作者协会《我与开明》,中国青年出版社,1985年版,第14页。
 ② 刘薰宇:《母性的教育》,载于《教育杂志》,1926年第18卷第5号,第2页。
 ③ 薰宇:《爱的教育》,载于《教育杂志》,1925年第17卷第9号,第8页。
 ④ 令宜:《初进中学的时候》,载于《开明少年》,1946年第7期,第78页。

觉得十分高兴。"① 这一母亲目送女儿离家的场景，令读者感到无尽的不舍、牵挂和担心，但又充满吾家有女初长成的自豪与喜悦。在担心女儿"熬不住"集体生活的同时，母亲也对其提出殷切希望，即改掉"懒散的习惯"，积极融入集体生活；在"读书求学问"时"必须耐着性儿，克服种种困难，埋头干下去，一直到做完才歇手"②。女儿回信如下：

> 离家的那一天，我心里很不安静。走一步，离家远一步，愈走愈远，愈想愈害怕。有好几回，我真想回转来，不到学校去了，永远住在家里。③

对于女儿而言，家是温暖港湾，学校则显得陌生而令人"害怕"。在信中，女儿向母亲细细述说着"四天"集体生活，如把行李先寄放到陈老师家里、多给了挑夫一百元、自己给被单绣名字等，以及食堂饭菜、着装要求、与同学相处事宜等，事无巨细，一一道来。从上述两封信可见母女关系亲密，母亲关心爱护女儿，女儿则将母亲当作可倾诉的朋友，二者之间为平等对话关系。以往的父母对子女极其严苛，但常"无良好结果"，甚至导致"情感日见疏远"，可见"严苛教育"往往事倍功半，而"现代父母因鉴于过去家庭教育的失败"，在《爱的教育》影响下，逐渐对子女"采取'爱的教育'的途径"，建立全新而健康的亲子关系。④

二、"爱之教育"：教师接受情况

夏译《爱的教育》作为课外辅助读物进入学校，有效改善了师生/同学关系，形成"尊师爱生""同学互助"的局面，整体校风甚至也"为之一变"。除上述影响，夏译《爱的教育》还为教师提供了可资借鉴的教育方法/方式：教师不仅积极学习书中教育方法，还尽量参考其中例子对学生实施"爱之教育"。例如，叶至善曾谈到自己"四十多年前"当中学教师时，就把夏译《爱的教育》当作"教育孩子的指南"⑤。简言之，夏译

---

① 令宜：《初进中学的时候》，载于《开明少年》，1946年第7期，第78页。
② 令宜：《初进中学的时候》，载于《开明少年》，1946年第7期，第79～80页。
③ 令宜：《开课以前》，载于《开明少年》，1946年第8期，第48页。
④ 冯瓒璋：《现代的父母教育——爱的教育》，载于《公教学校》，1936年第2卷第30期，第33页。
⑤ 叶至善：《序译林版〈爱的教育〉》，收入亚米契斯《爱的教育》，夏丏尊译，译林出版社，1998年版，第1～2页。

本给教师建造了一个可供"仿效的模型",使其开始参考书中例子来教育学生。

在传统教育中,用竹鞭"打手心"是很流行的惩罚方式,教师乐于使用,家长也多叮嘱教师如此。但事实上,学校教育若只有惩罚而没有温情与爱护的话,就好像"无水的池,任你四方形也罢,圆形也罢,总逃不了一个空虚",而教育好比"掘池",无论是"四方形"还是"圆形","池"中必须有"水",因为"池"之所以为"池"是因为其中有"水"。① 可见,无论采用何种制度或方法,学校教育的关键就在于其中的"情"和"爱"。在夏译《爱的教育》影响下,教师开始避免体罚学生,尽量关注其内在情感,主动展开"爱之教育"。在该过程中,比较典型的例子有王志成的教育经历,其不仅深受夏译本影响,参照书中事例教导学生,之后还专门出书将自己实施"爱之教育"的具体情况记录下来,以供交流参考。

作为教师,王志成在教学过程中遇到过许多困难,"顽劣儿童"常使之"怒火冲天",不知该如何处理,从中"得到不少做人的教训",就在其彷徨不知所措时,夏译《爱的教育》"仿佛是一剂清凉散",使"三年来郁结的病症"都迎刃而解了。② 王志成认为《爱的教育》中的教育方法近乎"理想",其不仅按照书中所说来教育学生,还将具体实施情况记录下来结集成书,即《爱的教育实施记》(开明书店,1929 年)。据好友马精武描述,王志成实施"爱之教育"的效果非常好:在读了《爱的教育》以后,王志成大受感动,决定以后绝不打骂儿童,若有犯错就"用善言去劝慰他,或用感情去激励他",如此坚持一个月,当他要被调离时,全班学生"好像丧失了他们的慈母一般地痛哭着"。③ 从王志成实施"爱之教育"的成功经验可见,"爱"是学校教育必不可少之元素,教师不仅应该关爱学生,还应坚持与其进行平等对话。

20 世纪二三十年代,大多教师都对教育现状极为不满,认为教育已经"破产得不堪",其中小学教育更是堪称"杀人思想的断头台";师生关系同样令人担忧,不仅"先生摆着大架子不肯见学生",学生也"怕打

---

① 夏丏尊:《爱的教育·译者序言》,收入亚米契斯《爱的教育》,夏丏尊译,开明书店,1948 年版,第vii~viii页。
② 王志成:《爱的教育实施记·自序》,收入王志成《爱的教育实施记》,开明书店,1929 年版,第Ⅸ页。
③ 马精武:《爱的教育实施记·马序》,收入王志成《爱的教育实施记》,开明书店,1929 年版,第Ⅳ~Ⅴ页。

骂"不敢见先生,除上课时间外,"其余学生自学生,先生自先生",基本互不相关。① 在此情形下,《爱的教育》无疑为成人展示了一种全新的师生关系,书中的意大利小学教员将学生看作自己的孩子,用"爱"润物细无声地对其进行教育和感化。在夏译《爱的教育》启示下,当时很多教师主张对学生进行情感教育和感化,认为温情的感化会比严厉的责罚更为有效。例如,刘薰宇曾谈到一个犯错的学生被叫到校长室去,"总觉得是战战兢兢的",但教师并未责骂他,而是和声细语地对其进行开导和安慰,"叫他以后做好孩子",学生出来后"红着眼睛",反而"比受罚还要难过"。② 此外,刘薰宇提倡对学生进行"爱的教育",因为只关注"知识和技能"的教育是不完整、不健全的,"人生还有一点比知识和技能还要重要十百千万倍的东西",而《爱的教育》恰巧能在这个方面"供给一点有效的材料",改变我国"缺乏灵魂的机械式的教育"。③ 总之,相较于"谩骂和恐吓"的教育方式,对学生进行"爱之教育"十分必要和"急切",只有将"'爱'的根苗"播入学生和教师心中④,才能办好儿童教育,"在学校中培养尊师爱生、同学互助的感情"。⑤

在夏译《爱的教育》出现以前,学校"是一座不毛的荒园,漫烟衰草,黄沙弥目,找不到些微的生气"⑥,学校生活枯燥无聊,每逢放假学生和教师都欢喜雀跃。为让学生准时到校,学校"用罚金来鞭策学生";而为了不过早"散学",学校则"利用考试、扣分来维持所谓秩序"。可见,当时学生和教师对于学校生活都极为厌倦。⑦ 当教师对学生进行"爱之教育"后,师生关系得到有效改善。例如,高飞曾觉得教书生涯枯燥,神志彷徨,"对于那班天真的孩子们的厌倦已不是一朝一夕了",但《爱的教育》激励了其"思想的突变",让他觉得自己"已成了人间至神圣至高洁的伟业的从事者",在反思以前"对于孩子们的漠视与冷酷"后"惭愧地忏悔了";之后,其开始参考《爱的教育》进行教学,并向学生

---

① 韩永信:《读〈爱的教育〉》,载于《开明》,1929年第1卷第8期,第453页。
② 薰宇:《爱的教育》,载于《教育杂志》,1925年第17卷第9号,第5页。
③ 薰宇:《爱的教育》,载于《教育杂志》,1925年第17卷第9号,第5页。
④ 王志成:《爱的教育实施记·自序》,收入王志成《爱的教育实施记》,开明书店,1929年版,第Ⅹ页。
⑤ 巴金:《三说端端——随想录一四八》,收入张耀辉《巴金和儿童文学》,少年儿童出版社,1990年版,第419~420页。
⑥ 高飞:《介绍〈爱的教育〉》,载于《开明》,1930年第20期,第13页。
⑦ 薰宇:《爱的教育》,载于《教育杂志》,1925年第17卷第9号,第2页。

"柔声"讲述书中故事《笔耕少年》①，该故事使之与学生"灵感相通"，彼此相处"态度都异样起来"，逐步进入《爱的教育》中"热情的爱的世界里去"了，将"教育的荒园"变得更"润泽"，逐渐"开出些鲜艳的花来"。② 总之，在夏译《爱的教育》影响下，大多教师开始对学生进行"爱之教育"，主张用"爱"来温暖和感化学生，并取得良好效果，《爱的教育》在当时成了当之无愧的教育"蓝本"。

随着五四时期儿童观和教育理念之现代转型，儿童需要全新的学习榜样，父母和教师同样需要新的"蓝本"作为教育参考。《爱的教育》的译者夏丏尊既是执教鞭十余年的教师，又是"二子二女的父亲"，但即使夏丏尊儿童教育经验丰富，在对比书中师长和自己"平日为人为父为师的态度"后，也"好像丑女见了美人"，觉得难堪起来，甚至流下了"惭愧"的泪水；其认为书中"亲子之爱，师生之情，朋友之谊，乡国之感，社会之同情"，都近乎"理想"状态，期冀"世间"情形真能如此"才好"。③ 由于《爱的教育》中所描绘的儿童生活、学校教育等近乎理想状态，该书成为当时儿童和师长的学习榜样与教育参考。在夏译《爱的教育》影响下，儿童主动学习书中人物的耐心、勇敢、勤奋、与人为善等优秀品质，师长也受到鼓舞，增强了"对学生或子女的责任心"④，并主张对儿童进行"爱"的陶养，在促进儿童个性健康发展的同时，也注重其"坚忍的毅力"和"诚爱的精神"之培养⑤。

五四时期，儿童观、赞助者、文化等外部因素无疑对儿童文学翻译产生制约与影响，但上述因素与翻译为双向互动关系，翻译同样会对其产生反作用，如该时期大规模儿童文学翻译不仅引进了西方先进儿童观和教育理念，促进了我国传统儿童观与教育理念之现代转型，还使成人能够更深入地了解"儿童本位"儿童观与现代教育理念，在教育中坚持关爱学生，对其实施"儿童本位"式教育，进而有效促进了现代儿童观与教育理念的阐释与传播。综上所述，五四时期儿童文学翻译不但为我国民间儿童文学的采集、整理、研究等提供了可资借鉴与参考的对象，还对儿童观和教育理念之现代转型有着积极促进作用。整体而言，五四

---

① 故事名有误，应为夏译《爱的教育》"每月例话"故事中的《少年笔耕》。
② 高飞：《介绍〈爱的教育〉》，载于《开明》，1930年第20期，第14页。
③ 夏丏尊：《爱的教育·译者序言》，收入亚米契斯《爱的教育》，夏丏尊译，开明书店，1948年版，第vii页。
④ 陈芝：《爱的教育》，载于《开明》，1929年第1卷第11期，第651页。
⑤ 陈湘清：《再谈爱的教育》，载于《开明》，1929年第1卷第8期，第461页。

时期儿童文学翻译在社会宏观层面产生了广泛而深刻的影响，此外，其在文学领域的接受与影响也不可忽视。该时期儿童文学翻译不仅促进了我国儿童文学体裁的丰富与变革，还对当时儿童文学创作有着积极推动作用。在第四章中，笔者将就五四时期儿童文学翻译在接受过程中的变形，及其对本土儿童文学体裁与创作的影响展开深入论述。

第四章 五四时期儿童文学翻译的文学接受与影响

五四时期,成人开始有系统、成规模地译介外国儿童文学作品,这在我国儿童文学史上有着极为重要的作用与意义。该时期儿童文学译作将外国儿童文学之语言、形式、内容等较为直观地呈现给广大读者。当时读者除儿童外,还包括大量儿童文学研究者与作者,这使该时期译作能够对我国儿童文学理论和创作产生直接影响。"以儿童为中心的中国现代儿童文学走过的是一条先有外国儿童文学作品和理论的译介,后有自身儿童文学创作和理论的道路。"① 因此,从某种程度上可以说,五四时期儿童文学翻译促进了我国现代儿童文学理论和创作之发生与发展。

首先,五四时期儿童文学译作是当时儿童文学理论不可或缺的言说资源。文学作品是文学理论赖以存在之基础,西方儿童文学先有创作,并在此基础上形成相关理论,符合文学发展一般规律;而我国儿童文学理论和创作基本以外国儿童文学译介为基础,较具特殊性。由于我国现代儿童文学初创期本土作品匮乏,当时儿童文学研究者多以译作为主要言说资源。例如,周作人通过批评陈家麟、陈大镫译《十之九》,提出白话文应成为儿童文学主要语言,主张用"说话一样的"言语翻译和创作儿童文学,并在此基础上探讨了白话文与儿童文学之密切关系。② 此外,周作人还通过对赵元任译《阿丽思漫游奇境记》的评论,大力推崇儿童文学之"无意思",并肯定了幻想因素和游戏精神在儿童文学中的重要性。③

---

① 李丽:《生成与接收:中国儿童文学翻译研究(1898—1949)》,湖北人民出版社,2010年版,第1页。
② 作人:《随感录(二四)》,载于《新青年》,1918年第5卷第3号。
③ 仲密:《阿丽思漫游奇境记》,载于《晨报副刊》,1922年3月12日。

其次，我国很多现代儿童文学作家都是在五四时期儿童文学翻译影响下开始进行创作的。例如，叶圣陶的童话创作与五四前后安徒生、格林、王尔德等人的作品译介关系密切，其正是通过译作注意到童话这一"适宜给儿童阅读的文学形式"，然后产生"试一试"的想法，创作了我国第一部童话集《稻草人》。① 陈伯吹最初读《阿丽思漫游奇境记》时受到了"感染"与"启发"，被书中"天真烂漫""聪明活泼"的阿丽思吸引，此书就像"蒸汽机的引擎"，推动其创作"冲动与欲望"。② 由于之前已经有哈佛大学编印的《阿丽思漫游康桥记》和勃克力加洲大学（即加州大学伯克利分校）编印的《阿丽思漫游勃克力记》，陈伯吹也想让阿丽思"到半封建、半殖民的中国来看看"，于是创作了中篇童话《阿丽思小姐》。③

最后，五四时期儿童文学翻译还对我国现代儿童文学语言与内容产生了直接作用。该时期涌现出大量儿童文学白话文译作，越来越多的儿童文学相关人士开始意识到白话文与儿童生活/心灵的切近，主张使用白话文进行儿童文学翻译与创作。例如，周作人批评《十之九》，认为译者"用古文一挥"，抹杀了安徒生童话的言语特色，主张用"说话一样"的语言进行翻译④；此外，其还在《阿丽思漫游奇境记》中对赵元任"纯白话的翻译"表示"佩服"⑤。魏寿镛、周侯予认为文言文儿童文学作品"譬如一个骷髅，儿童看了毫无意味"，而白话文作品则"'有声有色'，像一个'活龙活现'的石膏像"，因此"当然用白话"。⑥ 简言之，儿童文学白话文译作引起了成人对白话文与儿童文学关系之关注与思考，成人逐渐主张在儿童文学中使用白话文。从某种程度上可以说，五四时期

---

① 叶圣陶：《我和儿童文学》，收入叶圣陶等《我和儿童文学》，少年儿童出版社，1980年版，第3～4页。
② 陈伯吹：《蹩脚的"自画像"》，收入叶圣陶等《我和儿童文学》，少年儿童出版社，1980年版，第31页。
③ 陈伯吹：《阿丽思小姐·前言》，收入《阿丽思小姐》，湖南人民出版社，1981年版，第4～5页。
④ 作人：《随感录（二四）》，载于《新青年》，1918年第5卷第3号，第286～287页。
⑤ 仲密：《阿丽思漫游奇境记》，载于《晨报副刊》，1922年3月12日。
⑥ 魏寿镛、周侯予：《儿童文学概论》，商务印书馆，1923年版，第34页。

儿童文学翻译对白话文的提倡，赋予了我国现代儿童文学①一个"全新的属于儿童的文学话语系统"②。例如，该时期面向较高年龄段儿童的小说中出现了新词汇、欧化文句等；现代儿童诗也逐渐摆脱传统格律枷锁，白话儿童诗成为正宗；出现了童话诗、寓言诗等新样式。另外，五四时期儿童文学翻译还为我国现代儿童文学引入了新的思想与内容，如安徒生童话里的"真、善、美"和"小野蛮"思想、爱罗先珂童话中的人道主义精神以及对社会黑暗的无情批判、《爱的教育》里浓烈的情感教育、《两条腿》中妙趣横生的科学知识等。

如上所述，五四时期儿童文学翻译对我国现代儿童文学理论、语言、内容等产生过巨大影响，但其在文学层面的作用远不止如此。儿童文学译作拥有"异域内核"和"本土外表"，其接受与影响不同于一般文学作品。译作"异域内核"主要来自原作，但与原作拥有截然不同的接受者和接受环境。译语国接受者和接受环境常会对译作"异域内核"进行"创造性叛逆"式接受，从而使译作在译语国的接受不同于原作在本国的接受，常存在一定程度的变形。在本章中，笔者对此类现象进行了论述。此外，该时期儿童文学翻译对我国现代儿童文学体裁及本土作家创作的影响也极为深远，笔者同样对其进行了系统论述。

第一节 接受者与接受环境的"创造性叛逆"③

"创造性叛逆"是"文学传播与接受的一个基本规律"，从某种程度上可以说没有"创造性叛逆"就没有文学传播和接受，接受者常从自身生活及阅读经验出发来理解和接受文学作品。④ 在跨越语言、文化、时空情况下，译语读者生活/阅读经验与原语读者截然不同，在接受译作

---

① 关于"中国儿童文学是否古已有之"这个问题学界还存在不同声音，但毫无疑问的是具有现代意义的、以儿童为中心的儿童文学始于五四时期，且"'儿童文学'这名称，始于'五四'时代"。(江：《关于"儿童文学"》，载于《文学》，1935年第4卷第2号，第274页。) 有关中国古代有无儿童文学这个问题的讨论可参见朱自强《"儿童文学"的知识考古——论中国儿童文学不是"古已有之"》一文（收入朱自强《现代儿童文学文论解说》，海豚出版社，2014年版，第355页）。

② 朱自强：《中国儿童文学与现代化进程》，浙江少年儿童出版社，2000年版，第30页。

③ 译者的"创造性叛逆"已经在第二章第三节中展开过论述，因此本节关于接受者"创造性叛逆"的讨论主要针对译作的其他接受者，如评论家、作家、理论家、普通群众等。

④ 谢天振：《译介学》，上海外语教育出版社，1999年版，第140~141页。

"异域内核"时无疑会产生"创造性叛逆"。例如,《格列佛游记》原本是一部杰出的游记体讽刺小说,反映了英国18世纪社会矛盾和政治腐败,但此书被译介到我国时却被列入"少年文学故事丛书"和"世界少年文库"。由于接受者和接受环境的变迁,故事里严肃的政治讽刺意味消失殆尽,讽刺小说变成了充满童趣、深受儿童喜爱的儿童文学作品。

如上所述,翻译的接受效果与译语读者/环境密切相关,译语读者的个人经历、文学观、人生观等均会在接受过程中为其烙下独特"印记",而读者所处客观历史、社会环境等也会影响其对翻译的具体接受。实际上,翻译在接受过程中产生的"创造性叛逆"已超出"文学"范围,是两种文化"交流和碰撞""误解与误释"之结果。[①] 此类"创造性叛逆"在我国五四时期儿童文学翻译的接受中屡见不鲜,其中比较典型的有安徒生童话的"儿童化"以及爱罗先珂童话的"经典化"[②]。

一、安徒生童话的"儿童化"

我国"儿童本位"儿童观是根据鲁迅、周作人等新文化倡导者"形成于纸面上的理论陈述而推演出的理论成果"[③]。为更好地阐释和传播该儿童观,周作人、郑振铎、赵景深等选择了当时国人相对熟悉的安徒生童话来进行举例和说明,使之成为阐释"儿童本位"儿童观之完美例证。但是,安徒生童话本身究竟是不是"儿童本位"的,抑或专门"为儿童"的,尚有待考证。

安徒生的童话创作大致可分为三个时期:第一时期为1835—1845年,安徒生将该时期作品称为"讲给孩子们听的故事",代表作有《打火匣》《豌豆上的公主》《拇指姑娘》等;第二时期为1845—1852年,安徒生将该时期作品叫作"新的童话",代表作有《母亲的故事》《卖火柴的小女孩》《影子》等;第三时期为1852—1873年,安徒生将该时期作品叫作"新的故事",代表作有《老单身汉的睡帽》《柳树下的梦》等。[④]

---

① 谢天振:《译介学》,上海外语教育出版社,1999年版,第141页。
② 对于我国当时大多数不精通外语的读者而言,安徒生童话和爱罗先珂童话之译作就等同于原作,该时期读者常混淆译作和原作,因此,其对译作之看法就等同于对原作的看法。本章中讨论的虽是安徒生童话译作的"儿童化"和爱罗先珂童话译作的"经典化",但由于原作与译作的混淆,这些译作在我国接受过程中发生的变形使读者觉得安徒生童话本身就是"儿童本位"的,而爱罗先珂童话原作则是世界儿童文学经典。
③ 王蕾:《安徒生童话与中国现代儿童文学》,华东师范大学出版社,2009年版,第51页。
④ 叶君健:《一个瘦高的丹麦诗人》,收入安徒生《安徒生童话》,叶君健译,中央编译出版社,2015年版,第2~11页。

在所有安徒生童话中，只有第一时期作品是专门写给儿童的；第二时期安徒生童话浪漫主义色彩明显减弱，现实主义逐步取而代之，安徒生开始用童话的形式来呈现现实生活；而在第三时期更是直接用童话来描写现实生活，很多作品已经超出儿童认知范围。

五四时期涌现出大量安徒生童话译作，这些译作囊括了安徒生三个时期的主要作品，换言之，该时期安徒生童话译作并非完全是"讲给孩子们听的故事"。另外，即使是第一时期的安徒生童话也不只是写给儿童的，成人与儿童向来是安徒生创作时"两个并列的服务对象"[①]，如安徒生曾说自己创作童话从未"忘记"成人，"永远记住"儿童的父母也会"在旁边听"，因此，也会为这些父母"写一点儿东西"[②]。总之，安徒生童话并非全是"为儿童"的，作者本人也坦言未专门为儿童进行创作。那么，在此情形下，为何安徒生在五四时期变成了"大孩子"，而其童话也成为"儿童本位"儿童观之完美例证呢？这与当时我国读者和社会/文化环境对安徒生童话译作的"创造性叛逆"式接受密切相关。

五四以前，孙毓修已撰专文介绍过安徒生及其作品，1909年在《读欧美名家小说札记》一文中说"安徒生 Andersen 者，丹麦人也，以说平话闻于时"，擅长"著 Fairy Tales"，言语"诙谐"，"使闻者不懈而几于道"[③]；之后，又在《欧美小说丛谈》"神怪小说"和"神怪小说之著者及其杰作"[④] 两章中谈到安徒生，认为他是"神怪小说之大家"，"脑筋中贮满神仙鬼怪，呼之欲出，是诚别擅奇才者也"，其童话充满"花妖木魅"与"天魔山魈"，"其境即无不奇"[⑤]。作为安徒生及其童话的早期介绍者，孙毓修非常重视其中的"平话""神奇""怪异""诙谐"等特点，并未提及安徒生及其童话之"儿童性"。

"每一个有精神追求的时代，都按照自己的取向和方式去理解和选择世界文学。"[⑥] 民国初年和五四时期，译者虽对安徒生及其童话进行了译介，但目的和作用不尽相同。"五四"以前，译者翻译安徒生及其童话并非出于喜爱或介绍目的，该时期译介更多是因为机缘巧合或是其他目的，

---

① 王蕾：《安徒生童话与中国现代儿童文学》，华东师范大学出版社，2009年版，第54页。
② 转引自叶君健：《一个瘦高的丹麦诗人》，收入安徒生《安徒生童话》，叶君健译，中央编译出版社，2015年版，第8页。
③ 孙毓修：《读欧美名家小说札记》，载于《东方杂志》，1909年第6卷第1号，第1~2页。
④ 在《欧美小说丛谈》出版前，这两章已于1913年8月和10月在《小说月报》上刊登。
⑤ 孙毓修：《欧美小说丛谈》，商务印书馆，1926年版，第39、65页。
⑥ 杨义：《文学地图与文化还原：从叙事学、诗学到诸子学》，北京师范大学出版社，2011年版，第101页。

如分别作为介绍与翻译安徒生童话第一人的孙毓修和刘半农，前者由于当时文体界限不明确，在论述欧美小说时顺便提及安徒生童话，而后者翻译《洋迷小影》（今译《皇帝的新衣》）的主要目的是"为洋迷痛下针砭"①。孙毓修和刘半农对安徒生及其童话的译介虽早，但在当时并未引起成人"兴味"，可见，安徒生及其童话并不符合当时的"精神追求"。五四时期，成人在新文化运动影响下革新了思想，并树立了现代儿童观和教育观。在思想"经了大变化"和"眼孔开了"后，成人逐渐"懂得并喜欢"安徒生童话，且自诩为"安党"，开始大力译介安徒生及其作品。②该时期，成人开始"注意"到安徒生童话，在"安党"人士大力推介下更是出现了"安徒生热"。五四时期，"安徒生热"的出现既满足了成人阐释和传播"儿童本位"儿童观之需求，也有利于我国现代儿童文学理论与创作的发展，大量安徒生童话译作的出现（不计再版和重复发表仍多达146篇/部），分别为我国现代儿童文学理论和创作提供了言说资源与借鉴材料。

　　由于民国初年和五四时期历史/文化背景不同，成人的"精神追求"也存在一定差异。作为安徒生及其童话的早期介绍者，孙毓修非常重视其"平话""诙谐""神怪"等特点。而在五四时期，安徒生变成了"老孩子"，其童话则"处处合于儿童心理"，成了"儿童本位"及"为儿童"的文学。③"安党"人士较少提及之前孙毓修所推崇的诸多特点，为达到阐释/传播"儿童本位"儿童观之目的，其竭力为安徒生及其童话渲染"儿童"色彩。从某种程度上可以说，五四时期安徒生及其童话在我国的"儿童化"，与当时历史/文化背景以及周作人、郑振铎等人的译介密不可分。

　　我国第一个系统介绍安徒生的是周作人，1918年其在《新青年》上发表《随感录（二四）》对陈家麟、陈大镫译《十之九》进行批评，1919年又在该刊发表译作《卖火柴的女儿》。由于《新青年》的广泛影响和周作人举足轻重的文学地位，安徒生及其童话很快引起国人注意。周作人虽在五四时期对安徒生及其童话大加推崇，但他初遇安徒生童话时却不知其"好处"在哪里，只觉得它"幼稚荒唐""没甚趣味"④。直到五四

---

① 半侬：《洋迷小影·译者序》，载于《中华小说界》，1914年第7期，第1页。
② 西谛：《安徒生的作品及关于安徒生的参考书籍》，载于《小说月报》，1925年第16卷第8号，第6页。
③ 赵景深：《安徒生评传》，收入赵景深《童话评论》，新文化书社，1924年版，第231页。
④ 作人：《随感录（二四）》，载于《新青年》，1918年第5卷第3号，第286页。

时期，周作人思想发生了"大变化"，其不但"发现"儿童，还树立了"儿童本位"儿童观，这时才逐渐意识到安徒生童话的价值，开始欣赏"老孩子"安徒生用"小儿"言语书写的此类作品。在周作人有意推介下，安徒生及其童话均被渲染上"儿童"色彩，安徒生变得"老而不失童心""有如童稚"，安徒生童话则充满"小儿说话"语言及"小野蛮"思想。

孙毓修、刘半农虽在周作人之前就对安徒生及其童话进行了译介，但当时并未引起成人广泛重视。正是在周作人的努力下，成人才有机会深入了解安徒生童话，郑振铎、赵景深、顾均正等"安党"人士也以周作人之译介为认识基础，从而同样将安徒生及其童话进行了"儿童化"。例如，郑振铎认为安徒生用"童心"开辟了一个儿童世界，并在其童话中融入"歌声、图画和鬼脸"，使之成为儿童"所喜看"的作品，简言之，安徒生童话是"儿童本位"的文学。① 赵景深喜欢安徒生童话是因为其"处处合于儿童心理"，归根结底是被安徒生童话中"儿童本位"特色吸引。② 顾均正认为安徒生有种特别的能力，总能把"儿童的气味"生动地表现出来，让童话中随处可见"儿童的精神"。③ 可见，五四时期安徒生童话的主要译者均为其贴上了"儿童性""儿童本位"标签，使之成功被"儿童化"。实际上，该时期安徒生及其童话被"儿童化"不仅与周作人、郑振铎、赵景深等"安党"人士的有意推介相关，也是为了满足当时阐释和传播现代儿童文学理论及"儿童本位"儿童观之需求。该时期成人选择安徒生童话绝非偶然，除作品自身的经典性外，还因为相较于其他外国儿童文学作品而言，安徒生童话在清末民初和五四时期的译介更频繁，成人对其更为熟悉，选择安徒生童话作为现代儿童文学理论及"儿童本位"儿童观的言说资源，能够达到事半功倍之效果。

从清末民初到五四时期，成人对安徒生及其童话的态度发生了巨大转变，由最初的"兴味"不高到后来的"安徒生热"，安徒生童话也由"神怪小说""滑稽小说"成为"儿童本位"之作。五四时期，安徒生童话的"儿童化"首先与周作人、郑振铎等人的有意译介分不开，其译介安徒生童话并非为了进行全面研究，因此，既不关心童话中的宗教寓意，也并未提及作品中的孤独和忧伤，亦不关注其多变的美学风格，只是有

---

① 西谛：《卷头语》，载于《小说月报》，1925年第16卷第9号。
② 赵景深：《安徒生评传》，收入赵景深《童话评论》，新文化书社，1924年版，第231页。
③ 顾均正：《安徒生传》，载于《小说月报》，1925年第16卷第8号，第21页。

目的地对安徒生童话"真率无翳""烂漫天真"等特点进行展开,为其贴上"儿童性""儿童本位"等标签。其次,安徒生童话的"儿童化"与当时历史/文化背景密切相关,既符合该时期树立"儿童本位"儿童观和塑造现代儿童之需求,也有利于阐释和传播现代儿童文学理论与儿童观。

综上所述,我国五四时期读者和历史/文化环境对安徒生童话进行了"创造性叛逆"式接受。在周作人、郑振铎等人有意识推介下,安徒生成了"老孩子",其童话则变为"儿童本位"之作。此外,安徒生童话与当时"儿童本位"儿童观生息相合,成为阐释和传播现代儿童文学理论与儿童观之完美例证。通过安徒生童话的译介,成人逐渐意识到儿童有别于成人的精神需求和审美趣味,从而进一步"认识"儿童,并最终确立了"儿童本位"儿童观。另外,由于我国早期儿童文学理论是在儿童文学译作基础上推演归纳而成的,儿童文学"先驱"倾向于选择成人所熟知的安徒生童话来阐释儿童文学观点及理论,如周作人通过批评陈家麟、陈大镫译《十之九》阐明了白话文在儿童文学中的重要性,而在阐释"无意思"之作时则用安徒生《小伊达的花》来举例,以倡导儿童文学"无意思"之价值取向。① 总之,在五四时期我国接受者和接受环境的共同作用下,安徒生童话里不适合儿童的内容和情感均被遮蔽,其成为"儿童本位""儿童性"之代名词,以及阐释"儿童本位"儿童观之完美例证,最终在该时期被成功"儿童化"。

二、爱罗先珂童话的"经典化"

爱罗先珂并非"赫赫有名"的诗人,甚至在俄国本土也名不见经传,连一向关心俄国文学的鲁迅都不知其姓名与经历,直到爱罗先珂被日本放逐时才"留心到这漂泊的失明的诗人"②。盲诗人爱罗先珂不仅不出名,还不受各国礼遇,曾先后被印度、日本驱逐,被日本驱逐准备回国时,更被拒绝入境,不得不转往中国。爱罗先珂虽在俄国、日本、印度都遭受冷遇,但其在中国的待遇截然不同,不但本人受到热烈欢迎,其作品也备受推崇,在我国跻身经典之列。

爱罗先珂不仅在北京大学讲授世界语课程,还在胡适、鲁迅、周作

---

① 周作人说:"安徒生的《丑小鸭》,大家承认他是一篇佳作,但《小伊达的花》似乎更佳;这并不因为他讲花的跳舞会,灌输泛神的思想,实在只因他那非教训的无意思,空灵的幻想与快活的嬉笑,比那些老成的文字更与儿童的世界接近了。"(周作人:《儿童的书》,载于《晨报副刊·文学旬刊》,1923年6月21日。)

② 鲁迅:《狭的笼·译者附记》,载于《新青年》,1921年第9卷第4号,第26页。

人等陪同下辗转于北京各大高校进行讲演①，产生了巨大影响。请看下面这段话：

> 爱罗先珂（V. Eroshenko 1890— ）近为日本驱逐，暂居上海，文学研究会曾请他讲演一次，上海民国日报的觉悟及北京晨报的副刊都为爱氏出过专刊，关于这位诗人的生平及思想，谅已大家共知，不用我多说了。②

上述文字清楚地反映出爱罗先珂当时在我国的受欢迎程度，不但其"生平及思想"已为"大家共知"，《民国日报·觉悟》《晨报副刊》还"为爱氏出过专刊"，这在我国是世界著名作家才能享有的殊荣，如《新青年》的"易卜生专号"，《小说月报》的"拜伦号""太戈尔号""安徒生号""罗曼·罗兰号"等。可见，爱罗先珂在当时文学界已然是世界级大文豪，作为儿童文学作家，其几乎与安徒生、加乐尔齐名③，人们甚至认为爱罗先珂比安徒生、王尔德等人更胜一筹，如赵景深就曾谈道，从安徒生到王尔德再到爱罗先珂，"就文学的眼光看来，艺术是渐渐的进步，思想也渐渐进步了"，认为爱罗先珂在艺术性和思想性上比安徒生和王尔德更为"进步"。④ 除对其极尽推崇，五四时期还有大量关于爱罗先珂的文章和报道，主要分为以下几类：（1）有关爱罗先珂的介绍，如《介绍盲诗人爱罗先珂》（愈之，《民国日报·觉悟》，1921年10月14日）、《童话作家爱罗先珂先生》（《妇女杂志》，1922年第8卷第1号）、《爱罗先珂近影》（《学生杂志》，1924年第11卷第10号）、《盲诗人爱罗先珂近影》（褚保衡，《时报图画周刊》，1922年第95期）等；（2）对爱罗先珂讲演和来华动态之跟踪报道，如《春天与其力量：爱罗先珂演说稿》（仲密译，《晨报副刊》，1922年5月18日）、《我们应该知道的几件事：爱罗先珂演说辞》（克刚译，《晨报副刊》，1923年4月13日）、《出京后的爱罗先珂》（JN，《晨报副刊》，1923年5月2日）、《再送爱罗先

---

① 其中比较有代表性的有《俄国文学在世界上的位置》《世界语与其文学》《我们应该知道的几件事》《女子与其使命》《知识阶级的使命》等。
② 《世界的火灾·记者的话》，载于《小说月报》，1922年第13卷第1号，第5页。
③ 如徐伟就曾撰文对安徒生、加乐尔和爱罗先珂童话的思想及艺术进行探讨，将三人并列为"三大童话家"。（徐伟：《论安徒生加乐尔爱罗先珂三大童话家之思想与艺术》，载于《光华附中半月刊》，1934年第2卷第910期。）
④ 赵景深：《童话的讨论四》，载于《晨报副刊》，1922年4月9日。

珂君》（作人，《晨报副刊》，1923年4月21日）等；（3）对爱罗先珂新书的介绍，如化鲁的《爱罗先珂的新著二种》（《文学周报》，1923年第82期）和《介绍新刊：爱罗先珂世界语作品集》（《学生杂志》，1923年第10卷第7号）。上述文章与报道之大规模刊登，既有利于普通读者更为直观地认识和了解爱罗先珂，也有助于爱罗先珂文学地位的提升及关注度的保持。

爱罗先珂在我国受到礼遇，其作品也随之被大规模译介与推广。仅就儿童文学而言，鲁迅、胡愈之、汪馥泉、夏丏尊等都曾翻译过爱罗先珂的童话及童话剧，相关译作均刊登在当时颇具影响力的各大报刊上，如《小说月报》《晨报副刊》《民国日报·觉悟》《妇女杂志》《东方杂志》等，此外还推出单行本《爱罗先珂童话集》《桃色的云》《枯叶杂记及其它》和《世界的火灾》。另外，爱罗先珂作品还进入了当时学校教材和课外辅助读物，如《初中混合国语（第2册）》（赵景深编，青光书局，1930年）收录了《春天与其力量》（周作人译于1922年），而在徐锡龄课外阅读调查中，《爱罗先珂童话集》是初一年级学生最喜爱作品之一①。爱罗先珂作品的大规模译介与推广，特别是教材和教辅对部分作品的收录，均有利于其进入主流传播渠道、跻身经典之列。另外，五四时期爱罗先珂童话的主要译者、评论者等均有意识突出作品中的"童心"与"诗趣"，并对其进行多重价值挖掘，这都有效促进了爱罗先珂作品的传播与接受，加快了其在五四时期之"经典化"进程。

首先，爱罗先珂童话的"经典化"与我国接受者对其"童心""对于一切的同情""大心"等的宣扬密不可分。作为五四时期爱罗先珂童话最主要的译者，鲁迅在译序、译者附记等文字中均大力推崇爱罗先珂及其童话，称赞爱罗先珂"有着一个幼稚的，然而优美的纯洁的心"，并对"人类中有这样的不失赤子之心的人与著作"表示"感谢"②，且认为《池边》和《春夜的梦》都极富"诗趣"③。在鲁迅的引导下，当时很多译者、评论家、读者都积极发文与之相和，如胡愈之称爱罗先珂为"童心的诗人"④；汪馥泉亦称之为"诗的童心的爱罗先珂先生"⑤。五四时

---

① 徐锡龄：《儿童阅读兴趣的研究》，收入李文海《民国时期社会调查丛编（二编）·文教事业卷（四）》，福建教育出版社，2014年版，第186页。
② 鲁迅：《狭的笼·译者附记》，载于《新青年》，1921年第9卷第4号，第26页。
③ 鲁迅：《春夜的梦·译者附记》，载于《晨报副刊》，1921年10月22日。
④ 愈之：《枯叶杂记·译者的话》，载于《东方杂志》，1922年第19卷第6号，第126页。
⑤ 馥泉：《睡歌·译者附记》，载于《民国日报·觉悟》，1921年12月22日。

期，成人有意识地选择展开爱罗先珂"童心的，美的，然而有真实性的梦"，并忽略其中"血和泪"以及"无所不爱，然而不得所爱的悲哀"①。这种宣扬爱罗先珂童话之"童心"、忽略其"悲哀"的行为，与当时"儿童本位""以幼者弱者为本位"的儿童观密切相关。无论是"童心""幼稚""纯洁"还是"赤子之心"，在当时都是"儿童本位""弱者本位"的代名词。成人在"儿童本位"儿童观影响下，十分青睐爱罗先珂童话中的"儿童性""孩子本位"等，并积极对上述特征进行宣扬。由于符合当时主流儿童观及儿童文学观，爱罗先珂童话在我国得到积极推广和热烈反响。

其次，为有效推广爱罗先珂童话，除强调和突出其"童心""赤子之心"使之符合主流儿童观及儿童文学观外，成人还积极发文论述爱罗先珂童话中的"诗意"。例如，鲁迅认为爱罗先珂童话是"诗人的"，其中包含了"美的感情"和"纯朴的心"②；汉斯也曾评论《世界的火灾》是"富有诗意的"③。上述与爱罗先珂童话相关的文字描述中充满了"童心""诗趣""诗才"等词语，而此类描述不禁令人想起安徒生以"童心与诗才"开辟的童话世界。由于当时已产生"安徒生热"，强调爱罗先珂童话与安徒生童话之相似性，是一种使前者迅速获得认同的积极策略与手段，便于其经典地位之确立。

最后，除对爱罗先珂童话中"童心""赤子之心"进行讴歌外，该时期成人还积极发掘其多重特色与价值。例如，吴觉农注意到《松孩》中对于"人间的爱"和"社会的悲"，认为爱罗先珂童话虽不是为了呈现"人生观"，但其中有很多地方都流露出"人生的表现"④；赵保光读《爱字的疮》后"发生无限的感慨"，觉得"不满意于现社会的人们"以及"爱自由的人们"均可与之产生精神共鸣⑤。此外，成人还主动将爱罗先珂童话与之前的童话区分开来，如《世界的火灾》（《小说月报》，1922年第13卷第1号）标题下明确标注"新童话"，以区别于描写"美丽的公主"和"漂亮的王子"之类的"旧童话"。⑥爱罗先珂童话能让儿童走

---

① 鲁迅：《爱罗先珂童话集·序》，收入爱罗先珂《爱罗先珂童话集》，鲁迅等译，商务印书馆，1922年版，第1～2页。
② 鲁迅：《池边·译者附记》，载于《民国日报·觉悟》，1921年10月3日。
③ 汉斯：《读世界的火灾》，载于《暨南周刊》，1925年第12期，第1页。
④ 吴觉农：《松孩·译者附记》，载于《妇女杂志》，1922年第8卷第7号，第98页。
⑤ 赵保光：《爱罗先珂君的"爱"字的疮》，载于《小说月报》，1923年第14卷第6号，第2页。
⑥ 胡风：《〈表〉与儿童文学》，收入胡风《文艺笔谈》，泥土社，1951年版，第306～307页。

出纯粹的"超现实"环境，使之与社会生活接轨，该倾向十分符合20世纪30年代将"崭新的童话，绍介一点进中国来"的发展趋势。① 鲁迅在1925年《杂忆》中谈到爱罗先珂童话时，认为自己之前的译介主要是为了"传播被虐待者的苦痛的呼声和激发国人对于强权者的憎恶和愤怒"②。该观点虽不同于鲁迅之前在众多爱罗先珂相关文章中所说③，但客观上使爱罗先珂童话始终与当时主流意识形态相一致，即20年代时符合"儿童本位"儿童观，30年代则与现实主义儿童文学走向一致，这在一定程度上有利于爱罗先珂童话在我国经典地位之保持。

五四时期，爱罗先珂童话的"经典化"与译者、评论家等的有意识推介相关，与当时大规模推广更是紧密相连。由于爱罗先珂作品在数量上远少于安徒生童话、《天方夜谭》等，因此，可供译者选择和翻译的篇目相对有限。五四时期，成人虽竭力译介爱罗先珂童话，但其数量仍不能与安徒生童话译作等相提并论。为吸引更多读者、扩大爱罗先珂童话译作影响力，只能将其反复刊登在较具影响力的主流报刊上，如《时光老人》（鲁迅译）分别刊登在《晨报副刊》（1922年12月1日）、《民国日报·觉悟》（1922年12月4日）和《小说月报》（1923年第14卷第1号）上，《狭的笼》（鲁迅译）先后刊登于《新青年》（1921年第9卷第4号）、《晨报副刊》（1921年11月23—26日）及《时事新报·学灯》（1921年12月2—4日），此外《雕的心》《虹之国》《红的花》等作品的情况也是如此，均被反复刊登在主流报刊上。爱罗先珂童话译作轮番登载的情况在五四时期十分普遍，其影响不可小觑，如铁郎曾提到"《狭的笼》经过了有心血的贩客鲁迅先生底一番介绍，更在各种报纸上闹闹热热地转载了，终得引起我底注意，有欲取而一览的决心"④。可见，若无鲁迅的"介绍"及各大报刊上"闹闹热热"的轮番"转载"，普通读者未必会注意到爱罗先珂童话，更别提"取而一览"。

除轮番刊登爱罗先珂童话译作，五四时期还有许多关于此类译作的读后感，如铁郎《读〈狭的笼〉》（《民国日报·觉悟》，1921年12月23日）、东杰《读爱罗先珂〈古怪的猫〉》（《民国日报·觉悟》，1922年1

---

① 鲁迅：《表·译者的话》，收入L·班台莱耶夫《表》，鲁迅译，生活书店，1935年版，第Ⅲ页。
② 鲁迅：《杂忆》，收入《鲁迅全集（第1卷）》，人民文学出版社，1981年版，第224页。
③ 鲁迅在译介初期十分关注爱罗先珂童话的"童心""童趣"等特点，而对其中"悲哀""血和泪"等反而相对忽略。
④ 铁郎：《读〈狭的笼〉》，载于《民国日报·觉悟》，1921年12月23日。

月 10 日)、刘一声《读〈红的花〉》(《学生杂志》,1923 年第 10 卷第 12 号)等;刘莽稻和赵保光更是以《爱罗先珂君的"爱"字的疮》为题目,在《小说月报》(1923 年第 14 卷第 6 号)上发表读后感,对《"爱"字的疮》进行多层次解读,促进了成人对爱罗先珂童话的阅读和理解。如上所述,正是通过对爱罗先珂的大幅报道,以及对其作品的有意识译介/推广,爱罗先珂在五四时期变得炙手可热,成功跻身世界级作家之列,在儿童文学领域更是几乎与安徒生等人相提并论,其童话也随之在该时期主流报刊上轮番刊登,此外,报刊上还登载了大量相关读后感。简言之,爱罗先珂从俄国名不见经传的人物成为五四时期炙手可热的世界级作家,其童话也成为我国儿童文学经典。五四时期读者大多不精通外语,常把译作等同于原作,因此,读者对译作的看法基本代表其对原作之看法。由于爱罗先珂童话译作的广泛传播和接受,爱罗先珂童话借由译作这一生命延续体在我国完成了"经典化"进程,成功跻身经典之列。

综上所述,每个时代都会根据自身需求来选择和译介世界文学,而在译介过程中,接受者和接受环境难免会对外国文学作品进行"创造性叛逆"式接受,使译作"携带着原文的基因,而在译入语国度的水土气候和文学根茎上获得新的生命"①。五四时期,安徒生童话和爱罗先珂童话在我国的接受正是如此。该时期成人有意识地对安徒生童话进行译介,通过淡化和忽略作品中的宗教色彩与孤独忧伤、突显其"童心""童趣"等方法,使之在我国被"儿童化"。安徒生童话在我国的"儿童化"满足了当时树立"儿童本位"儿童观和建构现代儿童文学理论之历史需求。爱罗先珂童话的"经典化"则与当时译者、评论家等对爱罗先珂及其童话的大力推介密切相关。成人主动忽略爱罗先珂童话中的"血和泪",积极彰显其"童心"和"赤子之心",使之符合当时主流儿童观与审美趣味,以加快传播速度、扩大影响范围,最终使爱罗先珂童话在五四时期被成功"经典化"。

第二节 儿童文学体裁的丰富与变革

我国古代儿童读物具有较强目的性,主要用于儿童启蒙与科举考试

---

① 杨义:《文学翻译与百年中国精神谱系》,收入中国社会科学院文学哲学学部集刊编辑委员会《中国社会科学院文学哲学学部集刊·文学卷(2012)》,社会科学文献出版社,2012 年版,第 9 页。

准备，前者有《三字经》《神童诗》《幼学》等，后者包括《论语》《尚书》《史鉴》等，但上述文学典籍大多"陈义过高，不合儿童生活"[①]。成人长期"不能正当理解"儿童，将之视作"缩小的成人，拿'圣经贤传'尽量的灌下去"[②]。事实上，自古以来，成人大多"瞧不起"儿童，不愿花时间研究"小儿"，希望其能"早熟"，自小教授《论语》《孟子》《大学》等"陈义过高"之作，古代真正可供儿童使用的"只有民间口传的山歌，神话，故事，和几部旧书"[③]。简言之，我国古代儿童读物乏善可陈，符合儿童阅读趣味的作品数量有限，但即使在这为数不多的材料中还包含了封建、神怪或剑侠等不适合儿童的内容，需谨慎采用。

我国传统儿童读物数量和种类有限，发展十分缓慢，文学体裁以诗歌和小说为主，样式单调。"世界各族的文学都有其独特的艺术形式。各民族文学在相互交流和影响中，必然要引起艺术形式的演变与更新，使其更加丰富多样。"[④] 五四时期，在大规模儿童文学翻译影响下，我国现代儿童文学体裁发生巨大变化，不仅增加了童话[⑤]、戏剧、科学文艺等新体裁，传统儿童诗歌、小说等也在传承基础上发生了变革与创新，此外，还使寓言成为一种别具特色的儿童文学文体[⑥]。

一、移植海外"奇花瑶草"：外国儿童文学体裁的引进

五四时期，儿童文学"先驱"积极从"'艺术之宫'里伸出手来"，将海外"奇花瑶草"移植到我国儿童"艺苑"。[⑦] 该时期大规模儿童文学翻译引进了各类样式新颖、有别于我国传统作品的外国儿童文学译作，这些译作不仅为儿童提供了丰富精神食粮，还为我国引入了童话、戏剧、科学文艺等全新的儿童文学体裁。

我国最早使用"童话"一词的是孙毓修，其主编的《童话》丛书虽命名为"童话"，但实际上该丛书中除了童话，还包括神话、寓言、小说

---

① 吴研因：《清末以来我国小学教科书概观》，载于《教与学》，1936年第1卷第10期，第260页。
② 周作人：《儿童的文学》，载于《新青年》，1920年第8卷第4号，第1页。
③ 魏寿镛、周侯予：《儿童文学概论》，商务印书馆，1923年版，第30~31页。
④ 王泉根：《现代中国儿童文学主潮》，重庆出版社，2000年版，第109页。
⑤ 此处的童话指文学童话，又称艺术童话。不同于民间童话，文学童话是由作家个体创作而成的。
⑥ 寓言最初常用于针砭时弊、宣泄怨愤或是作为论辩中的例证，其主要读者并非儿童；之后随着《伊索寓言》等作品的大量译介，寓言在我国逐渐成为一种儿童文学体裁，主要通过故事来寄托道理，给儿童以人生、教育、哲理等方面的启示。
⑦ 鲁迅：《杂忆》，收入《鲁迅全集（第1卷）》，人民文学出版社，1981年版，第224页。

等不同体裁儿童文学作品。由此可见，清末民初成人对童话这一文体的认识并不清晰，"童话"大致等于"儿童文学"，常与神话、小说等体裁混淆。例如，刘半农译《洋迷小影》刊登于《中华小说界》（1914 年第 7 期）时，被标注为"滑稽小说"；孙毓修认为安徒生童话是"神怪小说"，在《欧美小说丛谈》（商务印书馆，1916 年）"神怪小说"和"神怪小说之著者及其杰作"两章中对其进行论述。简言之，清末民初虽有"童话"之"名"与"实"，但成人对童话这一体裁并无清楚认识或界定，直到五四时期大量文学童话被引入，我国才产生了文学童话这一崭新文体。

郑振铎曾说安徒生是世界上"最伟大的童话作家"，因其不仅用"童心与诗才"开辟了崭新儿童世界，还为文学带来了"新的式样"和"珠宝"①。此处"新的式样"和"珠宝"指的就是文学童话。作为文学童话开创者，安徒生在五四时期影响甚广，出现了"安徒生热"，文学界对安徒生及其童话推崇备至，如周作人认为"今欧土人为童话唯丹麦安兑尔然 Andersen 为最工"，甚至说"人为童话者，亦多以安氏为限"②。在安徒生童话的大力译介下，我国儿童文学作家开始了文学童话创作，如我国第一本文学童话集《稻草人》的作者叶圣陶就曾承认安徒生童话对自身的影响，认为自己创作童话"当然是受了西方的影响"，五四时期安徒生、格林、王尔德等人的童话"陆续"译介到我国，作为"小学教员"自然"注意"到"这种适宜给儿童阅读的文学形式"，并产生"试一试"的想法。③ 随着五四时期引进了大量外国童话，成人逐渐认识该全新儿童文学体裁，并开始进行模仿和创作。"'儿童文学'这名称，始于'五四'时代"，我国文学童话创作亦是如此。④ 在安徒生童话、格林童话等作品影响下，叶圣陶"给中国的童话开了一条自己创作的路"，从此，童话这一重要儿童文学体裁在我国得以生根发芽。⑤

我国戏剧历史悠久、种类多样，但"儿童用的剧本，中国还没有发见过"⑥，皮影戏、木偶戏、歌舞戏等虽深受儿童喜爱，却非文学作品，

---

① 西谛：《卷头语》，载于《小说月报》，1925 年第 16 卷第 8 号。
② 周作人：《童话略论》，载于《教育部编纂处月刊》，1913 年第 1 卷第 8 册，第 8 页。
③ 叶圣陶：《我和儿童文学》，收入叶圣陶等《我和儿童文学》，少年儿童出版社，1980 年版，第 3~4 页。
④ 江：《关于"儿童文学"》，载于《文学》，1935 年第 4 卷第 2 号，第 274 页。
⑤ 鲁迅：《表·译者的话》，收入 L·班台莱耶夫《表》，鲁迅译，生活书店，1935 年版，第Ⅲ页。
⑥ 郑振铎：《儿童世界宣言》，载于《妇女杂志》，1922 年第 8 卷第 1 号，第 133 页。

"儿童文学中采剧曲形式底表示者，在欧洲亦为最近的创举"①。五四时期儿童文学翻译及时为我国引进儿童戏剧这一新"品种"，当时较有代表性的单行本有《桃色的云》（新潮社，1923年）、《青鸟》（商务印书馆，1923年）、《儿童的智慧》（北新书局，1926年）等。除推出单行本，各大报刊也积极登载儿童戏剧译作，如为解决小学校里"游艺会"剧本缺乏问题，《儿童世界》"隔二三期"便刊登一些"简单的单幕剧"，既可供学校表演使用，也可用于家庭中游戏。② 此外，《少年中国》《民国日报·觉悟》《妇女杂志》《晨报副刊》等也积极刊登儿童戏剧译作。

五四时期，在儿童戏剧翻译直接影响下，成人开始创作儿童戏剧，早期主要代表有郭沫若和黎锦晖。在梅特林克《青鸟》和浩普特曼《沉钟》影响下，郭沫若进行"小小的尝试"，创作了《黎明》和《广寒宫》，认为儿童戏剧大有可为，"有待于今后新文学家之创造"。③ 该时期儿童戏剧创作之集大成者是黎锦晖，其创作了《葡萄仙子》《三蝴蝶》《小羊救母》等12部儿童歌舞剧。黎锦晖作品在当时家喻户晓，"在上海以及在中国的中部湖南，湖北，河南，河北，北部满州，南部两广，总说就是全中国，甚至南洋各属华侨的儿童，差不多都晓得唱甚至做他的歌剧"，从某种程度上可以说，自黎锦晖儿童歌舞剧问世以来，儿童戏剧就"在中国的小学教育上或者说儿童界里辟了一个新纪元"，该崭新儿童文学体裁从此在我国扎根生长。④

儿童科学文艺是"通过文艺形式把科学知识生动有趣地传授给少年儿童的一种文艺样式，也是儿童文学中具有特殊意义的一种体裁"，包括科学寓言、科学童话、科学小说、科学故事等不同种类。⑤ 科学文艺是我国直接从外国儿童文学"拿来"的重要文体之一。我国科学文艺译介始于清末"凡尔纳热"，第一部科学小说译作为《八十日环游记》⑥。该时期译者虽未将儿童纳入读者范围，但"科学文艺是最容易为成人和儿童所共同拥有的文类之一"，凡尔纳科学小说自译介之日起就深受成人与儿童共同喜爱。⑦ 鲁迅是科学小说积极译介者，曾翻译过凡尔纳《月界

---

① 郭沫若：《儿童文学之管见》，载于《民铎》，1921年第2卷第4号，第8页。
② 郑振铎：《儿童世界宣言》，载于《妇女杂志》，1922年第8卷第1号，第133页。
③ 郭沫若：《儿童文学之管见》，载于《民铎》，1921年第2卷第4号，第9页。
④ 王人路：《黎锦晖的儿童歌舞剧》，收入王泉根《中国现代儿童文学文论选》，广西人民出版社，1989年版，第790页。
⑤ 蒋风：《新编儿童文学教程》，浙江大学出版社，2013年版，第218页。
⑥ 逸儒翻译，秀玉笔记，1900年由世文社出版发行，共37回。
⑦ 朱自强：《儿童文学概论》，高等教育出版社，2009年版，第291页。

旅行》《地底旅行》和《北极探险记》，期冀通过科学小说使读者"于不知不觉间，获一斑之智识"，进而达到"科学救国"之目的，而儿童作为"未来国民"，是鲁迅启蒙教育之重点，自此，"贩夫稚子""纤儿俗子"被正式纳入科学文艺读者之列。①

童话虽为五四时期儿童文学翻译主流，但当时仍不乏科学文艺作品之翻译，如《学生杂志》上曾连载茅盾译《三百年后孵化之卵》（1917年），以及他与弟弟沈泽民合译的《两月中之建筑谭》（1918年）和《理工学生在校记》（1920年）；《晨报副刊》1923—1924年连续刊登了法布尔《蝙蝠与癞蛤蟆》《蜂与蚁》《蜘蛛的毒》《上古的人》《蚂蚁的客》《吃腐肉的蝇》《蜘蛛的电线》《剪叶蜂》等译作；单行本译作则有北新书局1925年出版的《两条腿》，商务印书馆1925年出版的《前期海滨人》《前期穴居人》《后期穴居人》《人类的衣》《人类的故事》以及1926年《树居人》《人类的住所》。五四时期儿童科学文艺翻译产生了大量译作，极大地丰富了我国儿童文学"小百花园地"，同时也促进了当时科学文艺创作的发展。董时于1922—1923年间用白话文创作了部分科学故事，包括《六个人》《无数的子孙》《动物底年纪》《金和铁》《金类》《镀锡》《烧水壶》《纸》《羊毛》等作品，均刊登在《科学》上，并在故事题目旁边标注"适用于儿童之科学故事"，具有明确的儿童读者意识。此外，该时期还产生了陈衡哲《小雨点》（《新青年》，1920年第1期）、王家鳌《难道水壶里有了贼了》（《儿童世界》，1923年第11期）、徐瑾如《兔子的衣服》（《儿童世界》，1927年第11期）等优秀作品。

我国儿童科学文艺的产生与五四时期儿童科学文艺译介关系密切，但科学文艺在当时并非最受重视的儿童文学体裁，直到20世纪30年代儿童科学文艺才开始真正繁荣起来。30年代儿童科学文艺的兴盛与外国儿童科学文艺的译介也密不可分，如董纯才就曾说自己1937年一边翻译伊林和法布尔作品，一边"学习他们写作"，创作了《凤蝶外传》和《狐狸夫妇历险记》②；宋易翻译法布尔《科学的故事》（神州国光社，1931年）后，于1932—1933年间创作了《太阳的故事》《月亮的故事》和《行星的故事》。可见，在20世纪二三十年代，儿童科学文艺译作是当时作家学习借鉴的榜样，我国儿童科学文艺的产生与发展都深受当时儿童

---

① 鲁迅：《月界旅行辨言》，收入培仑《月界旅行》，鲁迅译，中央编译出版社，2014年版，第2页。

② 董纯才：《凤蝶外传·序》，收入董纯才《凤蝶外传》，东北书店，1948年版，第1页。

科学文艺译介之影响。

如上所述，秉着博采众长之精神，五四时期儿童文学先驱积极译介适合我国儿童的各类作品。该时期产生了大量译作，我国儿童文学"小百花园地"得到极大丰富，增加了童话、戏剧和科学文艺等"新品种"，此外，我国传统文学体裁也受到了影响，儿童诗歌和小说均产生系列变革。

二、旧瓶装新酒：传统文学体裁的传承与更新

五四时期，大量海外"奇花瑶草"的移植对我国儿童文学有着深远影响，不仅丰富了现代儿童文学体裁，还对我国传统儿童文学样式产生了冲击，使之发生巨大变革。该时期，我国传统儿童文学中受翻译影响较深的是儿童诗歌和小说，其内容与形式均发生了重大变化。

我国儿童诗歌古已有之，是本土儿童文学中最早、最完备的文体。古代儿童诗歌主要有两种形式：一种是流传于民间的儿歌童谣，如摇篮歌、谜语歌、数数歌、时序歌等，另一种是成人诗歌中富于童趣的作品。儿歌童谣多为韵文，极富音乐性和趣味性，便于儿童哼唱与记忆。请看下面三首燕京童谣：

> 牵郎郎，拽弟弟，打破碗儿便作地。
>
> 阴凉阴凉过河去，日头日头过山来。
>
> 脚驴斑斑，脚躐南山。南山北斗，养活家狗。家狗磨面，三十弓箭。上马琵琶，下马琵琶。驴蹄马蹄，缩了一只。①

这三首童谣不仅结构对称、音韵和谐，还使用了叠字、叠句、顶真等修辞手法，尽显童真童趣。此外，古代成人诗歌中也不乏符合儿童阅读趣味的作品，如《咏鹅》和《田园杂兴（一）》：

> 鹅鹅鹅，曲项向天歌。
> 白毛浮绿水，红掌拨清波（《咏鹅》）。②

---

① 杨慎：《古今风谣》，收入赵景深等《古代儿歌资料》，少年儿童出版社，1963年版，第4页。
② 骆宾王：《咏鹅》，收入陈鹤琴《分年儿童诗歌（下）》，海豚出版社，2014年版，第92页。

蝴蝶双双入菜花，日长无客到田家。

鸡飞过篱犬吠窦，知有行商来买茶［《田园杂兴（一）》］。①

上述诗歌十分符合儿童阅读心理与趣味，《咏鹅》中"白毛""绿水""红掌"和"清波"构成一幅色彩明丽的图画，颇具美感，此外，"鹅""蝴蝶""鸡""犬"等动物也为儿童所好，能使之阅读时兴趣盎然。此类诗歌虽较具童趣，但其语言不如儿歌童谣简明，对儿童而言仍略显深奥，若无成人进行讲解，儿童大多难以理解其中含义，该时期作品所用文言是儿童阅读和理解时较难跨越的鸿沟。

晚清时期，部分进步人士已认识到儿歌童谣在启蒙中的积极作用以及文言文对儿童阅读的阻碍作用。例如，林纾认为在儿童启蒙时，如马上令其学习"六经之旨"，儿童将难以理解，若在此情形下仍"默诵经文，力图强记"，甚至会导致理解力"转窒"。② 此外，林纾还指出以前蒙学中古奥经书与儿童的不相宜以及"歌诀"对儿童的积极意义，提出"我意启蒙首歌括，眼前道理说明豁"，希望通过儿童诗歌来对儿童进行教育。③ 之后，其创作了 32 首白话诗歌，结集为《闽中新乐府》，作为"家塾读本"出版，以下为部分节录：

国仇国仇在何方，英俄德法偕东洋。东洋发难仁川口，舟师全覆东洋手。高升船破英不仇，英人已与日人厚。沙俟袖手看亚洲，旅顺烽火连金州。俄人柄亚得关键，执言仗义排日本。法德联兵同比俄，英人始悔着棋晚……蹊田夺牛古所讥，德已有心分震旦……剖心苦告诸元老：老谋无若练兵好。须求洋将练陆兵，三十万人堪背城。我念国仇泣成血，敢有妄言天地灭。诸君勿笑听我言，言如不验剐吾舌！④

从上述文字可见，林纾创作并非"儿童本位"的，其主要目的是通过"歌诀"来感染儿童，从而鼓舞其爱国心。《闽中新乐府》中的儿童诗

---

① 范成大：《田园杂兴（一）》，收入陈鹤琴《分年儿童诗歌（下）》，海豚出版社，2014年版，第28页。

② 畏庐子：《闽中新乐府》，收入薛绥之、张俊才《林纾研究资料》，福建人民出版社，1983年版，第102页。

③ 林纾：《村先生》，收入冯奇《林纾》，中国文史出版社，1998年版，第195页。

④ 林纾：《国仇》，收入冯奇《林纾》，中国文史出版社，1998年版，第193~194页。

歌相较于之前作品虽已浅近不少,但对于儿童而言仍显古奥,其中"蹊田夺牛""震旦"等词句已远超出儿童理解范围。整体而言,我国古代儿童诗歌无论是语言还是内容均非"儿童本位",文言为儿童阅读增添难度,诗歌中"童趣"则多以成人感官为主,儿童未必能理解或欣赏。该情形直到五四时期才有所改善。

五四时期,成人受到儿童文学译作启发,逐渐意识到儿童有别于成人之精神需求,主张为其提供"看得懂"且富有"童趣"的作品。于是,成人开始模仿儿童译诗,用浅显白话进行创作,并坚持从儿童体验与感受出发,用儿童眼睛来观察和发现世界,创作出大批极具"童趣"之作。请看下文:

> 燕子来,我看花儿开;
> 鸿雁来,我把果儿采;
> 燕子、鸿雁年年来,
> 花儿年年开,
> 果儿年年采。①

这首《春天和秋天》洋溢着对"燕子""鸿雁""花儿""果儿"的喜爱,符合儿童亲近大自然之本性,能令人从中感受到儿童观花采果之乐。此外,该诗语言浅显易懂,近于"小儿语",形式上打破了传统格律,开始追求自然音韵,呈现出"诗体大解放"趋势。五四时期,儿童诗歌除了语言和格律方面的变化,还出现了一定程度的散文化倾向,如下文的《一点礼物》:

> 亲爱的朋友,亲爱的妹妹,弟弟!
> 你们将怎样度过这暑期?
> 玩得太久了,也许会把学业荒弃。
> 现在,我们将赠你一点礼物,
> 　聊表区区的友谊。
> 这礼物,虽然不算希奇,
> 　却也胜过一切的游戏;
> 只要你一页一页的看去,

---

① 陈鹤琴:《分年儿童诗歌(上)》,海豚出版社,2014年版,第28页。

一定能使你满心欢喜!①

　　该诗以叙述口吻融入情节,叙事成分大于抒情表达,使作品出现了一定程度的散文化倾向。译诗在我国现代儿童诗歌建构中起到了积极作用,但其消极影响同样不可忽视。郭沫若曾说:"近来国内'滥吹诗竽'的人,做些通俗的白话韵文,加上几个断粘半脱的新式标点,分写成几条行列,便有叫他是'诗'的。"② 可见,我国不少现代诗歌,包括儿童诗歌,对诗歌传统矫枉过正,导致现代诗歌过度散文化,使部分儿童诗歌过于直白,显得诗味寡淡,反倒失了乐趣。此外,儿童诗歌的过度散文化还造成了一定程度的音韵缺失,使诗歌难以满足"幼儿唱歌只为好听"的需求,反而不如晚清时期"浅而有味"的诗歌受欢迎。③ 简言之,五四时期儿童诗歌受翻译影响,其语言与格律均发生变化,而成人也开始关注儿童体验与感受,该时期逐步产生"儿童本位"之作。除儿童诗歌外,五四时期儿童小说创作也深受翻译影响,不仅开始使用白话,作品中还出现新词汇与欧化文句。

　　晚清以前没有专门的儿童小说可供"学生之观览",徐念慈曾呼吁"宜专出一种小说,足备学生之观摩",建议"用浅近之官话"。④ 晚清时期,翻译小说盛行,"著作者十不得一二,翻译者十常居八九",形成了翻译为主、创作为辅之局面。⑤ 儿童小说也是如此,翻译几乎取代创作,该时期涌现出大量儿童小说译作,如《绝岛漂流记》《十五小豪杰》《馨儿就学记》《苦儿流浪记》等。当时的儿童小说,无论是翻译还是创作,大多使用浅近文言。请看下文:

　　　　吾人所居的不幸之大球面,时而烈寒,时而酷暑。约言之:即交冬令,则僵冻欲死;入夏季,则头脑如灼。其尤不幸者,若骨节痛,若咳嗽,若气喘,若癫,病种万状,以苦吾人,甚至有苦不欲生,以早入鬼箓为快者。而如衺辟陀星等的平面则不然,回转之际,倾斜甚微,设有居民,则必因各带气候,终年相同,而得无垠之乐

---

① 童吉之:《儿童诗歌三百首》,春明书店,1946 年版,第 1 页。
② 郭沫若:《儿童文学之管见》,载于《民铎》,1921 年第 2 卷第 4 号,第 2 页。
③ 周作人:《儿童的文学》,载于《新青年》,1920 年第 8 卷第 4 号,第 4 页。
④ 觉我:《余之小说观》,载于《小说林》,1908 年第 10 期,第 11~12 页。
⑤ 觉我:《余之小说观》,载于《小说林》,1908 年第 9 期,第 3 页。

康，以消岁月。①

上述文字节选自鲁迅译《月界旅行》，虽仍用文言进行表述，但较之艰涩难懂的古文已有明显进步，语言更为简明浅显，使儿童易于理解和接受。晚清时期为数不多的本土儿童小说也是如此。请看下文：

时刀余生，奉命在江汉之间。
忽传武昌有异事，汉阳门城上，黄鹤楼之旧址，立有一竿，竿上悬一头一牌。头有名，牌有字，然不知头为何人所杀，牌为何人所示。②

上述文字节选自冷血《侠客谈》③，作者明确表示是"为少年而作也"④。"侠客谈"预期读者虽为儿童，但其文字仍文白杂糅，颇显古奥，只适合少数文化程度较高的"少年"，超出大多数儿童之理解范围。

晚清时期儿童小说大多使用浅近文言，与当时成人小说晦涩文言有所区别。该差异的产生是因为成人将儿童当作"未长成的大人"，鉴于其语言能力还未发育"完全"，只能适当降低难度，使用浅近文言。总之，晚清时期创作并非"儿童本位"。随着五四时期儿童观转型与大量白话译作的产生，成人逐步意识到儿童不同于成人的阅读及语言需求，最终使现代儿童文学跨过文言鸿沟，迅速发展起来。试比较下列译文：

忽有自后叩余肩者，余疾回首，则余前在二年级受业之何先生也。先生于我一学级中，教法最良，又能体谅学生之心，虽有顽劣，亦帖帖就范围。故先生之爱学生，与学生之爱先生，如磁石之引铁。
先生乃字我小名，曰："馨儿，今日就学乎？"余肃立向先生一揖，敬答曰："诺"，先生笑而颔之，呜呼，余之受业于先生两年矣，凡先生之所诏，皆足使我辈惬心，今我遂升入第三年级矣，再不能

---

① 培仑：《月界旅行》，鲁迅译，中央编译出版社，2014年版，第58页。原书署名有误，为"美国培伦"。
② 冷血：《百年后之侠客谈（闻王之春事件有感作）：刀余生传二》，载于《新新小说》，1904年第1卷第3期，第1页。
③ 冷血在《新新小说》上以"侠客谈"为题连载译作，其中《百年后之侠客谈（闻王之春事件有感作）：刀余生传二》为其原创。
④ 冷血：《侠客谈·叙言》，载于《新新小说》，1904年第1卷第1期，第2页。

复登此讲堂,以接先生慈善之笑貌,以聆先生恳切之训诲,我念至此,我不觉愀然而悲。①

到了校门口,觉得有人触动我的肩膀,原来这就是我三年级时候的先生,是一位头发赤而卷缩、面貌快活的先生。先生看着我的脸孔说:

"我们不再在一处了!安利柯!"

这原是我早已知道的事,今被先生这么一说,不觉重新难过起来了。②

上述译文分别来自包天笑译《馨儿就学记》和夏丏尊译《爱的教育》,同为开学时安利柯与先生见面的场景。通过对比可见,前者虽尽量照顾儿童读者,使用浅近文言,但"之乎者也"痕迹仍十分明显,如"叩余肩者""受业之何先生也""磁石之引铁""今日就学乎"等;后者完全使用白话,不但有利于保持原作"本来面目",还便于儿童阅读和理解。五四时期,译者主张使用白话对外国儿童文学进行直译,且十分重视翻译忠实性,这不仅是为"输入新的表现法"③,还因为白话比文言更"接近""外国文字"。④ 在此情形下,当预期读者为较高年龄段儿童时,译者开始尝试使用新词汇与欧化文句。请看下文:

"彼得,我要你寻出那个老鼠洞所在的地方,把它塞了起来。我想:它一定是在楼梯下的伙食厨里,今天下午我出去了的时候,我要教你把那里面的东西通统搬出来,看一看,那么,你是个好孩子。"

毛理夫人这样的对她的儿子彼得说。他今年十二岁,她和彼得及他的妹妹绯丽新近才住到这海边的小镇上来,住的一所很小的房子,那时只有这一所可以租着,并且是很古的,挤在些较大的较新的房子之间。⑤

---

① 天笑生:《馨儿就学记》,载于《教育杂志》,1909 年第 1 卷第 1 号,第 2 页。
② 亚米契斯:《爱的教育》,夏丏尊译,开明书店,1948 年版,第 1 页。
③ 鲁迅:《关于翻译的通信(并 J. K. 来信)》,收入《二心集》,人民文学出版社,2006 年版,第 205 页。
④ 魏寿镛、周侯予:《儿童文学概论》,商务印书馆,1923 年版,第 34 页。
⑤ 《耐思堡的神秘》,佩斯译,载于《少年》,1927 年第 17 卷第 9 期,第 52 页。

上述译文节选自侦探小说《耐思堡的神秘》,译者有意保留了原文语序,将"说话人"放在"说话内容"之后,即"毛理夫人这样的对她的儿子彼得说"被放在第一段所说内容之后。依照当时读者习惯,"说话人"应在句首,随后紧跟内容,此外,"毛理夫人这样的对她的儿子彼得说"中"这样的""她的"等词句同样不符合国人阅读习惯,可调整为"毛理夫人对儿子彼得这样说道"。除上述语句,该译作中还有很多其他欧化文句,较为典型的是佩斯在翻译形容词时,"一律交给'的'去发落",如此虽能有效保持原文语序,但也造成了"的的不休"局面。① 译文中有许多无用之"的",如"我出去了的时候""这样的对她的儿子彼得说""住的一所很小的房子""较大的较新的房子"等。

在五四时期白话儿童小说译作影响下,该时期创作不仅开始使用白话,其中也不乏欧化句式。请看下面一段文字:

> 每逢月明如水,涎着脸儿从窗扉窥看,同时旧的思想和回忆来拜访我的时候,我便仿佛看见了我所不忍看的那可怜的红肿的手了……心里面非常非常的难过,有无数的怜悯的箭射中我的心坎,使我几致不能安眠……我可怜的小友小全的红肿的手呵!②

上述文字节选自赵景深儿童小说《红肿的手》,文中充满了"的",部分语句甚至包含好几个"的",如"我所不忍看的那可怜的红肿的手""无数的怜悯的箭""我可怜的小友小全的红肿的手"等。整段文字欧化程度非常高,即使是年龄较大的儿童读起来也不免生涩拗口。

综上所述,在五四时期儿童文学翻译影响下,我国现代儿童文学体裁得以丰富和发展。该时期,成人大力移植海外"奇花瑶草",引进了童话、戏剧和科学文艺等"新品种"。与此同时,在儿童文学翻译直接作用下,我国儿童诗歌和小说在继承文学传统的同时,也发生了巨大变革,不仅儿童诗摆脱传统格律枷锁,呈现出散文化倾向,儿童小说也积极吸收外来表现手法,开始使用白话文与欧化句式。五四时期儿童文学翻译对我国现代儿童文学的影响十分深远,笔者在此节中着重讨论了其对儿童文学体裁的宏观影响,在第三节中将继续论述儿童文学翻译对创作之

---

① 余光中:《论的的不休》,收入余光中《余光中谈翻译》,中国对外翻译出版公司,2002年版,第180页。
② 赵景深:《红肿的手》,载于《小说月报》,1923年第14卷第7号,第8~9页。

系列作用。

第三节 儿童文学翻译对创作的影响

五四时期儿童文学翻译对我国儿童文学创作产生过极大影响,许多现代儿童文学作家都在借鉴和学习外国儿童文学的基础上开始创作,并逐渐走向成熟。除前文提到的叶圣陶、陈伯吹外,此类例子还有很多,如何公超曾谈及《爱罗先珂童话集》(鲁迅等译)中"拟人化"对自己的影响,认为该书不仅使之"大开眼界",还令其考虑用"拟人化的体裁"进行创作,随后尝试"用爱罗先珂那样的浪漫主义笔法"写了《乐的悲哀》[①];包蕾在《我的创作历程》中提到鲁迅译《桃色的云》《小约翰》《小彼得》《表》等给予过自己"很大的影响"[②];严文井则说"最触动我心灵的是安徒生",其"最早"读的是"《夜莺》和《无画的画帖》(当时我读的那个译本,书名译作《月的话》[③])",被其中"强烈的、优美的诗意"感动,并进行"思索"[④]。简言之,我国很多现代儿童文学作家都在五四时期儿童文学翻译的影响下有所思、有所得。

五四时期,成人十分热衷于翻译安徒生童话,译者中不乏周作人、郑振铎、赵景深、顾均正等名家,有效保证了翻译质量。与同时期其他儿童文学译作相比,安徒生童话译作在数量和质量上均占优势,影响深远,"对很多人都是给予者"[⑤]。赵景深作为"介绍安徒生最努力者中的一个",其儿童文学创作极大地受惠于自身的安徒生童话翻译。[⑥] 五四时期儿童文学翻译对创作的影响十分多元化,除本人"译"对"作"的影响外,作家阅读他人译作后,其创作也常会受到影响,如冰心就曾提到

---

① 何公超:《写到老》,收入叶圣陶等《我和儿童文学》,少年儿童出版社,1980年版,第147页。

② 包蕾:《我的创作历程》,收入叶圣陶等《我和儿童文学》,少年儿童出版社,1980年版,第180页。

③ 《无画的画帖》的译者是赵景深,该书1923年由新文化书社出版,1929年再版时做了部分修正,更名为《月的话》。

④ 严文井:《我是怎样开始为孩子们编故事的》,收入叶圣陶等《我和儿童文学》,少年儿童出版社,1980年版,第215页。

⑤ 严文井:《〈南南和胡子伯伯〉后记》,收入谭宗远《严文井文集(第3卷)》,湖北少年儿童出版社,2000年版,第376页。

⑥ 徐调孚:《皇帝的新衣·付印题记》,收入安徒生《皇帝的新衣》,赵景深译,开明书店,1930年版,第vii页。

郑振铎译《飞鸟集》对自己创作的影响："我偶然在一本什么杂志上，看到郑振铎译的泰戈尔《飞鸟集》连载……这集里都是很短的充满了诗情画意和哲理的三言两语。我心里一动，我觉得我在笔记本的眉批上的那些三言两语，也可以整理一下，抄了起来"。① 正是在郑振铎译诗影响下，冰心为了将"零碎"思想收集起来，便学习《飞鸟集》中的"三言两语"，开始了小诗创作。接下来，笔者将以赵景深和冰心为例，借鉴比较文学影响研究的理论/方法来考察两种不同类型"译"对"作"的影响。

影响研究是一种古老的比较文学研究方法，重点关注"文学之间相互联系的事实以及相互影响的实例"，主张实证考察而非主观臆测与推断，是一种客观而有效的研究方法，主要包括流传学、媒介学和渊源学。② 渊源学主要从接受者角度出发，探求接受者与放送者在主题、情节、人物、语言等方面之因果关系，包括笔述渊源、口传渊源、印象渊源、直线式渊源和集体渊源。③ 在这五种渊源方式中，笔述渊源和直线式渊源对本书研究十分重要。笔述渊源是"见之于文字的渊源"，不但可考察接受者与放送者在主题、题材、人物等方面的相似之处，也能进行"考证性研究"，从接受者的传记、评论、序等文字中寻找其与放送者之渊源。④ 直线式渊源主要是为了寻找一部作品与另一国文学作品在题材、情节、思想等方面的因果关系。⑤ 笔者借助笔述渊源和直线式渊源的理论与方法，不仅可考察赵景深、冰心的儿童文学创作分别与安徒生童话、泰戈尔诗歌在主题、题材、内容等方面的相似点，还能通过其序、跋、回忆录等寻找翻译对创作的具体影响。流传学分别以放送者和接受者为研究的起点与终点，探究某一作品、作家、文体或是国别文学在国外的成就、声誉、反响等，包括总体影响、个别影响、技巧影响、内容影响和形象影响。⑥ 其中，个别影响主要关注"一个作家或一部作品对接受者的影响"，便于笔者系统论述安徒生童话、泰戈尔诗歌分别对赵景深、冰心创作的影响。⑦ 此外，技巧影响、内容影响和形象影响则有利于笔者深入考察安徒生童话、泰戈尔诗歌在形式、文体、主题、形象等方面

---

① 冰心：《我是怎样写〈繁星〉和〈春水〉的》，收入范伯群《冰心研究资料》，北京出版社，1984年版，第156~157页。
② 孟昭毅：《比较文学通论》，南开大学出版社，2003年版，第94页。
③ 孟昭毅：《比较文学通论》，南开大学出版社，2003年版，第119页。
④ 孟昭毅：《比较文学通论》，南开大学出版社，2003年版，第120页。
⑤ 孟昭毅：《比较文学通论》，南开大学出版社，2003年版，第123页。
⑥ 孟昭毅：《比较文学通论》，南开大学出版社，2003年版，第104页。
⑦ 孟昭毅：《比较文学通论》，南开大学出版社，2003年版，第105页。

对创作的具体影响。

一、赵景深的"译"与"作"

赵景深的文学生涯始于童话翻译，其15岁时就翻译了《国王与蜘蛛》（包尔温著），在南开中学读书时开始关注安徒生童话，陆续翻译了《火绒匣》《皇帝的新衣》《白鹄》等作品。① 之后，赵景深在棉业专门学校读书期间（1920—1922年）继续翻译安徒生童话，在《少年》《小说月报》《晨报副刊》等报刊上发表了《苎麻小传》《鹳》《一荚五颗豆》《恶魔和商人》《祖母》《安琪儿》《坚定的锡兵》等作品。正如郭沫若所说，前期文学经历大多是之后创作的"准备步骤"，作家不但可从中"得到一些暗示"，还能产生"写作的兴趣"。② 对赵景深而言，上述阶段的安徒生童话翻译无疑为之后的童话创作铺平了道路——在翻译安徒生童话之后，赵景深紧接着于1922—1923年间创作了《诗的游历》《纸花》《一片槐叶》等8篇童话。③

关于安徒生童话对自身创作的影响，赵景深向来直言不讳，如在《小朋友童话》"例言"中，其明确说明在创作期间，自己"正努力于移译安徒生童话，因此"行文"受这位"丹麦先哲"影响颇深。④ 除《小朋友童话》，赵景深还创作了童话剧《天鹅》，且在《小学生童话》⑤（广益书局，1933年）中也有部分创作。无论是《天鹅》还是《小学生童话》中的原创作品都与安徒生童话渊源颇深：《天鹅》正文前的一段文字提及该剧"取材于安徒生的天鹅（The Wild Swan）"⑥；《小学生童话》中共收童话6篇，其中包括3篇安徒生童话译作，此书"例言"明确强调"本书力使译作与创作风味相同"⑦。简言之，赵景深的安徒生童话翻译对其创作产生了直接而深刻的影响，不但使之将创作重心放在"童话"这一儿童文体上，还对其中语言、情节、题材等产生了系列作用。

---

① 赵景深：《我与儿童文学》，收入浙江师范学院中文系《我与儿童文学》，浙江师范学院，1980年版，第14页。
② 郭沫若：《我的读书经验》，收入张澄寰《郭沫若论创作》，上海文艺出版社，1983年版，第186页。
③ 后收入《小朋友童话》（北新书局，1930年）。
④ 赵景深：《小朋友童话·例言》，收入赵景深《小朋友童话》，北新书局，1933年版，第1页。
⑤ 此童话集为赵景深译作与创作的合集。
⑥ 赵景深：《天鹅》，载于《小说月报》，1925年第16卷第8号，第1页。
⑦ 赵景深：《小学生童话·例言》，收入《小学生童话》，周乐山主编，广益书局，1933年版，第1页。

安徒生童话里的文字不是"文学家的话",而是如小儿说话般的语言,不仅"写得极真切",也"不用任何深奥的话"。① 赵景深在翻译安徒生童话时,也尽量保留了该特点,请看下面《火绒匣》开头部分文字:

> 一个兵,正沿着大路走。——一,二!一,二!
> 他有行李,背在背上;还有一把刀,挂在身边;因为他出去打仗,现在才回家来。忽然间,路上遇见一个老巫。——是一个可怕的怪物,他的下唇,差不多要垂到下巴的下面。
> 老巫开口说:"兵哪!晚安!好亮的刀,好大的背包,原来都是你的。伙伴啊!我今告诉你一件事:你将要得着许多钱;你要多些,或少些,都可以随心所欲。"
> 兵喊道:"谢谢,老巫!"②

同时期卓呆和洪之珩译文分别如下:

> 一个兵士,刚走到那一村的市梢,就遇见一个很怪的老妇。老妇对他说:"你挂的刀很亮。你很有本领。我来叫你发财,好不好?"兵士听了大喜,说:"多谢你!你把方法教我。"③

> 一个兵士沿着高路走来,——左,右,左,右。他背上背着一个军囊,身边佩着一柄剑;他曾经过几个战事,现在他是回到自己家去了。
> 他正走着,在路上遇见了一个形状丑恶的老女巫。她的下唇垂下在她的胸前,她立停了,说道:
> "晚安,军人;你佩着狠精致的剑,大的背囊,你的确是个军人;你可以得到你所希望的这些金钱,所以在你希望中不过是金钱罢。"
> "谢你,老巫",兵士说。④

通过对比以上三个译本可见,赵景深译文最适合儿童。首先,赵景

---

① 赵景深:《童话的讨论四》,载于《晨报副刊》,1922年4月9日。
② 安徒生:《火绒匣》,赵景深译,载于《少年》,1920年第10卷第11期,第1页。
③ 安徒生:《打火匣》,卓呆译,载于《儿童世界》,1923年第5卷第1期,第1页。
④ 安徒生:《火绒箱》,洪之珩译,载于《前进》,1923年第9期,第70页。

深翻译时用"动作和模仿"代替了"晦涩的字眼",如保留了"一,二!一,二!"使儿童仿佛能够看见士兵喊着口号走来,虽无过多着墨,但军人形象及其走路场景跃然纸上;洪之珩译文虽也有"左,右,左,右",但始终不及赵译本通俗简便、朗朗上口;卓呆译本则直接省略了士兵口号部分。其次,赵译本文字更接近小儿说话口气与语言,文中士兵与女巫的对话自然流畅、简单明了,如"好亮的刀""好大的背包""伙伴啊!我今告诉你一件事"等,都与儿童平时说话相差无几;而卓译本中"我来叫你发财"和洪译本中"你佩着狠精致的剑,大的背囊"及"在你希望中不过是金钱罢"等语句,略显生僻拗口,此外,洪译本还保留了部分欧化语序,如将"兵士"放在说话内容"谢你,老巫"之后。总之,与同时期其他安徒生童话译作相比,赵景深译文不但简明形象、通俗易懂,还极为自然流畅。在其安徒生童话翻译影响下,赵景深的童话创作也具有上述特点。请看下文:

> 一片绿茵的草地,上面卧着几只羊,立着几只羊,还有几只羊,在那里一声不响的吃草,还有几只羊仰首望着青天;是的,这青天啊,青天的云,浮游往来着,好似许多仙女穿梭也似的跳舞,不但羊仰首望着,那守羊的牧童,也是很自得的望着烂漫的锦云。①

这段文字生动形象、文笔优美,将羊和牧童怡然自得、仰望天空的场景描述得十分生动,此外,作品语言简洁明了,非常符合儿童表达习惯。赵景深描写草地上的羊时,用了这样的语句:"一片绿茵的草地,上面卧着几只羊,立着几只羊,还有几只羊,在那里一声不响的吃草,还有几只羊仰首望着青天",而该场景若是出现在成人文学作品中,则更倾向于这样描述:"一片绿茵的草地上有很多羊,有的卧着,有的立着,还有的在一声不响的吃草和仰首望着青天。"前者呈现了儿童"零散"的语言习惯与言说顺序,后者更具成人系统性与严密性。由此可见,赵景深的童话创作不仅通俗流畅,还极为符合儿童语言习惯。

赵景深在 20 世纪 20 年代初期不仅创作童话,还积极创作儿童小说。该时期赵景深童话创作虽"贴近"儿童,但其儿童小说中的欧化痕迹颇多,如"我所不忍看的那可怜的红肿的手""无数的怜悯的箭""我可怜

---

① 赵景深:《白城仙境》,收入赵景深《小朋友童话》,北新书局,1933 年版,第 12 页。

的小友小全的红肿的手"等,属于典型"的的不休"。① 赵景深同时期儿童小说与童话创作在语言上呈现出截然不同的风格,前者欧化痕迹明显,后者十分符合儿童语言习惯,该差异的形成与赵景深之安徒生童话翻译密不可分。赵景深童话创作受安徒生童话影响颇深,这不仅体现在语言上,在内容与情节安排方面也同样有所呈现。

安徒生创作童话时不仅照小儿说话般写下来,还尽量使其内容和情节合于儿童思维方式。请看下文:

> 那十一个兄弟,原来都是王子:胸前挂着金星,腰间跨着长剑;装饰的华丽,自然不必说了。他们到学校里去,全都用金刚钻的笔,在金质的板上写字;个个是博览群书,聪颖异常。他们的妹妹伊尼斯,常坐在小玻璃凳上,看一本图画;这本图画,价值连城,乃是一件希世之宝。②

这段文字节录于赵景深译《白鹄》,描述了王子和公主的富足生活。文中未有只言片语对王子和公主的财富进行描述或是直接说明具体数目,但王子胸前的"金星""金刚钻的笔""金质的板"等,无不透露出其万贯家财,甚至连公主消遣看的"图画"都是"价值连城"的宝物。儿童从这些描述中能够形象地感知王子和公主的富有,因为衣服、笔、板、图画书等都是儿童日常生活中非常熟悉的事物,若能拥有一件已足以令儿童欣喜若狂,而王子和公主不但拥有全部物品,且件件为精品,可见其生活富足。儿童不擅长抽象思维,此类儿童化叙述非常符合其思维方式。此外,描述继母凶恶时,只说她惩罚王子和公主时不给"所爱的糖饼,只给他们一盘沙"③。"糖饼"对于大人虽不值一提,但不让儿童吃"所爱的糖饼"无疑是残忍的惩罚。

如上所述,赵译安徒生童话无论是内容还是情节都非常贴近儿童生活,且十分符合其思维方式。在安徒生童话翻译影响下,赵景深的童话创作也是如此。请看下文中赵景深对"瞌睡来了"的描写:

> 是一天午后,阳光熏得人沉醉了。花儿草儿都被这和暖的天气

---

① 赵景深:《红肿的手》,载于《小说月报》,1923年第14卷第7号,第8~9页。
② 安徒生:《白鹄》,赵景深译,载于《少年》,1921年第11卷第3期,第1页。
③ 安徒生:《白鹄》,赵景深译,载于《少年》,1921年第11卷第3期,第1页。

迷住，以至于瞌睡得抬不起头来。①

牧羊者在那寂寞的时节，也唱一唱山歌，或者是扬几扬鞭子。现在他困倦了，梦神渐渐要和他亲近了！起始他的眼还看得见远远的几间小屋和几株散列的树。现在那屋影和树影都渐渐的模糊起来。他还想打起精神来守羊群，但是那眼睑已不由他做主，竟自闭了深扉。②

第一段为"瞌睡来了"前的铺垫，虽未直接描写小女孩的昏昏欲睡，但午后的阳光和低垂着头的花草均能让儿童联想到平时午睡场景，然后不禁在这午后阳光中"沉醉"了，忍不住困乏起来。文中描述十分贴近儿童日常生活，使之易与文中小女孩产生共鸣，此外，会打瞌睡的"花儿草儿"也很符合儿童"拜物教"思想。第二段文字叙述了"牧羊者"从开始"困倦"到"睡着"的过程，儿童在阅读时完全能够真切感受到"眼睑"的"不由自主"：最初还能看见远远的小屋和散列的树，之后便"模糊起来"，然后便不能"打起精神"守羊群了，最后直接"自闭了深扉"。儿童对上述与"瞌睡"作斗争的经历非常熟悉，虽场景不同，但其同样有过强打起精神上课或是等待晚归父母的经历，此类描述便于儿童理解与接受。总之，赵景深为使童话创作能"和儿童的心相近"，除使用"小儿说话"般语言之外，还尽量使作品内容和情节符合儿童生活经历与习惯，以便引起共鸣。

赵景深翻译了许多动植物题材的安徒生童话，如《白鹄》《蜗牛和玫瑰》《鹳》《世界最可爱的玫瑰》《松树》等，其童话创作在题材方面也深受安徒生童话影响，以儿童喜爱的动植物为主，如《一片槐叶》《棉花》等。此外，安徒生在创作时常将动植物人格化，在《小伊达的花》中，花会"快乐跳舞"，还每晚都去参加"跳舞会"③；《松树》中的"小松树"则会时而"不很快活"或是"很不安"④。在安徒生童话翻译过程中，赵景深受到深刻影响，创作童话时也尽量将"事物人格化"⑤。请看

---

① 赵景深：《诗的游历》，收入赵景深《小朋友童话》，北新书局，1933年版，第1页。
② 赵景深：《白城仙境》，收入赵景深《小朋友童话》，北新书局，1933年版，第13页。
③ 安徒生：《小伊达的花》，收入安徒生《安徒生童话》，赵景深译，新文化书社，1934年版，第12~13页。
④ 安徒生：《松树》，收入安徒生《安徒生童话》，赵景深译，新文化书社，1934年版，第43页。
⑤ 赵景深：《小朋友童话·例言》，收入赵景深《小朋友童话》，北新书局，1933年版，第1页。

下文：

> 在一个公园里面，有一株槐树，种在荷花池的旁边。夏天它的叶儿开得格外茂盛，绿得可爱。荷花池里的荷叶临风摆着，策策的响。它们反映着落日，越发显出好看的样儿。槐树上有许多叶子，都是槐树枝的儿子。它们也临风摇曳；这边点点头，那边点点头，大家谈着有趣的话。
>
> 其中有一片槐叶说道："我在这里住得闷极了！每天只看见几只小鸟停在树上。我们仰起头来，只能看见蓝色的天空，和变幻不定的行云。究竟地下怎样，都不知道。每天只是看见那红的圆球——它不知是太阳——出来后又落下去了。实在无味得很！我要下去了！我不能久耐了！"①

第一段中茂盛的槐树、盛开的荷花、临风的荷叶、摇曳的槐树枝等使公园夏日美景跃然纸上，风格清新自然。赵景深除展示夏日美景外，还将"槐叶"人格化。第二段中"只看见""只能看见""只是看见"等几组词层层递进，让儿童仅透过文字也能感受到"槐叶"的烦闷，并为它之后的任性行为埋下伏笔。此外，在赵景深童话中，"棉花"可以"探出他的白面孔，嘻嘻的望着四围"，还能在"灵魂里储满了无知"②；"阳光"可给"C君"写信，且随之与"C君"关系变化，称呼也从"C君"逐渐变为"C，我的朋友""C君吾友"和"亲爱的C君"③。简言之，由于"儿童时代幻想力极为丰富"，赵景深为使创作"合于儿童阅读"，尽量以动植物为题材，并将"事物人格化"，使之符合儿童"拜物教"思想。④

翻译对创作的影响很多，不仅可以"练技巧"，还能"养脑经"和"保持住创作的全部机能"。⑤ 赵景深的安徒生童话翻译兼具上述功能，不仅使之获得创作灵感，还为其积累了大量童话创作技巧与经验，进而

---

① 赵景深：《一片槐叶》，收入赵景深《小朋友童话》，北新书局，1933年版，第17~18页。
② 赵景深：《棉花》，收入赵景深《小朋友童话》，北新书局，1933年版，第31页。
③ 赵景深：《阳光的信》，收入赵景深《小朋友童话》，北新书局，1933年版，第35~42页。
④ 赵景深：《小朋友童话·例言》，收入赵景深《小朋友童话》，北新书局，1933年版，第1页。
⑤ 郁达夫：《再来谈一次创作经验》，收入鲁迅等《创作的经验》，上海书店，1982年版，第15~16页。

有效提高创作水平。在自身安徒生童话翻译的影响下,赵景深创作时做到了"和儿童的心相近"以及"和自然的美相接",以自然优美的语言和淳朴可爱的风格在我国早期童话中独树一帜。

二、郑译《飞鸟集》对冰心创作之影响①

五四时期,泰戈尔在我国"不仅已得普遍的知名,竟是受普遍的景仰",该时期新诗创作"十首作品里至少有八九首是受他直接或间接的影响的",其影响力可见一斑。② 实际上,五四时期大多数读者并不精通外语,主要通过翻译这一"桥梁"来窥得泰戈尔作品之风貌。郑振铎是五四时期泰戈尔诗歌翻译集大成者,1921 年在《小说月报》上发表《杂译太戈尔诗》(第 12 卷第 1 号),随后在《小说月报》《文学周报》等报刊上陆续发表泰戈尔译诗,之后还推出单行本《飞鸟集》(商务印书馆,1922 年)。该时期很多读者都是通过郑振铎译诗"认识"了泰戈尔及其作品,郑译本在我国影响深广,读者不仅积极阅读郑译泰戈尔诗歌,还在各大报刊上发表看法与意见,如《读郑振铎译的〈飞鸟集〉》(梁实秋,《创造周报》,1923 年第 9 期)、《读〈飞鸟集〉》(赵荫棠,《文学旬刊》,1923 年第 79 期)等。

郑振铎译《新月集》《飞鸟集》等传播广泛,冰心于偶然间读到这些译作,并注意到泰戈尔诗歌中极具特色的"三言两语",由于"零碎"思想"不容易写成篇段",冰心便开始"仿用"该形式,将自己的"零碎"思想"记下在一个小本子里"。③ 在郑译《飞鸟集》影响下,冰心笔记本"眉批上的那些三言两语"便被"整理"出来,成为别具特色的小诗。④

---

① 泰戈尔《新月集》《飞鸟集》是否为儿童文学存在一定争议,但在五四时期泰戈尔诗歌是被当作儿童文学对待的。例如,该时期《新月集》广告上附注了"儿歌"(Child Poems)字样(郑振铎:《新月集·译者自序》,收入太戈尔《新月集》,郑振铎译,商务印书馆,1923 年版,第 3 页);另外,《新月集》(王独清译,泰东图书局,1922 年版)被收入"世界儿童文学选集",《飞鸟集》(郑振铎译,商务印书馆,1922 年)也入选了"新中学文库"。冰心《繁星》和《春水》则被收入"中学生课外文学名著必读""教育部推荐语文新课标基础必读丛书""最能打动孩子心灵的中国经典""儿童文学经典诗歌小说集"等丛书,还被收录进"教育部推荐中小学生必读书目"。在此节中,为尊重和还原史实,笔者将泰戈尔和冰心的上述作品作为儿童文学来进行论述。
② 徐志摩:《太戈尔来华》,载于《小说月报》,1923 年第 14 卷第 9 号,第 1 页。
③ 冰心:《〈繁星〉自序》,收入范伯群《冰心研究资料》,北京出版社,1984 年版,第 131 页。
④ 冰心:《我是怎样写〈繁星〉和〈春水〉的》,收入范伯群《冰心研究资料》,北京出版社,1984 年版,第 156~157 页。

在《繁星》和《春水》中,郑译《飞鸟集》的"痕迹"随处可见。请看下文:

二三:
"我们萧萧的树叶,都有声响回答那风和雨,但是你是谁呢,那样的沉默着?"
"我不过是一朵花。"

三四:
干的河床,并不感谢他的过去。

三六:
瀑布歌道:"我得到自由时便有歌声了。"①

从上述三首诗歌可见,郑译《飞鸟集》最大特点就在于形式的不拘,行文自由,有的分行,有的不分行,并可在诗歌中随意插入对话,有的诗歌甚至直接就由对话组成。此类形式非常适合记录一些"零碎"的思想和感受,冰心将其巧妙地运用到自己的小诗创作之中:

一四:
我们都是自然的婴儿,
　卧在宇宙的摇篮里。

六六:
深林里的黄昏,
　是第一次么?
又好似是几时经历过。

五三:
春从微绿的小草里
　和青年说:
"我的光照临着你了,
从枯冷的环境中
创造你有生命的人格罢!"②

---

① 太戈尔:《飞鸟集》,郑振铎译,商务印书馆,1933年版,第8、11、12页。
② 冰心:《繁星·春水》,云南人民出版社,2016年版,第8、28、86页。

在郑译《飞鸟集》影响下，冰心小诗摆脱了我国传统诗歌格律的束缚，散文化倾向突出。整体而言，上述小诗字数较少，形式不拘，行数有多有少，并在其中随意穿插对话，语言自然浅近。在以《飞鸟集》为代表的郑译泰戈尔诗歌之影响下，冰心的诗歌创作由模仿走向成熟，进而形成了极具特色的"繁星格"与"春水体"。除了形式层面的影响，郑译《飞鸟集》还对冰心诗歌中的意象有着深刻作用。"星"在《飞鸟集》中出现频率较高，请看下文：

六：
如果当失落太阳时你流了泪，那末你也要失落群星了。

一一三：
山峰如群儿之喧嚷，举起他们的双臂，想去捉天上的星。

一四六：
我有群星在天上，
但是，唉，我屋里的小灯却没有点亮。[①]

由上述诗歌可见，"星"在《飞鸟集》中属于较为常见的意象，但该意象在我国古代诗歌中很少出现。请看下列冰心小诗：

一：
繁星闪烁着——
　深蓝的太空，
　何曾听得见他们对语？
沉默中，
　微光里，
　　他们深深的互相颂赞了。

一二七：
流星，
　飞走天空，
　　可能有一秒时的凝望？
然而这一瞥的光明，

---

① 太戈尔：《飞鸟集》，郑振铎译，商务印书馆，1933年版，第2、34、44页。

已长久遗留在人的心怀里。

三七：
太空！
揭开你的星网，
容我瞻仰你光明的脸罢。①

"星"这一意象在冰心小诗中同样常见，其诗集更是命名为《繁星》。对于《繁星》书名的来源，冰心提到是选了小诗中的一首，"以繁星两个字起头的，放在第一部，名之为《繁星集》"②。该举动看似随意，但冰心诗集中多次出现的"星"及用"繁星"命名诗集的举动，从根本上来说与郑译《飞鸟集》关系密切，郑译本对冰心创作之潜在影响不可忽视。正是在郑译《飞鸟集》作用下，冰心开始关注"星"这一在我国古诗中较为稀缺的意象，并将之运用到自身创作中，更出于对该意象的喜爱而将诗集命名为《繁星》。除上述影响外，郑译《飞鸟集》中极富哲思的诗句同样对冰心创作有着直接作用。请看下文：

二〇：
我不能选择那最好的。
是那最好的选择我。

二四：
休息之隶属于工作，正如眼睑之隶属于眼睛。

六五：
小草呀，你的足步虽少，但是你有了你足下的土地。③

二二：
生离——
　是朦胧的月日，
死别——
　是憔悴的落花。

---

① 冰心：《繁星·春水》，云南人民出版社，2016年版，第4、50、81页。
② 冰心：《我是怎样写〈繁星〉和〈春水〉的》，收入范伯群《冰心研究资料》，北京出版社，1984年版，第157页。
③ 太戈尔：《飞鸟集》，郑振铎译，商务印书馆，1933年版，第7、8、21页。

二三：
心灵的灯，
　在寂寞中光明，
　　在热闹中熄灭。

一五五：
白的花胜似绿的叶，
　浓的酒不如淡的茶。①

前三首诗歌选自郑译《飞鸟集》，后三首为冰心小诗。上述小诗短小精辟，富含哲理，几乎都可当作名言警句，充满辩证色彩。郑译《飞鸟集》中的"诗情画意"以及充满哲理的"三言两语"均在冰心创作中有所体现。从某种程度上说，冰心诗歌的形式、意象、哲思等都深受郑译《飞鸟集》影响，冰心则成为泰戈尔最"神形毕肖"的"私淑弟子"。除上述诗歌创作方面的影响，郑译泰戈尔诗歌还对冰心之后的审美趣味、翻译选材等有着直接作用，不但使之继续关注泰戈尔诗歌，还令其对印度文学产生兴趣：冰心于50年代翻译了泰戈尔《吉檀迦利》和《园丁集》，并翻译了《印度童话集》《印度民间故事》《萨·奈都诗选》等作品。

综上所述，五四时期儿童文学翻译对现代儿童文学影响深远，其在我国文学层面的接受与影响既有融合也有碰撞。由于翻译的跨语言、跨文化性质，五四时期儿童文学翻译在我国的接受必然会面临一定程度的文化碰撞，其中较为典型的有安徒生童话的"儿童化"以及爱罗先珂童话的"经典化"。该时期儿童文学翻译对我国儿童文学体裁产生了直接作用，促使儿童文学"小百花园地"引进了童话、戏剧、科学文艺等"新品种"，并与我国传统儿童文学积极互动，在融合的基础上生出"新枝"，使现代儿童文学体裁得到全面丰富与发展。此外，五四时期儿童文学翻译还为现代儿童文学创作提供了可资借鉴的经验和方法，许多作家都在模仿和学习外国儿童文学的基础上开始进行创作。该时期儿童文学翻译对创作的影响十分多元化，既有译者在翻译的同时进行类似创作，也有作家受他人译作影响后开始创作。从最初追求"形似""神似"到最后的"感受而消化之"，我国逐渐出现有中国"风气"和"气派"的儿童文学

---

① 冰心：《繁星·春水》，云南人民出版社，2016年版，第11、61页。

作品。简言之，五四时期儿童文学翻译不仅直接参与了民族儿童文学建构，还促进了现代儿童文学理论与创作之发展，在我国儿童文学史上具有极为深远的理论及实践意义。

第五章　女性视角下的五四时期儿童文学翻译

女性与儿童有着天然而紧密的联系，其不但孕育抚养儿童，还常从自身特有的温柔和情感出发，为儿童进行翻译与创作。对儿童有"爱与理解"的人，尤其是少有"野心"的"女子们"非常适合从事儿童文学相关工作，其中具有"温柔的母性"及"学理的知识与艺术的修养"的女性"最为适宜"。① 实际上，早在五四时期我国就出现了一批主动投身儿童文学事业的女性，如张近芬（CF女士）、高君箴、冰心、庐隐、陈衡哲等，她们均积极进行儿童文学翻译与创作。自此，儿童文学领域出现了越来越多的女性身影。

作为五四时期儿童文学翻译"来源"之一，外国女性创作的儿童文学不容忽视。另外，随着该时期新式教育的兴起及"妇女的发现"，女性受教育程度逐步提高，儿童文学女性译者及读者数量也不断增加。鉴于女性在五四时期儿童文学翻译领域中的重要性，笔者将目光投向与之相关的"女子们"，即女性原作者、译者和读者。

第一节　女性原作者的"朦胧"足迹

一、原作者为女性的儿童文学译作梳理

我国儿童文学翻译可追溯至晚清时期，该时期译作中不乏外国女性的作品，如莫蒂母《蒙童训》（C. P. Tenney译）、格铁夫人《和声鸣盛》（季理斐译）和《喻言丛谈》（季理斐师母译）、伯内特《小公主》（亮乐

---

① 周作人：《儿童的书》，载于《晨报副刊·文学旬刊》，1923年6月21日。

月译)、兰姆姐弟《吟边燕语》(林纾、魏易译)①、斯托夫人《黑奴吁天录》(林纾、魏易译)等。译者虽从晚清时期就开始译介女性创作的儿童文学作品,但规模有限,并未引起成人对外国女性儿童文学作者/作品的普遍关注。

五四时期,随着儿童文学翻译规模扩大,原作者为女性的儿童文学译作也逐渐增多。据统计,该时期此类译作单行本或是涉及此类译作的单行本就有15部,许多知名女性作家的作品都被译介到我国,详见表5-1:

表5-1 原作者为女性的单行本儿童文学译作②

时间	书名	作者	译者	出版社
1917年	欧美名家短篇小说丛刊(收录《惩骄》)	施土活夫人	周瘦鹃	中华书局
1918年	海国趣语	兰姆姐弟	梅益盛	广学会
1919年	怪花园	博蒙夫人	沈德鸿	商务印书馆
1920年	秘园	步奈特	李冠芳	广学会
1920年	吟边燕语	兰姆	林纾、魏易	商务印书馆
1921年	贫孩得胜	I. T. Thurston	福幼报社	广学会
1923年	小英雄	步奈特	亮乐月	广学会
1923年	喻言丛谈	格铁夫人	季理斐师母	广学会
1924年	竹马天真	欧高德女士	贝厚德,沈骏英	广学会
1925年	四姊妹	欧高德女士	贝厚德,沈骏英	广学会
1925年	前期海滨人	杜柏	何其宽	商务印书馆
1925年	前期穴居人	杜柏	沈志坚、何其宽	商务印书馆
1925年	后期穴居人	杜柏	何其宽	商务印书馆
1926年	树居人	杜柏	郑振铎、何其宽	商务印书馆
1927年	贤妻模范	欧高德女士	贝厚德、沈骏英	广学会

相较于单行本,五四时期各大报刊上刊登的原作者为女性的儿童文学译作数量更为庞大,即使不计重复发表的,仍多达36篇,详见表5-2:

---

① 今译为《莎士比亚戏剧故事集》(*Tales from Shakespeare*),内收故事20个,其中6个由查尔斯·兰姆(Charles Lamb)执笔,另外14个为玛丽·兰姆(Mary Lamb)所改写。
② 该时期译介到我国的女性作者之独著、合著以及收录此类译作的作品集都包括在内。

表 5-2 原作者为女性的报刊儿童文学译作

时间	篇名	作者	译者	刊物
1917—1918年	秘园	原文未署名，实际作者为伯内特	许之业、周兆桓、李冠芳①	《女铎》第6卷第9期~第7卷第4期
1919年	爱是什么	Ella Wilcox	黄仲苏	《少年中国》第1卷第3期
1920年	日落	Eda Lon Walton	志澄	《少年社会》第8期
1920年	人兽之善恶	乔杰纳·霍茄司	姚民哀、徐吉人	《小说新报》第6卷第10期
1921年	小儿第一次的悲哀	Mrs. Hemans	裘实	《民国日报·觉悟》10月9日
1921年	仙牛	勖德夫人	封熙卿	《妇女杂志》第7卷第4号
1921年	钟儿今夜不可打啦	Rose Harywiok Thrope	金德章	《时事新报·学灯》6月13日
1921年	青鸟	梅德林克夫人	仲持	《妇女杂志》第7卷第7~12号
1921年	艾荻莎遇盗	蒲耐德夫人	徐虑群	《妇女杂志》第7卷第8~9号
1922年	罗本舅舅	拉绮洛孚	沈雁冰	《教育杂志》第14卷第3号
1922年	星的小孩	小林章子	仲密	《晨报副刊》3月19日
1922年	两副面孔的奴隶	Mary Carolyn Davies	子贻	《东方杂志》第19卷第11号
1922年	不知足的钟摆	Jane Taylor女士	王爱侬	《妇女杂志》第8卷第8号
1923年	乡鼠与城鼠	诺依思、布兰支莱	作人	《晨报副刊》8月3日
1923年	我底航海归来的舅舅	Mary Ann Lamb	黄维荣	《复旦》第17期
1923年	野蜂的梦	须莱纳尔女士	CF女士	《学生杂志》第10卷第3号
1923年	幸福城	白兰	赵景深	《晨报副刊》8月17日
1923年	两副面孔的奴隶	戴维斯女士	纯兰女士	《太平洋》第3卷第10号
1923年	木头唱了	Mrs. J. G. Frazer	何汉基	《新民意报副刊·朝霞》第3册
1924年	停着呀，停着呀，可爱的水	Mrs. Eliza Lee Fellen	西谛	《小说月报》第15卷第3号
1924年	猎人	Oliver Schreiner女士	李伟森	《学生杂志》第11卷第4号
1924年	出言协韵的王子	裴丽门女士	沙莱	《晨报副刊》7月26日

---

① 许之业和周兆桓仅翻译了第一回，其余为李冠芳所译。

续表 5-2

时间	篇名	作者	译者	刊物
1924 年	森美的祷告	哈里生女士	守一	《小说世界附刊·民众文学》第 1 期
1924 年	逃学	哈里生女士	守一	《小说世界附刊·民众文学》第 2 期
1924 年	小马利	哈里生女士	守一	《小说世界附刊·民众文学》第 5 期
1925 年	天真的沙珊	爱特加华士	高君箴	《小说月报》第 16 卷第 2~6 号
1925 年	谁瞧见过风？	Christina Rossetti	孝嵩	《京报·儿童》第 5 期
1926 年	两个朋友	赛甫林娜女士	曹靖华	《莽原》第 1 卷第 13 期
1926 年	一粒种子	Kate Louise Brown		《清华周刊》第 26 卷第 4 号
1926 年	熟记词（八）	Alice Cary		《清华周刊》第 26 卷第 4 号
1926 年	风	Christina G. Rossetti		《清华周刊》第 26 卷第 4 号
1925 年	仙牛	Clement Shorter 夫人	徐蔚南	《文学周报》第 207 期
1927 年	神弓手	Amy Cruse	赵景深	《北新》第 27 期/《国闻周报》第 4 卷第 25 期
1927 年	墨西哥的神话	Amy Cruse	萧元璋	《北新》第 37 期
1927 年	萨拉	F. H. Burnett	秋荼	《晨报副刊·家庭》连载①
1927 年	二惰妇与一王	E. V. Millay 女士	焦菊隐	《晨报副刊·家庭》连载②

从表 5-1 和 5-2 可见，我国很多文学/文化名人都曾译介过女性创作的儿童文学作品，整体而言，五四时期译作无论是数量还是质量都远非晚清时期同类作品可比。五四时期，由于"人的发现"，"妇女"和"儿童"也随之被发现，该时期原作者为女性的儿童文学译作不断增多，与"妇女的发现"相一致。但是，此类译作数量的增加，到底是因为五四时期儿童文学译作总数增长，还是由于译者重视原作者"女性"身份而有意进行译介呢？另外，这些女性原作者的性别身份在当时是否被特别强调与突显，抑或"她们"与"他们"的作品并无本质区别呢？笔者接下来将对上述问题进行探讨。

---

① 第 1976、1983、1990、1996、2003、2010、2017、2024、2031 期。
② 第 2031、2038、2045、2052、2065 期。

二、儿童文学翻译中女性原作者的"朦胧"足迹

随着五四时期"妇女的发现","女性的'缺席'和'缄默'就已成历史陈迹"。① 越来越多的女性开始进入文学领域,比较著名的有陈衡哲、冰心、庐隐、冯沅君、凌叔华、石评梅等,她们成为该时期文学领域中一道亮丽的风景线。五四时期,很多女性在创作成人文学的同时也进行儿童文学写作,如陈衡哲既创作了《洛绮思的问题》《巫峡里的一个女子》,也写下了《小雨点》《西风》等童话,冰心则创作了《斯人独憔悴》《超人》《寄小读者》《离家的一年》《六一姐》等作品。女性在创作儿童文学时,能从其特有生命体验出发,对儿童生活与心理进行细致描绘和书写。例如,凌叔华作品多无宏大主题,常以日常生活为题材,其《小哥儿俩》以"八哥"为主线,写了"大乖"和"二乖"清明节放假时在家发生的一些事情;《搬家》则描述了搬家前"枝儿"对"大花鸡"和"鸡蛋"的托付与不舍。相较而言,该时期男性创作的儿童文学作品大多社会性更明显,如叶圣陶《稻草人》中"稻草人"的"倒下",反映了知识分子对黑暗社会的无力感和深切控诉。整体而言,五四时期我国女性创作的儿童文学作品充满细腻与温情,多以其熟悉的日常生活为书写对象,社会属性较弱,女性色彩浓厚。那么,该时期引进的外国女性儿童文学作品是否也具有类似特点,译者选择此类作品是不是出于对原作中女性意识或生活体验之青睐呢?

从表5-1和5-2可见,与我国五四时期女性创作的儿童文学作品不同,外国女性儿童文学作品②题材与内容丰富,并未以女性日常生活中接触到的事物为题材或是叙述对象,且不局限于家庭范围。五四时期,原作者为女性的儿童文学译作涉及题材非常广泛,不仅有平时常见的花鸟虫鱼、钟、牛、老鼠等,也有远离日常生活的原始人和怪兽。此外,这些译作内容新颖多变,既涉及猎人和原始人生活,也包括艾获莎遇见盗匪后的各种遭遇,远超出我国当时女性儿童文学作者进行构思与取材之"闺阁"范围。

除作品题材与内容方面的差异外,五四时期引进的女性儿童文学作品与我国同类作品的创作目的也截然不同。该时期,我国大多数女性儿

---

① 唐兵:《儿童文学中的女性主义声音》,湖北少年儿童出版社,2003年版,第3页。
② 此处外国女性儿童文学作品指的是五四时期被译介到我国的此类作品,即表5-1和5-2中的作品,下同。

童文学作品都是为了展现儿童生活或抒发作者情感，如凌叔华《小哥儿俩》《搬家》《弟弟》等均呈现了儿童日常生活中的人与事；冰心直接承认创作更多是为了"寄托"自己"劳顿的心灵"[①]，因此，《寄小读者》中不乏自身"悱恻的思想"[②]。五四时期女性儿童文学作者进行创作，主要不是为了"反映社会"，其作品大多呈现了自己周边，尤其是儿童身边的事与物，或是用于"反映了她自己"[③]。总之，该时期女性儿童文学作品的题材、内容、创作目的等都较为女性化。

不同于我国五四时期的女性儿童文学作者，外国女性作者之创作目的更为多元化，并不局限于自身情感或是儿童生活。例如，顾均正认为"最好的儿童文学作品"不但要深受儿童喜爱，还应剔除其中"成年人的感情"，其对伊温夫人作品评价颇高，正是因为她做到了上述两点。[④] 外国女性作者避免在儿童文学创作中加入"成年人的感情"，并常在作品中展示"闺阁"之外的广阔天地，具有较强社会性。例如，伊温夫人创作《猿儿》主要是为讽刺在危难关头不护卫皇太子却独自逃走的青年军官，作为"军人的妻子，他以为军人在这种时候，正当一显其气节，因此就作了这一篇故事来讽刺这件事"[⑤]。此外，该时期格铁夫人、步奈特、杜柏、欧高德等作者之作品也各具特色：格铁夫人《喻言丛谈》中的自然事物与现象可"启发儿童的宗教信仰"[⑥]；步奈特的《小英雄》《秘园》《萨拉》等对儿童教育以及精神力量在儿童成长过程中的重要作用给予了特别关注；杜柏的《前期海滨人》《前期穴居人》《后期穴居人》《树居人》等叙述了"古代人民衣食住的状况，以及发明事物的由来"[⑦]；欧高德的《四姊妹》《贤妻模范》"肯定了教育对女性生活产生的积极影响，并探讨了合理的教学方法"，此外，书中还涉及"男女生共校""女性职业"等颇具"超前性"的话题[⑧]。整体而言，五四时期引进的外国女性儿童文学作品并不局限于作者情感或儿童生活，也不以表达自我或是呈

---

① 冰心：《通讯二十五》，收入《寄小读者》，商务印书馆，2015年版，第102页。
② 冰心：《通讯二十七》，收入《寄小读者》，商务印书馆，2015年版，第111页。
③ 茅盾：《冰心论》，收入茅盾等《作家论》，文学出版社，1936年版，第207页。
④ 顾均正：《世界童话名著介绍（二）》，载于《小说月报》，1926年第17卷第2号，第2页。
⑤ 顾均正：《世界童话名著介绍（二）》，载于《小说月报》，1926年第17卷第2号，第4页。
⑥ 宋莉华：《近代来华传教士与儿童文学的译介》，上海古籍出版社，2015年版，第392页。
⑦ 郑振铎、何其宽：《树居人·例言》，收入杜柏《树居人》，郑振铎、何其宽译，商务印书馆，1926年版，第2页。
⑧ 宋莉华：《近代来华传教士与儿童文学的译介》，上海古籍出版社，2015年版，第316页。

现周边事物为主要目的，而是将目光投向"闺阁"之外，具有较强社会性，能发人深省，使读者在阅读后对儿童教育、社会问题等进行深入思考。

如上所述，我国五四时期引进了大量女性儿童文学作品，其题材、内容丰富，超出家庭与日常生活范围，此外，此类译作创作目的也非常多元化，并未局限于表达自我或是呈现周边事物。换言之，该时期引进的女性儿童文学作品中个人意识或是基于性别的生活体验并不明显，译者选择此类作品并非出于对其女性色彩之青睐，更多是因为对作品内容的兴趣与共鸣。例如，拉绮洛孚《罗本舅舅》"对于人类本性"持"全然悲观"态度，茅盾由于"现实环境影响心理之故"与之产生精神共鸣，进而选择翻译该作品[①]；周作人翻译坪内逍遥《乡间的老鼠和京都的老鼠》后，又紧接着翻译了诺依思、布兰支莱的《乡鼠与城鼠》，其翻译后者并非出于对作者女性身份的关注，而是因其与坪内逍遥作品均为儿童剧，虽"材料相同"，但"作法各异"，便特意将之翻译出来，以供比较与学习[②]。总之，该时期译者筛选外国女性儿童文学作品时，并不以其女性色彩浓厚与否为标准，而是更看重作品题材和内容。该时期译者选择的此类作品大多较为中性化，无论是题材、内容还是创作目的，均无明显女性意识或生活体验，从该角度来说，女性原作者在该时期儿童文学翻译中几乎"隐身"。五四时期的女性创作，由于作者的人生阅历及社会经验有限，其作品社会功用与价值通常较弱，更为关注家庭和日常生活题材。但是，该时期引进的女性儿童文学作品并无此特征，可见，"妇女的发现"未能使译者主动译介女性色彩浓厚的儿童文学作品。该时期出现的原作者为女性的儿童文学译作，不过是当时大量译作中的沧海一粟，并无特殊之处——译者译介此类作品，既非因为对原作者女性身份的看重，也不是出于对作品中女性色彩之青睐。尽管如此，在五四时期儿童文学翻译中，女性原作者也并非完全"隐身"，读者仍可从译作署名中寻找到"她们"的蛛丝马迹。

根据表5-1和5-2，五四时期原作者为女性的儿童文学译作共50篇/部（不计重复发表），其署名情况可分为4种：署名为自己姓/姓名的24个；署名为自己姓/姓名加"女士/Mrs."[③]的15个；署名为丈夫姓/

---

① 沈雁冰：《罗本舅舅·译后记》，载于《教育杂志》，1922年第14卷第3号，第7页。
② 作人：《乡鼠与城鼠·译后记》，载于《晨报副刊》，1923年8月3日。
③ "Mrs."意为夫人或太太，用于称呼已婚妇女。

姓名加"夫人/Mrs."的 8 个，其中能从译者作品介绍、译后记等相关文字得知原作者姓名的 3 个①，原作者姓名未知的 5 个；其他情况的 3 个，其中 1 个未署名，另外 2 个分别署名为兰姆和兰姆姐弟。从上述统计可知，外国女性儿童文学作者以"本来面貌"示人的 26 个②，在姓/姓名后加"女士/夫人/Mrs."的 23 个，这既是对女性的尊称，亦可看作对性别身份的突显。另外，在上述儿童文学译作中，共有 9 篇/部作品若仅依据署名情况无法得知作者信息，使女性原作者呈现出不同程度的"隐身"状态。

如上所述，五四时期绝大多数儿童文学译作的女性原作者都以"本来面貌"出现在读者眼前，此外，部分署名通过作者姓/姓名加"女士/Mrs."的方式，使性别身份得以突显。在署名采用丈夫姓/姓名加"夫人/Mrs."的情况下，原作者身份虽需依附男性才能获得认可，但其性别身份未被隐匿，且译者尽量对女性原作者进行介绍，使之能作为个体而独立存在，如仲持在《青鸟》正文前特意对梅德林克夫人进行介绍，不仅谈到其儿童文学改编，还说她是"音乐天才，工于作曲"③；徐蔚南则对 Clement Shorter 夫人的婚姻状况、国籍等进行了介绍，谈到其"对于雕刻绘画均极有趣味"，还提到"夫人的诗和小说在社会上有极好的名声"④。可见，五四时期原作者为女性的儿童文学译作，在题材、内容、创作目的等方面虽无明显女性生活体验或个人意识，但读者仍可从译作署名或译者介绍中窥得"她们"的倩影。

随着五四时期儿童文学翻译规模的扩大，许多女性儿童文学作者的作品都被译介到我国，原作者为女性的儿童文学译作逐渐增多，但此类译作不过是当时大量译作中的沧海一粟，并非译者之有意译介。该时期译者选择"她们"的作品并非由于对其中女性色彩的青睐，更多是出于对作品内容的关注与共鸣。此类作品与原作者为男性的译作并无本质区别，不仅作者的女性身份未被特别强调或突显，作品题材、内容、创作目的等也无明显女性特质，女性意识或生活体验均未得到体现，读者仅能从署名和介绍中窥见其"女性"身影。从某种程度上可以说，女性原作者在该时期儿童文学翻译中仅留下了"朦胧"的足迹。

---

① 即博蒙夫人（《怪花园》）、格铁夫人（《喻言丛谈》）和施土活夫人（《惩骄》）。
② 即署名为自己姓/姓名的 24 个加上署名为兰姆、兰姆姐弟的 2 个。
③ 梅德林克夫人：《青鸟》，仲持译，《妇女杂志》，1921 年第 7 卷第 7 号，第 41 页。
④ 徐蔚南：《仙牛·译者附说》，载于《文学周报》，1925 年第 207 期，第 307 页。

第二节 她们与"她们"的翻译①

晚清时期,我国已有女性从事儿童文学翻译,最早公开署名在报刊上发表译作的是裘毓芳,其翻译的《苍蝇上学吃墨汁》《还请酒仙鹤报怨》《羡高飞龟求鹰教》和《不吃肉良犬尽忠》发表于《无锡白话报》②(1898年,第1期),署名"金匮梅侣女史演",之后也继续在此报上刊登寓言译作③。该时期从事儿童文学翻译的女性译者还有薛绍徽、郑申华、周澈朗、黄静英、姜清如等,但由于当时女性受教育程度普遍偏低④,女性译者数量较为有限。随着教育的兴盛和妇女的解放⑤,女性整体文化水平不断提高,进而保证了五四时期女性译者的数量与质量。

女性与儿童有着天然而紧密的联系,五四时期很多女性都曾译介过儿童文学作品,如张近芬(CF女士)、高君箴、陈璧君、伍季真、伍孟纯、黄洁如、李冠芳、沈骏英、沈性仁、林徽因、朱懿珠、刘儒珍、李丽霞、苏敏等。女性译者的出现有效促进了五四时期儿童文学翻译发展,该时期译作在数量、质量和影响力方面均超过晚清时期同类作品。五四时期,女性译者的儿童文学译作不断刊登在各大报刊上,部分译作还被反复登载,影响力不容小觑,如张近芬和高君箴都曾在《小说月报》《民国日报·觉悟》《晨报副刊》《学生杂志》《儿童世界》等报刊上发表过译作;张近芬译《水仙花与池沼》和《麻的一生》均被反复登载,前者曾发表于《学生杂志》(1923年第10卷第2号)和《新医人》(1923年第1

---

① 此节中译者主要指我国本土译者。标题中"她们"指的是女性译者,"'她们'"则指带着女性假面、化名"某某女士"的男性译者。

② 该报从第5期开始更名为《中国官音白话报》。

③ 1898年,商务印书馆以《海国妙喻》为名,将裘毓芳译作结集出版;1901年,《海国妙喻》由"白话"改为"京话",在《京话报》第1~6期上再次连载。

④ 关于晚清时期中国女性受教育情况,季理斐夫人在《广学会为中国妇女及儿童做了些什么工作?》中曾有提及:"在五十年前,中国的妇女及儿童,尤其是女孩,能读书识字的有多少,这个数目我虽然不能估计,然而就中国全国人民估计,那时识字的人不过占百分之二,如果这个估计是确实的,那末,识字的妇女及儿童所占的数目,更是微乎其微的了。"(季理斐夫人:《广学会为中国妇女及儿童做了些什么工作?》,叶柏华译,《广学会五十周纪念短讯》,1937年第4期,第4页。)

⑤ 1907年《女子小学堂章程》和《女子师范学堂章程》的颁布,保障了女性接受正规学校教育的权利,而1912年《中学校令实行规则》则让外语正式进入女学课程,使更多女性有机会接受新式教育和学习外语。

卷第 4 期），后者则先后刊登于《晨报副刊》（1923 年 10 月 5 日）和《晓光》（1923 年第 1 卷第 2 期）。此外，女性译者的儿童文学译作还被收入著名出版社发行的单行本或是各类"丛书""丛刊"，如张近芬译作被收入《牧羊儿》（商务印书馆，1925 年）、《旅伴》（新潮社，1924 年）以及《旅伴及其他》（北新书局，1925 年），其中《牧羊儿》又被"小说月报丛刊"收录；高君箴译作被收入《天鹅》（商务印书馆，1925 年），该书被列入"文学研究会丛书"。女性译者作品在各大报刊上的连续刊登与重复登载，以及单行本、丛书、丛刊等对此类作品的收录，均在客观上促进了译作的阅读与传播。

五四时期属于本土女性译者翻译活动繁荣期[①]，女性儿童文学译者持续增多，其译作影响力与接受范围也不断扩大，因此，有必要对该时期女性译者之翻译活动进行探究，而女性主义翻译理论可为此提供必要的理论支持。女性主义思想最早出现于 18 世纪启蒙运动时期的欧洲，随着女性主义不断发展和深入，以及 20 世纪 70 年代末 80 年代初翻译研究的"文化转向"，女性主义翻译理论开始兴起。该译论将性别因素引入翻译研究，打破传统译论束缚及二元对立思想，译者/译作不再是原作者/原作的"从属"，主张消除翻译中对译作及女性的歧视[②]，并"颠覆有关翻译的、在翻译界内部所存在的男性优于女性的二元理论，在翻译理论和实践中彰显女性主义意识"[③]；在翻译实践中常采用"介入性女性翻译"[④]，使用补充、撰写序言、加注、劫持等方法[⑤]。女性主义译论批判语言里的男权意识，提倡彰显女性译者主体意识，关注女性译者这一长期被忽略的群体，"除研究女性译者的历史地位与作用外，还要研究女性

[①] 罗列将 20 世纪初叶本土女性译者的翻译活动分为 4 个阶段：始发期（1891—1905 年），有少量翻译作品；发展期（1906—1914 年），女性译者和译作数量增多；繁荣期（1915—1925 年），女性译者增多，译作数量达到高峰，体裁多元化；持续发展期（1925 年至 20 世纪 40 年代），译作数量虽有减少，但仍不断有新的女性译者加入翻译行列。（罗列：《性别视角下的译者规范：20 世纪初叶中国首个本土女性译者群体研究》，北京师范大学出版社，2014 年版，第108~109 页。）

[②] 译作和女性历来处于弱势地位，关于二者的类比层出不穷，如译作被比作低级派生的女性、贞洁的少女、不忠的恋人等。(Lori Chamberlain. "Gender Metaphors in Translation", in Mona Baker, *Routledge Encyclopedia of Translation Studies*. London/New York：Routledge，1998，pp. 93~94.)

[③] 段峰：《文化视野下文学翻译主体性研究》，四川大学出版社，2008 年版，第 107 页。

[④] Luise von Flotow. *Translation and Gender: Translating in the "Era of Feminism"*. Manchester：St. Jerome Publishing，1997，p. 24.

[⑤] Sherry Simon. *Gender in Translation: Cultural Identity and the Politics of Transmission*. London/New York：Routledge，1996，p. 14.

译者在翻译活动中的心理特点、审美取向、艺术手法和表现特征"①。

五四时期，女性译者翻译活动频繁，其译作中不乏儿童文学作品。此外，还有部分男性化名为"某某女士"参与翻译活动，如"萍云女士""碧萝女士""露明女士""爱丝女士""林兰女士"等②，此类女性假面译者作品中也包括不少儿童文学作品。对于该时期女性与女性假面译者的翻译活动，以及她们和"她们"的儿童文学译作，女性主义译论无疑能够提供崭新的研究视角。那么，该时期女性与女性假面译者是否拥有鲜明的女性意识，其译作是否体现女性生命体验和话语表达，成人对女性的社会性别③又持何种态度呢？

一、翻译选材

五四时期，女性/女性假面译者及其儿童文学译作在数量上虽不可与男性译者④相提并论，但其非常注重译作质量，有意识地翻译名家名作，如安徒生、格林、贝洛、王尔德、法布耳（尔）等人的作品。此外，女性/女性假面译者也并不将目光局限于名家名作，还从自身经验和体会出发，为儿童精心挑选文学作品，这使其翻译选材不同于该时期男性译者，呈现出一定独特风貌。

女性/女性假面译者的儿童文学翻译以童话和故事为主，兼顾民间传说、神话、诗歌、戏剧、小说等，与五四时期儿童文学翻译整体情况一致。该时期女性/女性假面译者与男性译者在体裁选择上虽无明显差异，但对作品题材、主题等的选择有所不同。女性/女性假面译者倾向于选择日常事物题材的儿童文学作品，而男性译者则更为随性，从自身喜好或特定翻译目的出发的居多。张近芬、高君箴和林兰是该时期较为活跃的儿童文学译者，其部分译作如下（见表5-3）：

---

① 段峰：《文化视野下文学翻译主体性研究》，四川大学出版社，2008年版，第119页。
② 前两个为周作人笔名，后两个为赵景深笔名。"林兰女士"并非专属笔名，赵景深、李小峰及蔡漱六都曾使用过此名，但五四时期用"林兰"或"林兰女士"做笔名从事儿童文学翻译的是李小峰；20世纪30年赵景深任北新书局总编辑后，曾以该名编辑和出版民间传说/故事；蔡漱六则曾以此名参加过《语丝》的校对与发行，以及北新书局的小读者见面会。（详见蔡漱六：《关于林兰》，载于《鲁迅研究月刊》，1985年第5期；车锡伦：《"林兰"与赵景深》，载于《新文学史料》，2002年第1期。）
③ 性别可分为生理性别和社会性别。前者是由"人的生物性决定的，其最根本的依据是染色体"，后者则是"一种后天习得的身份认同，社会通过心理、习俗等潜移默化的手段，从个人一出生就开始对其进行性别角色的塑造"。（祝朝伟：《当代西方文论与翻译研究》，南京大学出版社，2014年版，第136页。）
④ 指使用男性笔名的男性译者，下同。

表 5-3 张近芬、高君箴和林兰译作

篇名/书名	作者	译者	刊物/出版社及时间
钱匣	孟代	CF	《晨报副刊》1922年6月27日
雏菊花	安兑生	CF女士	《晨报副刊》1922年12月31日
镜子	孟代	CF女士	《民国日报·觉悟》1922年4月13—14日
怪戒子		高君箴	《儿童世界》1922年第4卷第10期
野蜂的梦	须莱纳尔女士	CF女士	《学生杂志》1923年第10卷第3号
缝针	安徒生	高君箴	《小说月报》1923年第14卷第5号
黄蜂和蟋蟀	法布耳	林兰	《晨报副刊》1924年8月22日
熊与鹿		高君箴	《小说月报》1924年第15卷第3号
黑猫冒险记		高君箴	《儿童世界》1924年第9卷第8期
玛利夫人的玫瑰花秧		高君箴	《儿童文学》1924年第1卷第5期
旅伴	安徒生	林兰、CF女士	新潮社，1924年
无礼的老虎		高君箴	《儿童世界》1927年第20卷第15期
我的猫	法布耳	林兰	《北新》1927年第43/44期

从表 5-3 可见，女性/女性假面译者所选题材大多为生活中常见事物，如钱匣、雏菊、镜子、蜜蜂、蟋蟀、戒子、针、猫、玫瑰花等，都是妇女和儿童较为熟悉之物，未超出其认知与理解范围。试比较同时期男性译者的部分儿童文学译作（见表 5-4）：

表 5-4 五四时期男性译者儿童文学译作

篇名/书名	作者	译者	刊物/出版社及时间
哈孟雷德	莎士比亚	田汉	《少年中国》1921年第2卷第12期
雕的心	爱罗先珂	鲁迅	《东方杂志》1921年第18卷第22号
夜鹰	孟代	李小峰	《民国日报·觉悟》1922年4月10—11日
酒馆中	卜勒浮斯特	李劼人	《少年中国》1923年第4卷第7期
华盛顿的少年时代		味豂	《少年》1923年第13卷第2期
两条腿	Carl Ewald	李小峰	《晨报副刊》1924年3—5月

续表5-4

篇名/书名	作者	译者	刊物/出版社及时间
后期穴居人	杜柏	何其宽	商务印书馆，1925年
绘画家琪珴讬		萧觉先	《儿童世界》1926年第18卷第16期
最后一课	都德	胡适	《冬之芽·儿童文艺半月刊》1925年第1~2期
科学故事	华不儿	殷佩斯	《少年》1926—1927年连载①
独脚鹳		仲持	《新女性》1927年第1卷第5期
斑马奇缘		苏兆龙	《英文杂志》1927年第13卷第9期
柏林之围	都德	斐成	《儿童世界》1927年第20卷第2期

从表5-4可见，男性译者所选题材广泛，包括名人、野生动物、原始人、战争等，与女性/女性假面译者的"闺阁"题材形成鲜明对比。即使女性/女性假面译者与男性译者所选题材相似，其具体选择也会有所差异，如同为动物题材时，前者多选择家禽或是相对熟悉的动物，如蜜蜂、蟋蟀、猫、熊、鹿、老虎等，后者则更倾向于儿童较为陌生的野生动物，如雕、鹰、鹳、斑马等。另外，女性/女性假面译者作品中的人物、时间、地点等通常比较大众化，如"从前有一个农妇"（《拇指林娜》，CF女士译）、"那是夏天时候"（《丑小鸭》，林兰译）等，无论是故事人物还是时间均无明确指示；与此相反，男性译作中的相关元素常更为明确，大多有具体指向，如表5-4作品中普法战争后的阿尔萨斯、普法战争中的朱屋大佐、美国的华盛顿等，均为具体时间、事件和人物。当文学作品中的人物、时间、地点等较为模糊时，儿童读者常有身临其境之感，更易产生共鸣，因此，儿童在阅读女性/女性假面译者的作品时会备感亲切，而在阅读男性译作时则会觉得在看"别人"的故事，容易产生陌生化效果。

不仅女性/女性假面译者与男性译者翻译题材不同，即使是同一译者，当其分别用女性假面译者和男性译者身份进行翻译时，所选题材也有差异。例如，当李小峰化名"林兰女士"、戴上女性假面时，其翻译题材多为猫、蜜蜂、蟋蟀、苍蝇等儿童较为熟悉的事物，而作为男性译者时，则倾向于夜鹰、原始人等儿童相对陌生的事物。此外，作为"林兰女士"，李小峰主要翻译了安徒生和法布耳的作品，而作为男性译者时，

---

① 1926年第16卷第2~8、10~12期，1927年第17卷第2~11期。

其选择更为随性：李小峰于1924年翻译了《两条腿》，不仅是因为周作人的"介绍"，更是出于对"这类著作"的喜爱①；之后，其开始关注爱耳华特作品，并于1925年翻译了该作者的《野草》与《树林和野草》②。可见，作为男性译者的李小峰在翻译选材时较为随性，倾向于从自身喜好出发，或是有目的地译介自己感兴趣的外国作家/作品。另外，虽然"林兰女士"和李小峰都翻译了童话，但前者关注重点为安徒生童话（6篇/部），后者翻译了3篇孟代童话和1篇安徒生童话，相较而言更偏爱孟代作品。整体而言，孟代童话唯美且文式精巧，适合成人或是年龄偏大的儿童，年龄偏小的儿童则更喜爱安徒生童话。如上所述，作为女性假面译者时，"林兰女士"的儿童文学翻译无论是题材还是难易程度都更适合儿童，而作为男性译者时，李小峰不仅选材随性，其翻译也不如"林兰女士"那么"接近"儿童。

女性/女性假面译者和男性译者的翻译不仅题材不同，其主题也常存在一定差异。男性译者翻译时倾向于选择宏大主题作品，如爱国（《最后一课》和《柏林之围》）、复仇（《哈孟雷德》）、科学（《后期穴居人》）等。女性/女性假面译者的主题则显得温情细腻，或是直接围绕儿童展开，如张近芬于1924年翻译了《纺轮的故事》，认为此书能"使人愉悦"，且"充满爱的空气"③。请看下文：

> 件件事情都会顺利的，因为我们相互爱着呢。④
> 没有东西能阻止一个人被爱的，只要他忠实地爱着。这是生命的甜蜜而永久的公律。⑤

从上述文字可知，在《纺轮的故事》中，"爱"的重要性被不断突显，其不仅能使人事事顺利，还可令人感到幸福和甜蜜。简言之，《纺轮的故事》以情感为主题，主张以情动人、以情感人。女性特有的温柔情

---

① 李小峰：《两条腿·译者叙》，收入爱华耳特《两条腿》，李小峰译，鲁迅校，北新书局，1933年版，第9页。
② 分别发表于《京报副刊》的第228~229期和第245期。
③ CF女士：《纺轮的故事·译者序》，收入孟代《纺轮的故事》，CF女士译，北新书局，1927年版，第9~10页。
④ 孟代：《公主化鸟》，收入孟代《纺轮的故事》，CF女士译，北新书局，1927年版，第46页。
⑤ 孟代：《致命的愿望》，收入孟代《纺轮的故事》，CF女士译，北新书局，1927年版，第87页。

感使张近芬易与此书中的温情脉脉产生共鸣，进而选择翻译该书。此外，女性/女性假面译者还十分关注儿童教育，如贝厚德和沈骏英翻译了《四姊妹》与《贤妻模范》，这两本书均以女童教育为主题，涉及男女同校、女性职业等话题，主张培养女学生独立自强之精神。总之，女性/女性假面译者和男性译者由于教育和生活经历不同，翻译时常偏好不同主题作品：男性译者倾向于选择宏大主题作品；女性译者出于自身特有细腻情感以及与儿童的天然亲近关系，常选择温情主题作品或是儿童教育相关作品；当男性译者戴上"面具"、化身女性假面译者后，虽难以完全从女性角度出发进行翻译，但其仍根据自己与社会对女性的想象和定位，在选材时尽量模仿女性译者，选择儿童熟悉且温情十足的作品。

冰心曾用笔名"男士"创作了《关于女人》，其在三版自序中这样写道："这几篇东西不是用'冰心'的笔名来写，我可以'不负责任'，开点玩笑时也可以自由一些。"[①] 可见，社会对男性和女性有着不同期待与定位，在文学领域男性常比女性拥有更多"自由"。由于女性与儿童的天然联系以及传统社会性别制约，五四时期女性仍难摆脱"家庭"定位，该时期成人"在男女平等的基础上重新定义'贤妻良母'的标准和内涵"，提倡闺阁之中的新女性或是新贤妻良母。[②] 因此，由于生活经历和社会性别限制，五四时期女性/女性假面译者和男性译者的儿童文学翻译在体裁上虽无明显差异，但题材与主题不尽相同。女性/女性假面译者在翻译选材时大多不会超出"闺阁"范围，偏好日常事物题材作品，其译作主题大多与社会功用无关，多关注儿童情感与成长。简言之，女性/女性假面译者在儿童文学翻译准备阶段就已与男性译者有所不同，其翻译选材体现了当时女性的生活经验与体会。那么，除了上述差异，五四时期女性/女性假面译者翻译中的话语表达与男性译者的是否相同，其翻译能否体现女性生命体验，是否具有鲜明女性意识呢？

二、翻译方法和风格

女性主义译论主张在翻译中彰显女性主义意识，提倡在翻译过程中使用补充、撰写序言、加注和劫持等方法。五四时期，女性/女性假面译

---

① 冰心：《〈关于女人〉三版自序》，收入范伯群《冰心研究资料》，北京出版社，1984年版，第169页。

② 余华林：《20世纪二、三十年代"新贤妻良母主义"论析》，载于《人文杂志》，2007年第3期，第150页。

者的儿童文学翻译以直译为主,但出于对读者,尤其是儿童读者理解能力的考量,大多通过补充、撰写序言、添加注释等方式对文本进行阐释,以便译作被更好地阅读与传播。

安徒生童话在五四时期非常流行,《雏菊》在当时出现一作多译情况,据笔者统计共有 4 种(不计重复发表),即《雏菊花》(CF 女士译,《晨报副刊》,1922 年 12 月 31 日)[①]、《野菊》(白棣译,《民国日报·觉悟》,1923 年 5 月 1 日)、《小菊花》(黄振武译,《新民意报副刊·朝霞》,1923 年 4 月第 4 册)和《雏菊》(调孚译,《文学周报》,1924 年第 135~136 期)。上述译者基本都对原文进行了直译,试比较以下两个译本:

> 现在你们听着!
> 在乡村里,近于路傍的地方,矗立着一所美丽的别墅;无疑的,你一定也曾看见过。前面是一个小小的花园,满是开着的花朵;白色的栅篱,围绕着它的周围。篱笆的旁边,绿茵茵的软草的中央,一棵小小的雏菊生长着。[②]

> 听我讲雏菊花的故事呵!
> 在靠近道旁的村中,有一座避暑的房子——你们一定瞧见过的。前面是一个种满花卉的小园子,用白的木栏围好的;在木栏外面的一条堤上,生满了新鲜的青草,中间长着一棵小小的雏菊花。[③]

第一个译本的译者是徐调孚,其译笔忠实,译文欧化程度较高。"在乡村里,近于路傍的地方,矗立着一所美丽的别墅",此句对应英文为"Out in the country, close by the roadside, there was a country house"[④]。读者几乎可通过译文看到英文对应句式,基本可算"字字准译"。第二个译本的译者是张近芬,其与徐调孚翻译时都在模仿讲故事人的口吻,以便引起读者注意并进入正题。通过比较可见,张近芬具有更清晰的儿童读者意识,翻译时尽量采用"补充"的方法,以使译作便于儿童理解。张近芬不仅在首句补充了童话的主人公"雏菊花",使儿童从

---

① 该译作先后被收入《旅伴》(新潮社,1924 年)和《旅伴及其他》(北新书局,1925 年)。
② 爱徒生:《雏菊》,调孚译,载于《文学周报》,1924 年第 135~136 期。
③ 安兑生:《雏菊花》,CF 女士译,《晨报副刊》,1922 年 12 月 31 日。
④ 安徒生:《小雏菊》,收入安徒生《安徒生童话全集·黄宝石卷(英汉对照版插图本)》,聂静译,陕西师范大学出版社,2005 年版,第 112 页。

开始就能进入理解状态，还将此句的命令语气转换成请求语气，以利于儿童情感接受。此外，原文第二段第一句中的"country house"可直译为"别墅"，指修建在郊区/风景区的、用来居住和休憩的园林住宅，功能大致相当于我国的行宫、山庄、庄园等。徐调孚直接将其译为"别墅"，保存了一定异域风味。但"别墅"这个词是"舶来品"，当时并不为儿童所熟悉，为填补语言及文化差异，张近芬将"country house"的功用补充出来，翻译为"避暑的房子"，更便于儿童理解。另外，在翻译过程中，女性假面译者同样偏好使用"补充"的方法来加深儿童对作品的理解。请看下文：

在辽远的海洋中，水波碧蓝得好像美丽的矢车菊一样，清澈得似同水晶一般。而且是非常的，非常的深，真的有那末的深，简直没有这样长的练索可以去测量她的，就是把许多高高的礼拜堂塔顶一个一个接起来，也不能够从水底达到水面的。在这个幽深的地方，海王和他的人民居住着。①

遥远的大海里，海水像最青的稻花般的青碧，最洁的水晶般的明洁；但那里却是很深，任你用那一条锚缆也测不够；所以假使拿许多礼拜堂底塔顶，一个个依次地高叠起来，怕也不能从海底达到水面。在这底下，便有人鱼们生活着。②

在远处浩瀚的海洋中，水像最可爱的谷花一般蓝，像最皎洁的水晶一般明净，深不见底，从最深处到水面，可以堆起无数座的宝塔，人鱼们就住在那里。③

上述文字来自安徒生《海的女儿》不同译本，试比较译者对"cornflower"（矢车菊）和"church steeples"（教堂尖塔）的不同处理。雪华将其译为"矢车菊"和"礼拜堂塔顶"，顾均正和徐名骥译为"稻花"和"礼拜堂底塔顶"，林兰女士则译为"谷花"和"宝塔"。通过对比可见，将"cornflower"翻译为"稻花"和"谷花"更符合儿童认知水平，毕竟"矢车菊"这种在欧洲很常见的花对其来说太过陌生，难以使我国儿童与原语读者产生相似的阅读效果。对于"church steeples"，只

---

① 安徒生：《小女人鱼》，雪华译，载于《碧浪》，1930年第2卷第4期，第56页。
② 安徒生：《女人鱼》，顾均正、徐名骥译，载于《文学周报》，1924年第105期。
③ 安徒生：《小人鱼》，林兰女士译，载于《晨报副刊》，1924年7月15日。

有林兰女士意译为"宝塔",其余译者均进行直译,保留了原文"礼拜堂"含义。无论是"谷花"还是"宝塔",均能看到林兰女士在翻译时对原文的尽力"补充"。为便于儿童阅读和理解,林兰女士尽量为其补充所需信息,译文也更为通俗明了。当李小峰取下"林兰女士"这一女性假面时,其译文呈现出不同风貌:

> 朗贝尔和冷德莱决意走道世界去找寻他们的佳运。他们的父母都是极贫苦的人,势必不能有给他们度好日子的希望。所以有一春天的清晨,这两个青年便上他们的路了。①

从上述译文可见,当李小峰以男性身份进行翻译时,其更倾向于对原文进行直译,既不再对译文进行"补充",语言也更偏欧化,如文中"这两个青年便上他们的路了",远没有"林兰女士"的翻译那么"接近"儿童。

除对译文进行"补充",女性译者还常通过撰写序言和添加注释的方式来对文本进行"介入",以帮助读者更好地阅读与理解。例如,张近芬翻译《纺轮的故事》时,为便于读者了解孟代、加深对作品的理解,首先在译序中对孟代进行详细介绍,然后谈及其作品文式精巧、"轻淡纤丽"且"富于阴柔的美",并充满"爱的空气"和"想像的精美"。② 张近芬的译序有助于读者在阅读前了解作者/作品,为其进一步感受和体会译作打下了良好基础。高君箴也曾通过添加注释的方式来对译作进行解释和说明。在高君箴译《白雪女郎》中,伊凡和玛利用雪做成了一个女孩子,取名"白雪",整个冬天"白雪"都很快活,但当春天来临时,她渐渐地变得忧愁起来,最后在火堆游戏中,"白雪"融化在了空气之中。高君箴专门在译作末尾添加注释,以便对儿童进行情感疏导:她向儿童解释文中"白雪女郎"象征"冬天的白雪",春天时虽要融化,但"一到冬天还是要来的",因此,无须"悲戚",因为"待至冬天,她便又要到地球上了"。③ 该注释既能促使儿童更好地理解译作,也能帮助其摆脱阅读后的"凄惋之意"。

---

① 孟代:《两枝雏菊》,小峰译,载于《晨报副刊》,1922年4月24日。
② CF女士:《纺轮的故事·译者序》,收入孟代《纺轮的故事》,CF女士译,北新书局,1927年版,第9~12页。
③ 《白雪女郎》,高君箴译,载于《小说月报》,1924年第15卷第2号,第2页。

如上所述，由于女性与儿童天然的亲近关系，其特有情感与经历使之更能设身处地为儿童着想，充分考虑儿童理解能力与内心世界，倾向在翻译中通过撰写序言和加注的方式来对文本进行进一步阐释。女性假面译者在翻译时虽尽量模仿女性译者，但男性生活经历使之与儿童始终保持了一定距离，无法拥有女性译者那么强烈的儿童读者意识。例如，在前面例子中，雪华和女性假面译者"林兰女士"都翻译了《海的女儿》，雪华在译作前专门刊登了文章《写在〈小女人鱼〉之前》，用简单通俗的语言向"亲爱的小朋友"介绍了"善于讲故事"的安徒生及其部分童话，使儿童在阅读前就能对安徒生和《海的女儿》有所了解①；"林兰女士"在翻译时为便于儿童理解，虽尽量对原文信息进行"补充"，但李小峰的男性身份决定其终究无法像雪华那么了解儿童，翻译时并未提前对安徒生及其童话进行介绍②。整体而言，五四时期女性/女性假面译者相较于同时期男性译者而言，具有更明确的儿童读者意识，尽量从儿童阅读习惯和理解能力出发来进行翻译。无论是采用补充、撰写序言还是添加注释的方式，女性/女性假面译者的根本目的都是帮助儿童读者更好地进行阅读和理解。

除上述翻译方法的不同，女性/女性假面译者和男性译者的翻译在语言、句法等层面也各具特色，呈现出不同风格。接下来，笔者将以五四时期王尔德童话的翻译为例来进行论述。王尔德《夜莺与玫瑰》在五四时期有5种译本③，包括一个女性译本，即尺棰（林徽因）的《夜莺与玫瑰》。试比较胡愈之、章洪熙和林徽因译文：

> 他美丽的眼睛充满了泪水哭着说："没有红蔷薇在我那花园里！幸福是靠着这么一件小事呵！一切圣贤人写下的我都读过，一切哲学的秘密我都知道，但没有一朵红蔷薇花，竟会得把我的生活伤坏呢。"④
>
> "没有红玫瑰花在我的花园里！"他喊着，美丽的眼里盛满了眼

---

① 雪华：《写在〈小女人鱼〉之前》，载于《碧浪》，1930年第2卷第4期，第52～55页。
② "林兰女士"和顾均正、徐名骥在翻译《海的女儿》时，均未撰写序言或添加注释。
③ 即《莺和蔷薇》（愈之译，《东方杂志》，1920年第17卷第8号）、《莺与玫瑰花》（杨前海译，《时事新报·学灯》，1921年6月8—9日）、《夜莺和玫瑰》（章洪熙译，《学林杂志》，1921年第1卷第1期）、《莺儿与玫瑰》（穆木天译，收入《王尔德童话》，泰东图书局，1922年）和《夜莺与玫瑰》（尺棰译，《晨报五周年纪念增刊》，1923年12月1日）。
④ 王尔德：《莺和蔷薇》，愈之译，载于《东方杂志》，1920年第17卷第8号，第111页。

泪。"吓,快乐究竟靠着什么小东西呢!我读尽了贤人的著作,什么哲学的神秘我都懂得了,但是因为一枝红玫瑰花,竟弄得我的生活造成这样不幸。"①

青年哭道:"我园中并没有红玫瑰!"他秀眼里满含着泪珠,"呀!幸福倒靠着这些区区小东西!古圣贤书我已读完,哲学的玄秘我已彻悟,然而因为求一朵红玫瑰不得,我的生活便这样难堪。"②

通过文本对比可见,胡愈之和章洪熙译文欧化程度较高,出现多处欧化语句,如"没有红蔷薇在我那花园里"和"没有红玫瑰花在我的花园里",保留了原文语序,读起来十分拗口。林徽因将此句译为"我园中并没有红玫瑰",把原句主语物称转化为人称,更符合我国读者语言习惯,显得自然流畅。此外,林徽因的翻译无论是选词还是造句,都十分优美通顺、朗朗上口,如"古圣贤书我已读完,哲学的玄秘我已彻悟"采用并列句式,相较于胡愈之和章洪熙译文,显得简洁明了,既富于节奏又通顺自然。再看下面一组译文:

一只小绿蜥蜴竖着尾巴在他旁边跑过,问道:"他为什么哭呵?"
一只蝴蝶在太阳光下飞着说:"真的为什么呵?"
一枝延命菊用和缓低弱的声调,向邻居说:"真的为什么呵?"
莺儿说:"他是为着红蔷薇哭。"③

"他为什么哭?"绿蜥蜴问,他用尾巴打旁边走过。
"真的,为什么?"蝴蝶说,他正朝着阳光飞舞。
"真的,为什么?"雏菊花娇娇地低低地对他的邻人说。
"他哭着要一枝红玫瑰花呢,"夜莺说。④

绿色的小壁虎说,"他为什么哭泣?"说完就竖起尾巴从他跟前跑过。

蝴蝶正追着太阳光飞舞,她亦问说"唉,怎么?"金盏花亦向他

---

① Oscar Wilde:《夜莺和玫瑰》,章洪熙译,载于《学林杂志》,1921年第1卷第1期,第1页。
② 奥司克魏尔德:《夜莺与玫瑰》,尺棰译,载于《晨报五周年纪念增刊》,1923年12月1日。
③ 王尔德:《莺和蔷薇》,愈之译,载于《东方杂志》,1920年第17卷第8号,第112页。
④ Oscar Wilde:《夜莺和玫瑰》,章洪熙译,载于《学林杂志》,1921年第1卷第1期,第2页。

的邻居低声探问道"唉，怎么？"夜莺说，"他为着一朵红玫瑰哭泣。"①

章洪熙译本欧化程度非常高，不仅将"说话人"放在话语之后，"真的，为什么？"中"真的"让读者似乎能直接感受到"really""indeed"等对应英文单词。胡愈之和林徽因均将说话主体调整到句首，有效避免了欧化结构，更符合儿童阅读习惯。在胡愈之译本中，"蜥蜴"和"蝴蝶"都有两个先后或者同时发生的动作，"蜥蜴"既要从旁边"跑过"又要提问，"蝴蝶"也是一边飞舞一边提问，这使动作节奏过于紧迫。一般说来，儿童思维方式较为零散，阅读速度和节奏比成人缓慢，难以适应过于紧张的语句节奏。为照顾儿童阅读速度和节奏，林徽因翻译时将连续动作拆分开来，"小壁虎"先说完话再跑开，对于"蝴蝶"则是先描述"飞舞"状态，之后再提问，语言和动作的搭配更为合理，为儿童留下足够的反应与思考时间。总之，相对于同时期男性译者而言，林徽因更能把握儿童阅读心理与习惯，且译笔清新活泼、自然流畅，十分贴近儿童。大多数男性在日常生活中不如女性了解和亲近儿童，因此，在翻译中不如女性"接近"儿童。该时期女性假面译者在翻译儿童文学时，虽尽量模仿女性译者，但在语言、句法层面常不如女性译作那么符合儿童语言习惯和思维方式。例如，雪华、顾均正/徐名骥和林兰女士均翻译了《海的女儿》，其对描述海水很深的语句分别是这样处理的：

而且是非常的，非常的深，真的有那末的深。②

但那里却是很深。③

深不见底。④

通过对比上述译文可见，雪华的翻译十分贴近儿童语言习惯，对"非常"和"深"的反复强调也符合其认知水平与理解能力，整个语句可使儿童备感亲切。而后面两个译本的语言简洁明了，只描述了海水的

---

① 奥司克魏尔德：《夜莺与玫瑰》，尺棰译，载于《晨报五周年纪念增刊》，1923年12月1日。
② 安徒生：《小女人鱼》，雪华译，载于《碧浪》，1930年第2卷第4期，第56页。
③ 安徒生：《女人鱼》，顾均正、徐名骥译，载于《文学周报》，1924年第105期。
④ 安徒生：《小人鱼》，林兰女士译，载于《晨报副刊》，1924年7月15日。

"深",并无多余话语。雪华的翻译更适合儿童,其零散词句符合儿童语言习惯和言说顺序,后面两个译本则更具成人式的系统性与严密性。

如上所述,五四时期女性/女性假面译者大多对儿童文学进行直译,并通过补充、撰写序言和添加注释的方式来进行深入阐释,以便加深儿童理解。除上述翻译方法外,还不应忽视五四时期女性译者翻译过程中对文本的无意识劫持。劫持与补充、撰写序言、加注一样,都是女性主义翻译常见方法,但劫持在五四时期儿童文学翻译中并不常见。当时女性/女性假面译者并未有意识地将文本"女性主义化",以达到特定翻译目的或是使译文显现女性主义特征。但是,由于女性不同于男性的成长经验和体会,女性译者翻译时不可避免地会显现出一些女性特有的生命体验或话语表达,在某种程度上可算对文本进行了无意识劫持。试比较胡愈之、章洪熙和林徽因对"he cried, and his beautiful eyes filled with tears"的翻译[1]:

> 他美丽的眼睛充满了泪水哭着说。[2]
> 他喊着,美丽的眼里盛满了眼泪。[3]
> 青年哭道……他秀眼里满含着泪珠。[4]

在前两个译本中,胡愈之和章洪熙对"beautiful eyes"进行了忠实直译,分别译为"美丽的眼睛"和"美丽的眼"。林徽因在翻译时,女性特有成长经验和体会使之对原文进行了无意识劫持,其译文与男性译者相比,多了一些女性特有的话语表达。"秀眼"多用于形容女性,林徽因在日常生活中接触该词的频率远大于男性,女性特有话语体验使其无意识地对原文进行劫持,将"beautiful eyes"翻译为"秀眼",从而使"青年学生"少了几分阳刚之气,多了一丝阴柔之美。另外,《夜莺与玫瑰》中有一个"青年学生"想象心上人跳舞的场景,胡愈之、章洪熙和林徽因译文分别如下:

---

[1] Oscar Wilde. "The Nightingale and the Rose", in Oscar Wilde, *The Nightingale and the Rose*. Nanjing: Yilin Press, 2014, p. 1.
[2] 王尔德:《莺和蔷薇》,愈之译,载于《东方杂志》,1920年第17卷第8号,第111页。
[3] Oscar Wilde:《夜莺和玫瑰》,章洪熙译,载于《学林杂志》,1921年第1卷第1期,第1页。
[4] 奥司克魏尔德:《夜莺与玫瑰》,尺棰译,载于《晨报五周年纪念增刊》,1923年12月1日。

> 伊跳舞起来这样轻捷，甚至于足不着地。①
>
> 她舞得狠轻飘，她的脚连地板也不贴着。②
>
> 她舞得那么翩翩，莲步都不着地。③

　　胡愈之和章洪熙分别将"her feet"译为"足"和"脚"，两词均为中性，修饰男女皆可。林徽因则将之译为"莲步"，使读者不禁想到女孩小巧的脚与轻盈的舞步，并联想到荷花的芬芳与美丽。此外，林徽因译文中的"翩翩"同样可使读者联想到女孩优美的舞姿和身形，与"莲步"一起为女孩增添了女性之美，还使其舞姿更显生动活泼。作为女性，林徽因有着不同于男性译者的体验和感受，这在翻译中都得以显现出来，其译文比男性译者的更优美自然，且充满女性之美。女性假面译者虽具较强女性意识，且尽量从当时女性社会身份/定位出发，模仿女性译者进行翻译，但由于缺乏女性特有生活经历与体验，"她们"的译作难以呈现上述无意识劫持，缺乏女性特有的生命体验及话语表达。

　　综上所述，在五四时期儿童文学翻译中，女性/女性假面译者与男性译者呈现出一定差异性。首先，女性/女性假面译者与男性译者的儿童文学翻译在题材和主题上存在明显差异，前者偏好日常事物题材作品，主题大多与社会功用无关，后者的翻译选材则更为随性，多从自身喜好或是特定翻译目的出发，且宏大主题居多。其次，该时期女性/女性假面译者拥有较为明确的女性意识，常通过在署名后添加"女士"的方式来突显性别身份，其翻译相对于男性译者的而言，更为温柔细腻、优美自然。最后，由于女性与儿童的紧密关系，女性译者拥有明确儿童读者意识，更能把握儿童阅读心理与习惯，倾向对译文进行"补充"或是为译作撰写序言和添加注释，以促进儿童阅读与理解。值得注意的是，该时期女性假面译者虽具有较强女性意识，且有意从当时女性社会身份/定位出发来模仿女性译者，但"她们"与她们的翻译始终不尽相同：女性假面译者的男性身份使之与儿童始终保持了一定距离，其儿童读者意识不如女性译者明确，翻译时难以完全从儿童阅读习惯和理解能力出发，整体风

---

　　① 王尔德：《莺和蔷薇》，愈之译，载于《东方杂志》，1920年第17卷第8号，第111页。
　　② Oscar Wilde：《夜莺和玫瑰》，章洪熙译，载于《学林杂志》，1921年第1卷第1期，第1页。
　　③ 奥司克魏尔德：《夜莺与玫瑰》，尺棰译，载于《晨报五周年纪念增刊》，1923年12月1日。

格也不如女性温柔细腻和"接近"儿童；另外，该时期女性译者在儿童文学翻译过程中对文本进行了无意识劫持，译文女性色彩较浓，而女性假面译者由于缺乏女性特有生活经历和情感体验，在翻译过程中难以模仿女性译者对文本的无意识劫持，其翻译缺乏女性特有的生命体验及话语表达。无论是出于本能还是特定目的，五四时期女性/女性假面译者的儿童文学翻译已具备一定女性意识，其不同于男性译者翻译的独特风貌，可看作当时女性社会性别在儿童文学翻译领域之映射，在一定程度上揭示了该时期成人对女性的态度及社会/家庭定位。

第三节 女性读者与儿童文学翻译

在本书第二章中，笔者集中论述了五四时期儿童观、赞助者、译者等因素对儿童文学翻译的影响，事实上儿童文学翻译还会受到来自文学系统内/外部若干因素，如意识形态、文学传统、读者等的制约，其中读者对翻译的作用不可小觑。读者并非总是被动接受文学作品，其在阅读过程中可积极填补作品"意义空白"，且其期待视野以及与编辑（当时很多报刊都设有"读者通信"等相关栏目）、译者的互动，对翻译题材、体裁、语言、价值取向等均会产生重要影响，因此，笔者将在本节中针对女性这一特殊读者群体展开讨论。

晚清以来，我国女学兴盛，主要包括教会女学和自办女学：截至1926年，基督教小学有女学生5779人，而天主教女子小学有568所，学生多达27399人[①]；另外，据《光绪三十三年份第一次教育统计图表》显示，除吉林、甘肃和新疆三省外，全国各省共有女子学堂428所，学生多达15496人[②]。1907年，清政府颁布《学部奏定女子小学堂章程》和《学部奏定女子师范学堂章程》，自此我国女性受教育权利获得法律认可，而民国初期"壬子癸丑学制"的实施不仅扩大了女性受教育范围，更是延长了其受教育年限，使我国能够识文断字的女性不断增加，女性受教

[①] 乔素玲：《教育与女性：近代中国女子教育与知识女性觉醒（1840—1921）》，天津古籍出版社，2005年版，第19页。

[②] 转引自乔素玲：《教育与女性：近代中国女子教育与知识女性觉醒（1840—1921）》，天津：天津古籍出版社，2005年版，第29页。

育水平得到大幅提高。①

由于女性文化水平的迅速提升，五四时期知识女性成为不可忽视的阅读群体。该时期不仅有《女铎》《妇女杂志》《民国日报·妇女评论》《晨报副刊·家庭》《妇女时报》《青年妇女》等专门面向女性读者群体的报刊，《小说月报》《东方杂志》《晨报副刊》等主流报刊也拥有众多女性读者。那么由于性别差异，五四时期女性读者对儿童文学翻译是否有特殊影响，其对儿童文学翻译的接受又与男性读者有何异同呢？

一、女性读者对翻译的制约②

每个读者都具有特定"期待视野"③，即"阅读前就已经存在的意向"，该意向不但"决定了读者对所读作品的内容和形式的取舍标准"，而且决定其"阅读的重点"和"对作品的基本态度与评价"④。为保证译作销售与传播，译者和编辑在进行翻译及编辑策划时必须将预期读者的"期待视野"纳入考虑范畴，"关注作品能否被读者理解和接受"⑤。因此，对预期读者"期待视野"的假设会直接影响译者在题材、体裁、主题等方面的选择，进而影响译作最终形态。

"期待视野"包括文学与生活"期待视野"，前者主要指对文学形式、类型、主题、风格、语言的审美经验，后者则是对社会、历史、人生的生活经验。⑥ 由于审美体验、生活经验及社会角色定位不同，女性和男性读者的"期待视野"必然会呈现一定差异。五四时期，成人已经意识到女童和男童具有不同的文学"期待视野"：茅盾在介绍海外儿童文学作品时，就提出可以按照书中趣味"分做给女孩子看的与给男孩子看的两

---

① 黄书光：《变迁与转型：中国传统教化的近代命运》，上海教育出版社，2014年版，第236页。

② 五四时期，很多报刊都开辟了"读者通信""读后感"等栏目，刊登了不少翻译相关文章，但只有极少部分提及儿童文学翻译，其中来自女性的此类文章更是少见，所以，要寻觅该时期有关儿童文学翻译的女性读者来信，并讨论其对译者、编辑之影响十分困难。但是，该时期大量存在的女性读者无疑会对编辑和译者的决策产生重要影响，这是无法回避的问题。笔者接下来准备探讨女性读者对儿童文学翻译的制约，此处女性读者主要指预期读者，而非实际阅读文本的女性读者。

③ 又称"期待视域"或"期待视阈"。

④ 陈惇、孙景尧、谢天振：《比较文学》，高等教育出版社，1997年版，第475页。

⑤ 陈惇、孙景尧、谢天振：《比较文学》，高等教育出版社，1997年版，第475页。

⑥ 祝朝伟：《当代西方文论与翻译研究》，南京大学出版社，2014年版，第230~231页。

类"①;该时期已出现专门面向女童的儿童文学译作,如《女子童话集》②、"妇女丛书"中的儿童文学译作③以及针对女学生的译作④;此外,部分译作还明确标注适合女性阅读,如《秘园》标题旁写有"闺秀亦可披览"⑤。如上所述,成人已认识到性别对儿童阅读的影响,但由于当时刚"发现"儿童不久,成人对其认识并不深入,且低幼儿童社会性别不明晰,大多数儿童文学译作并未对读者性别有所指向。此外,儿童购买能力较弱,出版社、报刊大多未将其纳入销售考量,因此,当时儿童性别对翻译的影响十分有限。相较于儿童,成年女性不仅社会性别清晰,且具有较强购买力,其对儿童文学翻译的影响反而更大,所以,在本节中笔者主要论述成年女性读者对儿童文学翻译的制约与接受。

五四时期,成人虽"发现"妇女并提出树立新时代女性形象,但由于女性与儿童的天然联系及传统社会性别影响,该时期女性仍难摆脱"家庭"定位。例如,《女铎》上的《妇孺适用书目》中曾列出各类适合妇女阅读的书籍,包括《理家要录》《家学集珍》《妇女之天职》《养小儿法》《教子准绳》等,在对《妇女之天职》的介绍中直言此书多涉及"居家之责任"⑥。可见,该时期女性社会性别清晰,主要定位为"家庭"。因此,五四时期译者和编辑对预期女性读者"期待视野"的设定不同于对男性读者,其中多出于儿童及家庭相关考量,这使女性报刊的儿童文学译作呈现出不同于普通报刊之独特风貌。

首先,女性报刊的儿童文学译作数量一般多于普通报刊,请看表5-5:

表5-5 五四时期部分报刊儿童文学译作数量统计⑦

刊名	晨报副刊	晨报副刊·家庭	东方杂志	妇女杂志	民国日报·觉悟	时事新报·学灯	小说月报
总数	69	28	24	89	63	30	96

在上述报刊中,《小说月报》《晨报副刊》《民国日报·觉悟》《时事新报·学灯》均是五四时期文学译介重地,其中《小说月报》更是文学

---

① 沈雁冰:《海外文坛消息》,载于《小说月报》,1924年第15卷第1号,第2页。
② 唐小圃编撰,其中包括格林童话、安徒生童话等。
③ 如"妇女丛书"中的《爱性的玛莉》(上海福幼报馆译,广学会,1923年)。
④ 如《贤妻模范》和《四姊妹》。
⑤ 《秘园》,许之业、周兆桓译,载于《女铎》,1917年第6卷第9期,第40页。
⑥ 亮乐月:《妇孺适用书目》,载于《女铎》,1917年第6卷第6期,第61页。
⑦ 该统计仅选取了五四时期部分发行量大且关注儿童文学翻译的成人报刊。

研究会"儿童文学运动"的主要阵地。《东方杂志》是发行量较大的综合性杂志,关注儿童与教育,而《妇女杂志》和《晨报副刊·家庭》则专门面向女性读者。从表5—5统计可见,该时期刊登儿童文学译作最多的报刊为《小说月报》《妇女杂志》和《晨报副刊》,其中《妇女杂志》儿童文学译作数量以微弱差别排在《小说月报》之后,但远超过《东方杂志》《时事新报·学灯》等报刊。该时期,《小说月报》和《晨报副刊》译介了大量外国文学作品,儿童文学译作仅为其大规模译介中的一小部分。与之不同的是,《妇女杂志》关注重点并非外国文学,但其儿童文学译作数量却排在第二,在其刊登的译作总数中占比颇多,远高于该时期的《小说月报》和《晨报副刊》。这与《妇女杂志》对预期女性读者的"家庭"定位密不可分。《妇女杂志》虽主要针对成年女性读者,但在翻译与编辑策划时,也将儿童纳入考虑范畴。请看下文:

> 上两期讲的童话。都是譬喻。第一篇猿尾钓鱼记。是教儿童不可无故侵害他人。若然如此。就要害人自害。像老猿受狐的报复一样。第二篇鹭与蟹。是教人不可贪心不足。像鹭既吃了鱼。还想去吃蟹。就要一命呜呼。并教人须知自立。若是学那池中的鱼。托身匪类。减种杀身之祸。就不远了。如今且再讲一件故事出来。虽然与前两篇的宗旨不同。却也是儿童应该晓得的常识。倘家庭妇女。能够把这些故事常常讲给儿童听听。也是很有趣味的。①

《妇女杂志》专门开设了"家庭俱乐部",其中"黑夜明星"栏目通过故事和图片形式向儿童介绍国外知识,上述引用是该栏目导入部分的文字。无论是从"家庭俱乐部"专栏的开设,还是上述导入性文字,均可看出《妇女杂志》译者和编辑在进行策划时,并未忘记妇女的"家庭"定位及其"身旁"的儿童,希望"家庭妇女"能够把杂志上刊登的儿童文学译作"常常讲给儿童听听",以便使其从中获得乐趣及"应该晓得的常识"。正是由于对预期读者的"家庭"定位,《妇女杂志》在考虑儿童阅读需求的基础上,刊登了大量儿童文学译作,期望"儿童在家无事"时,女性能够"为之讲述有益之童话"。②《晨报副刊·家庭》虽非五四时期文学译介重地,但出于对儿童的考量,其仍登载了不少儿童文学译

---

① 西神:《黑夜明星》,载于《妇女杂志》,1917年第3卷第4号,第6~7页。
② 乌蛰庐:《猿尾钓鱼记·记者附识》,载于《妇女杂志》,1917年第3卷第2号,第10页。

作，不仅数量超过《东方杂志》，即使与重视文学译介的《时事新报·学灯》比较也相差无几。可见，由于对预期读者社会定位不同，女性读者性别因素对报刊儿童文学译作数量产生了巨大影响。

其次，预期读者性别还对儿童文学翻译体裁有着深刻作用，请看表5-6：

表5-6 五四时期部分报刊儿童文学译作体裁统计

刊名	体　　裁						
	童话	故事	寓言	小说	诗歌	戏剧	其他
儿童世界	120	140	34	14	3	8	22
学生杂志	12	19	5	36	31	7	26
妇女杂志	59	19	5	2	0	2	2
晨报副刊·家庭	21	4	1	1	0	1	0
晨报副刊	42	17	0	0	1	6	3
小说月报	44	8	33	1	2	2	6

在表5-6中，笔者对几种主流报刊儿童文学译作的体裁进行了分类和统计。《儿童世界》和《学生杂志》都主要面向儿童读者，但其预期读者年龄差距较大，前者主要面向"初小二三年及高小一二年级"的学生，后者则主要针对中学生。[①] 各年龄段儿童拥有不同阅读需求，一般说来，"年级小一点的儿童，爱听故事，大一点的，爱看小说"[②]。因此，预期读者年龄差别导致《儿童世界》和《学生杂志》译作体裁差异较大：前者以童话和故事为主，后者则多为小说与诗歌。《晨报副刊》和《小说月报》上的儿童文学译作以童话居多：《晨报副刊》主要刊登爱罗先珂童话和安徒生童话，前者含义颇深，不适合低幼儿童，后者主要用于推广"小儿说话"般的白话文，以及阐释/传播"儿童本位"儿童观；《小说月报》则以安徒生童话为主，目的与《晨报副刊》大致相同。简言之，五四时期各大报刊均积极译介儿童文学，但大多不是为了愉悦儿童或是满足其阅读需求，而是带有特定翻译目的，如张若谷在《小说月报》上连载20余篇拉风丹纳（拉封丹）寓言，但其并非完全"为儿童"，而是认为"寓言是为一切众人的，不是单为儿童或一部份文艺爱好者"，建议将

---

① 郑振铎：《儿童世界宣言》，载于《妇女杂志》，1922年第8卷第1号，第134页。
② 严既澄：《儿童文学在儿童教育上之价值》，载于《教育杂志》，1921年第13卷第11号，第59页。

寓言作为"社会上和家庭里的伯伯妈姆们"的"镜鉴"以及"老公公老婆婆们"的"修心养神的人生经"①；《语丝》上刊登《朝鲜传说》既是出于对"朝鲜艺术的敬意"，也是希望在"本国文化研究上可以供给不少帮助"②。《妇女杂志》和《晨报副刊·家庭》预期读者主要为女性，其"家庭"定位使编辑不得不考虑儿童阅读需求。一般说来，需要听成人讲故事的儿童年龄偏小，因此，女性报刊上刊登的儿童文学译作更适合低幼儿童。通过对比可见，上述两种报刊所登译作体裁与《儿童世界》十分相似，以适合低幼儿童的童话与故事为主。简言之，预期读者不以女性为主的报刊，一般不会将儿童纳入考虑范畴，其儿童文学译介目的也较为多元化，大多并非"为儿童"，女性报刊上的儿童文学译作则较为符合低幼儿童阅读趣味，以童话和故事为主，可见，报刊预期读者性别对儿童文学翻译体裁作用明显。

最后，预期读者性别对翻译语言风格也有一定影响。由于女性报刊预期读者的"家庭"定位，此类报刊不得不把儿童考虑进去，拥有较为清晰的儿童读者意识。例如，《妇女杂志》上的《动物报仇谈》（1917年第3卷第6号）、《英兵与雀》和《石》（1917年第3卷第12号）在译作标题旁均标注"童话"，但实际上前两则是故事，后一则为寓言。此处的"童话"应与孙毓修《童话》丛书题目意思相近，意为"童子之话"，相当于"儿童文学"，是专门为儿童提供的文学作品。此外，由于女性"身旁"听故事的儿童大多年纪较小，女性报刊上儿童文学译作尽量避免了欧化语句，显得简洁流畅。试比较下列译本：

从前有一个年老的诗人，性情非常和善。一天晚上，他坐在屋子里；外边天气可怕得很，雨如泻一般。他静悄悄的坐在火炉旁边，炉中火光炽发，上面烘着苹果。③

有一位老诗翁，他实在是一位良善而诚实的老诗翁。一天黄昏时候，他很安静底，坐在家中，天下大暴风雨。雨落地飞流，但是，这位诗翁，坐在屋角下，火炉边，温暖而安适，在那儿火光煊赫，

---

① 张若谷：《拉风歹纳寓言序》，载于《文学周报》，1926年第207期，第302~303页。
② 《朝鲜传说》，开明译，载于《语丝》，1925年第28期。
③ 安徒生：《顽童》，学勤译，载于《妇女杂志》，1921年第7卷第3号，第52页。

苹果焙的发嘶声。①

通过文本对比可见，《妇女杂志》上的译文比《青年友》的更符合儿童语言习惯，如"年老的诗人""雨如泻一般"比"老诗翁""雨落地飞流"显得口语化，更接近"小儿说话"语气。在老人烤苹果场景中，两个译本分别使用了动词"烘"和"焙"，明显"烘着苹果"比"焙"苹果更常见且自然。此外，《青年友》译本中的"这位诗翁，坐在屋角下，火炉边，温暖而安适"等语句，欧化痕迹明显。简言之，《妇女杂志》刊登儿童文学译作主要是为了让女性读给儿童听，具有明确的儿童读者意识，此类译作符合低幼儿童阅读心理与习惯，语言简洁易懂、浅而有味；《青年友》上的译作主要面向青年读者，译介目的"不但在输入新的内容，也在输入新的表现法"，因此，欧化句式较多②。总之，预期读者性别不仅影响报刊译介儿童文学的规模，还对其体裁、语言等有着制约作用。由于五四时期成人对女性的"家庭"定位，很多女性报刊都积极登载儿童文学译作，这些作品以低幼儿童喜欢的童话和故事为主，语言自然流畅、通俗易懂。

二、女性读者对翻译的接受

读者在阅读前就已拥有较为个性化的"期待视野"，这注定其对同一文学作品的看法与感受不尽相同（详见图5-1）。处于"真空"之中的"理想"读者或是绝对"客观"的阅读并不存在，在实际阅读过程中，由于"期待视野"不同，读者对文学作品的接受非常个性化。如图5-1所示，在"期待视野"影响下，读者对同一文学作品的看法与接受也形态各异。读者在阅读过程中常积极调动想象及已有阅读经验，对文本"意义空白"或是"未定点"进行补充，进而使文学作品被"具体化"，为其打上自身特有"烙印"。③ 由性别带来的差异，如女性和男性不同的生活经验、阅读体验、感受力等均会对"期待视野"产生作用，进而影响整个阅读过程，使不同性别读者对文学作品的内容、形式等持不同态度。例如，赵景深和周作人不仅喜爱安徒生童话与格林童话，还认为其对民

---

① 安迪生：《顽孩》，汉如译，载于《青年友》，1926年第6卷第2期，第75页。
② 鲁迅：《关于翻译的通信（并J.K.来信）》，收入《二心集》，人民文学出版社，2006年版，第205页。
③ 陈惇、孙景尧、谢天振：《比较文学》，高等教育出版社，1997年版，第475页。

俗学"有益",可为学术研究提供帮助;而情感细腻的女性在童话中更多得到的是情感上的慰藉与共鸣,认为格林兄弟《六只天鹅》是"那样的感动人",而在阅读安徒生《野天鹅》时,又"忍不住为小艾丽莎的不幸遭遇焦虑"①。

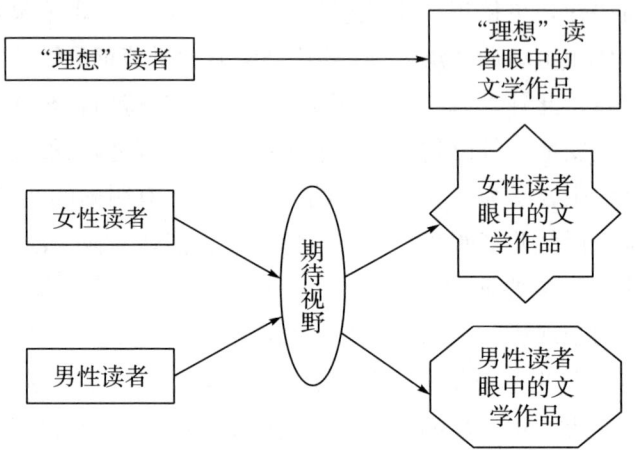

图5-1 不同读者的"期待视野"

性别差异使女性拥有不同于男性的"期待视野",女性读者温柔的性情、丰富的情感以及与儿童天然的亲近关系,无疑会使其文学接受异于男性读者。但是,由于史料限制,很难考证五四时期普通女性读者对儿童文学翻译的接受情况。笔者搜集了该时期报刊上很多关于儿童文学译作的读后感,如《读〈诚实的牧羊人〉》②、《读〈妖怪与糖果〉》③、《读〈红的花〉》④、《读〈桃色的云〉》⑤、《读爱罗先珂〈古怪的猫〉》⑥等。此类文章基本都有署名,但由于作者为普通读者,未能找到更多相关信息,因而难以确定其性别,较难进一步系统考察该时期普通女性读者对儿童文学翻译之接受情况。因此,在接下来的部分,笔者以女性作者这一特殊读者群体为切入点,从文学作品、回忆录等出发来论述其对儿童文学翻译的接受。

---

① 葛翠林:《我喜爱儿童文学》,收入叶圣陶等《我和儿童文学》,少年儿童出版社,1980年版,第340页。
② 陈汝德:《读〈诚实的牧羊人〉》,载于《少年》,1924年第14卷第9期。
③ 云阶:《读〈妖怪与糖果〉》,载于《少年》,1924年第14卷第9期。
④ 刘一声:《读〈红的花〉》,载于《学生杂志》,1923年第10卷第12号。
⑤ 国钧:《读〈桃色的云〉》,载于《晨报副刊·文学旬刊》,1924年第31期。
⑥ 东杰:《读爱罗先珂〈古怪的猫〉》,载于《民国日报·觉悟》,1922年1月10日。

五四时期，从事儿童文学相关工作的女性有凌叔华、陈衡哲、冰心、林徽因等，前三人均创作过儿童文学作品，如《小哥儿俩》《搬家》《小雨点》《西风》《繁星·春水》《小橘灯》等，林徽因则翻译过王尔德《夜莺与玫瑰》。凌叔华、陈衡哲和林徽因均未在文学作品或相关文章中提及过儿童文学翻译对自身创作的影响，因而难以考证其对儿童文学翻译之接受情况。与上述三人不同，冰心常在其文章或访谈中提及郑振铎翻译的泰戈尔诗歌①对自己小诗创作之积极作用。因此，笔者以冰心为个案来考察我国女性读者对翻译的接受情况，并通过对比冰心、郭沫若、王统照、徐志摩等人对泰戈尔诗歌接受之异同，来进一步探讨女性读者对儿童文学翻译接受之独特性。

五四时期，泰戈尔在我国影响力巨大，其"在中国，不仅已得普遍的知名，竟是受普遍的景仰。问他爱念谁的英文诗，十余岁的小学生，就自信不疑的答说太戈尔。在新诗界中，除了几位最有名神形毕肖的太戈尔的私淑弟子以外，十首作品里至少有八九首是受他直接或间接的影响的。这是很可惊的状况，一个外国的诗人，能有这样普及的引力"②。泰戈尔在当时不仅深受读者喜爱，还对我国新诗创作起到了积极推动作用，如郭沫若、王统照、徐志摩、冰心等人的创作均受其影响。在"期待视野"限制下，郭沫若、王统照等男性读者主要将目光投向泰戈尔诗歌的韵律与形式，希望从中学习"新的表现法"；冰心却不太关心新诗文体建构问题，女性独特的细腻情感使之对日常琐事十分敏感，对泰戈尔诗歌形式的关注更多是出于记录零散感受之需求。此外，王统照和冰心均深受泰戈尔"爱的哲学"之影响，王统照诗歌中不仅洋溢着对自然和生活的热情，还充满了哲思与人道主义关怀；冰心则更为关注妇女和儿童，创作中虽也展现出对大自然的热爱，但更多的是对母爱的讴歌以及对儿童的喜爱。

在创作《女神》和《星空》前，郭沫若阅读和创作的主要是"旧诗"，其中"五、七绝或律诗"居多③。郭沫若是较早受泰戈尔影响的诗人之一，最早接触的是《新月集》中的"《岸上》（On the Seashore），《睡眠的偷儿》（Sleep-Stealer）和其它一两首"，之后还将《园丁集》《吉檀迦利》《暗室王》等"如饥似渴地买来读了"，上述诗歌"没有韵脚"，

---

① 五四时期，泰戈尔诗歌被成人当作儿童文学对待，详见第四章第三节的第二部分。
② 徐志摩：《太戈尔来华》，载于《小说月报》，1923年第14卷第9号，第1页。
③ 蒲风问、郭沫若答：《郭沫若诗作谈》，载于《现世界》，1936年第1卷第1期，第52页。

呈"两节，或三节对仗"，显得十分"清新和平易"①。泰戈尔诗歌不如我国古典诗词崇尚格律，也异于郭沫若以往所读过的外国诗歌，这使之感到"吃惊"，进而对其诗歌创作产生了巨大影响。请看《偷睡眠者》（即《睡眠的偷儿》）中的前几句：

Who stole sleep from baby's eyes? I must know.

Clasping her pitcher to her waist mother went to fetch water from the village near by.

It was noon. The children's playtime was over; the ducks in the pond were silent.

The shepherd boy lay asleep under the shadow of the banyan tree.

The crane stood grave and still in the swamp near the mango grove.

In the meanwhile the sleep-stealer came and, snatching sleep from baby's eyes, flew away. ②

谁从孩子的眼里把睡眠偷了去呢？我一定要知道。
母亲把她的水罐捧在腰间，到近村处汲水去了。
这是正午的时候。孩子们游戏的时间已经过去了；池中的鸭子沉默无声。
牧童躺在榕树的荫下睡着了。
白鹤庄重而静定的立在檬果树边的泥泽里。
就在这个时候，偷睡眠者便来了，他从孩子的两眼里捉住睡眠，便飞去了。③

从上述文字可见，泰戈尔诗歌重在意的传达、境的营造，对韵律或节奏并无特别强调，散文化倾向明显，与我国格律严谨、对仗工整之"旧诗"形成鲜明对比。风格独特的泰戈尔诗歌很快就将郭沫若"迷着

---

① 郭沫若：《我的作诗的经过》，载于《质文》，1936年第2卷第2期，第25页。
② Rabindranath Tagore. "Sleep-Stealer", in Rabindranath Tagore, *Selected Poems of Rabindranath Tagore*. Shenyang: Liaoning People's Publishing House, 2013, p. 70.
③ 太戈尔：《偷睡眠者》，收入太戈尔《新月集》，郑振铎译，商务印书馆，1923年版，第8页。

了"，并给予其极大冲击，此类影响在郭沫若早期诗歌创作中有明显体现①。请看下列诗句：

> 儿呀！你快看那一海的银波。
> 夕阳光里的大海都被新磨。
> 儿呀！你看那西方的山影罩着纱罗。
> 儿呀！我愿你的身心象海一样的光洁山一样的清疏！②

这首《抱和儿浴博多湾中》写于1919年，是郭沫若早期创作之一。郭沫若在该诗前三句写景用一韵，最后一句抒情另用一韵，以抒情为主，虽保留部分"旧式的格调"，但"仔细研究过太戈尔的人"还是能从中看出"太戈尔的影响是怎样地深刻"。③ 整体而言，郭沫若的诗歌已呈现出一定散文化倾向，不再遵循"旧诗"的严谨格律与对仗，该趋势在其之后创作中更为明显。请看下文：

> 小小的婴儿，
> 坐在檐前欢喜，
> 拍拍着两两的手儿，
> 又伸伸着向天空指指。
>
> 夕阳的返照，
> 还淡淡地晕着微红。
> 原来是黄金的月镰，
> 业已现在西空。④

这首《新月》仍为郭沫若"泰戈尔式"创作时期作品，与《抱和儿浴博多湾中》相比，该诗中泰戈尔"痕迹"更加明显。《新月》文字轻淡简短，充满对自然及儿童的喜爱，诗歌中"新月"与"婴儿"相映成趣，显示出诗人对新生与未来的向往和追求。此外，该诗在摆脱"旧诗"形

---

① 郭沫若：《序我的诗》，载于《中外春秋》，1944年第2卷第3/4期，第10页。
② 郭沫若：《抱和儿浴博多湾中》，收入邓牛顿、匡寿祥《郭老与儿童文学》，河南人民出版社，1980年版，第19页。原载1919年9月11日《时事新报·学灯》。
③ 郭沫若：《我的作诗的经过》，载于《质文》，1936年第2卷第2期，第25页。
④ 郭沫若：《新月》，载于《创造》，1922年第1卷第1期，第127~128页。

式束缚的同时，叙事性和散文化倾向也有所加强。总之，作为新文学的积极建构者，郭沫若非常关注新诗在韵律、对仗等方面的突破与创新，因此，泰戈尔诗歌对其的影响也主要体现在诗歌韵律、形式等层面。除郭沫若外，泰戈尔诗歌还直接或间接地影响了一大批现代诗人，其中"最有名神形毕肖的太戈尔的私淑弟子"当属冰心，其"繁星格"和"春水体"都与泰戈尔诗歌影响密切相关。[①] 泰戈尔诗歌虽对郭沫若和冰心的诗歌形式都产生过深刻影响，但由于性别身份不同，二者对于泰戈尔诗歌形式的接受也有所不同。

冰心曾在文章中多次承认泰戈尔诗歌对自己创作的影响，如在《〈繁星〉自序》中写道："1919年的冬夜，和弟弟冰仲围炉读泰戈尔 R. Tagore 的《迷途之鸟》（Stray Birds），冰仲和我说：'你不是常说有时思想太零碎了，不容易写成篇段么？其实也可以这样的收集起来。'从那时起，我有时就记下在一个小本子里"[②]；在《我是怎样写〈繁星〉和〈春水〉的》一文中，冰心也提及《飞鸟集》对自身创作的影响："我偶然在一本什么杂志上，看到郑振铎译的泰戈尔《飞鸟集》连载……这集里都是很短的充满了诗情画意和哲理的三言两语。我心里一动，我觉得我在笔记本的眉批上的那些三言两语，也可以整理一下，抄了起来"[③]。在郑译泰戈尔诗歌的影响下，冰心为了将自己"零碎"的思想收集起来，便开始创作小诗。由此可见，冰心对泰戈尔诗歌形式的接受不同于郭沫若，其对形式的关注是出于自身独特的写作需求，即记录日常生活中"三言两语"式的所思所感，而此类写作需求又与女性细腻情感密不可分。

从上文《偷睡眠者》可见，郑振铎译文相当忠实，非常完整地保留了泰戈尔诗歌"没有韵脚""两节，或三节对仗"等特点。然而，冰心在初遇泰戈尔诗歌时，却并未如郭沫若一样对此感到"吃惊"，其女性身份使其"期待视野"不同于郭沫若，从而令其对泰戈尔诗歌的接受也异于男性读者。冰心从译诗中体会得更多的是"诗情画意"及"哲理"，而泰戈尔诗歌的"三言两语"也与其平时记录在笔记本眉批上的文字十分相似，上述情感与形式共鸣使之不禁想到用同样的方式将自己"零碎"的思想记录下来。冰心进行小诗创作时，大多数时候"并不是有意识地在

[①] 徐志摩：《太戈尔来华》，载于《小说月报》，1923年第14卷第9号，第1页。
[②] 冰心：《〈繁星〉自序》，收入范伯群《冰心研究资料》，北京出版社，1984年版，第131页。
[③] 冰心：《我是怎样写〈繁星〉和〈春水〉的》，收入范伯群《冰心研究资料》，北京出版社，1984年版，第156~157页。

写诗",而是为了记录"随时随地的感想和回忆"①。请看下列诗句:

二:
童年呵!
是梦中的真,
 是真中的梦,
 是回忆时含泪的微笑。

一五:
小孩子!
你可以进我的园,
 你不要摘我的花——
看玫瑰的刺儿,
 刺伤了你的手。

一一一:
南风吹了,
将春的微笑
 从水国里带来了!②

  从上述小诗可见,冰心作品主要用于描写个人感受或生活琐事,如对童年和春天的感悟与体会、对"小孩子"的殷切叮嘱等。作为一个爱思考且具有丰富想象力的女性,冰心平时有很多散漫的思绪及"想起很亲切很真实的情景",由于"舍不得丢掉",需用特定方式将之记录下来。③ 在此情形下,泰戈尔诗歌的"三言两语"式书写与冰心的"期待视野"不谋而合,因此,冰心初遇泰戈尔诗歌时并未感到"吃惊"而是觉得欣喜,庆幸眉批上的"三言两语"终于有办法"整理"出来。
  如上所述,冰心对泰戈尔诗歌形式的接受不同于五四时期的男性作者,不仅如此,其对泰戈尔诗歌中"爱的哲学"的接受同样与男性作者有别。王统照是受泰戈尔影响最深的现代作家之一,认为泰戈尔是

---

 ① 冰心:《我是怎样写〈繁星〉和〈春水〉的》,收入范伯群《冰心研究资料》,北京出版社,1984年版,第156~157页。
 ② 冰心:《繁星·春水》,云南人民出版社,2016年版,第4、9、72页。
 ③ 冰心:《我是怎样写〈繁星〉和〈春水〉的》,收入范伯群《冰心研究资料》,北京出版社,1984年版,第156页。

"'爱'的伟大的讴歌者","爱"能够将"太戈儿思想及其作品的全体表出"①。在泰戈尔诗歌影响下,王统照的作品中也处处充满"爱的哲学"。请看下列诗句:

> 燕子斜飞的来到,
> 静静的小院里,便添了多少动的生机。
> 照影在流水的池中,
> 却将平淡的波纹映碎。②

> 汲水的妇人,
> 用尽工作的气力,
> 担水行来,
> 水面上浮漾着一朵小花。
> 她努力保持着水的平度,
> 花已萎败了:
> 她不曾弃却。③

无论是燕子为小院增添的"生机",还是水面上浮着的"小花",读者都可从字里行间感受到诗人对自然与生活的热爱。诗歌中小院的"静"与燕子的"动"、小花的"浮漾"与水的平衡形成鲜明对比,相映成趣且充满哲思。此外,王统照对汲水妇人的关注与书写,充满人道主义关怀,带有不可磨灭的泰戈尔"印记"。

冰心成长于美满和谐的家庭,生活中时刻充满"爱",这使之对"爱"有着全面而深刻的体会。此外,冰心对母亲的依恋和对弟弟们的喜爱,同样有助于其对"爱的哲学"之接受。泰戈尔诗歌中虽充满对祖国、自然、妇女和儿童的"爱",但由于独特的生活经历和情感体验,冰心在泰戈尔诗歌中感受得更多的为"对于妇女的同情和对于儿童的喜爱",并

---

① 王统照:《太戈儿的思想与其诗歌的表象》,载于《小说月报》,1923年第14卷第9号,第5、14页。
② 王统照:《小诗七十六首·二十二》,收入王统照《童心》,浙江文艺出版社,1997年版,第86页。
③ 王统照:《小诗七十六首·四十一》,收入王统照《童心》,浙江文艺出版社,1997年版,第93页。

主动将其融入创作。① 冰心作品虽饱含对祖国和自然的热爱，但更多洋溢着对母爱的讴歌以及对儿童的喜爱。请看下文：

三三：
母亲呵！
撇开你的忧愁，
　容我沉酣在你的怀里，
　只有你是我灵魂的安顿。

一五九：
母亲呵！
天上的风雨来了，
　鸟儿躲到它的巢里；
心中的风雨来了，
　我只躲到你的怀里。②

从以上两首诗歌中，读者可感受到冰心对母爱的讴歌以及对母亲的依恋，母亲的怀抱既是其灵魂安顿之处，又是能够躲风避雨的港湾，母爱的神圣和无私跃然纸上。此外，冰心诗歌中同样充满对儿童的喜爱与赞美之情：

四：
小弟弟呵！
我灵魂中三颗光明喜乐的星。
温柔的，
　无可言说的，
　　灵魂深处的孩子呵！

三五：
万千的天使，
　要起来歌颂小孩子；
小孩子！

---

① 冰心：《〈泰戈尔诗选〉译者序》，收入姜景奎《中国学者论泰戈尔（上）》，阳光出版社，2011年版，第152页。
② 冰心：《繁星·春水》，云南人民出版社，2016年版，第15、62页。

> 他细小的身躯里，
> 含着伟大的灵魂。①

在第一首诗中，冰心把弟弟们比作灵魂里的星星，并将其珍藏在"灵魂深处"。对于冰心而言，弟弟们代表了"光明喜乐"，对弟弟的喜爱之情使其爱屋及乌，开始"歌颂"广大儿童，认为儿童"细小的身躯"中有着"伟大的灵魂"。此外，冰心在《寄小读者》中同样直抒胸臆，反复对母爱和童心进行深情赞美与讴歌。

由于读者性别不同，其"期待视野"常存在极大差距。冰心的女性身份使其对泰戈尔诗歌形式及"爱的哲学"之接受异于郭沫若、王统照等男性读者。冰心对泰戈尔诗歌形式的接受是出于书写自身思想与情感的需要，而对"爱的哲学"的关注则主要是因为讴歌母爱和赞美儿童的需求，这均与冰心性别身份及其独特女性情感/体验密不可分。总之，读者性别身份对五四时期儿童文学翻译有着明显制约作用：女性读者的"家庭"定位使女性报刊上儿童文学译作数量多于普通报刊，体裁以低幼儿童喜欢的童话与故事为主，语言简洁明了、流畅通顺；另外，性别因素同样不可避免地影响着读者的"期待视野"，进而使不同性别读者对儿童文学翻译的接受截然不同。

综上所述，五四时期引进了许多原作者为女性的儿童文学作品，但是此类作品大多较为"中性化"，无论是题材、内容还是创作目的均无明显女性意识或生活体验，读者仅能从署名中窥见其"女性"身影。相对而言，该时期女性/女性假面译者的儿童文学翻译呈现出一定女性意识，不仅翻译题材和主题与当时的男性译者不同，还通过在署名后添加"女士"的方式来突出自身女性身份；并且，其译笔简洁流畅，部分作品还体现了女性特有的温柔与优美；此外，作为拥有一定规模的读者群体，女性读者的性别身份对儿童文学翻译的生成与接受也有着巨大作用。简言之，随着五四时期"妇女的发现"，女性的知识水平和社会地位不断提高，其在翻译活动中也更为活跃。由于与儿童的天然联系，女性在五四时期儿童文学翻译中扮演着越来越重要的角色，从性别视角展开该时期儿童文学翻译研究有着特殊意义与价值。

---

① 冰心：《繁星·春水》，云南人民出版社，2016年版，第5、16页。

第六章 美学视角下的五四时期儿童文学翻译

　　无论是在西方还是中国,翻译与美学之关系均源远流长。西方翻译理论最初通过依附哲学和美学得以萌芽与发展,此类依附关系长达1800余年,从西塞罗(Marcus Tullius Cicero)到马丁·路德(Martin Luther)和歌德(Johann Wolfgang von Goethe),译论家均"以辞章美学论翻译",这对西方译论美学传统之形成有着深远影响。[①] 相较于西方译论,我国传统译论与美学的关系更为密切,"从理论命题到方法论都与哲学-美学紧密相联"[②]。译论家将美学命题,如意与象、虚与实、神与形、雅与俗等引入翻译理论,并把部分美学审美原则直接作为翻译标准。我国传统译论中与美学密切相关的命题有严复"信达雅"、傅雷"神似"与"形似"、钱钟书"化境"等,不仅蕴含丰富美学思想,其美学特点亦较为显著。从美学视角对翻译进行观照,在东西方翻译研究中均具有悠久历史。因此,立足于儿童文学译作,从美学视角出发对五四时期儿童文学翻译进行审视,既符合翻译研究的美学传统,也可为针对该时期儿童文学翻译之研究增添新维度。

　　译作是翻译的最终呈现结果,文学翻译的理想状态是产生翻译文学。名家名作常存在一作多译情况,读者选择特定译本并非仅由于其为名著的"影子",更大程度是出于对其文学及美学价值之认可。优秀译作不仅是外国文学作品在我国的再生以及译语读者到达原作的"桥梁",也是具有一定美学价值的文学作品。五四时期儿童文学翻译产生了不少优秀作品,其中不乏影响深远的名家名译,如赵元任译《阿丽思漫游奇境记》、夏丏尊译《爱的教育》、孙毓修译《伊索寓言演义》等。作为一种特殊文

---

① 刘宓庆:《翻译美学导论》,中国对外翻译出版公司,2005年版,第44页。
② 刘宓庆:《翻译美学导论》,中国对外翻译出版公司,2005年版,第59页。

学种类，译作（尤其是经典译作）的文学及美学价值不容忽视。"审美因素在文学作品中始终处于首要和核心的地位，审美功能永远是文学诸多功能中最基本的功能。"① 就审美而言，五四时期儿童文学译作仍处于现代儿童文学之"石器"阶段。由于客观历史条件的限制，五四时期儿童文学译作语言与当代的相比仍显粗糙，作品中活泼生动、健康积极的儿童形象也并无特别之处。但是，对五四时期儿童文学翻译进行客观分析与评论，不应以当下儿童文学的"高级"标准去衡量当时的"初级"作品。从美学出发，结合五四时期社会文化背景对儿童文学译作进行考察，既能正视该时期译作不同于古代儿童读物以及晚清译作的美学特征，还原其被长期遮蔽的美学价值，又能探究五四时期翻译不同于晚清时期翻译及同时期创作之语言、内容、风格等在我国儿童观转型及现代儿童文学发生/发展过程中的重要作用。

第一节　儿童文学翻译之语言美

语言是文学赖以存在的基础，不能脱离语言谈文学，因此，从美学视角出发探讨儿童文学翻译，语言通常是首要关注点，从某种程度上可以说，语言审美是翻译的"最佳切入点"②。语言，尤其是文学语言多以追求美言达意、怡情感人为目的，此为语言的美学之源。汉语之美主要可分为七类，即结构美、音乐美、音韵美、声调美、意象美、意境美和模糊美。③ 以上七种审美分类是就汉语整体而言，并非任何文字都完全具备上述特征。儿童之语言不同于成人，在具备以上部分特征的同时又拥有自身的独特魅力。

由于生理及语言发展限制，儿童（尤其是低幼儿童）在日常生活中使用的语言常词汇贫乏、缺乏连贯性，甚至包含诸多不合语法或逻辑的地方。儿童文学语言并不等于自然形态的儿童语言，不是所谓的"娃娃腔"。首先，儿童文学语言是经过提炼与升华的语言，具有一定文学性和艺术性，能够给人以美和愉悦的感受；其次，儿童文学语言对儿童读者具有示范作用，不但可以扩大其词汇量，还能为其进行正确语言示范。

---

① 王泉根：《儿童文学的审美指令》，湖北少年儿童出版社，1991年版，第24页。
② 刘宓庆、章艳：《翻译美学教程》，中央编译出版社，2016年版，第42页。
③ 刘宓庆、章艳：《翻译美学教程》，中央编译出版社，2016年版，第90~106页。

总之，儿童文学语言源于生活又高于生活，甚至从某种意义上可以说，儿童文学语言比成人的要求更高，除达到文学语言基本标准外，还需从不同年龄阶段儿童的心理与阅读需求出发进行提炼，既要符合"儿童"特征，又要能对儿童语言发展进行引导。

优秀儿童文学作品的语言大多简洁流畅、通俗易懂，并且节奏鲜明、音韵优美，能够给儿童读者甚至成人读者以美的享受。五四时期儿童文学译作中不乏优秀作品，与古代儿童读物以及晚清译作相比，其语言不仅简洁生动、明白晓畅，在音、形、意等层面也能带给读者独特体验。对五四时期儿童文学译作语言进行探讨，既能考察我国现代儿童文学发生期作品之美学价值，也能探究该时期儿童文学翻译与儿童观转型、语言变革、本土创作等的相互影响。

一、简洁生动

晚清以来，为实现救亡图存之目标，社会改良者积极创办白话报刊、推出白话教科书与小说，以及时开启民智。但晚清白话文运动主要是"教育的而非文学的"，白话文字的出现"只是因为想要变法，要使一般国民都认识些文字，看看报纸，对国家政治都可明了一点，所以认为用白话写文章可得到较大的效力"①，此时白话很大程度上"只是一种慈善文体罢了"②。在晚清历史文化背景下，儿童文学翻译与创作仍以文言为主，该时期虽出现了不少语言浅近之作，但在语言层面并无重大突破。五四时期，白话文运动使白话成为文学正宗，直接促使儿童文学语言发生质变，"为尤其需要平易性的儿童文学语言走向儿童化推波助澜"③。此外，该时期成人逐渐"发现"儿童，且主要将目光投向"'幼儿'（大约3~10岁），其儿童文学主要是指'小学校里的文学'"，大多数儿童报刊的预期读者也同样为低幼儿童。④ 为适应特定儿童读者群体的阅读与理解水平，该时期儿童文学语言较为简单明了，基本没有复杂或隐晦句式。请看下列语句：

---

① 周作人：《〈中国新文学大系·散文一集〉导言》，收入蔡元培等《〈中国新文学大系〉导言集》，陈平原导读，贵州教育出版社，2014年版，第166页。
② 朱自清：《论通俗化》，收入朱自清《经典常谈 诗文常谈》，雷原、白金钟主编，张黎明导读，四川人民出版社，2017年版，第253页。
③ 谈凤霞：《论中国现代儿童文学发生期的语言变革》，载于《南京师大学报（社会科学版）》，2007年第6期，第144页。
④ 杜传坤：《论晚清至三四十年代的儿童科学文艺》，载于《山东社会科学》，2005年第5期，第85页。

前十世纪之时，波斯某街有兄弟二人，一名慨星 Cassim，一名埃梨醅伯 Ali Bapa。其父在时，家仅小康，死后平分以给二人。其所得产业各相等，析居而处，尚可拮据以度日。及后景遇不同，而二人生计上之状态遂亦各异。①

五颗豆在一个荚里：它们是绿的，荚也是绿的，所以他们以为世间一切都是绿的；这也正是如此。荚长起来，豆也长起来；他们随时自己安排，一排的坐着……②

上述文字均为周作人所译，第一段节选自译于1904年的《侠女奴》，该时期儿童文学翻译整体而言较为缺乏儿童读者意识，不仅"慨星""埃梨醅伯""Cassim""Ali Bapa"等拗口、难懂，"析居而处""遂亦各异"等词句同样晦涩不明。佶屈聱牙的文言文不利于儿童阅读与理解，且"文言构成的文学世界难以与儿童的精神世界相融合"③。在白话文运动与儿童观转型的直接影响下，五四时期儿童文学翻译逐步呈现出儿童化特征，不仅内容贴近儿童生活，语言亦简洁明快。第二段译文来自《一荚五颗豆》，其中"五颗豆"为儿童常见之物，基于生活经验的作品有利于儿童获得良好阅读体验；另外，周作人的纯白话翻译保留了安徒生童话"说话一样"的言语特色，语言简洁流畅，"一排的坐着"的"五颗豆"也憨态可掬、倍显生动。

白话文运动使儿童文学逐步打破语言桎梏，五四时期儿童文学翻译逐渐以白话为主，"在语言形式上向儿童读者接近了一大步"④。此外，由于不再受"之乎者也"限制，抑或是拘泥于格律，五四时期儿童文学翻译的语言、形式等更显生动活泼。请看下文：

有巨商，豪于财，田连阡陌，货溢仓箱，人莫能及也。日者因事有远行，携糇粮，驾骏马，迤逦就道。⑤

小鳄鱼，
尼罗河上晒尾巴。

---

① 《侠女奴》，萍云女士述文，载于《女子世界》，1904年第8期，第43页。
② 作人：《随感录（二四）》，载于《新青年》，1918年第5卷第3号，第288页。
③ 朱自强：《中国儿童文学与现代化进程》，浙江少年儿童出版社，2000年版，第172页。
④ 朱自强：《中国儿童文学与现代化进程》，浙江少年儿童出版社，2000年版，第171页。
⑤ 《商人遇魔故事》，载于《大陆报》，1903年第8期，第79页。

片片金光鳞，
　　　洒点清水罢。
　　笑糜糜，
　　　爪子摆得开又开，
　　一口温和气。
　　　欢迎小鱼儿来。①

　　第一段译文来自 1903 年《大陆报》上"一千一夜"栏目中的《商人遇魔故事》。《天方夜谭》虽是公认的儿童文学，但此译文"儿童"特征并不明显，不但译者无明确儿童读者意识，译文难易程度与当时成人读物无异，且编者将其标注为"小说"，儿童文学体裁意识薄弱。晚清时期的儿童文学翻译，无论是在翻译还是编辑过程中，在很大程度上均忽视儿童，抑或将儿童当作"未长成的大人"，拿成人的东西给其"灌下去"，因此，该时期儿童文学译作大多"陈义过高，不合儿童生活"②。随着五四时期儿童观的现代转型，成人逐渐"发现"儿童，不再将其视作"缩小的成人"，而是有别于成人之独立个体，有着自身特定生理与心理需求，自此，儿童阅读心理与需求开始被纳入翻译与创作考量。第二部分译文为儿童诗，译者并未以古诗译之，不再严格拘泥于格律、坚持"一韵到底"，而是将其译为白话转韵诗。该诗行文自然，形式活泼，内容精练，寥寥几笔就勾勒出了一只小鳄鱼，它有着附满"金光鳞"的尾巴、"摆得开又开"的爪子以及"笑糜糜"的表情，极为形象生动。在诗歌末尾，小鳄鱼想要捕食小鱼充饥，哪怕是这样略显血腥的场景，在此诗中也变成了小鳄鱼对"小鱼儿"的"欢迎"，既符合儿童"小野蛮"思想，也充满童真童趣。整体而言，该译诗语言直白、用字简练，且意思浅显、极富童趣，与晚清儿童文学译作形成鲜明对比。

　　与晚清时期儿童文学翻译相比，五四时期的翻译更具儿童性，语言简洁流畅，而相对于同时期本土创作，其则更具文学性，在语言叙述、事物描绘等方面更为生动形象。请看下文：

　　　　现在元叔叔为他们解释道："锡和铅是极容易溶化的，即我们火

---

①　加乐尔：《阿丽思漫游奇境记》，赵元任译，商务印书馆，1931 年版，第 20～21 页。
②　吴研因：《清末以来我国小学教科书概观》，载于《教与学》，1936 年第 1 卷第 10 期，第 260 页。

炉的热度已尽够享了，锌亦不难；但溶化银，铜，金，最后为铁，这种热度，平常家庭里却从未有着。且铁最耐火烧，所以非常宝贵。"①

狮子问道："他们究竟是什么呢？"

鹿说道："他们是动物。他们能行走。但是他们的走法多么奇特呵！为什么他们不用四足跳跃呢？看他们不是有四条腿吗？四足跳跃，走得快多呢。"

蛇说道："我完全没有腿的，但我觉得游行极速呢！"

夜莺说道："我不信他们是动物。他们没有羽翼，也没有毛，只是头上有一点，是不足道的。"

梭鱼从水中探出头来说："鳞片也有同样的功用。"

蚯蚓静静的说："我们一族，有的只要有光皮便行了。"②

上述文字均出自五四时期的科学文艺作品。第一部分节选自董时创作的《金类》，通过"元叔叔"讲故事的方式，为儿童介绍铜、锡、铅、铁等金属的特性。该时期儿童科学文艺创作处于发轫期，此类作品的创作者有限，"科学家"们又"不大做文章"，即使"有做的，也过于高深，于是就很枯燥"。③ 因此，五四时期儿童科学文艺作品大多表现手法单一，以叙述为主，语言枯燥乏味，鲜少使用修辞手法。第二部分译文节选自李小峰译《两条腿》，文中通过狮子、鹿、蛇、夜莺、梭鱼和蚯蚓的对话，向儿童介绍了人类与动物在行走方式、皮肤、生活习性等方面的异同，使之能够了解到二者拥有不同的行走方式，人类可以直立行走，而动物则能通过跳跃、游行等方式前行；人类身体表面为皮肤，动物的则千差万别，有羽翼、皮毛、鳞片、光皮等形式。儿童通过动物对话习得科学知识，此类作品使"枯燥的事实"变成了"鲜甜的故事"④。五四时期儿童文学译作中大多"猫狗说话""鸟兽能言"，此类作品文学色彩浓厚，生动形象、趣味十足，且符合儿童"拜物教"心理，易于达到寓教于乐之目的。

---

① 董时：《金类》，载于《科学》，1922年第7卷第12期，第1342页。

② 爱华耳特：《两条腿》，李小峰译，鲁迅校，北新书局，1933年版，第6~7页。

③ 鲁迅：《通讯（二）》，收入《鲁迅全集（第3卷）》，人民文学出版社，1981年版，第25页。

④ 周作人：《两条腿·序》，收入爱华耳特《两条腿》，李小峰译，鲁迅校，北新书局，1933年版，第3~4页。

五四时期，我国现代儿童文学创作处于诞生和起步期，由于缺乏"儿童本位"的生活体验与创作经验，本土创作大多充满"成人的悲哀"，且结构简单、语言通俗，倾向于对儿童或儿童生活场景进行叙述式描写，导致作品干瘪枯燥，缺乏文学性与艺术性。儿童文学语言应是经过提炼的儿童语言，虽然简单但并不枯燥乏味，不是"平板浅薄的通俗文字"，也不应像"白纸""玻片"一般"平板""肤浅"，反而应具有"秋空霁月"般的"澄明"以及"晶球宝玉"式的"莹澈"。① 五四时期，翻译是供给儿童文学读物的重要方式之一，大多数世界儿童文学名著都被译介到我国，该时期译者已不再满足于文学作品"介绍"，而是开始追求"翻译艺术的精进"。② 因此，五四时期儿童文学翻译不仅赋予了外国儿童文学作品在我国的"新生"，该时期译作的文学与美学价值也不容忽视，不仅文学气息浓厚，语言简洁优美，还充满趣味性。"语言为精神之相"，随着对儿童认识的加深，成人逐渐意识到只有白话才能与"儿童的精神世界相融合"，进而在翻译时多用白话。③ 五四时期儿童文学翻译比晚清的更为简洁流畅，比同时期创作也更为生动有趣，其既为白话文运动与儿童观转型的直接结果，也为该时期儿童文学创作树立了榜样，并有效加深了成人对儿童生理与心理之认识，为现代儿童观的进一步传播与确立创造了条件。

二、音形意之美

　　儿童文学创作"作为一种社会现象和美学现象"，与作家的"生活经历、文学道路、审美心理结构、审美理想、审美能力有着密切的联系"。④ 儿童文学翻译亦是如此，译者对儿童的看法/观点、对现实生活的感受/认识等，均会影响其翻译行为以及译作最终面貌，并为其打上鲜明的时代与译者"烙印"。随着五四时期儿童观的现代转型，成人对儿童的认识不断加深，该时期儿童文学译者一直不断尝试找寻一种真正适合并属于儿童，且有益于培养其美感的语言形式。

　　声调、节奏、韵律等是语言"承载审美信息的基本形式手段之一"⑤。周作人在1920年就曾对儿童文学的"声调"和"音节"进行过讨

---

① 郭沫若：《儿童文学之管见》，载于《民铎》，1921年第2卷第4号，第2~3页。
② 《文学研究会丛书缘起》，载于《东方杂志》，1921年第18卷第11号，第128页。
③ 朱自强：《中国儿童文学与现代化进程》，浙江少年儿童出版社，2000年版，第172页。
④ 王泉根：《儿童文学的审美指令》，湖北少年儿童出版社，1991年版，第20页。
⑤ 刘宓庆：《翻译美学导论》，中国对外翻译出版公司，2005年版，第90页。

论，认为儿童文学，尤其是针对"幼儿"的作品，"第一要注意的是声调"，儿歌最好是"趁韵而成"，"只要音节有趣"都能使用，因为儿童大多"只为好听"，内容和意义有时反倒显得不那么重要。① 之后，张圣瑜也对儿童文学与声音、节奏的关系进行了论述："儿童周龄以后，每爱攫物掷地，听其声音；稍长则喜作回响，喜击小锣鼓，此儿童领解音乐之进程也……乐性于文艺为特富，在儿童文学中尤见其浓厚也。"② 可见，儿童对音韵的喜爱是天性，"乐性"为儿童文学重要美学特征之一。五四时期，不仅儿童文学研究者对"乐性"进行了积极讨论，译者在儿童文学翻译中同样非常重视音韵。请看下文：

并且就是阿丽思听见那兔子自言自语地说，"嗳呀！啊嚒呀！我一定要去晚了！"③

就是听见那兔子在自语："嗳呀！我一定要迟到了。"④

这只白兔子一边跑，一边在嘴里不住地说："嗳呀！嗳呀！我一定要迟到了！"⑤

上述文字节选自卡罗尔（Lewis Carroll）《爱丽丝漫游奇境记》（*Alice's Adventures in Wonderland*）不同时期译本。赵元任《阿丽思漫游奇境记》成书于20世纪20年代，何君莲《爱丽思漫游奇境记》与范泉《爱丽思梦游奇境记》则分别译于20世纪30与40年代。通过对比可见，赵译本不仅忠实优美，还更具"乐性"。赵译本中的"自言自语"比另外两个译本的"自语"和"嘴里不住地说"更有节奏感。"嗳呀！啊嚒呀！"两个连续感叹，与"嗳呀！"相比更能突显兔子即将迟到的慌乱感，而比"嗳呀！嗳呀！"的单纯重复更具层次感。另外，赵译本中"啊嚒呀！"还有承前启后作用，使整个译文语句长度呈递增结构，无论是节奏还是结构都更为平衡。此外，赵译本中有较多叠音词，如"橙子玛玛酱""巧巧的"等，不仅在音韵上比何君莲"橘子果酱"更忠实于原文"orange marmalade"，叠音词也能更好传达阿丽思说话时的语气和神态，

---

① 周作人：《儿童的文学》，载于《新青年》，1920年第8卷第4号，第4页。
② 张圣瑜：《儿童文学研究》，商务印书馆，1928年版，第23~24页。
③ 加乐尔：《阿丽思漫游奇境记》，赵元任译，商务印书馆，1931年版，第3页。
④ 卡洛尔：《爱丽思漫游奇境记》，何君莲译，启明书局，1947年版，第1页。
⑤ 加乐尔：《爱丽思梦游奇境》，范泉编译，时代文艺出版社，1997年版，第1页。

更显儿童文学稚拙之美。赵元任具有极强的读者意识,在译序中指出"《阿丽思漫游奇境记》是一部给小孩子看的书"[①]。因此,赵元任在翻译中尽量让文字"音节有趣",使之符合儿童生活经验与想象。请看下文:

  掉下去呀!掉下去呀!掉下去呀!阿丽思又没有别的事做,所以又自己咕咕叨叨地说话顽……正说着那时间忽然地噗吞!噗吞!她身子一掉?掉在一大堆树枝子和干叶子上,这一跤就此跌完了。[②]

  爱丽思仍旧不停的掉下去,一边掉着,一边没有别的事做,自己又在絮叨着……她正说着,忽然她的身子砰地一落,掉在一大堆树枝和干叶上,就此她到底止了。[③]

  掉了老半老半天,只听得"扑通"一声,她跌在一大堆的树枝和干叶上。[④]

  在该场景中,阿丽思在兔子洞中不断下落。赵元任通过三次重复"掉下去呀!"使该句语词轻重相间、节拍协调,连续重复既增强了作品的节奏感,又能使儿童身临其境,仿佛真的置身于像"一辈子"那么长的兔子洞中,此外,还为之后阿丽思无聊时的自言自语进行了有效铺垫。与另外两个译本中的"不停的掉下去"和"掉了老半老半天"相比,赵译本无疑更具感染力。不仅如此,阿丽思在赵译本中还"咕咕叨叨"地说话,"口"字旁汉字的连续使用,起到了强调突出的作用,达到加强该偏旁象形指示力度的目的,不仅使儿童仿佛真切地听见了阿丽思絮叨着的话,还令其仿佛看到了她不停碎碎念的样子,从而使阿丽思形象栩栩如生、跃然纸上。"咕咕叨叨""噗吞!噗吞!"等拟声词的使用及重复,不仅使译文节奏明快、音韵和谐,还传神地刻画出人物之情态,使儿童仿佛能够透过文字看到阿丽思的百无聊赖及其翻滚着摔在树枝干叶上的情形。何译本中的"絮叨""砰"与范译本中的"扑通",无论是在音韵还是节奏方面都要逊色不少。通过相近时期不同译本之比较,赵译《阿丽思漫游奇境记》在"乐性"上的优势得到了全面展示。赵译本自出版

---

  ① 赵元任:《阿丽思漫游奇境记·译者序》,收入加乐尔《阿丽思漫游奇境记》,赵元任译,商务印书馆,1931年版,第3页。
  ② 加乐尔:《阿丽思漫游奇境记》,赵元任译,商务印书馆,1931年版,第8~9页。
  ③ 卡洛尔:《爱丽思漫游奇境记》,何君莲译,启明书局,1947年版,第2~3页。
  ④ 加乐尔:《爱丽思梦游奇境》,范泉编译,时代文艺出版社,1997年版,第4页。

之日起就深受读者喜爱,被邹振环评为"影响中国近代社会的一百种译作"之一,即使是在一百年后的今天,此书仍堪称经典,不断再版,研究人员还专门就此书进行翻译方面的探讨。① 该译本能成为儿童文学经典首先与赵元任深厚的语言与音乐功底密不可分,其次,译文中优美的韵律与节奏也是其成功的重要原因。

鲁迅在《自文字至文章》中曾提出:"诵习一字,当识形音义三:口诵耳闻其音,目察其形,心通其义,三识并用,一字之功乃全。"② 可见,精妙的汉字常兼具音、形、意之美,能够使人"三识并用",如"崚嶒嵯峨"和"汪洋澎湃"均节奏鲜明、音韵和谐,使人在获得视听享受的同时,还能联想到巍峨的高山与汹涌的河水;此外,"蔽芾葱茏"能使读者"恍逢丰木",而"鳟鲂鳗鲤"则令人"如见多鱼"。③ 五四时期,我国"儿童本位"作品的创作还处于初始期,暂无"一种真正属于儿童、为儿童所喜欢并有益于陶冶其美感的语言,而创造之前的第一步就是模仿"④。为给五四时期儿童文学创作树立典范,该时期儿童文学"先驱"积极译介西方儿童文学经典,并在翻译中有意进行各种尝试,除了注重"乐性",译者还将汉字的"形"和"意"纳入考量范畴,尽量使译文能够带给儿童多重审美体验。请看下文:

但是她哭的越哭越苦,越苦越哭,一盆一盆的眼泪哭个不住。⑤

正在那时她听见不远有个什么东西在那池里浦汊浦汊地溅水,她就游近到那边去瞧瞧是什么。⑥

第一句中的"越哭越苦,越苦越哭"和"一盆一盆"轻重相间、铿锵有致,能给予儿童充分的听觉享受。此外,"越哭越苦,越苦越哭"中

---

① 如《阿丽思漫游奇境记:选评》(卡罗尔著,赵元任译,思果评,中国对外翻译出版公司,2004年)、《从文学文体学角度评 Alice's Adventures in Wonderland 的首个汉译本》(周化,华中师范大学,2006年硕士学位论文)、《儿童文学翻译中的创造性叛逆——赵译〈阿丽思漫游奇境记〉研究》(胡波,江苏大学,2009年硕士学位论文)等。
② 鲁迅:《自文字至文章》,收入《汉文学史纲要》,人民文学出版社,2006年版,第2页。
③ 鲁迅:《自文字至文章》,收入《汉文学史纲要》,人民文学出版社,2006年版,第2页。
④ 谈凤霞:《论中国现代儿童文学发生期的语言变革》,载于《南京师大学报(社会科学版)》,2007年第6期,第143页。
⑤ 加乐尔:《阿丽思漫游奇境记》,赵元任译,商务印书馆,1931年版,第17页。
⑥ 加乐尔:《阿丽思漫游奇境记》,赵元任译,商务印书馆,1931年版,第24页。

"哭"和"苦"顺序的调换,不仅使译文显得节奏明快,在一定程度上还取得了回文的效果,颇具审美情趣。第二句中的"浦汊浦汊"不但轻重协调,还与"池"和"溅"前后照应,让儿童仿佛看到足以淹没阿丽思的"眼泪池"。句中叠音词"瞧瞧"比"看"更具节奏感,令儿童能够想象出阿丽思使劲睁大眼睛望东西的样子,传神地刻画出其动作与神态。如上所述,具有"意美"的文字常能令儿童更好地"心通其义",但其功用并不仅限于此,此类文字常具有一定"能产性",可"托出一个又一个的'象外之象'",进而使儿童充分发挥想象力,对文本"未尽之言"进行补充。① 请看下列译文:

> 乡村里的景象是这样美丽呵!那时正是夏天。小麦黄的如黄金一般;雀麦也很青青;那些草也是浓浓的立在青的草场上。老鹳鸟张开他的红的长脚,很夸耀地往来散步于草和麦之中……②

上述文字勾勒出一幅优美闲适的乡村图画,除"如黄金一般"的小麦、"青青"的雀麦、"青的草场"和张开"红的长脚"的老鹳鸟外,儿童脑海中还会自觉浮现出夏日明媚阳光与蓝天白云,对文学作品中所描写的画面进行积极建构。不仅如此,"意美"的文字还能营造出超凡脱俗的场景,使儿童仿佛置身梦境之中。请看下面两段文字:

> 王宫的前面有一座大花园,种满深红色和深蓝色的树木;结的果实闪烁如金,花卉灿烂如锦绣。园地上的沙土是明亮的蓝色,有些像硫磺的火焰;通体布满着奇丽的蓝色,居其中者,仿佛身在空中,上下都是天空——确实不像在海底里。当波浪平静的时候,太阳好像一朵紫花,从它的花朵里流出光明来。③

> 有一年的春天,这池塘曾经有过格外好看的事。黄的睡莲,红的白的莲花,在平静的水面上,仿佛是展开了不动的梦似的,开得极美的浮着。莲花的妖女……在透明的水里和金鱼游嬉,在花朵上和胡蝶休息,给寻蜜的蜜蜂去帮忙。便是深夜中,妖精也在无所不照的月光底下,或者舞着欢喜的舞蹈,或者和火萤竞走着游戏。这

---

① 刘宓庆、章艳:《翻译美学教程》,中央编译出版社,2016年版,第179页。
② 安徒生:《丑的小鸭》,继程译,载于《儿童世界》,1922年第3卷第1期,第1页。
③ 安徒生:《小人鱼》,林兰女士译,载于《晨报副刊》,1924年7月15日。

样的美的东西们都在一处，所以火萤，蛙，胡蝶，禽鸟，都给这美所陶醉了，而做着春夜的梦。金鱼的游戏，鸟的歌，胡蝶的舞，凡有一切，都因此美起来了。①

第一段文字描写了海底花园景象，其中"深红色和深蓝色的树木""闪烁如金"的果实、蓝色的沙土和像"紫花"的太阳，使整个画面极具色彩感，好像"有种不可思议的天光"，如此美丽的场景仿佛梦境一般。② 第二段文字中的池塘景色同样色彩斑斓，"平静的水面上"各色花朵"开得极美"，好像是静止不动的"梦"；与"金鱼游嬉"的"莲花的妖女"以及在月光下"舞着"或是"游戏"的妖精，好似窈窕轻淡的"梦影"般不可捉摸；此外，"金鱼""鸟"等"于此都成为有生命有人格的个体；不能以理智底律令相绳"③。无论是池塘景色还是周边事物，都充满神秘色彩，使读者为之陶醉，"做着春夜的梦"。

五四时期，鲁迅、周作人、郑振铎、赵景深等译者积极投身儿童文学翻译，大批外国优秀儿童文学作品被译介到我国，其中不乏影响深远的名家名译。优秀儿童文学译作不但简单明了、通俗易懂，还有着"秋空霁月"般的"澄明"与"晶球宝玉"似的"莹澈"；此外，其文字大多兼具"三美"，不仅节奏明快、音韵和谐，还能带给儿童一定视觉享受，充分调动其主观能动性，使之"联想翩翩"。但值得注意的是，该时期"'儿童文学'应该是'儿童问题'之一"，儿童文学相关讨论的逻辑起点并非文学。④ "人底根本改造更当从儿童底感情教育、美的教育做起"，而要养成"优美醇洁的个人"则应当重视"文艺艺术"。⑤ 五四时期，儿童教育的内涵得以延展，为培养"优美醇洁的个人"，现代儿童文学"先驱"积极译介外国儿童文学作品，在为本土创作提供参考的同时，也为该时期儿童"美的教育"提供素材。

在白话文运动、儿童观转型、儿童教育思潮转向等直接作用下，五四时期儿童文学翻译以白话为主，成人力图找寻一种真正适合且属于儿童的语言，并尽量使之做到音、形、意三美结合，以更好地培养儿童美感。五四时期，现代儿童文学创作处于初始期，因此，该时期优秀儿童

---

① 爱罗先珂：《春夜的梦》，鲁迅译，载于《晨报副刊》，1921年10月22日。
② 郭沫若：《儿童文学之管见》，载于《民铎》，1921年第2卷第4号，第5页。
③ 郭沫若：《儿童文学之管见》，载于《民铎》，1921年第2卷第4号，第5页。
④ 江：《关于"儿童文学"》，载于《文学》，1935年第4卷第2号，第274页。
⑤ 郭沫若：《儿童文学之管见》，载于《民铎》，1921年第2卷第4号，第1页。

读物以翻译为主，儿童文学翻译有效保障了儿童精神食粮之供给。大量外国儿童文学作品的引进为本土创作树立了典范，并加深了成人对儿童生理特征、阅读心理/需求等的认识，有利于"儿童本位"儿童观的阐释、传播与确立。与晚清时期儿童文学翻译以及同时期创作相比，五四时期儿童文学翻译具有较为明确的儿童读者意识，儿童性与文学性更为显著。由于儿童文学从来都不只是"儿童的"，常充满来自成人的"凝视"，因此，该时期儿童文学语言美学意义与作用的强调，既有利于儿童"美的教育"的开展，也有利于成人儿童观与美学观的更新，进而提升成人儿童文学审美水平和意识，促进现代儿童文学创作的发生与发展。简言之，五四时期儿童文学译作虽处于现代儿童文学的"石器"阶段，但其相较于晚清同类作品有着质的飞跃，并为同时期创作进行了有效示范，在我国儿童读物现代转型过程中发挥了重要作用。对五四时期儿童文学翻译进行研究时，不能以当下儿童文学评判标准对其进行审视，在肯定该时期翻译于现代儿童文学发生期之特殊作用/意义的同时，也不应忽视其不足之处，如：该时期儿童文学翻译虽以白话为主，但仍有不少文言译作；由于处于新旧儿童观交替时期，译者受"成人本位"儿童观影响，即便使用白话进行翻译，语言层面仍存在不少"非儿童"的情况；为引进新的语言形式与表现手法，儿童文学翻译中不乏欧化句式，令该时期创作在一定程度上出现了过度西化及散文化趋势。

第二节 儿童文学翻译之内容美

我国古代虽重视儿童，但多出于传宗接代、延续香火等目的，该阶段儿童观实质为"成人本位"。直到五四时期"儿童的发现"，成人才真正开始认识与了解儿童，逐步树立"儿童本位"的现代儿童观。作为儿童文学的原点，儿童观很大程度上决定了儿童文学的发展方向与价值取向。在"成人本位"儿童观影响下，我国古代儿童读物主要以"载道"为目的，此处的"道"不仅指生活常识与文化知识，还包括封建道德、伦理纲常等内容。古代儿童读物常带有特定政治目的或功利需求，不以满足儿童阅读需求为主要目的，亦不符合儿童审美心理与情趣，多为简化版成人读物。随着五四时期社会/文化转型，儿童观完成了从"成人"到"儿童"的现代转化，成人开始重视儿童文学趣味性，主张创作符合儿童心理及阅读口味的作品。但该时期还笼罩在成人世界的"灰色云雾"

中，并非完全是"儿童的时代",要创作上述作品"似乎是不可能的企图"。[①] 为及时将"儿童本位"的作品献给可爱的小读者,五四时期儿童文学"先驱"只能将目光投向外国优秀儿童文学作品。

五四时期,除了儿童观从"成人本位"走向"儿童本位",我国社会、文化等层面也处于重要转型期。该时期新思想、文化、道德的建构以及平等自由、个性主义思想的传播都在文学领域产生了深远影响,另外,反帝反封建运动对封建礼教的抨击和对男女平等的倡导在文学领域也有积极体现。作为文学的重要组成部分,五四时期儿童文学不能脱离当时历史文化语境而存在,上述社会、文化、思想等转变均会对其产生深刻影响。成人主张把提倡封建道德、伦理纲常的"四书五经"、《千字文》等逐步清扫出儿童文学园地,还有意识地译介外国儿童文学作品,希望借助其"儿童本位"的语言、内容、思想来冲击并改变成人的儿童观及其儿童文学、教育相关理念,进而达到反对封建束缚、还原儿童天性、树立新儿童形象之目的。简言之,由于五四时期社会文化各层面的转变与刺激,该时期儿童文学翻译亦发生巨大变化。成人不但减少了"载道"之作的译介,还主张回归儿童文学本真,引进符合儿童阅读趣味与心理的作品,这使五四时期儿童文学翻译相较于晚清时期同类作品或是同时期创作而言,内容显得更为积极健康,且充满童真之美。

一、远"载道"归"童真"

我国"文以载道"传统源远流长,古代儿童读物深受其影响,多以政治、宗教、伦理、道德等方面的规范与教化为主。五四时期,儿童文学的"教育"功能被弱化,"只是作为多元价值取向中的一元而显示其意义",且"教育"功能内涵发生变化,主要是指儿童文学"对于满足和发展儿童精神、儿童心理、儿童审美意识及文学鉴赏等方面所起的作用","文以载道"实用主义倾向在当时遭到大力批评与反对。[②] 郑振铎认为"科举未废止"之前的儿童读物完全是"罪孽深重的玩意儿",除维护传统权威和伦理观念外别无他用。[③] 周作人不主张对儿童讲话眨眼都要有含义或是把儿童文学当作"法句譬喻"[④],更是反对在儿童文学中"处处

[①] 郑振铎:《〈稻草人〉序》,载于《文学周报》,1923年10月15日。
[②] 王泉根:《儿童文学的审美指令》,湖北少年儿童出版社,1991年版,第101~102页。
[③] 郑振铎:《中国儿童读物的分析》,载于《文学》,1936年第7卷第1期,第49页。
[④] 周作人:《儿童的书》,载于《晨报副刊·文学旬刊》,1923年6月21日。

用心穿凿"、期冀发现"深意"之行为。① 简言之，以"儿童本位"儿童观为立足点，五四时期儿童文学研究者从不同层面对古代儿童读物进行了检讨与分析，主张回归儿童文学本真。在此情形下，为及时为儿童供给符合其阅读趣味的作品，儿童文学"先驱"主张译介外国儿童文学，尽量为儿童提供"无意思"之作。此外，各大报刊亦不断刊登启事、征稿、说明等，强调对此类作品之青睐。以《儿童世界》为例，该刊无论是在最初的"宣言"还是后来的"预告""本志""特别启事"中，均强调对儿童阅读兴趣之重视：

现在我们……虽也想尽力去启发儿童的兴趣，然而……板刻庄严的教科书，就是儿童的唯一的读物……儿童自动的读物，实在极少。

我们出版这个《儿童世界》，宗旨就在于弥补这个缺憾。②

我们把这一期的材料，特别加多，特别弄得有趣味。③

但文学的趣味仍旧要极力保存……"知识"的涵养与"趣味"的涵养，是同样的重要的。④

材料都是选择极有趣味，极能动人的……每期都有许多。⑤

无论是"无意思之意思""为儿童""儿童本位"还是"趣味性"，在五四时期都基本拥有相同内涵，即反对儿童文学"载道"传统，主张儿童文学应符合儿童阅读心理与需求。因此，在该时期外国儿童文学译介过程中，成人主张减少"载道"之作，强调尊重儿童天性，尽量选取体现"儿童本位"的作品，突显儿童文学童真之美。例如，寓言大多"劝惩""启蒙"功能显著，在我国儿童文学翻译中一直较受青睐，但由于翻译目的迥异，古代与五四时期的寓言译作亦呈现出不同风貌。请看下文：

乌栖枝啄肉。狐欲夺肉，诡诱乌曰："人言黑如乌，乃濯濯如

---

① 周作人：《读〈各省童谣集〉》，收入少年儿童出版社《1913—1949儿童文学论文选集》，少年儿童出版社，1962年版，第461页。
② 郑振铎：《儿童世界宣言》，载于《妇女杂志》，1922年第8卷第1号，第133页。
③ 《预告》，载于《儿童世界》，1922年第2卷第12期，第27页。
④ 郑振铎：《第三卷的本志》，载于《儿童世界》，1922年第2卷第13期，第46页。
⑤ 《儿童世界社特别启事》，载于《儿童世界》，1922年第3卷第4期，封底。

雪，是堪为百鸟王。但未闻声何如？"乌大喜，嗒然而鸣，肉下坠，狐遂得肉。

义曰：人面谀己，必有己也。匪受其谀，实受其愚。①

挣扎了半天，他才得爬过去。狮子说道：

"我看你是没有什么力气的。我们打一打看！"

驴子道："打就打！但是未打之前，我们先试一试看，到底是谁的力气大。我一个人过墙时，永远不跳过去，总是把他推倒走过。你能够么？"

狮子用爪在墙上抓，抓了半天，爪子受伤了，墙还丝毫没有摇动。只好站在一旁不再去抓。

驴子道："看我来！"它用它的后蹄铁，死劲往墙上一踢。墙本来是狠老的了，被它一踢，立刻就塌了下来。

狮子惊诧道："好了！不用再说了！你的力气真比我大。我叫大家奉你做狮王。"②

第一部分文字节选自明朝《况义》，译者翻译伊索寓言主要是为了"启迪愚蒙"，令人"迁善远罪""束身检行"等，希望通过浅显的故事来说明复杂的道理，教育目的明确。为便于读者充分理解寓言中的道理，译者不惜在译文最后添加"教训的尾巴"，明白告诉读者面对阿谀奉承时，要头脑冷静、勿信谗言。此类作品对于儿童而言，不仅文字艰深、陈义过高，且说教色彩浓厚，而译者在文末将作品所含教训"明白说出"，容易让儿童意识到"是在受教训"，不禁减少对寓言的"兴趣"与"信仰"，这种情况直到五四时期才有所改变。③ 第二部分文字节选自五四时期郑振铎译述的《狮王》，讲述了一头驴被狮子选为狮王的故事。森林里的狮子没有见过驴，有些害怕这个"长耳朵的东西"，于是提议和驴结盟。然而，在接下来游泳过河、跳过墙头的过程中驴的表现都不如狮子，使后者对其实力产生怀疑。驴虽每次都巧妙应对了狮子的质疑，但狮子仍提议与驴"打一打"，于是出现了文中一幕。对于狮子的提议，驴仍旧没有正面回应，而是提出先试试谁的力气大，让狮子把墙推倒。狮

---

① 杨扬：《〈伊索寓言〉的明代译义抄本——〈况义〉》，载于《文献》，1985年第2期，第271页。
② 《狮王》，C.T. 译，载于《儿童世界》，1922年第1卷第8期，第16~17页。
③ 郑振铎：《儿童文学底教授法》，载于《吴县教育月刊》，1923年第2卷第3号，第4页。

子虽然凶猛,但并不擅长推墙,驴却能将旧墙踢倒,于是,驴再次成功欺骗狮子,使之甘愿选其做狮王。驴在力量上处于弱势,却每次都能用计骗过狮子,使后者对其心服口服,各种理由虽然荒唐,但都能蒙混过关,整个过程令人忍俊不禁。寓言结尾如下:

> 驴子道:"你们怯懦的东西!现在,看我!"他立刻张开大嘴,把荆棘连茎连叶的吃了许多进去。狮子们大惊异。一个个都愿奉他做狮王,再也不敢违背他的命令。他并且不吃狮子们猎来的东西,只吃这些使狮子见之头痛的荆棘。因此,狮子们更喜欢他,崇奉他比以前无论那个狮王都甚些。①

驴的谎言和把戏不仅未被揭穿,其还成了最受"崇奉"的狮王。《狮王》不但情节有趣、语言诙谐,还充满了游戏精神与荒诞色彩,堪称"儿童本位"之作。该寓言中未出现任何"教训"文字,却能让儿童在愉快阅读的同时,学会识破他人诡计,不要被装腔作势的言语蒙骗。寓言中"伟大的教训"戴上"快乐的面具"后,成为"果汁冰酪"型作品,极为符合儿童阅读心理与趣味。②

五四时期,儿童文学相关人员均十分看重寓言这一文体,认为其作为儿童读物或"教本",都是"很相宜的",虽然寓言中"深刻的道德训条,是儿童们所未必懂的",但是故事本身能使之"愉悦"。③ 除尽量引进寓言中的童真之作外,成人还在编者按、译者附言等文字中突显其趣味性,如郑振铎曾在方元译《伊索寓言》旁添加编者按:

> 我在前面,已把《伊索先生》的故事,讲给诸位听了。诸位也许还没有读过《伊索寓言》。现在特请方元先生把《伊索寓言》选译了六则出来,登在这个地方。诸位觉得这些寓言有趣味没有呢……我猜你们如果肯讲给他们(指不识字的儿童,引者注)听,他们必定是极欢迎的。④

---

① 《狮王》,C.T. 译,载于《儿童世界》,1922 年第 1 卷第 8 期,第 17 页。
② 西谛:《论寓言——印度寓言序》,载于《文学周报》,1925 年第 181 期,第 74 页。
③ 郑振铎:《莱森寓言序》,收入莱森《莱森寓言》,郑振铎编译,商务印书馆,1925 年版,第 2 页。
④ 西谛:《伊索寓言(六则)·编者按》,载于《儿童世界》,1923 年第 5 卷第 1 期,第 1 页。

方元的六则作品分别为《狐与葡萄》《鸡与宝石》《蚁与草虫》《羊与狐》《守财奴》和《病鹿和他的朋友》，多为"猫狗说话"之作，符合低幼儿童"拜物教"心理。无论是译者对《伊索寓言》中故事的筛选，还是《儿童世界》主编郑振铎在编者按中对寓言"趣味"的强调，表现出五四时期成人对寓言趣味性之重视。整体而言，我国古代儿童文学以"载道"为主要目的，寓言译作中多训诫性文字。五四时期，成人逐步"发现"儿童，开始关注儿童文学之趣味性与可读性，主张回归儿童文学本真。但由于缺乏"儿童本位"的生活体验，本土作者大多难以在布满"灰色云雾"的成人世界中"重现儿童的天真"，常在作品末尾添加点题话，"明白提出道德的训条来"①。相对于古代寓言译介与同时期创作，五四时期的寓言译作被戴上"快乐的面具"，"使故事自己去教训儿童"，译者不再将道理"明白说出"②，即使文末"附有训语"，为不"妨害"儿童，也大多"删去"，尽量让儿童在阅读时自行思考。③

五四时期，成人在译介寓言以外的其他体裁作品时，同样注重趣味，主张重现儿童文学的"天真"，与当时的本土创作形成鲜明对比。以五四时期科学文艺为例，该时期此类创作"启蒙"目的明显，而翻译却将"趣味"排在"教育"之前。例如，董时曾于1922—1923年在《科学》（第7卷第7期～第8卷第2期）上连载儿童科学故事，在故事题目旁标明"适用于儿童之科学故事"，并标注"新教子"几个字，认为此类作品是师长用来教育儿童的好材料。此外，编者也在一旁添加"编者志"：

> 好奇心与好天然现象之心，在儿童最为丰富，故如能用相当方法，引起儿童之科学兴趣，则其将来受科学教育，必事半功倍，进步猛速。引起兴趣之方法，对于儿童自然以故事为最宜。董君此文即是此意。今载此文于本杂志，盖以表明演导此等故事之方法，想必为国内注意初等教育者之所乐观也。④

从上述文字可见，编者同样重视科学故事的"教育"功效，刊登此类作品不仅是为了利用儿童"好奇心与好天然现象之心"来引起"科学

---

① 郑振铎：《儿童文学底教授法》，载于《吴县教育月刊》，1923年第2卷第3号，第4页。
② 郑振铎：《儿童文学底教授法》，载于《吴县教育月刊》，1923年第2卷第3号，第4页。
③ 周作人：《儿童的文学》，载于《新青年》，1920年第8卷第4号，第6页。
④ 《六个人·编者志》，载于《科学》，1922年第7卷第7期，第727页。

兴趣"，为之后"科学教育"做准备，还是为了向"国内注意初等教育者"演示讲述"此等故事之方法"。简言之，我国五四时期儿童科学文艺创作过于向"教训"倾斜，不仅语言生硬、情节简单，趣味性也非常缺乏。与之相反，五四时期的科学文艺译介十分注重"趣味"，如周作人选择翻译法布尔作品，就是因其比"那些无聊的小说戏剧更有趣味，更有意思"①。在"儿童本位"儿童观与反"载道"潮流影响下，不仅该时期儿童科学文艺译介更具趣味，成人也主动将科学启蒙排在阅读需求之后，如《两条腿》被认为是儿童科学文艺中的"佳作"，因其"很有戏剧的趣味与教育的价值"，正是"趣味"将枯燥的科学知识变得"鲜甜"，使之深受儿童喜爱。②

如上所述，五四时期的儿童文学创作要么笼罩于"成人的灰色云雾"之中，要么"太教育"，过于重视"教育"功效，均未以儿童阅读需求为出发点，因此难以产生"儿童本位"之作。此外，该时期本土创作处于我国现代儿童文学发生期，无论是语言还是创作技巧都仍未成熟，加上当时作者大多缺乏"儿童本位"的生活体验，想要在创作中重现儿童天真、回归儿童文学本真，几乎是一种"不可能的企图"。为及时给可爱的小读者献上"适宜"读物，成人极为重视翻译选材，大力译介以童话为主的外国儿童文学作品，并有意突显其童真童趣。五四时期的儿童文学译作不再是"干燥辛刻的教训文学"，即使存有"教训的分子"，也仿佛是"藏在白雪里"的"草芽"，只会偶尔轻轻地"刺"一下儿童。③整体而言，该时期儿童文学翻译语言简洁生动、情节有趣，且不乏"猫狗说话""草木能言"之作，呈现出远"载道"归"童真"之趋势，极为符合儿童审美心理与精神需求。

二、呈"鲜活"显"健康"

我国古代成人文学与儿童读物中的儿童形象数量较少，且在为数不多的描述中，部分儿童面目模糊，或被当作点缀和道具。请看下文：

> 居有顷，妻产男。巨念与儿妨事亲，一也；老人得食，喜分儿

---

① 周作人：《法布尔〈昆虫记〉》，收入王泉根《周作人与儿童文学》，浙江少年儿童出版社，1985年版，第157页。
② 周作人：《两条腿·序》，收入爱华耳特《两条腿》，李小峰译，鲁迅校，北新书局，1933年版，第4页。
③ 郭沫若：《儿童文学之管见》，载于《民铎》，1921年第2卷第4号，第2页。

孙，减馔，二也。乃于野凿地，欲埋儿。得石盖，下有黄金一釜，中有丹书，曰："孝子郭巨，黄金一釜，以用赐汝。"于是名振天下。①

新兴刘殷，字长盛。七岁丧父，哀毁过礼。服丧三年，未尝见齿。事曾祖母王氏。尝夜梦人谓之曰："西篱下有粟。"寤而掘之，得粟十五钟。铭曰："七年粟百石，以赐孝子刘殷。"自是食之，七岁方尽。②

上述两段文字分别节选自《郭巨》和《刘殷》。在第一则故事中，郭巨认为有了儿子后会"妨事亲"，并令老人"减馔"，于是决定埋掉儿子，结果在"凿地"时发现了金斧，自此，其"孝子"名号天下皆知。第二则故事讲述刘殷在父亲去世后"服丧三年"，未曾露齿展颜，此外，还用心服侍曾祖母，最后他通过梦境获赠"七年粟百石"，成为"孝子"。这两则故事都是为了宣传封建"孝亲"思想，郭巨之子仅作为故事进展中的道具，文中未有只言片语对其进行描述；刘殷虽为故事主人公，但全文也仅对其孝心孝行有所刻画，刘殷性格特点并不突出，作为儿童形象亦不生动，若将刘殷换作成人身份，对故事情节不会产生影响。可见，儿童形象只是故事之点缀。此外，我国古代成人文学与儿童读物中的儿童形象还较为成人化，常被当作"缩小的成人"进行刻画，文学作品中"弱不好弄""不为儿嬉事"或是老成持重的"小大人"形象很多。③此外，儿童受夸奖时会被赞为"有若成人""宛如成人"，如"邓哀王冲字仓舒。少聪察岐嶷，生五六岁，智意所及，有若成人之智"④和"王讳元祐，字庆长……亦既免怀，未尝好弄。虽在稚齿，宛如成人"⑤。整体而言，五四以前文学作品中的儿童形象数量较少，描述或刻画亦十分呆板且成人化，"宛如成人"是对儿童的极度赞扬，成人并未意识到儿童独立人格以及"儿童期"对于人的重要意义。

随着五四时期"儿童的发现"以及"儿童本位"儿童观的确立，儿童不再被看作"未长成"或是"不完全"的人，成人认识到儿童生理与

---

① 干宝撰，贾二强校点：《搜神记》，辽宁教育出版社，1997年版，第78页。
② 干宝撰，贾二强校点：《搜神记》，辽宁教育出版社，1997年版，第78页。
③ 关于此类儿童的详细讨论可参见周扬波：《宋人的儿童观——兼论"近世幼教文化两大路线之争"》，载于《江苏师范大学学报（哲学社会科学版）》，2016年第5期，第147~149页。
④ 陈寿：《三国志（上）》，中华书局，2011年版，第482页。
⑤ 杨亿：《武夷新集》，福建人民出版社，2007年版，177页。

心理之特殊性,"儿童期"的独特意义与价值也开始得到认可。该时期成人对儿童认识及看法的改变同样体现在儿童文学创作与翻译的儿童形象之中。请看下文:

> 他们很黝黑,好像是从炭堆里掘出来的。平常人的手都是很平坦的,但他们却浮肿得好似两座小坟墓。平常人的手都很丰满,但他们却是处处开裂,红色间着一条条的紫痕,血肉模糊,疮斑相间,几乎没有一块整皮肤。①

> 我靠近看那个小孩子的面貌,尚可约略分清。那里是像五六岁时候的可爱的小顺呀。满脸上乌黑,不知是泥,还是煤烟。穿了一件蓝布小衫,下边露了多半部的腿。而且身上时时发出一阵泥土与汗湿的味来……他见我叫出他的名,便呆呆地看着我。②

上面两段文字分别节选自赵景深《红肿的手》和王统照《湖畔儿语》。《红肿的手》中的小全是佣工苗妈的儿子,为吃饱饭只能为少爷跑腿做事,他在主人家帮工时脸不"丰润",声音也不"清脆"。第一段文字着重描写了小全的手,小全的手"浮肿得好似两座小坟墓",并且"处处开裂""血肉模糊",几乎没有完好皮肤。通过上述描写,我国现代羸弱且被压迫的儿童形象跃然纸上。第二段文字中,作者描写了小顺脸部的"乌黑"、身上的"蓝布小衫"、露出"多半"的腿、发出的"泥土与汗湿的味"以及"呆呆"的神情,从具体的外貌和穿着到抽象的味道与神情,小顺的形象刻画非常立体。由于五四时期成人对儿童认识的加深,该时期作者不再对儿童进行成人式描述,文学作品中的儿童开始脱下沉重的"成人外衣",穿上属于自己的"童装",无论是外貌、衣着、性格等都更具"儿童"特征。试对比同时期译作中的儿童形象:

> "现在我大到像顶大的望远镜那么大勒!再会罢,我的脚阿!"(因为她低头一瞧,她的脚远到都快看不见了。)"唉,我的可怜的小脚呀,不晓得以后谁给你们穿袜子穿鞋勒,宝宝呀?我知道我是一定不能给你们穿的!我人已经太远勒,哪儿还能跑到你们那儿去麻烦呢?你们只好自己去顾自己罢。"但是阿丽思又想道,"我非得要

---

① 赵景深:《红肿的手》,载于《小说月报》,1923年第14卷第7号,第8页。
② 王统照:《湖畔儿语》,载于《东方杂志》,1922年第19卷第18号,第107~108页。

好好待他们才行，不然怕我要他们走到哪儿去，回来他们不答应怎么好？让我看阿：我想我每年过年的时候要给它们买一双新鞋。"

她就盘算怎么样送去给它们。她想到，"这鞋去的路这么远，一定要交给送信的送去才行；送礼给自己的脚，真笑话极勒！还有那送信的地名可不更好顽儿吗。

内右鞋一只送呈
炉挡左近地毡上
阿丽思的右脚查收
（带阿丽思的爱情）
嗳唷！我这算说的些什么瞎话呀！"[1]

上述译文描写的是阿丽思吃完带葡萄干的小糕，整个人"变大"之后的场景。"变大"后的阿丽思身高九尺，头都碰到了房顶，但其并未像大人一样故作镇定或是感到惊慌，反而忙着和"可怜的小脚"告别，担心以后没人帮它们"穿袜子穿鞋"。紧接着又担忧"脚"不听指挥，便灵机一动打算过年时送"脚"新鞋，以便进行贿赂，使之"听话"。对于阿丽思而言，"脚"有生命且能思考，需要像朋友一样被平等对待与尊重，这十分符合儿童的"拜物教"思想，充满童心童趣。此外，阿丽思幼稚的想法与其"正正经经"吃糕、担心"脚"的冷暖等装模作样的"大人"行为形成鲜明对比，令人忍俊不禁。阿丽思的言行举止与思维方式，有利于成人了解儿童生活日常，认识儿童"与成人截然不同"的世界。

相较于古代作品中面目模糊抑或语焉不详的儿童，五四时期文学作品中的儿童形象清晰立体，发生了质的飞跃。但需要注意的是，五四时期本土作品中的儿童虽面貌清晰，却肩负了过多生活重担与苦难，其生活充满成人般的压抑与艰辛。与之不同的是，该时期儿童文学译作中的儿童天真烂漫，拥有天马行空式的想象和"瞎话"，不仅形象生动活泼，思想与行为更是"儿童"特征鲜明，儿童的天真可爱、莫名烦恼、奇思妙想等均跃然纸上。该时期创作和翻译中的儿童形象截然不同，究其原因，离不开当时儿童文学理论与创作之"错位"。

中国现代儿童文学始于五四时期，但其发生"不具备西方儿童文学的能动性和常规性……脱逸出了先有创作，后有理论这一文学发生、发展的一般规律"，呈现出先有外国儿童文学译介及其影响下的儿童文学理

---

[1] 加乐尔：《阿丽思漫游奇境记》，赵元任译，商务印书馆，1931年版，第15~17页。

论，后有本土创作这一"特异的文学史面貌"①。换言之，我国现代儿童文学理论及儿童观的形成主要依靠翻译而来，"儿童本位"理论与儿童观对于"非儿童时代"的中国而言是超前而奢侈的，不可避免地与体现中国主体性的本土创作出现"错位"，进而使本土作品中孱弱困苦的儿童和译作中天真烂漫的儿童分别置身于"水深火热"与"美丽的童话世界"之中。相对于古代作品中面目模糊或是老成持重的儿童，以及五四时期创作中肩负生活重担的儿童而言，该时期儿童文学译作中的儿童形象令人耳目一新，成为当时体现"儿童本位"儿童观的一股"清流"。五四时期儿童文学译作中的儿童形象不仅鲜活，而且相较于创作中孱弱、受压迫的儿童也更为健康。请看下文：

> 谷格知道自己被人知觉了，怒吼了一声，跳向前来，但是女孩子也和他一样的快，从岩石的那一边爬下去，和猴儿一般的敏捷而活泼，现在，一个很长的追逐开始了……正在那一刹时，有一大段木头浮在水上，顺流而下，恰恰经过丽丽所对准着逃来的地方，她也没有想到她做的什么，也没有想到在那平流的水底下的可怕的危险，只是受了一种不能拒抗的冲动的驱使——就是要想逃避那追得很近的凶暴的动物的冲动——丽丽从高岸上直跳下去，跳上那一大段木头。②

上文节选自《女酋长丽丽》，丽丽躲避大猩猩谷格追捕时，不但像"猴儿"一般敏捷和活泼，还体力胆识惊人，既能逃脱大猩猩的长时间追捕，又敢于从高处直接跳到河中浮木上。另外，丽丽还豢养野兽、制作弓箭，成为酋长后还带领部落成员大战泽地人。在《女酋长丽丽》里，十六岁的少女丽丽动作灵敏、身姿矫健，还胆大心细、极具魄力，与《红肿的手》中孱弱的小全、《两个小学生》中参加示威游行而被打伤的国枢和坚生、《最后的安息》中可怜无依的童养媳翠儿等孱弱且饱受生活困苦的儿童形成鲜明对比。此外，晚清时期被译者依据封建道德、三纲五常"改头换面"的女童，在五四时期也开始露出"本来面貌"。请看下文：

---

① 朱自强：《中国儿童文学与现代化进程》，浙江少年儿童出版社，2000年版，第182页。
② 《女酋长丽丽》，佩斯译，载于《少年》，1927年第17卷第7期，第31～33页。

水已浸及甲板矣。源郎尚卓立水中,翠峰泪下如雨,殆不忍再观。重举首时,则母船已不见形影,仅余数尺之桅樯矗立海中,白鸥飞翔其间而已。

厥后,翠峰达父母许,父母欲为之联姻,翠峰矢志不嫁,曰:"以我余生,奉父母以终,外此光阴,则长斋绣佛而已。"①

水已浸到甲板的舷了。

马利阿突然跪下,合掌仰视天上。

女孩把头俯下。等她再举起头来看时,船已不见了。②

上述译文分别节选自《爱的教育》(亚米契斯著)的晚清包天笑译本《馨儿就学记》和五四时期夏丏尊译本《爱的教育》,前者经过了包天笑的"改头换面",后者为较忠实的直译。译文选自书中故事《难船》,孤儿马利阿和少女寇列泰在船上相遇,后遇船难仅能一人逃生,马利阿将获救机会让给了寇列泰。上述节选部分为故事结尾,在夏译本中马利阿随着沉船消失不见,而在包译本中,周源同样身亡,但多了陈翠峰"矢志不嫁"、为其守节的内容。正如包天笑所说,《馨儿就学记》讲的是"中国事",提倡的是"旧道德"。③ 原作中胆大心细、关爱弟弟的意大利女孩寇列泰被"中国化"为符合封建道德观念的陈翠峰,不但在周源死后为其守节,还长期侍奉父母、"长斋绣佛",鲜活的少女成了封建道德束缚下了无生趣的成年女性。整体而言,五四以前的翻译为使人物形象、行为等符合"旧道德",常会对原作进行改译或编译,而五四时期推崇直译,译者主动将以前的"改头换面"之作"再来一次所谓'直译'",重现外国儿童文学作品的本来面貌。④ 在五四时期"儿童本位"儿童观与直译风尚影响下,译者积极译介彰显童真童趣之作,且尽量在译语中再现外国儿童文学作品风貌。因此,五四时期儿童文学译作中的儿童形象不仅鲜活生动、天真烂漫,作品整体也更为健康向上,既包括作品中儿童身体的健康,也包括作品内容、思想、精神等层面的健康。值得注意的是,该时期"妇女的发现"使男女平等意识得到强化,本土创作中孱弱、呆板、饱受生活困苦的女童形象已不能满足成人及儿童的"期待视

---

① 天笑生:《馨儿就学记》,载于《教育杂志》,1909年第1卷第8号,第76页。
② 亚米契斯:《爱的教育》,夏丏尊译,开明书店,1948年版,第295页。
③ 包天笑:《钏影楼回忆录》,生活·读书·新知三联书店,2014年版,第364页。
④ 江:《关于"儿童文学"》,载于《文学》,1935年第4卷第2号,第274页。

野",译作中大量活泼伶俐、勇敢积极的女童形象令人耳目一新。

五四时期,随着"儿童本位"儿童观的确立,儿童不仅被真正"发现","儿童期"对于人的重要意义也得到认可。随着对儿童认识的不断加深,成人开始有意识地反对儿童文学的"载道"传统,积极译介符合儿童阅读心理与审美情趣的外国儿童文学作品。该时期翻译主张重现儿童文学"天真",极为注重儿童阅读兴趣,因此,译作中不乏大量"猫狗说话""草木能言"之作,整体呈现出远"载道"归"童真"的趋势。另外,五四时期儿童文学译作中的儿童形象既不同于古代儿童读物中面貌模糊的"小大人",也异于晚清时期译作及同时期创作中被束缚与压迫的儿童形象。译作中的儿童大多性格鲜明、生动活泼,且独立自主、健康积极,符合该时期塑造新儿童之历史需求,为当时的儿童及儿童文学创作树立了学习典范。

在我国传统文学中,儿童几乎未作为"主体性存在"被观照,本土儿童文学基础"并不丰厚",可资借鉴的创作经验有限。[①] 五四时期引进了大量外国儿童文学作品,译作中"儿童本位"的语言和思想、鲜活健康的儿童形象等都对当时读者造成极大冲击,为我国现代儿童文学创作提供了参考借鉴,促进其内容层面之"革新",进而能够及时为儿童提供符合其心理需求的精神食粮。这既与当时主流儿童观一致,也促进了成人儿童文学观念、教育理念等的转变,客观上推动了"儿童本位"儿童观的传播与确立,以及我国现代儿童文学的发生与发展。值得注意的是,就五四时期儿童文学翻译对本土创作的影响与示范而言,虽然该时期及之后许多作家都声称受到了五四时期翻译的影响,但这些影响更多局限于人物形象、创作技巧、表现手法等层面,较为流于表面。例如,叶圣陶在安徒生的影响下开始创作童话,其作品在"求真、寻美,及具体艺术表现手法的运用"等方面明显带有安徒生"印记"[②],但叶圣陶在创作时融入了自身强烈的社会责任感,使作品笼罩于"成人的灰色云雾"之中,难以重现儿童的天真。[③] 由于缺乏浪漫主义传统,我国儿童文学重教训和实感,趣味与想象贫乏。此类西方儿童文学精神或内容"移植"的失败无独有偶。在徐调孚译《木偶的奇遇》和赵元任译《阿丽思漫游

---

① 朱自强:《中国儿童文学与现代化进程》,浙江少年儿童出版社,2000年版,第68页。
② 王蕾:《安徒生童话与中国现代儿童文学》,华东师范大学出版社,2009年版,第153页。
③ 郑振铎:《〈稻草人〉序》,载于《文学周报》,1923年10月15日。

奇境记》影响下，我国20世纪20年代和30年代分别产生了多部以木偶与阿丽思为主人公的作品，即苏苏《新木偶奇遇记》、贺宜《木头人》和老舍《小木头人》，以及陈伯吹《阿丽思小姐》和沈从文《阿丽思中国游记》。上述作品虽将木偶和阿丽思形象"移植"到我国儿童文学"土壤"之上，但最终小木人参军走上抗日之路，阿丽思也失去不少"天真"。在此类社会寓言式本土童话创作中，"深一点的社会沉痛情形"与"纯天真滑稽"大多难以相融。① 从美学层面出发探讨五四时期儿童文学翻译的内容时，应重点关注该时期儿童观转型引起的儿童文学不同层面具体内容及审美标准的转变，也要重视该转变在我国现代儿童文学初始阶段对儿童理论、创作、教育等的系列影响，尤应注意该时期西方儿童文学"嫁接"到我国时产生的"水土不服"，及其背后更为深层的社会/文化原因。

第三节　儿童文学翻译之风格美

晚清时期，儿童作为"未来国民"进入成人视野，成人逐渐"发现"儿童，"成人本位"儿童观开始"松动"，儿童独特的阅读需求逐步得到成人关注。该时期成人虽具备一定"准"儿童文学观，但当时儿童文学翻译并非以满足儿童阅读需求为主要目的，大多带有明确政治目的或功利需求，并常根据封建道德、三纲五常等对原作进行"改头换面"，使之符合"旧道德"。这不仅削弱了儿童文学翻译之异域风情及民族特色，还淡化了译作"儿童"色彩，导致其儿童性与文学性降低。五四时期，在"儿童本位"儿童观与直译风尚影响下，译者不仅将晚清时期大部分作品重新进行直译，还进一步译介各国优秀儿童文学作品。相较于晚清时期，五四时期儿童文学翻译面貌焕然一新，不但忠实传达原作思想与内容，还尽量保留作品艺术形式，因此，该时期翻译既能忠实再现外国儿童文学作品原貌，也能最大限度呈现其活泼浪漫之风貌。

五四时期儿童文学翻译无论是数量还是质量都远胜从前，该时期译作不乏优秀作品与名著名译，其文学价值不容小觑。五四时期儿童文学译作，尤其是经典译作之所以能够历久弥新，获得几代儿童读者青睐，

---

① 沈从文：《阿丽思中国游记·后序》，收入沈从文《阿丽思中国游记》，新月书店，1928年版，第2页。

并非仅因为译作为外国儿童文学经典在我国之再生，更是因为其本身就是优秀儿童文学作品。换言之，读者选择和阅读某一译本并非由于其为特定作品之译本，而是出于对该译本文学、美学等价值之肯定。作为儿童文学的特殊种类，译作不仅具有文学价值，其独特美学风格也不容忽视。儿童文学翻译风格通常为作者与译者风格的"混合体"，且受翻译方法影响颇深。五四时期，译者不再对原作进行"改头换面"，而是进行较为忠实的直译。从风格入手，对五四时期儿童文学翻译进行探讨，既能探究其不同于晚清时期翻译及同时期创作之独特风貌，也能考察该时期儿童文学翻译在我国儿童文学史上的重要作用与意义。

一、忠实本真

在晚清时期"师夷长技以制夷"思想影响下，成人期冀通过译介外国儿童文学作品对儿童进行科普、爱国等启蒙。为更好地达到上述目的，译者常对原作进行改译或编译，在降低翻译忠实度的同时，也在很大程度上令外国儿童文学作品失去"本来面貌"，该情况直到五四时期才有所改变。五四时期成人与儿童文学翻译均以直译为主[①]，译者主张尽量保持作品原貌，不再随意对其进行增删或改编，再现原作内容与形式成为该时期译者之重要任务。翻译风尚的转变使五四前后儿童文学翻译呈现出截然不同的风格。请看下面两段译文：

> 某公子自海外游学归来，学问高低可不必论，却是满身都沾了羊骚臭。什么穿的吃的用的，以及一切与他接触的东西，没一样不是洋货，连便壶马桶也是西洋舶来品，恨不能连自己的身体也要用莲花化身法，化成西洋的种子。人家都说他是洋迷，实在爽爽快快说起来，简直是洋货的奴隶。[②]

> 从前某国国王，很讲究穿着，所以把钱都化在衣服上面了。他不管训练兵丁的事；也不到戏园里去；也不到猎场里去；有了机会，总来卖弄他的衣服多。人说国王是坐在朝廷上的；他简直的坐在衣橱里了。[③]

---

① 关于该时期译者和学者对儿童文学直译的看法详见第二章第三节"翻译方法"部分。
② 安德生：《洋迷小影》，半侬译，载于《中华小说界》，1914年第7期，第1页。
③ 《国王的新衣》，赵景深译，载于《少年》，1920年第10卷第12期，第1页。

以上两段文字均译自安徒生童话《皇帝的新衣》，分别节选自刘半农改译版《洋迷小影》与赵景深直译版《国王的新衣》开头部分。安徒生在童话开始部分介绍了皇帝嗜衣如命的个性，为故事情节的顺利展开进行铺垫，其夸张的叙述也令儿童忍俊不禁，增加了阅读趣味。上述两个译本均对主人公情况做了简要介绍，但由于翻译方法与目的不同，刘译本中的主人公变成了留洋归来的"某公子"，嗜"洋货"如命，是"洋货的奴隶"；赵译本较为忠实地传达了原作内容，文中的国王醉心于各式新衣，堪称"坐在衣橱里"。通过对比可见，刘半农有意识地对原作进行了增删与改编，以"为洋迷痛下针砭"①。除开头部分外，刘译本中还增添了不少突显公子"洋迷"特征的语句，如当两个骗子求见时，公子正在把玩"外洋"玩物，听说"外国人请见"后，更是"不敢怠慢"，急忙说"请"；此外，公子心中虽急于穿新衣出门，但因为"不敢催迫"外国人，也只能"一天天的静待"②。刘半农为"针砭"当时国人的崇洋媚外行为，主动对原作进行改译，塑造了"洋迷"公子这一形象，令读者在发笑的同时能够有所感悟。整体而言，经刘半农改译后的《洋迷小影》，"载道"色彩浓厚，读者难以通过译作窥见原作"本来面貌"。赵景深选择翻译《皇帝的新衣》，不仅因为自身是"安党"，还因其想将"儿童本位"作品献给可爱的小读者。赵景深具有明确的儿童读者意识，为准确传达原作思想与内容，对原作进行了直译，在保留安徒生童话"儿童"特征及"小儿说话"语言特色的基础上，尽量为儿童提供"原汁原味"的安徒生作品。

　　如上所述，刘半农认为《皇帝的新衣》"陈义甚高"，且"措辞诙诡"，并不适合儿童阅读，其译介该作品并非"为儿童"，而是为了针砭时弊。于是，"大笔一挥"后《皇帝的新衣》变为《洋迷小影》，虽未把原作变成"班马文章，孔孟道德"，但也使之失去儿童趣味，成为"讲大道理"之作。③ 相较而言，赵景深不但拥有"孩子的心"，而且具备明确的儿童读者意识，在保留原作"小儿说话"语言特色的同时也忠实传达了原作内容，使《皇帝的新衣》在我国能够保持原有内容与特征。整体而言，五四以前的儿童文学翻译以"载道"为根本目的，译者大多对原作进行改译或编译，而五四时期儿童文学翻译基本是"为儿童"的，以

---

① 安德生：《洋迷小影》，半侬译，载于《中华小说界》，1914年第7期，第1页。
② 安德生：《洋迷小影》，半侬译，载于《中华小说界》，1914年第7期，第1~2页。
③ 作人：《随感录（二四）》，载于《新青年》，1918年第5卷第3号，第286页。

满足儿童阅读需求为主要目的,译者主张对原作进行忠实直译,尽量再现原作童真童趣。因此,与清末民初儿童文学翻译相比,五四时期的翻译不仅颇具异域风情,还更显忠实本真之美,即使与当下作品相比也不遑多让。请看下文:

"Mine is a long and a sad tale!" said the Mouse, turning to Alice, and sighing.

"It is a long tail, certainly," said Alice, looking down with wonder at the Mouse's tail; "but why do you call it sad?"①

"我的经历又冗长又悲惨!"老鼠对着爱丽丝,叹息道。

"那是一条长尾巴,"爱丽丝迷惑地向老鼠的尾巴望了望,"可是为什么说它悲惨呢?"②

那老鼠对着阿丽思叹了一口气道,"唉!我的历史说来可真是又长又苦又委屈呀,"

阿丽思听了,瞧着那老鼠的尾巴说,"你这尾是曲阿!可是为什么又叫它苦呢?"③

上述文字来自卡罗尔(Lewis Carroll)《爱丽丝漫游奇境记》(*Alice's Adventures in Wonderland*)及其 21 世纪的成慧译本和五四时期赵元任译本。原文中,老鼠准备向爱丽丝讲述它讨厌猫狗的原因,卡罗尔利用英文中"tale"(故事)与"tail"(尾巴)的谐音,刻意在文中安排了文字游戏。本来老鼠正在向爱丽丝诉说"无奈"身世,但后者误将"故事"听成"尾巴",使原本严肃认真的气氛瞬间变得荒诞有趣。由于英汉语言差异,译者很难找到对应词语来同时传达该文字游戏的内容与效果。成慧对原文进行直译,将"tale"译为"经历","tail"译为"尾巴",译文虽忠实,却将本来"似通的不通"变成"不通的不通",无法取得原有诙谐效果④。赵元任灵活变通地对原文进行了"具有高度的

---

① 加乐尔:《阿丽思漫游奇境记(英汉对照)》,赵元任译,商务印书馆,1988 年版,第 34 页。
② 卡罗尔:《爱丽丝漫游仙境》,成慧译,内蒙古人民出版社,2008 年版,第 23 页。
③ 加乐尔:《阿丽思漫游奇境记》,赵元任译,商务印书馆,1931 年版,第 37~38 页。
④ 赵元任:《阿丽思漫游奇境记·译者序》,收入加乐尔《阿丽思漫游奇境记》,赵元任译,商务印书馆,1931 年版,第 10 页。

功能代偿性"的"动态模仿"①，不拘泥于原文行文与词序，放弃浅层次语词对应，大胆使用"委屈"与"尾曲"这对谐音双关来进行替换，将原文译成"口气相仿佛的话"，以追求整体效果一致，使译文"神似"胜于"形似"②。赵元任"委屈"与"尾曲"这对双关的使用，忠实传达了作者的奇思妙想，也保留了原作特有风格与文字游戏；此外，其译完后还按照"字字准译"标准进行修改，使译文在充分保留原作天马行空式想象的同时也格外忠实，让儿童读译作时"能够象读原作时一样得到启发、感动和美的感受"③。

成人译介儿童文学主要目的"在输入新的内容"，与此同时也不忘"输入新的表现法"④，如鲁迅在翻译《俄罗斯的童话》时，就曾尝试过破折号的多种用法，体现了其"在中国整合性新式标点初创期的探索和创新"⑤。五四时期儿童文学翻译也是如此，成人积极译介各国优秀儿童文学作品，既是适应"儿童本位"儿童观的需要，也是为给现代儿童文学创作提供参考借鉴。因此，该时期儿童文学翻译在忠实传达原作思想内容的同时，也尽量保留其语言结构与排列形式。请看下文：

"Fury said to

a mouse, That

he met

in the

house,

'Let us

both go

---

① 刘宓庆、章艳：《翻译美学教程》，中央编译出版社，2016年版，第379页。
② 赵元任：《阿丽思漫游奇境记·凡例》，收入加乐尔《阿丽思漫游奇境记》，赵元任译，商务印书馆，1931年版，第16页。
③ 茅盾：《为发展文学翻译事业和提高翻译质量而奋斗》，收入罗新璋《翻译论集》，商务印书馆，1984年版，第511页。
④ 鲁迅：《关于翻译的通信（并J.K.来信）》，收入《二心集》，人民文学出版社，2006年版，第205页。
⑤ 张珊：《试论鲁迅译〈俄罗斯的童话〉中破折号的使用》，载于《鲁迅研究月刊》，2016年第2期，第86页。

to law:
I will
prosecute
you. —
Come, I'll
take no
denial;
We must
have a
trial:
For
really
this
morning
I've
nothing
to do. '
Said the
mouse to
the cur,
'Such a
trial,
dear sir,
With no
jury or
judge,
would be
wasting
our breath. '
'I'll be
judge,
I'll be

>   jury,'
>   Said
>   cunning
>   old Fury:
>   'I'll try
>   the whole
>   cause,
>   and
>   condemn
>   you
>   to
>   death.'"①

该诗同样来自《爱丽丝漫游奇境记》，之前由于"tale"与"tail"这一文字游戏，爱丽丝误将"故事"理解成"尾巴"，这使她一边听故事一边想着老鼠又细又长的"尾巴"，于是诗歌也随之变为"尾巴"形状，成了"尾巴诗"，而该诗换行并非依据句子完整性，而是根据"造型"需求。由于作者"刻意为之"，该诗造型奇特，整体呈垂直线型排列，字母从上到下由大变小，看上去很像老鼠"尾巴"，与故事情节前后呼应。此外，该诗词汇简单，极富节奏与韵律，对儿童而言具有很强的可读性和趣味性。由于原作中复杂的文字游戏以及上下文承接，译者很难在翻译时既传达该诗内容又保持原有趣味，因此，不少译者选择忽略此诗。②请看下列译文：

火儿狗在帽子　　　　　　　　在大屋子里相遇
　里头歹着个　　　　　　　　恶犬就对耗子说道：
　　耗子。狗说，　　　　　　"我们一起去法庭：
　"你别充'忙'，　　　　　　我要起诉你。
　　咱们去　　　　　　　　　——来吧，
上公堂。　　　　　　　　　　我不听辩解，
　我不承　　　　　　　　　　　非得要审讯：

---

① 加乐尔：《阿丽思漫游奇境记（英汉对照）》，赵元任译，商务印书馆，1988年版，第36页。
② 如《爱丽思漫游奇境记》（何君莲译，启明书局，1947年版）、《爱丽思梦游奇境》（范泉编译，时代文艺出版社，1997年版）、《爱丽丝漫游仙境》（李汉昭译，北方文艺出版社，2007年版）等译本。

认你赖，　　　　　　　　因为今天早晨。
　谁不知　　　　　　　　　我确实闲得慌。"
　　道你　　　　　　　　耗子对那杂种说：
　　　坏？我　　　　　　"这种破审讯，
　　今儿早　　　　　　可敬的先生。
晨没事，　　　　　　　既没有陪审
咱们同　　　　　　　　也没有法官，
上公堂。"　　　　　　　　只能白费时间。"
耗子答　　　　　　　　"我就是陪审，
　道，"狗儿，　　　　　我就是法官，"
　　你这爪　　　　　　狡猾的老犬说：
　　　子手儿，　　　　　"我要负责
　　放了我　　　　　　整个的案件，
　再说话：　　　　　　来把你的
告人无　　　　　　　　　死刑
凭作罢。"　　　　　　　　宣判。"①

火儿答
　道，"不妨，
　　判官
　　　陪审
　　我一
　人当，全
场一致
送你
　去见
　　阎
　　　王。"②

　　左边为赵元任译文，右边为成慧译文。赵元任译《阿丽思漫游奇境记》，既是因为"相信这书的文学的价值"，也是试图用其做"语体诗式

---

① 卡罗尔：《爱丽丝漫游仙境》，成慧译，内蒙古人民出版社，2008年版，第23～24页。
② 加乐尔：《阿丽思漫游奇境记》，赵元任译，商务印书馆，1931年版，第38页。

217

试验",尝试"双字韵法"。① 因此,赵元任翻译时基本保存原诗形式,根据"造型"需求安排每行字数与排列,文字从上到下逐渐变小,如同一条细长的老鼠"尾巴"。此外,赵元任极为重视阅读效果,认为书中"打油诗"若译为散文"自然不好顽",于是翻译时大胆尝试,在保持"尾巴诗"排列形式基础上,同样保留了原诗音韵,文中火儿、今儿、狗儿、手儿等词语的使用,既与当时儿童语言习惯一致,也有效保持了原作"打油诗"风格。在赵译本中,老鼠"委屈"的历史变成了"尾曲"的历史,巧妙地与此处"弯曲"的"尾巴"相呼应,完美再现了原文中环环相扣的文字游戏,显得妙趣横生,极富儿童情趣。相较于赵译本,成慧译文要逊色不少,译者主要依据句子完整性进行安排,文字虽也弯曲排列,但由于每排字数相差不大、文字大小相同,难以获得老鼠"尾巴"由粗到细之视觉效果。整体而言,该译本偏散文化,韵律与节奏相对薄弱,使"押韵的诗"变成了"不押韵的不诗"。此外,该译本语言通顺且正式,不如赵译本平易近人,如文中"相遇""辩解"相对赵译本"歹着""赖"而言,失掉了原作的"不通"及口语化特征,因而少了些"好顽"与"好听"②。

  五四时期儿童文学翻译基本坚持"儿童本位",具有较为明确的儿童读者意识。译者主张对外国儿童文学内容与形式均进行直译,既是为了及时引进符合儿童阅读趣味与审美心理的"儿童本位"之作,也是期冀在翻译过程中进行语言、语体等"试验",以在儿童文学领域推进白话文运动,为现代儿童文学创作树立学习典范。该时期译者并未对外国儿童文学进行绝对直译,偶尔也会"稍微牺牲"一点字词层面的"准确",以更好地对原语修辞、意象、句法等进行模仿,是"保留原语文化特征和原作艺术形式的重要手段"之一。③ 换言之,直译前提下的变通主要是为达到"原书原来要达的目的",从而使译语读者获得与原语读者相近的阅读体验。④ 整体而言,在"儿童本位"儿童观与直译风尚影响下,五四时期儿童文学翻译非常重视作品忠实性与儿童性,译者大多主张保持

---

  ① 赵元任:《阿丽思漫游奇境记·译者序》,收入加乐尔《阿丽思漫游奇境记》,赵元任译,商务印书馆,1931年版,第10~11页。
  ② 赵元任:《阿丽思漫游奇境记·凡例》,收入加乐尔《阿丽思漫游奇境记》,赵元任译,商务印书馆,1931年版,第16页。
  ③ 刘宓庆、章艳:《翻译美学教程》,中央编译出版社,2016年版,第379页。
  ④ 赵元任:《阿丽思漫游奇境记·凡例》,收入加乐尔《阿丽思漫游奇境记》,赵元任译,商务印书馆,1931年版,第16页。

原作"本来面貌",重现儿童文学的"天真",该时期儿童文学翻译呈现出忠实本真之美。

二、活泼浪漫

五四时期,我国儿童观开始从"成人本位"向"儿童本位"过渡,成人从不同层面对古代儿童读物进行批判,主张为儿童提供"儿童本位"的文学作品。由于该时期我国儿童文学呈现出"理论先行"局面,处于"成人的灰色云雾"中的本土创作难以重现儿童天真,成人只能积极译介以童话为代表的外国优秀儿童文学,以及时为儿童提供"鸟言兽语""猫狗说话"等符合其阅读心理与趣味的作品。此外,成人主张对儿童文学进行直译,尽量使我国儿童获得原汁原味的阅读体验。相较于晚清时期儿童文学翻译,该时期翻译在内容与形式上均更为忠实,在"儿童本位"儿童观直接影响下,大多保留了原作的奇思妙想和游戏精神,与之前翻译及同时期创作形成鲜明对比,呈现出活泼浪漫之势。请看下文:

> 黑雾迷漫,朔风凛烈,雪花作蝴蝶飞,全城俱白骤现琉璃景象,此某国京城大雪时也。城中有大屋焉,矗立云霄,金碧辉煌,五色玲珑,与雪花相映合,更形华丽,此皇宫也。宫之东有精舍一椽,陈设修洁,一尘不染,俨若仙居。当斯万籁俱寂之际,蓦见一艳若桃李冷若冰霜之少妇,倚窗而坐。①

> 此书为日耳曼往古之轶事,其所言均孝弟之言,所行均孝弟之行,余译时泪沘者。再矣,天下安有豪杰,能根于孝弟而发为事业者,始谓之真豪杰……然其嗣胤,能爱护其女弟,不叛其父母,已萌孝弟之根荄。②

第一段文字节选自五四以前的《白雪公主与七矮人》译本,译文缺乏"小儿说话"特色,语言较为成人化,且题目旁边标注"神话小说",译者与编者均缺乏明确的儿童读者及文体意识。第二段文字是林纾为《鹰梯小豪杰》所写译序的开头部分,译者通过撰写序言的方式对作品进行中国化道德解读,使其道德教化色彩浓厚;此外,上述文字文风古朴,

---

① 克林:《白雪公主与七矮人》,崔弇、雁秋译,载于《妇女时报》,1916年第19期,第89页。
② 林纾:《鹰梯小豪杰·序》,载于《小说海》,1916年第2卷第1号,第1页。

"不近于童",不符合儿童阅读心理与趣味。整体而言,晚清时期"成人本位"儿童观出现"松动","儿童本位"儿童观尚未确立,虽成人主观上期冀创作"足供学生之观览"的儿童读物①,但由于处于儿童文学理论与创作摸索期,且对儿童生理与心理特点缺乏深刻认识,该时期无论是儿童期刊或是本土创作均较为缺乏儿童特色,基本被成人形象、阅读心理、审美情趣支配,"大多数不合于现代思潮"②。五四时期,"儿童本位"儿童观虽占据主流地位,但由于该时期"种种的压迫与苦闷",儿童文学创作难以摆脱生活苦难与悲哀。③ 请看下文:

> 那雨已经是下了好几天了,连那屋子里面的地,都水汪汪地要津上水来。这一间草盖的房子,在一棵老槐树的旁边,房子上面的草,已是很薄的了,还有几处露出土来,在一个屋角的上面,盖着一块破席子。那屋子里面的墙,被雨水润透,一块一块地往下落。那窗上的纸经雨一洗被风都吹破,上面塞的一些破衣裳。所以那屋子里面十分惨淡黑暗的了……旁边坐着一个八九岁的女孩子,给她理线。床头上还躺着一个小孩子,不过有一岁的光景,仰着黄黄的脸儿睡觉。④

上述文字节选自1919年《新潮》第1卷第3号上的《渔家》,文中屋内地面快"津上水来",屋顶草"很薄",盖着"破席子",墙面"被雨水润透"往下落,窗上塞着"破衣裳",屋子里"惨淡黑暗",而居住于此的儿童或辛勤劳动或悄无声息地躺着睡觉。由此不难看出五四时期我国儿童的生存条件与生活状态,大多数儿童在当时难以拥有童话般的美丽人生,身负家庭重担与生活压力、被束缚和压迫的儿童在该时期本土作品中随处可见。与晚清时期成人化的儿童文学翻译及五四时期笼罩在成人"灰色云雾"中的儿童文学创作相比,五四时期儿童文学翻译中鲜活的儿童形象⑤与瑰丽浪漫的色彩显得别具一格,为我国儿童文学注入

---

① 觉我:《余之小说观》,载于《小说林》,1908年第10期,第11~12页。
② 茅盾:《对于〈小学生文库〉的希望》,收入王泉根《中国现代儿童文学文论选》,广西人民出版社,1989年版,第796页。
③ 郑振铎:《〈稻草人〉序》,载于《文学周报》,1923年10月15日。
④ 杨振声:《渔家》,收入浦漫汀《中国儿童文学大系·小说(1)》,希望出版社,1988年版,第6页。
⑤ 详见第六章第二节的第二部分。

了新鲜血液。请看下文：

> 大殿四面挂着碧玉做的帘子；绿色的大松树一行一行的排列着，绕围着大殿。白兔子到处的跑，忽然跑到殿上，又忽然跑到松林里去，活像一团滚来滚去的白雪球……跳舞的人都穿着浅绿色的最好看的衣裳，跟着跳舞的足步，衣裳的颜色时时刻刻的不同：有时变成红色，有时变成白色，有时变成五彩，有时仍为浅绿色，活像无数的五彩的大蝴蝶在一所大花园里飞舞。①

上述文字描绘了月宫及仙女跳舞嬉戏的场景，由外到内、不紧不慢地展开大殿各处景象，层次感丰富，无论是故事节奏还是场景安排均十分符合儿童阅读趣味。此外，文中还使用了多种颜色词对事物进行修饰，如"碧玉帘""绿色的大松树""白兔子""五彩的大蝴蝶"以及能够变幻出"红色""白色""五彩""浅绿色"的神奇舞衣，整个画面色彩斑斓、美不胜收，好似会变色的"晶球宝玉"。与色彩灰暗的本土创作相比，该时期儿童文学翻译显得尤为缤纷浪漫。

五四时期的儿童文学翻译以童话为主，其中场景和文句"象画一样的美丽，诗一样的和谐"，选材上"偏重于美的幻梦的空构"。②该时期儿童文学译者与研究者均极为重视作品趣味性，在内容方面大力提倡"无意思之意思"，如周作人认为"果汁冰酪"型作品不算"最上乘"，"最有趣的是有那无意思之意思的作品"，而《小伊达的花》比《丑小鸭》更胜一筹，因为前者充满"非教训的无意思"以及"空灵的幻想与快活的嬉笑"③；在形式方面，主张尽量再现原文语言结构、排列形式等，其中值得注意的是译者对儿童文学作品中文字突出语相的保留。"'语相'与'语义''句法'一起构成书写形式语言的三个层次，其内容包括字母的拼写、大小写、标点符号、段落排列等"，而文字突出语相则是"具有标记性、非规则性的文字表现方式"。④例如，前文中赵元任译《阿丽思漫游奇境记》里保留了原文"打油诗"的老鼠尾巴造型，译者根据"尾

---

① 《竹公主》，载于《儿童世界》，1922年第1卷第2期，第24～25页。
② 金星：《儿童文学的题材》，收入王泉根《中国现代儿童文学文论选》，广西人民出版社，1989年版，第137页。
③ 周作人：《儿童的书》，载于《晨报副刊·文学旬刊》，1923年6月21日。
④ 徐德荣、何芳芳：《论图画书文字突出语相的翻译》，载于《外语研究》，2015年第6期，第78页。

巴诗"造型需求安排每行字数与排列，文字从上到下逐渐变小，忠实保留了原诗形式。此类文字突出语相的再现，既能使作品更显生动，也可使之更具游戏趣味与艺术美感。

相较于晚清时期翻译与同时期创作，五四时期的儿童文学翻译无论是内容还是形式都更为活泼，此外，该时期儿童文学译作中的插图也发生了巨大变化。晚清时期，孙毓修编辑《童话》丛书时就曾明确提出，在注重儿童读物内容的同时，也应添加图画"以益其趣"。① 我国古代优秀画家"都似乎不屑从事插图的工作，尤其不屑从事于儿童书的插图"，初出茅庐的画家大多"乱画乱涂"，"只要有人形、有物形画出，就可以算是一张画了"。② 由于晚清时期"成人本位"儿童观出现松动，成人逐步意识到儿童阅读对"图画"的需求，该时期儿童读物中的插图数量逐渐增加。相较于本土创作，晚清时期译作中的插图更为丰富，其中不乏原版插图，但也有不少译作被配以我国原创插图。例如，《童话》丛书第1集第3编《大拇指》编译自《格林童话》，孙毓修对原作进行了"改头换面"，译作未采用原版插图，书中8幅插图均为原创，"大拇指"及其父母都变成了彻头彻尾的中国人（详见图6—1和图6—2③）。

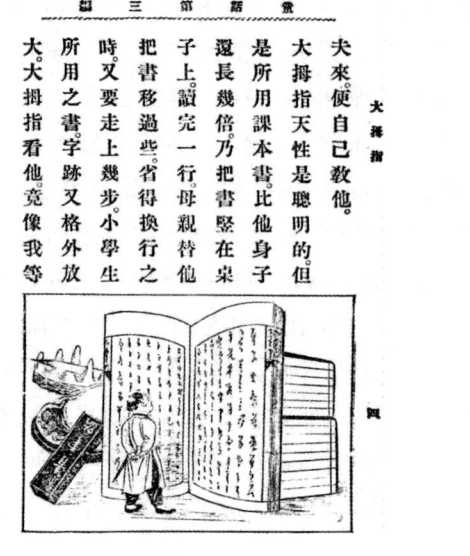

图 6—1

图 6—2

---

① 孙毓修：《童话序》，载于《东方杂志》，1908年第5卷第12号，第179页。
② 郑振铎：《插图之话》，载于《小说月报》，1927年第18卷第1号，第19页。
③ 《大拇指》，孙毓修编译，商务印书馆，1909年版，第4、22页。

晚清时期，儿童文学译者和编者对外国儿童文学作品及其插图进行中国式"改造"，极大地削弱了作品的阅读趣味与异域风情，难以满足儿童求新求异之心。此外，该时期译作图文配置方式单一，一部作品中的插图常放在相同位置，如《大拇指》中的8幅插图均采用上文下图配置方式，相较于五四时期对文图配合的多种尝试而言，显得较为呆板。五四时期，随着"儿童本位"儿童观的传播与确立，成人对儿童认识不断加深，认为"插图在儿童书中，是一种生命，也许较之文字更为重要"①。该时期儿童文学译者和编者在增加儿童读物插图数量的同时，也非常注重插图质量，不仅积极引进"儿童本位"之作，还大量使用原版插画。请看图6-3②和图6-4③：

图6-3

图6-4

五四时期的儿童文学翻译以童话为主，而"童话中多言及皇帝，公主之事"④，图6-3中的王子、公主、天使、窗户上精妙的雕花等呈现了西方式浪漫，极具时代特色。"在这个用图像建构出来的童年，精致、美妙、快乐、自由、友爱，所有美好的事物都在这个虚拟的西方儿童世界里。"⑤ 该时期儿童文学译作插图中既无衣衫褴褛的儿童亦无生活的苦

---

① 郑振铎：《插图之话》，载于《小说月报》，1927年第18卷第1号，第16页。
② 孟代：《睡美人》，收入孟代《纺轮的故事》，CF女士译，北新书局，1927年版，第21页。
③ 加乐尔：《阿丽思漫游奇境记》，赵元任译，商务印书馆，1931年版，第162页。
④ 郑振铎：《儿童世界宣言》，载于《妇女杂志》，1922年第8卷第1号，第134页。
⑤ 张梅：《晚清五四时期儿童读物上的图像叙事》，中国社会科学出版社，2016年版，第388页。

难，充满了当时成人对儿童的想象与期冀。图6-4为《阿丽思漫游奇境记》里一个审判场景的配图，图中"心牌皇帝"是裁判官，12个陪审员中有鸟有兽，兔子则是皇帝身边的幕僚，公堂上参观的"有各式各样的小鸟和畜牲，还有一全付纸牌"。① 此类插图清晰地向成人展示了儿童"猫狗说话""鸟兽能言"的"拜物教"思想，促进了其对儿童的了解，有利于"儿童本位"儿童观的理解、传播与确立。整体而言，五四时期儿童文学翻译无论从内容到形式再到插图，无一不与晚清时期封建道德式"改头换面"以及同时期创作中的生活苦难形成鲜明对比，呈现出成人想象中快乐自由的西方图景，同时也折射出一种超脱于我国现实的活泼轻快与浪漫色彩。

五四时期，"儿童本位"儿童观虽占据主流地位，但由于"现代的人生是最令人伤感的悲剧"，在此情形下难以创作出"最美丽的童话"，该时期儿童文学理论与创作出现了"错位"。② 我国本土儿童读物整体"偏于庄严，偏于现实，而不用想象一方面的材料"，但儿童期的想象力至关重要，"很应当尽力去发展他的"。③ 五四时期儿童读物的采集与创作均十分缺乏，"儿童本位"之作更是难觅踪迹，因此，为满足儿童阅读需求与发展需要，译者积极译介外国儿童文学作品。该时期译作远离了"成人的悲哀"，以"fairy tales（神奇故事）"为主，其中不乏"王子，公主，仙人，魔杖"。④ 此外，五四时期儿童文学翻译的形式与插图也更为活泼，不仅重视文字排版、突出语象等形式方面的还原，还大量使用原版插图，令该时期儿童文学翻译远离现实人生的凄凉悲惨与生活重负，从内容到形式都呈现出不同于早期翻译及同时期创作的轻快浪漫，使我国儿童文学暂时摆脱现实枷锁，出现浪漫主义与现实主义双轨发展趋势。该时期大量"无意思"之作的出现，是儿童观现代转型的直接结果，此类译作在一定程度上也加深了成人对儿童阅读需求、审美趣味、"拜物教"思想等的认识，客观上促进了"儿童本位"儿童观的进一步理解与传播。值得注意的是，五四时期成人对童心、童趣、"无意思"的大力讴歌与赞扬具有特定历史作用与意义，有利于在我国儿童文学现代转型过程中更为彻底地斩断其封建"载道"传统，但如果在儿童文学创作或研

---

① 加乐尔：《阿丽思漫游奇境记》，赵元任译，商务印书馆，1931年版，第160页。
② 郑振铎：《〈稻草人〉序》，载于《文学周报》，1923年10月15日。
③ 严既澄：《儿童文学在儿童教育上之价值》，载于《教育杂志》，1921年第13卷第11号，第60页。
④ 江：《关于"儿童文学"》，载于《文学》，1935年第4卷第2号，第276页。

究中一味突显儿童生物性，坚持将儿童从特定时代/社会中分离出去，使之存在于想象中的"儿童世界"，会导致儿童文学难以汲取所需社会/历史养分，进而阻碍其健康发展。

综上所述，五四时期儿童文学翻译以白话直译为主，成人明确提出使用白话文翻译儿童文学，这不仅是因为"纯用白话"可以使译作"易懂"①，还因为"白话"比"文言"更"接近""外国文字"，使用其进行翻译有利于保持原作"本来面目"②。"白话文为儿童文学找到了一种通俗浅显，易为儿童接受的语言工具，使儿童文学在语言形式上向儿童读者接近了一大步"，也使该时期儿童文学翻译语言显得简洁生动，兼具音形意之美，相较于晚清时期翻译而言，整体风格也更为忠实本真、童趣十足。③ 随着对儿童生理及心理特征认识的不断深入，成人主张重现儿童文学"天真"，在反对文学"载道"传统的同时，积极译介符合儿童阅读心理与审美情趣的外国儿童文学作品。五四时期译作中不乏大量"猫狗说话""草木能言"之作，与本土创作相比，译作中的儿童形象也更为鲜活生动、天真烂漫，该时期儿童文学翻译整体呈现出远"载道"归"童真"之趋势，同时折射出一种超脱于我国现实的轻快活泼与浪漫色彩。

从美学视角出发对翻译进行观照，在东西方翻译研究中均具有悠久历史。笔者在本章中分别从语言、内容和风格三个层面对五四时期儿童文学翻译进行考察，发现该时期译作与当下作品相比虽有较大差距，但瑕不掩瑜，其儿童文学与美学价值无疑远高于大多晚清时期译作及同时期创作，对我国现代儿童文学有着深远影响。首先，该时期儿童文学翻译语言基本为白话，尽管带有部分欧化特征，且与当下儿童文学相比仍显诸多不足，但在五四时期历史/文化语境下其特殊意义与作用不容忽视。该时期儿童文学翻译语言与晚清时期相比，已具备较为明显的"儿童"特征，这是儿童观现代转型之必然结果，客观上有利于成人了解儿童阅读需求与审美趣味，促使成人对儿童生理/心理认识的不断加深，进而促进"儿童本位"儿童观和白话文创作的进一步传播与发展。其次，五四时期译者十分重视儿童文学的"儿童性"与"趣味性"，主张译介

---

① 赵景深：《格列姆童话集序》，收入格列姆弟兄《格列姆童话集》，赵景深译，崇文书局，1922年版，第2页。
② 魏寿镛、周侯予：《儿童文学概论》，商务印书馆，1923年版，第34页。
③ 朱自强：《中国儿童文学与现代化进程》，浙江少年儿童出版社，2000年版，第171页。

"无意思"之作，译作中"儿童本位"的语言与思想、鲜活健康的儿童形象均对当时成人的教育观、儿童观、儿童文学观等造成冲击，有利于达到反对封建束缚、还原儿童天性、树立儿童新形象之目的。最后，五四时期儿童文学翻译受直译风尚影响，译者不再随意对作品进行增删或改编，主张尽量再现原作内容与形式、保持其"本来面目"。在"儿童本位"儿童观影响下，该时期译者引进了大量"猫狗说话""草木能言"之作以及"王子公主"式童话，此类作品使我国儿童文学暂时远离了现实悲苦与生活重负，呈现出浪漫主义发展趋势，进而为我国儿童文学插上了现实主义与浪漫主义之"双翼"。简言之，从美学视角出发对五四时期儿童文学翻译进行探讨，既能重新审视该时期翻译不同于晚清时期翻译及同时期创作之美学特征，还原其长期被遮蔽的文学与美学价值，又能进一步探究该时期翻译所呈现的现代美学情境，及其对我国儿童观转型与现代儿童文学建构之推动作用。

结　语

在中外文学史与翻译史上，译者长期处于尴尬境地，被认为是原作者之"附庸"，译作与原作则是"一种主从关系"，只能通过依附原作而获得存在价值，其主要作用是充当原作与译语读者之"桥梁"。① 但实际上，翻译并非如人所想的那般"透明"，译作亦非长期从属于原作，有时也会"越界"，占据文学多元系统的中心位置，对社会、文化、文学等产生深远影响。五四时期儿童文学翻译正是如此，作为一股强而有力的革新力量，它有着其他时期翻译无法比拟的巨大影响力。五四时期，我国儿童文学从"成人本位"向"儿童本位"转型，且现代儿童文学处于初创期，该时期译作处于整个儿童文学系统中心，对我国儿童观、教育理念、民间儿童文学、儿童文学创作等均产生过重要影响。

五四时期儿童文学翻译虽在我国文学、文化、教育等领域影响深远，但研究者对其关注度不够，目前相关研究较为薄弱，无论是儿童文学史还是翻译文学史均未对其有过多着墨，与其历史地位或学术价值极不相称。为更好地探讨五四时期儿童文学翻译在各相关领域的重要作用与影响，还原其长期被遮蔽的思想及艺术价值，笔者以该时期译作为基本立足点，对五四时期儿童文学翻译进行了较为系统与全面的考察。本书第一章介绍了学界关于五四时期儿童文学翻译的研究现状以及该时期儿童文学翻译概况，第二到第四章集中考察了五四时期儿童文学翻译的制约因素及其接受和影响，最后两章分别从女性与美学视角出发，对该时期儿童文学翻译进行了探讨与论述。

第一，五四时期社会发展日新月异，成人观念发生巨大变化，随着"儿童的发现"，该时期儿童观由"成人本位"走向"儿童本位"；此外，报刊、文学社团、学校等蓬勃发展，均对当时儿童文学翻译产生过直接作用。在"儿童本位"和"启蒙教育"儿童观的双重作用下，该时期儿

---

① 杨武能：《圆梦初记》，湖北教育出版社，2002年版，第261～262页。

童文学译作兼有"无意思"与"载道"之作,前者为主,符合儿童"拜物教"思想与"小野蛮"心理,后者为辅,多为"果汁冰酪"型作品,兼具"知识"与"趣味"的"涵养"。① 整体而言,该时期儿童文学翻译充满童心童趣之美,与同时期创作中"成人的悲哀"形成鲜明对比。此外,个人赞助者以主编、编辑、校对者等不同身份,通过限定翻译选材、指定翻译策略/方法、撰写序/跋等方式,对该时期儿童文学翻译进行干预;团体和机构赞助者则通过推出报刊专号/专栏、编辑丛书、批量购买等方式促进译作传播,进而对翻译体裁、题材、语言、风格等产生影响。译者也是影响翻译的重要因素之一,作为极富创造性的叛逆者,其知识结构、个人志趣、翻译方法/风格等均会对翻译的"最终面貌"产生深刻影响。

第二,五四时期儿童文学翻译作为一股强而有力的革新力量,影响广泛且深远,不仅促进了"儿童本位"儿童观的传播与确立,促使我国儿童观完成现代转型,还引进了大批"鸟言兽语"之作,加深了成人对儿童文学教育功能的了解,推动了我国教育理念的革新与进步。此外,该时期译作为我国民间儿童文学的整理与研究树立了典范,使我国形成了本土民间儿童文学采集标准。在此基础上,成人积极对民间文学进行筛选与改编,形成了大批符合儿童阅读趣味的民间文学作品。这不但有利于保存我国珍贵的民间儿童文学资源,还有利于形成基于本土作品的现代儿童文学理论。另外,五四时期译作中不同于古代儿童读物和同时期创作中的儿童形象、儿童观、教育理念等对不同层次读者均产生过深刻影响,如夏丏尊译《爱的教育》不但为儿童树立了学习榜样,改善了同学、师生及亲子关系,还改变了教师的教学方法与态度。

第三,五四时期儿童文学翻译对我国现代儿童文学的影响也颇为深刻。我国古代儿童读物以诗歌和小说为主,样式单调,该时期翻译引进的各式体裁引起了我国儿童文学"艺术形式的演变与更新"②。在翻译的直接作用下,我国儿童文学不仅增加了童话、戏剧、科学文艺等新样式,还将成人文学中的寓言"移植"过来,使之成为一种别具特色的儿童文学体裁。此外,在不同体裁译作的示范下,本土作者也开始创作相应体

---

① 郑振铎:《第三卷的本志》,载于《儿童世界》,1922年第2卷第13期,第46页。
② 王泉根:《现代中国儿童文学主潮》,重庆出版社,2000年版,第109页。

裁作品，为我国儿童文学开辟了"自己创作的路"[①]。我国儿童诗歌和小说在传承的基础上也发生了系列变革：该时期儿童诗歌大多较具儿童情趣，语言浅显，近于"小儿语"，在形式上逐步打破传统格律，开始追求自然音韵，呈现出一定"诗体大解放"趋势；儿童小说不仅使用白话文，文中还出现部分新词汇与欧化句式。另外，笔者发现该时期儿童文学翻译在我国的接受与影响并非单向作用：一方面，翻译影响了我国儿童文学体裁与创作；另一方面，我国读者和社会文化环境也对其进行了"创造性叛逆"式接受，其中比较典型的有安徒生童话的"儿童化"以及爱罗先珂童话的"经典化"。

第四，五四时期出现了不少原作者为女性的儿童文学译作、儿童文学女性译者以及刊登儿童文学译作的女性报刊，与当时"妇女的发现"这一趋势看似契合，但实际上该时期儿童文学翻译领域女性比重的增加，并未能体现或反映女性性别身份或其独特思想意识、生活/情感体验等。当时译者选择翻译原作者为女性的儿童文学作品大多是出于对内容的关注和共鸣，此类作品的题材、内容或是创作目的均无明显女性意识或生活体验。换言之，在这些作品中，女性原作者的性别特质几乎"隐形"，仅能从署名窥见其"女性"身影。此外，由于成人对女性在家庭和社会之特殊定位，五四时期女性/女性假面译者倾向于翻译日常事物题材作品，作品主题也基本与社会功用无关。女性/女性假面译者拥有较为明确的女性意识，常通过在署名后添加"女士"的方式来突显性别身份。值得注意的是，女性假面译者虽具有较强女性意识，且从当时女性社会身份/定位出发，尽量模仿女性译者进行翻译，但由于缺乏女性生活经验，其翻译不可避免地缺少女性特有的生命体验及话语表达。性别因素也会对翻译的生成与接受产生影响，当时社会对女性的"家庭"定位使该时期女性报刊大多热衷于登载童话和故事，语言自然流畅、通俗易懂，符合低幼儿童阅读趣味，此类译作预期读者为妇女"身旁"的儿童。另外，性别也会影响读者的"期待视野"，使男性/女性读者对儿童文学译作的接受呈现出不同风貌。

第五，五四时期儿童文学翻译强调还原儿童天性、回归儿童文学本真，该时期译作与当下作品相比虽仍显稚嫩，但通过对比我国古代儿童读物、晚清时期儿童文学译作以及五四时期儿童文学译作/创作不难发

[①] 鲁迅：《表·译者的话》，收入 L. 班台莱耶夫《表》，鲁迅译，生活书店，1935 年版，第Ⅲ页。

现，五四时期译作不但语言简洁形象、音韵和谐，符合儿童理解与认知能力，还大多远离"载道"传统，充满童真童趣之美。此外，译作中"儿童本位"的语言和思想、鲜活健康的儿童形象等均对当时儿童文学作者/读者造成了巨大冲击，并对"儿童"这一概念的解读以及现代儿童形象建构有着直接影响。另外，在五四时期儿童文学直译风尚影响下，该时期翻译无论从内容到形式再到插图，均与晚清时期封建道德式"改头换面"，以及同时期创作中的生活苦难形成鲜明对比，呈现出成人想象中快乐自由的西方图景，同时也折射出一种超脱于我国现实的活泼轻快与浪漫色彩。总之，五四时期儿童文学翻译无论是与之前翻译还是同时期创作相比，都具有更为明确的儿童读者意识，该时期译作虽处于现代儿童文学"石器"时代，但仍具有较高的史学与美学价值。

五四时期历史/社会环境、翻译思潮、儿童观等均会对儿童文学翻译产生直接作用，但在研究过程中应重视上述因素与翻译之相互影响。该时期儿童文学翻译并非仅屈从于文学系统外部因素制约，而是积极作用于我国不同领域。在五四时期儿童文学翻译的推动下，我国儿童观、教育理念等完成现代转型，民间儿童文学重获新生，儿童文学作家在学习和模仿该时期译作的过程中逐渐走向成熟，最终创作出具有中国特色的本土儿童文学作品，开拓了现代儿童文学之路。对五四时期儿童文学翻译进行研究，有利于还原其在民族儿童文学建构中的积极作用，而将之放入该时期文学和历史大背景中进行考察，既能保证现代文学研究之完整性，也能为现当代成人文学研究、女性研究等提供一定思路与参考。

本书力求用事实说话，尽量避免主观色彩浓厚的联系与对比，在考证和挖掘诸多史料与事实联系的基础上，对五四时期儿童文学翻译进行了较为全面的论述，但由于客观条件限制，仍存在诸多不足与可提升空间：

首先，在五四时期，儿童文学是个"时髦"话题，大多数报刊都曾刊登过儿童文学译作，资料收集难以将该时期报刊上的儿童文学译作"一网打尽"。笔者虽花费大量时间和精力进行原始资料收集，但由于时间久远，该时期诸多报刊都存在遗失情况，部分更是难觅踪影，因此"漏网之鱼"不少，只能在今后研究中不断增补。此外，该时期大部分儿童文学译作为转译，由于语言限制与源文本信息缺失，笔者只能使用晚清时期或同时期译本进行对比分析，期冀后续研究能够收集到更多源文本信息，并在精通源语者帮助下进行系统研究，以进一步探究原文信息在翻译和接受过程中所发生的增添、失落与变形。

其次，五四时期出版机构林立，商务印书馆、中华书局、世界书局、北新书局、开明书店等均热衷于儿童文学译介，对该时期儿童文学翻译产生过巨大影响。目前，与出版机构相关的儿童文学翻译研究仍处于边缘地带，不仅整体关注度不高，为数不多的研究也倾向于聚焦特定出版机构儿童文学译作的编辑与出版。在后续研究中，可对五四时期出版机构的儿童文学译介活动进行系统研究，既有利于探讨以出版机构为主体的译介活动在我国现代儿童观/儿童文学发生与发展过程中的重要作用，也可探究出版机构儿童文学译介之文学史作用与意义，并为当下出版机构的儿童文学引进与输出提供参考借鉴。

再者，相较于晚清时期，五四时期儿童文学翻译发生了彻底改变，这一巨大变化归根结底受到该时期儿童观现代转型之直接作用与影响。目前，学界对儿童观与儿童文学翻译关系的探讨较为缺乏，而现有研究过于关注前者对后者的单向制约作用，且较少涉及"五四"这一时段的儿童文学翻译。笔者在本书中虽探讨了五四时期儿童观转型对儿童文学翻译之影响，也提及翻译对儿童观之反作用，但并未深入系统论述。儿童观是儿童文学及其研究之原点，五四时期则是我国现代儿童文学萌芽与生发之原点。在后续研究中，回到儿童文学研究及现代儿童文学之原点，考察五四时期儿童观与儿童文学翻译的互动，有着特定历史与研究意义，既可为翻译与思想互动研究补充新内容，也可对译介学研究、翻译研究、儿童文学研究等有所推进。

最后，由于时间和精力有限，笔者不得不忍痛割爱，将很多与五四时期儿童文学翻译相关且较有意义的话题留待后续研究，如意识形态、诗学、评论家等诸多要素对翻译不同阶段的制约作用；该时期翻译对我国现代儿童文学理论建构的作用与意义；译作单行本的序、跋、插图以及报刊类译作前后的介绍性或评论性文字等副文本与翻译之关系；广告、书评、新书介绍、读后感等对译作传播的促进或阻碍作用等。总之，五四时期儿童文学翻译还有诸多值得"深挖"之处，期冀更多的专家学者能够关注该领域研究。

参考文献

[1] 班马. 中国儿童文学理论批评与构想[M]. 武汉：湖北少年儿童出版社，1990.

[2] 包天笑. 钏影楼回忆录[M]. 上海：上海三联书店，2014.

[3] 北京师范大学中文系比较文学研究组. 比较文学研究资料[M]. 北京：北京师范大学出版社，1986.

[4] 北京图书馆. 民国时期总书目（1911—1949）·外国文学[M]. 北京：书目文献出版社，1987.

[5] 蔡元培，等.《中国新文学大系》导言集[M]. 陈平原，导读. 贵阳：贵州教育出版社，2014.

[6] 曹顺庆，等. 比较文学论[M]. 成都：四川教育出版社，2002.

[7] 陈惇，孙景尧，谢天振. 比较文学[M]. 北京：高等教育出版社，1997.

[8] 陈恩黎. 大众文化视域中的中国儿童文学[M]. 杭州：浙江大学出版社，2013.

[9] 陈漱渝. 教材中的鲁迅[M]. 福州：福建教育出版社，2013.

[10] 陈伟. 翻译与词典间性研究[M]. 上海：上海译文出版社，2007.

[11] 陈玉刚. 中国翻译文学史稿[M]. 北京：中国对外翻译出版公司，1989.

[12] 崔昕平. 出版传播视域中的儿童文学[M]. 北京：中国社会科学出版社，2014.

[13] 丁晓原. "五四"散文的现代性阐释[M]. 苏州：苏州大学出版社，2003.

[14] 段峰. 文化视野下文学翻译主体性研究[M]. 成都：四川大学出版社，2008.

[15] 范伯群. 冰心研究资料［M］. 北京：北京出版社，1984.

[16] 范用. 爱看书的广告［M］. 北京：生活·读书·新知三联书店，2015.

[17] 方卫平，王昆建. 儿童文学教程［M］. 北京：高等教育出版社，2016.

[18] 方卫平. 中国儿童文学理论批评史［M］. 济南：明天出版社，2006.

[19] 方卫平. 重新发现儿童文学：2000—2014儿童文学论文选［M］. 武汉：长江少年儿童出版社，2016.

[20] 费小平. 翻译的政治：翻译研究与文化研究［M］. 北京：中国社会科学出版社，2005.

[21] 弗·恩·鲍戈斯洛夫斯基，兹·特·格拉日丹斯卡娅，等. 二十世纪外国文学史（第1卷）［M］. 傅仲选，徐记忠，袁振武，等译. 成都：四川人民出版社，1984.

[22] 付品晶. 格林童话在中国［M］. 成都：四川文艺出版社，2010.

[23] 干永昌，廖鸿钧，倪蕊琴. 比较文学研究译文集［M］. 上海：上海译文出版社，1985.

[24] 郭建中. 当代美国翻译理论［M］. 武汉：湖北教育出版社，2000.

[25] 郭延礼. 中国近代翻译文学概论［M］. 武汉：湖北教育出版社，1998.

[26] 洪秀敏. 当代幼儿教育新理念［M］. 上海：上海教育出版社，2007.

[27] 侯颖. 论儿童文学的教育性［M］. 北京：中国社会科学出版社，2012.

[28] 胡从经. 晚清儿童文学钩沉［M］. 上海：少年儿童出版社，1982.

[29] 胡风. 文艺笔谈［M］. 上海：泥土社，1951.

[30] 黄书光. 变迁与转型：中国传统教化的近代命运［M］. 上海：上海教育出版社，2014.

[31] 黄云生. 儿童文学概论［M］. 上海：上海文艺出版社，2001.

[32] 黄云生. 少年儿童文学［M］. 北京：高等教育出版社，2004.

[33] 贾植芳. 中国现代文学总书目·翻译文学卷［M］. 北京：知

识产权出版社,2010.

[34] 简平. 上海少年儿童报刊简史 [M]. 上海:少年儿童出版社,2010.

[35] 蒋风,韩进. 中国儿童文学史 [M]. 合肥:安徽教育出版社,1998.

[36] 蒋风. 儿童文学原理 [M]. 合肥:安徽教育出版社,1998.

[37] 蒋风. 鲁迅论儿童教育和儿童文学 [M]. 上海:少年儿童出版社,1961.

[38] 蒋风. 新编儿童文学教程 [M]. 杭州:浙江大学出版社,2013.

[39] 蒋风. 中国现代儿童文学史 [M]. 石家庄:河北少年儿童出版社,1987.

[40] 蒋林. 梁启超"豪杰译"研究 [M]. 上海:上海译文出版社,2009.

[41] 金宏宇. 文本周边:中国现代文学副文本研究 [M]. 武汉:武汉大学出版社,2014.

[42] 金燕玉. 茅盾的童心 [M]. 南京:南京出版社,1990.

[43] 金燕玉. 中国童话史 [M]. 南京:江苏少年儿童出版社,1992.

[44] 孔海珠. 茅盾和儿童文学 [M]. 上海:少年儿童出版社,1984.

[45] 乐黛云. 比较文学简明教程 [M]. 北京:北京大学出版社,2003.

[46] 乐黛云. 中西比较文学教程 [M]. 北京:高等教育出版社,1988.

[47] 李红叶. 安徒生童话的中国阐释 [M]. 北京:中国和平出版社,2005.

[48] 李丽. 生成与接受:中国儿童文学翻译研究(1898—1949)[M]. 武汉:湖北人民出版社,2010.

[49] 李利芳. 中国发生期儿童文学理论本土化进程研究 [M]. 北京:中国社会科学出版社,2007.

[50] 李文海. 民国时期社会调查丛编(二编)·文教事业卷(四)[M]. 福州:福建教育出版社,2014.

[51] 连淑能. 英汉对比研究 [M]. 北京:高等教育出版社,1993.

[52] 廖七一,等. 当代英国翻译理论 [M]. 武汉:湖北教育出版

社，2001.

[53] 廖七一. 当代西方翻译研究原典选读 [M]. 北京：外语教学与研究出版社，2010.

[54] 廖七一. 中国近代翻译思想的嬗变：五四前后文学翻译规范研究 [M]. 天津：南开大学出版社，2010.

[55] 刘复. 中国文法通论 [M]. 长沙：岳麓书社，2011.

[56] 刘进才. 语言运动与中国现代文学 [M]. 北京：中华书局，2007.

[57] 刘宓庆，章艳. 翻译美学教程 [M]. 北京：中央编译出版社，2016.

[58] 刘宓庆. 翻译美学导论 [M]. 北京：中国对外翻译出版公司，2005.

[59] 刘绪源. 儿童文学的三大母题 [M]. 上海：复旦大学出版社，2015.

[60] 刘绪源. 儿童文学思辨录 [M]. 北京：海豚出版社，2012.

[61] 刘绪源. 中国儿童文学史略（1916—1977）[M]. 上海：少年儿童出版社，2013.

[62] 刘绪源. 周作人论儿童文学 [M]. 北京：海豚出版社，2012.

[63] 鲁迅. 汉文学史纲要 [M]. 北京：人民文学出版社，2006.

[64] 鲁迅. 中国小说史略 [M]. 北京：人民文学出版社，2007.

[65] 陆国飞. 清末民初翻译小说目录 1840—1919 [M]. 上海：上海交通大学出版社，2018.

[66] 陆克俭. 发现与解放：中国近代进步儿童观研究 [M]. 武汉：华中科技大学出版社，2015.

[67] 罗贝尔·埃斯卡皮. 文学社会学 [M]. 王美华，于沛，译. 合肥：安徽文艺出版社，1987.

[68] 罗新璋. 翻译论集 [M]. 北京：商务印书馆，1984.

[69] 马祖毅. 英译汉技巧浅谈 [M]. 南京：江苏人民出版社，1980.

[70] 毛荣贵. 翻译美学 [M]. 上海：上海交通大学出版社，2005.

[71] 茅盾. 神话研究 [M]. 天津：百花文艺出版社，1981.

[72] 孟昭毅. 比较文学通论 [M]. 天津：南开大学出版社，2003.

[73] 孟昭毅，李载道. 中国翻译文学史 [M]. 北京：北京大学出版社，2005.

[74] 浦漫汀. 中国儿童文学大系·小说（1）[M]. 太原：希望出版社，1988.

[75] 浦漫汀. 儿童文学教程 [M]. 济南：山东文艺出版社，1991.

[76] 乔素玲. 教育与女性：近代中国女子教育与知识女性觉醒（1840—1921）[M]. 天津：天津古籍出版社，2005.

[77] 秦弓. 二十世纪中国翻译文学史·五四时期卷 [M]. 天津：百花文艺出版社，2009.

[78] 饶鸿竞，陈颂声，李伟江，等. 创造社资料 [M]. 福州：福建人民出版社，1985.

[79] 戎林海. 赵元任翻译研究 [M]. 南京：东南大学出版社，2011.

[80] 少年儿童出版社. 1913—1949儿童文学论文选集 [M]. 上海：少年儿童出版社，1962.

[81] 上海市出版工作者协会《出版史料》编辑组. 出版史料（第4辑）[M]. 上海：学林出版社，1985.

[82] 上海市政协文史资料委员会. 上海文史资料存稿汇编（第10卷）[M]. 上海：上海古籍出版社，2001.

[83] 盛巽昌，朱守芬. 郭沫若和儿童文学 [M]. 上海：少年儿童出版社，1990.

[84] 舒伟. 走进童话奇境：中西童话文学新论 [M]. 北京：外语教学与研究出版社，2011.

[85] 宋莉华. 近代来华传教士与儿童文学的译介 [M]. 上海：上海古籍出版社，2015.

[86] 宋原放. 中国出版史料·近代部分（第3卷）[M]. 汪家熔，辑注. 武汉：湖北教育出版社，2004.

[87] 孙建江. 童话艺术空间论 [M]. 武汉：湖北少年儿童出版社，1990.

[88] 孙建江. 20世纪中国儿童文学导论 [M]. 成都：四川少年儿童出版社，2013.

[89] 孙艺风. 视角 阐释 文化：文学翻译与翻译理论 [M]. 北京：清华大学出版社，2004.

[90] 孙毓修. 欧美小说丛谈 [M]. 上海：商务印书馆，1926.

[91] 谭载喜. 西方翻译简史 [M]. 北京：商务印书馆，1991.

[92] 唐兵. 儿童文学中的女性主义声音 [M]. 武汉：湖北少年儿

童出版社，2003.

[93] 汤锐. 比较儿童文学初探 [M]. 武汉：湖北少年儿童出版社，1990.

[94] 王洪涛. 翻译学的学科建构与文化转向：当代西方翻译研究学派理论研究 [M]. 上海：上海译文出版社，2008.

[95] 王建军. 中国教育史新编 [M]. 广州：广东高等教育出版社，2003.

[96] 王建开. 五四以来我国英美文学作品译介史（1919—1949）[M]. 上海：上海外语教育出版社，2003.

[97] 王蕾. 安徒生童话与中国现代儿童文学 [M]. 上海：华东师范大学出版社，2009.

[98] 王黎君. 儿童的发现与中国现代文学 [M]. 北京：中国社会科学出版社，2009.

[99] 王泉根. 周作人与儿童文学 [M]. 杭州：浙江少年儿童出版社，1985.

[100] 王泉根. 现代儿童文学的先驱 [M]. 上海：上海文艺出版社，1987.

[101] 王泉根. 中国现代儿童文学文论选 [M]. 南宁：广西人民出版社，1989.

[102] 王泉根. 儿童文学的审美指令 [M]. 武汉：湖北少年儿童出版社，1991.

[103] 王泉根. 现代中国儿童文学主潮 [M]. 重庆：重庆出版社，2000.

[104] 王泉根. 中国安徒生研究一百年 [M]. 北京：中国和平出版社，2005.

[105] 王泉根. 中国儿童文学概论 [M]. 长沙：湖南少年儿童出版社，2015.

[106] 王人路. 儿童读物的研究 [M]. 上海：中华书局，1933.

[107] 王寿兰. 当代文学翻译百家谈 [M]. 北京：北京大学出版社，1989.

[108] 王向远. 翻译文学导论 [M]. 北京：北京师范大学出版社，2004.

[109] 王瑶. 中国现代文学史论集 [M]. 北京：北京大学出版社，1998.

[110] 王友贵. 翻译家周作人 [M]. 成都：四川人民出版社，2001.

[111] 韦商. 叶圣陶和儿童文学 [M]. 上海：少年儿童出版社，1990.

[112] 魏寿镛，周侯予. 儿童文学概论 [M]. 上海：商务印书馆，1923.

[113] 乌尔利希·韦斯坦因. 比较文学与文学理论 [M]. 刘象愚，译. 沈阳：辽宁人民出版社，1987.

[114] 吴俊，李今，刘晓丽，等. 中国现代文学期刊目录新编（下）[M]. 上海：上海人民出版社，2010.

[115] 吴平，邱明一. 周作人民俗学论集 [M]. 上海：上海文艺出版社，1999.

[116] 吴其南. 中国童话史 [M]. 石家庄：河北少年儿童出版社，1992.

[117] 吴其南. 20 世纪中国儿童文学的文化阐释 [M]. 北京：中国社会科学出版社，2012.

[118] 向天渊. 现代汉语诗学话语（1917—1937）[M]. 重庆：西南师范大学出版社，2002.

[119] 向天渊. 逐点点燃的世界：中西比较诗学发展史论 [M]. 郑州：文心出版社，2009.

[120] 谢天振. 译介学 [M]. 上海：上海外语教育出版社，1999.

[121] 谢天振. 翻译研究新视野 [M]. 青岛：青岛出版社，2003.

[122] 谢天振. 译介学导论 [M]. 北京：北京大学出版社，2007.

[123] 谢天振. 比较文学与翻译研究 [M]. 上海：复旦大学出版社，2011.

[124] 谢天振. 隐身与现身：从传统译论到现代译论 [M]. 北京：北京大学出版社，2014.

[125] 谢天振. 当代国外翻译理论导读 [M]. 天津：南开大学出版社，2008.

[126] 谢天振，查明建. 中国现代翻译文学史（1898—1949）[M]. 上海：上海外语教育出版社，2004.

[127] 熊辉. 五四译诗与早期中国新诗 [M]. 北京：人民出版社，2010.

[128] 薛绥之，张俊才. 林纾研究资料 [M]. 福州：福建人民出版

社，1983.

[129] 杨联芬. 晚清至五四：中国文学现代性的发生［M］. 北京：北京大学出版社，2003.

[130] 杨义. 文学地图与文化还原：从叙事学、诗学到诸子学［M］. 北京：北京师范大学出版社，2011.

[131] 叶圣陶，等. 我和儿童文学［M］. 上海：少年儿童出版社，1980.

[132] 余光中. 余光中谈翻译［M］. 北京：中国对外翻译出版公司，2002.

[133] 张大明. 中国文学通史·现代文学（下）［M］. 南京：江苏文艺出版社，2013.

[134] 张建青. 爱的教育（Cuore）中国百年（1905—2015）汉译简史［M］. 上海：上海交通大学出版社，2017.

[135] 张梅. 晚清五四时期儿童读物上的图像叙事［M］. 北京：中国社会科学出版社，2016.

[136] 张美红. 萌生·汲取·绽放：中韩现代儿童文学形成过程比较研究［M］. 北京：文化艺术出版社，2013.

[137] 张南峰. 多元系统翻译研究：理论、实践与回应［M］. 长沙：湖南人民出版社，2012.

[138] 张圣瑜. 儿童文学研究［M］. 上海：商务印书馆，1928.

[139] 张香还. 中国儿童文学史·现代部分［M］. 杭州：浙江少年儿童出版社，1988.

[140] 张心科. 清末民国儿童文学教育发展史论［M］. 北京：北京师范大学出版社，2011.

[141] 张心科. 民国儿童文学教育文论辑笺［M］. 北京：海豚出版社，2012.

[142] 张耀辉. 巴金和儿童文学［M］. 上海：少年儿童出版社，1990.

[143] 张永健. 20世纪中国儿童文学史［M］. 沈阳：辽宁少年儿童出版社，2006.

[144] 张永中. 文化视野下的变译研究［M］. 武汉：湖北人民出版社，2013.

[145] 张之伟. 中国现代儿童文学史稿［M］. 上海：华东师范大学出版社，1993.

[146] 赵景深. 童话 ABC [M]. 上海：世界书局，1929.

[147] 赵景深. 童话评论 [M]. 上海：新文化书社，1924.

[148] 郑尔康，盛巽昌. 郑振铎和儿童文学 [M]. 上海：少年儿童出版社，1982.

[149] 中共中央马克思、恩格斯、列宁、斯大林著作编译局研究室. 五四时期期刊介绍（第一集）[M]. 北京：生活·读书·新知三联书店，1978.

[150] 中共中央马克思、恩格斯、列宁、斯大林著作编译局研究室. 五四时期期刊介绍（第二集）[M]. 北京：生活·读书·新知三联书店，1979.

[151] 中共中央马克思、恩格斯、列宁、斯大林著作编译局研究室. 五四时期期刊介绍（第三集）[M]. 北京：生活·读书·新知三联书店，1979.

[152] 中国翻译工作者协会《翻译通讯》编辑部. 翻译研究论文集（1894—1948）[M]. 北京：外语教学与研究出版社，1984.

[153] 周策纵. 五四运动史 [M]. 陈永明，等译. 长沙：岳麓书社，1999.

[154] 周晓波. 现代童话美学研究 [M]. 西安：未来出版社，2016.

[155] 朱鼎元. 儿童文学概论 [M]. 上海：中华书局，1924.

[156] 朱自强. 中国儿童文学与现代化进程 [M]. 杭州：浙江少年儿童出版社，2000.

[157] 朱自强. 儿童文学论 [M]. 北京：中国海洋大学出版社，2005.

[158] 朱自强. 现代儿童文学文论解说 [M]. 北京：海豚出版社，2014.

[159] 祝朝伟. 当代西方文论与翻译研究 [M]. 南京：南京大学出版社，2014.

[160] 邹振环. 影响中国近代社会的一百种译作 [M]. 北京：中国对外翻译出版公司，1996.

[161] 樽本照雄. 新编增补清末民初小说目录 [M]. 贺伟，译. 济南：齐鲁书社，2002.

[162] ANDRE LEFEVERE. Translation/history/culture：a sourcebook [M]. Shanghai：Shanghai Foreign Language Education

Press,2004.

[163] ANDRE LEFEVERE. Translation, rewriting and the manipulation of literary fame [M]. Shanghai: Shanghai Foreign Language Education Press, 2010.

[164] BARBARA WALL. The narrator's voice: the dilemma of children's fiction [M]. London: Macmillan, 1991.

[165] CHRISTIANE NORD. Translating as a purposeful activity [M]. Shanghai: Shanghai Foreign Language Education Press, 2001.

[166] EDWIN GENTZLER. Contemporary translation theories [M]. Shanghai: Shanghai Foreign Language Education Press, 2004.

[167] EUGENE A. NIDA. Language and culture: contexts in translating [M]. Amsterdam/Philadelphia: John Benjamins Publishing Company, 2001.

[168] GIDEON TOURY. Descriptive translation studies and beyond [M]. Amsterdam/Philadelphia: John Benjamins Publishing Company, 1995.

[169] GILLIAN LATHEY. The translation of children's literature: a reader [M]. Clevedon: Multilingual Matters, Ltd. 2006.

[170] GILLIAN LATHEY. The role of translators in children's literature: invisible storytellers [M]. London/New York: Routledge, 2010.

[171] GOTE KLINGBERG. Children's fiction in the hands of the translators [M]. Lund: CWK Gleerup, 1986.

[172] HAIDEE KRUGER. Postcolonial polysystems: the production and reception of translated children's literature in South Africa [M]. Amsterdam/Philadelphia: John Benjamins Publishing Company, 2012.

[173] JAN VAN COILLIE & WALTER P. VERSCHUEREN. Children's literature in translation: challenges and strategies [M]. Manchester: St. Jerome Publishing, 2006.

[174] JEREMY MUNDAY. Introducing translation studies [M]. London/New York: Routledge, 2001.

[175] JOHN STEPHENS. Language and ideology in children's fiction [M]. London: Longman, 1992.

[176] KARIN LESNIK-OBERSTEIN. Children's literature: new approaches [M]. New York: Palgrave Macmillan, 2004.

[177] LAWRENCE VENUTI. The translator's invisibility: a history of translation [M]. Shanghai: Shanghai Foreign Language Education Press, 2004.

[178] LUISE VON FLOTOW. Translation and gender: translating in the "era of feminism" [M]. Manchester: St. Jerome Publishing, 1997.

[179] MARY SNELL-HORNBY. Translation studies: an integrated approach [M]. Amsterdam/Philadelphia: John Benjamins Publishing Company, 1995.

[180] MONA BAKER. In other words: a coursebook on translation [M]. London/New York: Routledge, 1992.

[181] MONA BAKER. Routledge encyclopedia of translation studies [M]. London/New York: Routledge, 1998.

[182] PETER HUNT. Literature for children: contemporary criticism [M]. London/New York: Routledge, 1992.

[183] PETER HUNT. International companion encyclopedia of children's literature [M]. London/New York: Routledge, 1996.

[184] RIITTA OITTINEN. Translating for children [M]. New York/London: Garland Publishing, Inc. 2000.

[185] SHERRY SIMON. Gender in translation: cultural identity and the politics of transmission [M]. London/New York: Routledge, 1996.

[186] SUSAN BASSNETT. Translation studies [M]. London/New York: Routledge, 1991.

[187] THEO HERMANS. Translation in systems: descriptive and system-oriented approaches explained [M]. Shanghai: Shanghai Foreign Language Education Press, 2004.

[188] ZOHAR SHAVIT. Poetics of children's literature [M]. Athens/London: The University of Georgia Press, 1986.

附　录

关于附录的几点说明：

1. 附录一和附录二中儿童文学译作的资料搜集与录入主要依靠笔者翻阅各大报刊和查询"读秀"①"大成老旧刊全文数据库"②"全国报刊索引"数据库中的"民国时期期刊全文数据库（1911—1949）"③等相关数据库，并参考《五四时期期刊介绍》④《民国时期总书目（1911—1949）·外国文学》⑤《新编增补清末民初小说目录》⑥《二十世纪中国翻译文学史·五四时期卷》⑦《中国现代文学总书目·翻译文学卷》⑧等相关书籍与资料。

2. 附录一和附录二中的信息，如原作者、译者、国家等，均依据译作原始数据录入。即使笔者通过查阅资料或文本分析获得更多相关内容，为保持译作信息原貌，也并未进行补充。⑨

---

① 由430多万种中文图书和10亿页全文资料组成的超大型数据库。
② 该数据库收录了晚清至1949年间的近7000种期刊，共13万余期，其中报刊文本均使用原件进行高清扫描，很多期刊现已较难寻觅。
③ 该数据库收录了1911年至1949年间的2.5万多种报刊，近1000万篇文献，是该时期历史档案的重要组成部分。
④ 中共中央马克思、恩格斯、列宁、斯大林著作编译局研究室：《五四时期期刊介绍》，生活·读书·新知三联书店，1978、1979年版。共三集。
⑤ 北京图书馆：《民国时期总书目（1911—1949）·外国文学》，书目文献出版社，1987年版。
⑥ 樽本照雄：《新编增补清末民初小说目录》，贺伟译，齐鲁书社，2002年版。
⑦ 秦弓：《二十世纪中国翻译文学史·五四时期卷》，百花文艺出版社，2009年版。
⑧ 贾植芳：《中国现代文学总书目·翻译文学卷》，知识产权出版社，2010年版。
⑨ 例如，《金鹅》（载于《儿童世界》，1922年第3卷第2期）和《樱桃树》（载于《儿童世界》，1922年第3卷第6期）只署了译者姓名，却未标明其译者身份，导致著译不分。笔者在查看郑振铎《复何思聪函》时，发现二者均为译作，其中"《樱桃树》的原著者是德国的格奥克昆（Jnauck-Kuhnl）"（郑振铎：《复何思聪函》，收入郑尔康、盛巽昌《郑振铎和儿童文学》，少年儿童出版社，1982年版，第85页）；此外，《皇帝的新衣》（载于《儿童世界》，1927年第19卷第19期）落款"斐成"，同样未标明其译者身份，笔者通过文本分析和对比，核实此作为安徒生《皇帝的新衣》。

3. 附录一中的译作单行本按照出版时间先后排序，不能确定具体月份的排在该年末尾。附录二先按照报刊名称的音序排列，再按译作在该报刊的发表先后排序。附录二所收译作起止时间为1917年到1927年，但该时段并非绝对严格划分，报刊上连载的译作若部分超出该时段也一并收入，以保持译作信息完整。①

附录一 五四时期儿童文学译作书目

时间	书名	体裁	原作者	国家/地区	译者	出版社
1917.1	三姊妹	童话	Grimm brothers	德国	谢寿长、孙毓修	上海：商务印书馆
1917.2	阿里排排逢盗记	故事		阿拉伯		上海：土山湾印书馆
1917.3	睡王	童话			孙毓修	上海：商务印书馆
1917.4	鲁滨孙漂流记	小说	达孚	英国	林纾、曾宗巩	上海：商务印书馆
1917.6	海公主	童话		丹麦	孙毓修	上海：商务印书馆
1917.6	红帽儿	童话	Grimm brothers	德国	孙毓修	上海：商务印书馆
1917.6	万年龟	童话			孙毓修	上海：商务印书馆
1917.9	伊索寓言演义	寓言	伊索	古希腊	孙毓修	上海：商务印书馆
1917	时谐	童话	格林	德国	郑贯公	上海：商务印书馆
1918.1	如意灯	童话			孙毓修	上海：商务印书馆
1918.1	十之九	童话	安德森	丹麦	陈家麟、陈大镫	上海：中华书局
1918.3	小铅兵	童话	H. C. Anderson	丹麦	孙毓修	上海：商务印书馆
1918.4	拉哥比在校记	小说		英国	商务印书馆编译所	上海：商务印书馆
1918.5	林肯	传记			钱智修	上海：商务印书馆
1918.8	克林威尔	传记			钱智修	上海：商务印书馆
1918.8	狮骡访猪	寓言		古希腊	沈德鸿	上海：商务印书馆
1918.9	平和会议	寓言			沈德鸿	上海：商务印书馆
1918.9	苏格拉底	传记			钱智修	上海：商务印书馆
1918.11	驴大哥	童话		德国	沈德鸿	上海：商务印书馆
1918	海国趣语	故事	兰姆姐弟	英国	梅益盛	上海：广学会

---

① 如《学生杂志》第3卷第7号到第4卷第12号（1916.7—1917.12）连载了长篇小说《拉哥比在校记》（德麦司希慈著，秋水生译），笔者将超出研究时段的期数也收入目录。

续表附录一

时间	书名	体裁	原作者	国家/地区	译者	出版社
1919.1	怪花园	童话		法国	沈德鸿	上海：商务印书馆
1919.1	兔娶妇	童话			沈德鸿	上海：商务印书馆
1919.1	蛙公主	童话		德国	沈德鸿	上海：商务印书馆
1919.7	海斯交运	童话	Grimm brothers	德国	沈德鸿	上海：商务印书馆
1919.10	飞行鞋	童话			孙毓修	上海：商务印书馆
1919.10	最后一课	小说	Daudet	法国	胡适	上海：亚东图书馆
1919.12	格兰斯顿	传记			孙毓修	上海：商务印书馆
1919.12	金龟	故事		阿拉伯	沈德鸿	上海：商务印书馆
1919	拿破仑	传记			钱智修	上海：商务印书馆
1920.6	颤巢记（上编）	小说	鲁斗威司	瑞士	林纾、陈家麟	上海：商务印书馆
1920.6	颤巢记（续编）	小说	鲁斗威司	瑞士	林纾、陈家麟	上海：商务印书馆
1920.11	吟边燕语	故事	兰姆	英国	林纾、魏易	上海：商务印书馆
1920	加里波的	传记			林万里	上海：商务印书馆
1920	秘园	小说	F. H. Burnett	美国	李冠芳	上海：广学会
1921.3	贫孩得胜	小说	I. T. Thurston		福幼报社	上海：广学会
1921春	五十轶事译评		濮尔文	英国	王完白	上海：协和书局
1921.7	托尔斯泰短篇	寓言	托尔斯泰	俄国	刘灵华	上海：公民书局
1922.1	阿丽思漫游奇境记	童话	卡罗尔	英国	赵元任	上海：商务印书馆
1922.2	蜜蜂	童话	法朗士	法国	穆木天	上海：泰东图书局
1922.2	王尔德童话	童话	王尔德	英国	穆木天	上海：泰东图书局
1922.2	新月集	诗歌	泰戈尔	印度	王独清	上海：泰东图书局
1922.4	格列姆童话集	童话	格列姆	德国	赵景深	上海：崇文书局
1922.6	梦游地球（上册）	小说			孙毓修	上海：商务印书馆
1922.6	三王子	童话			孙毓修	上海：商务印书馆
1922.7	爱罗先珂童话集	童话	爱罗先珂	俄国	鲁迅等	上海：商务印书馆
1922.9	大拇指	童话	W. T. Stead	英国	孙毓修	上海：商务印书馆
1922.9	怪石洞	童话			高真长	上海：商务印书馆
1922.9	好少年	童话			孙毓修	上海：商务印书馆
1922.9	能言鸟	童话			孙毓修	上海：商务印书馆
1922.9	狮子报恩	童话	G. B. Shaw	英国	孙毓修	上海：商务印书馆
1922.9	小王子	童话			孙毓修	上海：商务印书馆

续表附录一

时间	书名	体裁	原作者	国家/地区	译者	出版社
1922.9	哑口会	童话			孙毓修	上海：商务印书馆
1922.9	义狗传	童话			孙毓修	上海：商务印书馆
1922.9	鹰雀认母	故事			孙毓修	上海：商务印书馆
1922.9	鹦鹉螺	小说		法国	孙毓修	上海：商务印书馆
1922.11	富兰克林	传记			孙毓修	上海：商务印书馆
1922	泰西五十轶事		极姆斯包尔文	英国	高振陆	译者自刊
1922	童话集	童话	格林	德国	黄洁如	上海：崇文书局
1922	三问答	童话			孙毓修	上海：商务印书馆
1923.1	白须小儿	童话			郑振铎	上海：商务印书馆
1923.1	长鼻矮子	童话			郑振铎	上海：商务印书馆
1923.1	点金术	童话			孙毓修	上海：商务印书馆
1923.1	风箱狗	故事	John Muir	美国	孙毓修	上海：商务印书馆
1923.1	猴儿的故事	童话			郑振铎	上海：商务印书馆
1923.1	快乐种子	童话			孙毓修	上海：商务印书馆
1923.1	驴史	故事			孙毓修	上海：商务印书馆
1923.1	鸟兽赛球	童话			郑振铎	上海：商务印书馆
1923.1	山中人	童话			谢寿长、孙毓修	上海：商务印书馆
1923.5	涡堤孩	童话	福沟	德国	徐志摩	上海：商务印书馆
1923.7	桃色的云	戏剧	爱罗先珂	俄国	鲁迅	新潮社
1923.8	德谟士	传记			孙毓修	上海：商务印书馆
1923.8	荒岛孤童记	小说	马理溢德	英国	无闷居士	上海：世界书局
1923.8	无画的画帖	童话	安徒生	丹麦	赵景深	上海：新文化书社
1923.9	大人国	童话	Jonathan Swift	英国	孙毓修	上海：商务印书馆
1923.9	小英雄	小说	步奈特	美国	亮乐月	上海：广学会
1923.10	青鸟	戏剧	梅脱灵	比利时	傅东华	上海：商务印书馆
1923.12	长腿蜘蛛爹爹	小说	韦思德	美国	李冠芳、朱懿珠	上海：广学会
1923	爱性的玛莉	故事			上海福幼报馆	上海：广学会
1923	喻言丛谈	寓言	格铁夫人	英国	季理斐师母	上海：广学会
1924.4	侠隐记	小说	大仲马	法国	伍光建	上海：商务印书馆
1924.5	俄国童话集	童话		俄国	唐小圃	上海：商务印书馆
1924.5	纺轮的故事	童话	孟代	法国	CF女士	上海：北新书局
1924.6	安徒生童话集	童话	安徒生	丹麦	赵景深	上海：新文化书社

续表附录一

时间	书名	体裁	原作者	国家/地区	译者	出版社
1924.6—1924.8	天方夜谭（上下册）	故事		阿拉伯	奚若译述、叶绍钧校注	上海：商务印书馆
1924.10	旅伴	童话	安徒生	丹麦	林兰、CF女士	新潮社
1924.12	世界的火灾	童话	爱罗先珂	俄国	鲁迅	上海：商务印书馆
1924	希腊名士伊索寓言	寓言	伊索	古希腊	林纾、严培南、严璩	上海：商务印书馆
1924	竹马天真	小说	欧高德女士	美国	贝厚德女士、沈骏英女士	上海：广学会
1925.1	天鹅	童话			高君箴、郑振铎	上海：商务印书馆
1925.4	牧羊儿	童话			晓天、顾均正、CF、徐调孚	上海：商务印书馆
1925.4—1925.10	人类的故事（上下册）	故事	房龙	美国	沈性仁	上海：商务印书馆
1925.5	两条腿	童话	爱华耳特	丹麦	李小峰	上海：北新书局
1925.5	泰西三十轶事		极姆斯包尔文	英国	李简	常州：华新书社
1925.8	格尔木童话集	童话	格尔木兄弟	德国	王少明	开封：河南教育厅编译处
1925.8	莱森寓言	寓言	莱森	德国	郑振铎	上海：商务印书馆
1925.8	列地狐历险记	故事	Thorhton W. Bugeso		李善通	上海：商务印书馆
1925.8	前期海滨人	故事	杜柏	美国	何其宽	上海：商务印书馆
1925.8	人类的衣	故事	J. F. Chamberlain		徐亚倩	上海：商务印书馆
1925.8	印度寓言（一）	寓言		印度	郑振铎	上海：商务印书馆
1925.9	四姊妹	小说	欧高德女士	美国	贝厚德女士、沈骏英女士	上海：广学会
1925.10	旅伴及其他	童话	安徒生	丹麦	林兰女士	上海：北新书局
1925	高加索民间故事	故事	狄尔	德国	郑振铎	上海：商务印书馆
1925	后期穴居人	故事	杜柏	美国	何其宽	上海：商务印书馆
1925	秘密洞	故事		阿拉伯	黄弁群、吴太玄	上海：中华书局
1925	前期穴居人	故事	杜柏	美国	沈志坚、何其宽	上海：商务印书馆
1926.1	续侠隐记	小说	大仲马	法国	伍光建译、沈雁冰校	上海：商务印书馆
1926.3	爱的教育	小说	亚米契斯	意大利	夏丏尊	上海：开明书店
1926.6	列那狐的历史	故事		欧洲	文基	上海：开明书店
1926.7	毕斯麦	传记			林万里	上海：商务印书馆
1926.8	狐之神通	故事	歌德	德国	君朔	上海：商务印书馆

续表附录一

时间	书名	体裁	原作者	国家/地区	译者	出版社
1926.10	泰西三十轶事		James Baldwin	英国	周树培	上海：世界书局
1926.11	列那狐	故事		欧洲	郑振铎	上海：开明书店
1926.11	树居人	故事	杜柏	美国	郑振铎、何其宽	上海：商务印书馆
1926	儿童的智慧	戏剧	托尔斯泰	俄国	常惠	上海：北新书局
1926	人类的住所	故事	张伯伦		陈锦英	上海：商务印书馆
1927.5	风先生和雨太太	童话	保罗·缪塞	法国	顾均正	上海：开明书店
1927.9	昆虫故事	故事	法布耳	法国	林兰	上海：北新书局
1927.11	东方寓言集	寓言	陀罗雪维支	俄国	胡愈之	上海：开明书店
1927.11	给海兰的童话	童话	西皮尔雅克	俄国	鲁彦	上海：开明书店
1927.11	古代的人	故事	房龙	美国	林徽音	上海：开明书店
1927	巴尔干民间故事	故事		巴尔干	李丽霞、苏敏	上海：云海出版社
1927	贤妻模范	小说	欧高德女士	美国	贝厚德女士、沈骏英女士	上海：广学会
1927	伊索寓言	寓言	伊索	古希腊	陈嘉	上海：群益书社
1927	竹公主	童话		日本	郑振铎	上海：商务印书馆

附录二 五四时期报刊儿童文学译作篇目

时间	译作名称	体裁	原作者	国家/地区	译者	期刊名称	期卷号
1924	弟弟和姐姐	童话	格利蒙	德国	竹影	爱国·爱国女学校校友会年刊	第1期
1927	神弓手	神话	A. Cruse		赵景深	北新	第27期
1927	荞麦	童话	安徒生	丹麦	徐调孚	北新	第27期
1927	骄螬	故事	法布耳	法国	林兰	北新	第36期
1927	墨西哥的神话	神话	A. Cruse		萧元璋	北新	第37期
1927	兑鲁特霍潘	童话	安徒生	丹麦	林兰	北新	第41/42期
1927	我的猫	故事	法布耳	法国	林兰	北新	第43/44期
1920	空袭	童话	托尔斯泰	俄国	凡	晨报副刊①	4月12—15日
1920	弟兄和金子	故事	托尔斯泰	俄国	黄半水	晨报副刊	11月22日
1921	池边	童话	爱罗先珂	俄国	鲁迅	晨报副刊	9月24—26日
1921	春夜的梦	童话	爱罗先珂	俄国	鲁迅	晨报副刊	10月22日
1921	虹之国	童话	爱罗先珂	俄国	馥泉	晨报副刊	11月22日
1921	狭的笼	童话	爱罗先珂	俄国	鲁迅	晨报副刊	11月23—26日
1922	星的小孩	诗歌	小林章子	日本	仲密	晨报副刊	3月19日
1922	跛天使	童话	孟代	法国	CF	晨报副刊	3月30日
1922	睡美人	童话	孟代	法国	CF	晨报副刊	4月2日
1922	可怜的食品	童话	孟代	法国	CF	晨报副刊	4月10日

① 该报曾使用《晨报副刊》《晨报副镌》作为名称,此处统一使用《晨报副刊》。五四时期,报刊更名情况颇多,在本书附录中,笔者均统一使用一个名称,之后不再逐一说明。

续表附录二

时间	译作名称	体裁	原作者	国家/地区	译者	期刊名称	期卷号
1922	两枝雏菊	童话	孟代	法国	小峰	晨报副刊	4月24日
1922	久米仙人	故事	武者小路实笃	日本	仲密	晨报副刊	5月3日
1922	罗冷将军之悲哀	童话	孟代	法国	CF女士	晨报副刊	5月7、8日
1922	桃色的云	戏剧	爱罗先珂	俄国	鲁迅	晨报副刊	5月15—26日,6月2—25日
1922	坚定的锡兵	童话	安徒生	丹麦	赵景深	晨报副刊	5月20日
1922	亲爱的死者	童话	孟代	法国	CF	晨报副刊	5月31日
1922	可惊的爱的吸引力	童话	孟代	法国	CF	晨报副刊	6月12日
1922	钱匣	童话	孟代	法国	CF	晨报副刊	6月27日
1922	儿童的智慧	戏剧	托尔斯泰	俄国	常惠	晨报副刊	7月1—21日
1922	驰名的起花	童话	王尔德	英国	赵景深	晨报副刊	7月9—12日
1922	投降者	传说		俄国	鲁彦	晨报副刊	8月9日
1922	好与坏	传说		俄国	鲁彦	晨报副刊	8月9日
1922	最后一个仙女	童话	孟代	法国	CF	晨报副刊	11月23、24日
1922	时光老人	童话	爱兑生	俄国	鲁迅	晨报副刊	12月1日
1922	雏菊花	童话	安特生	丹麦	CF女士	晨报副刊	12月31日
1923	年的历史	童话	安特生	丹麦	王星汉	晨报副刊	1月5—9日
1923	小黄莺的花	童话	安特生	丹麦	王仲宸	晨报副刊	1月16—20日
1923	国王与乞丐	戏剧	秋田雨雀	日本	杨敬慈	晨报副刊	5月10—13日
1923	钢笔和墨水瓶	童话	安徒生	丹麦	赵景深	晨报副刊	6月27日
1923	稻草与煤与蚕豆	童话	格林	德国	作人	晨报副刊	7月24日
1923	乡间的老鼠和京都的老鼠	戏剧	坪内逍遥	日本	作人	晨报副刊	7月28日
1923	乡鼠与城鼠	戏剧	诺依思、布兰支莱	美国	作人	晨报副刊	8月3日
1923	蝙蝠与獭蛤蟆蝶	故事	法布耳	法国	作人	晨报副刊	8月4日

续表附录二

时间	译作名称	体裁	原作者	国家/地区	译者	期刊名称	期卷号
1923	蜂与蚁	故事	法布耳	法国	作人	晨报副刊	8月7日
1923	幸福城	童话	白兰	美国	赵景深	晨报副刊	8月17日
1923	蜘蛛的毒	故事	法布耳	法国	作人	晨报副刊	8月25日
1923	小妖和鞋匠	童话	格林	德国	千之	晨报副刊	8月27日
1923	大萝卜	童话	格林	德国	作人	晨报副刊	8月28日
1923	上古的人	故事	房龙	美国	小峰	晨报副刊	9月2日
1923	幸福家庭	童话	安徒生	丹麦	赵景深	晨报副刊	9月20日
1923	老人做事不会错	童话	安徒生	丹麦	CF	晨报副刊	9月22日
1923	麻雀泥	童话	H. V. Dyke	美国	兰梦女士	晨报副刊	10月5日
1923	一揸泥	童话	格林	德国	CF	晨报副刊	11月14日
1923	睡美人	童话	格林	德国	CF	晨报副刊	11月15日
1923	狐狸的尾巴	童话	格林	德国	CF	晨报副刊	11月22日
1923	十二兄弟	童话	格林	德国	作人	晨报副刊	11月29日
1924	蚂蚁的会议	故事	汤姆生	英国	作人	晨报副刊	1月16日
1924	老鼠的会议	戏剧	坪内逍遥	日本	TS	晨报副刊	1月17日
1924	草斯与其妻葛利得	童话	格林	德国		晨报副刊	3月19日
1924	两条腿	童话	C. Ewald	丹麦	李小峰	晨报副刊	3月27—31日, 4月3、4、7、12、15、16、17、19、20、22、23、27、29、30日, 5月3、5、10、12、14、17—20、22、25、26日
1924	丑小鸭	童话	安徒生	丹麦	SL	晨报副刊	5月28—30日
1924	圣母玛丽的孩子	童话	格林	德国	劳信	晨报副刊	6月26日
1924	花立母亲	童话	格林	德国	SL	晨报副刊	6月27日
1924	打火匣	童话	安徒生	丹麦	SL	晨报副刊	7月9、10日

续表附录二

时间	译作名称	体裁	原作者	国家/地区	译者	期刊名称	期卷号
1924	小人鱼	童话	安徒生	丹麦	林兰女士	晨报副刊	7月15, 17, 18, 20, 22, 24, 27日
1924	旅伴	童话	安徒生	丹麦	林兰女士	晨报副刊	7月17, 18, 28, 29, 31日, 8月2—5日
1924	狼与七匹小山羊	童话	格林	德国	芳信	晨报副刊	7月19日
1924	牧豕郎	童话	安徒生	丹麦	SL	晨报副刊	7月25日
1924	出言协韵的王子	故事	裴丽门女士	英国	沙茉	晨报副刊	7月26日
1924	吃腐肉的蝇	故事	法布耳	法国	林兰女士	晨报副刊	8月6日
1924	蜘蛛的电线	故事	法布耳	法国	林兰女士	晨报副刊	8月7日
1924	剪叶蜂	故事	法布耳	法国	林兰女士	晨报副刊	8月10日
1924	采棉蜂及取胶蜂	故事	法布耳	法国	林兰女士	晨报副刊	8月12, 14日
1924	黄蜂和蟋蟀	故事	法布耳	法国	林兰女士	晨报副刊	8月22日
1924	巧蜂	故事	法布耳	法国	林兰女士	晨报副刊	8月30, 31日
1924	金钥匙的故事	故事	倍拉美	英国	SL	晨报副刊	9月15, 17, 18, 20, 22—24日
1924	寄食者	传说	法朗耍哥伯	法国	林兰女士	晨报副刊	9月30日
1925	汪比克氏弟兄	童话		德国	曲秋	晨报副刊	4月21—22日
1925	失掉了的孩子	故事	法朗耍哥伯	法国	曲秋	晨报副刊	9月15—17日
1925	挚友	童话	O. Wilde	英国	梁恩成	晨报副刊	12月17, 19日
1926	神仙婆婆	童话			坚白	晨报副刊·家庭	第39期
1926	雪姑娘	童话			坚白	晨报副刊·家庭	第44期
1926	三兄弟	童话	Grimm	德国	秋荼	晨报副刊·家庭	第52期
1926	二姊妹	童话	C. Perrault	法国	秋荼	晨报副刊·家庭	第54期
1926	彩衣笛客	童话			秋荼	晨报副刊·家庭	第56期
1926	财神与乞丐	童话			秋荼	晨报副刊·家庭	第57期

续表附录二

时间	译作名称	体裁	原作者	国家/地区	译者	期刊名称	期卷号
1926	印度童话故事	寓言		印度	永锡	晨报副刊·家庭	第58、59期
1926	国王与蛀虫：一个没有完的故事	童话			秋萦	晨报副刊·家庭	第58期
1927	长生水	童话			秋萦	晨报副刊·家庭	第60期
1927	难看的小鸭子	童话	H. C. Andersen	丹麦	秋萦	晨报副刊·家庭	第61~63期
1927	万知博士	童话		德国	C	晨报副刊·家庭	第62期
1927	聪明的马加丽	故事			C	晨报副刊·家庭	第63期
1927	三个纺线的妇人	故事			C	晨报副刊·家庭	第64期
1927	小克劳司同大克劳司	童话	H. C. Andersen	丹麦	秋萦	晨报副刊·家庭	第65~75期
1927	雪女王	童话		丹麦	贺善柯	晨报副刊·家庭	第66、67、70~76、78、1969、2038期
1927	小神仙	童话		德国	品士	晨报副刊·家庭	第66~68期
1927	勇敢的小裁缝	童话			C	晨报副刊·家庭	第67~69期
1927	老人家总是对的	故事	H. C. Andersen	丹麦	秋萦	晨报副刊·家庭	第76~79期
1927	金鹅	童话			品士	晨报副刊·家庭	第79、1969期
1927	萨拉	小说	F. H. Burnett	美国	秋萦	晨报副刊·家庭	第1976、1983、1990、1996、2003、2010、2017、2024、2031期
1927	小红帽儿	童话		德国	品士	晨报副刊·家庭	第1996、2010期
1927	渔人与巨魔	童话		阿拉伯	少元	晨报副刊·家庭	第2017、2024期
1927	二楷妇与一王	戏剧	E. V. Millay 女士		焦菊隐	晨报副刊·家庭	第2031、2038、2045、2052、2065期
1927	野天鹅	童话	Hans Andersen	丹麦	秋萦	晨报副刊·家庭	第2045、2052期
1927	孙黛丽娜	童话			品士	晨报副刊·家庭	第2072、2079、2086期

续表附录二

时间	译作名称	体裁	原作者	国家/地区	译者	期刊名称	期卷号
1927	鹅女	童话	B. Grimm	德国	克西	晨报副刊·家庭	第 2086, 2092, 2099, 2106, 2113 期
1927	生命之水	童话		德国	蕙之	晨报副刊·家庭	第 2092, 2113 期
1927	异马	故事		阿拉伯	少元	晨报副刊·家庭	第 2092, 2099, 2106, 2120, 2127 期
1923	牝牛	故事	赫勃尔	德国	唐性天	晨报副刊·文学旬刊	第 1 期
1923	睡美人	诗歌	Tennyson	英国	YW	晨报副刊·文学旬刊	第 62 期
1925	失掉了的孩子	故事	法朗要哥伯	法国	曲秋	晨报副刊·文学旬刊	第 81 期
1925	鹭底飞	戏剧	M. C. Kennard		李朴园	晨报副刊·新少年旬刊	第 7 期
1923	夜莺与玫瑰	童话	奥司克魏尔德	英国	尺箠	晨报五周年纪念增刊	12 月 1 日
1926	红鞋子	童话	安徒生	丹麦	陈宗濂	晨曦	第 1 卷第 3 期
1922	皇太子—小山羊	童话	阿凡那喜夫	俄国	刘正华	创造	第 1 卷第 2 期
1923	一个母亲的故事	童话	安特然	丹麦	何道生	创造日汇刊	第 1~101 期合集
1924	三饿兽	寓言			陈钧九	德文月刊	第 1 卷第 2 期
1924	巧风琴	童话			陈钧九	德文月刊	第 1 卷第 3 期
1924	小猴与核桃	寓言			马雄冠	德文月刊	第 1 卷第 4 期
1927	大与麻雀	童话	Grimms	德国	秦光弘	德文月刊	第 2 卷第 1 期
1927	亨斯之幸遇	童话	Grimms	德国	虚无氏	德文月刊	第 2 卷第 1~8 期
1927	鸽与蚁	故事			牛长珍	德文月刊	第 2 卷第 1~8 期
1927	小宝桌，金驴子，袋子里出来小棒子	童话	克利母	德国	徐德麟，陈子元	德文月刊	第 2 卷第 1~8 期
1927	奇异的鹤	故事			闵之笃	德文月刊	第 2 卷第 3 期
1927	布勒门城的音乐家	童话	Grimms	德国	孙毓训	德文月刊	第 2 卷第 4 期

续表附录二

时间	译作名称	体裁	原作者	国家/地区	译者	期刊名称	期卷号
1927	蟋蟀与蝶	寓言			牛长珍	德文月刊	第2卷第4期
1927	狐与猫	寓言			唐哲	德文月刊	第2卷第5期
1927	狡猾的卷毛犬	寓言			唐哲	德文月刊	第2卷第5期
1927	狮与兔	寓言			闵之笃	德文月刊	第2卷第5期
1927	下贱东西	童话	格利姆	德国	万圣聪	德文月刊	第2卷第5期
1927	鹰与鸦	寓言			唐哲	德文月刊	第2卷第5期
1927	聪明的小裁缝	童话	格利姆	德国	王世琦	德文月刊	第2卷第6期
1927	红雀	寓言			徐德麟	德文月刊	第2卷第6期
1927	蛙与鼠	寓言			倪超	德文月刊	第2卷第6期
1927	修士与小鸟	故事			赵毓龄	德文月刊	第2卷第6期
1923	法国寓言	寓言		法国	抱璞	东方小说	第1卷第1号
1920	学生	故事	王尔德	英国	愈之	东方杂志	第17卷第1号
1920	堡岩上的风景	童话	安徒生	丹麦	愈之	东方杂志	第17卷第3号
1920	莺和蔷薇	童话	王尔德	英国	愈之	东方杂志	第17卷第8号
1920	人道	寓言		俄国	愈之	东方杂志	第17卷第11号
1920	慈善家	小说	迦尔洵	俄国	济之	东方杂志	第17卷第13号
1921	一株棕树	寓言	梭罗古勃	俄国	愈之	东方杂志	第17卷第19号
1921	三堆口沫	寓言	梭罗古勃	俄国	愈之	东方杂志	第18卷第2号
1921	那怎么样呢?	寓言		俄国	愈之	东方杂志	第18卷第3号
1921	一个老公公和一个老婆婆	寓言	梭罗古勃	俄国	愈之	东方杂志	第18卷第4号
1921	牧羊人亚列	童话	托尔斯泰	俄国	锡麒	东方杂志	第18卷第6号
1921	巨汉与小孩	童话	王尔德	英国	朱朴	东方杂志	第18卷第8号
1921	飞翼	童话	梭罗古勃	俄国	郑振铎	东方杂志	第18卷第12号

续表附录二

时间	译作名称	体裁	原作者	国家/地区	译者	期刊名称	期卷号
1921	久米仙人	故事	武者小路实笃	日本	韫玉	东方杂志	第18卷第13号
1921	平等	寓言	梭罗古勃	俄国	愈之	东方杂志	第18卷第13号
1921	芳名	寓言	梭罗古勃	俄国	郑振铎	东方杂志	第18卷第14号
1921	瞎的心	童话	爱罗先珂	俄国	鲁迅	东方杂志	第18卷第22号
1922	为跌下而造的塔	童话	爱罗先珂	俄国	愈之	东方杂志	第19卷第1号
1922	两个小小的死	童话	爱罗先珂	俄国	鲁迅	东方杂志	第19卷第2号
1922	为人类	童话	爱罗先珂	俄国	鲁迅	东方杂志	第19卷第3号
1922	幸福的船	童话	爱罗先珂	俄国	丐尊	东方杂志	第19卷第4号
1922	枯叶杂记	寓言	爱罗先珂	俄国	愈之	东方杂志	第19卷第5、6号
1922	两副面孔的奴隶	戏剧	M. C. Davies	美国	子胎	东方杂志	第19卷第11号
1924	爱的教育	小说	Edmonde de Amicis	意大利	夏丏尊	东方杂志	第21卷第2~4、6、10、14~17、20、22、23号
1924	上帝的声音	传说	R. Lindau	德国	仲特	东方杂志	第21卷第5号
1926	猪的历史	故事	V. Dorosevic	俄国	愈之	东方杂志	第23卷第5号
1925	最后一课	小说	都德	法国	胡适	冬之芽·儿童文艺半月刊	第1、2期
1922	安乐王子	童话	王尔特	英国		儿童世界	第1卷第1期
1922	兔的幸福	故事		挪威		儿童世界	第1卷第1期
1922	忠厚的童子皮绿	童话		意大利		儿童世界	第1卷第2期
1922	竹公主	童话		日本		儿童世界	第1卷第2~9期
1922	少年皇帝	童话		英国		儿童世界	第1卷第3期
1922	一个母亲的故事	童话		丹麦		儿童世界	第1卷第4期
1922	骡子	故事		阿拉伯		儿童世界	第1卷第4期
1922	狐与狼	故事		欧洲		儿童世界	第1卷第5期

续表附录一

时间	译作名称	体裁	原作者	国家/地区	译者	期刊名称	期卷号
1922	牧师和他的书记	童话				儿童世界	第1卷第6期
1922	狮子与老虎	童话		匈牙利		儿童世界	第1卷第6期
1922	猎犬	寓言	伊索	古希腊	C.T.	儿童世界	第1卷第7期
1922	纸船	诗歌			C.T.	儿童世界	第1卷第8期
1922	狮王	寓言		古希腊	C.T.	儿童世界	第1卷第8期
1922	聪明之审判官	故事		印度	郑振铎	儿童世界	第1卷第8~10期
1922	柯伊	童话		奥地利	郑振铎	儿童世界	第1卷第10期
1922	鸟女	童话			志坚	儿童世界	第1卷第11期
1922	三个兄弟	童话			萧雨青	儿童世界	第1卷第11期
1922	稻草煤炭和蚕豆	童话		德国	赵景深	儿童世界	第1卷第12期
1922	兔子和刺猬的竞走	童话			赵光荣	儿童世界	第1卷第12期
1922	忠义的猫	童话			赵光荣	儿童世界	第1卷第13期
1922	大罗卜	童话			天月	儿童世界	第1卷第13期
1922	钟渊	童话			赵光荣	儿童世界	第1卷第13期
1922	彭仁的口笛	寓言			郑振铎	儿童世界	第2卷第1期
1922	音乐家	童话			高仕圻	儿童世界	第2卷第1期
1922	靴	故事		印度		儿童世界	第2卷第2期
1922	走好运的亨斯	童话			高仕圻	儿童世界	第2卷第2期
1922	好小鼠	童话			赵景深	儿童世界	第2卷第3期
1922	狮与兔	寓言		印度	顾绮仲	儿童世界	第2卷第4期
1922	渔夫和他的妻子	童话			志坚	儿童世界	第2卷第4期
1922	兄弟的友爱	童话		俄国	禾干	儿童世界	第2卷第4~7期
1922	鹅	童话			赵光荣	儿童世界	第2卷第5期
1922	亚太兰与萍果	故事			杜天縻、陈艾侯	儿童世界	第2卷第6期

257

续表附录二

时间	译作名称	体裁	原作者	国家/地区	译者	期刊名称	期卷号
1922	奇磨	童话		北欧	陈大悆、杜天縻	儿童世界	第2卷第7期
1922	两个生瘤的老人	童话		日本	郑振铎	儿童世界	第2卷第8期
1922	巨汉和小孩	童话			耿武之	儿童世界	第2卷第8期
1922	拜他尔的故事	故事	爱罗先诃	俄国	顾寿白	儿童世界	第2卷第8~13期
1922	蛇夫与蛇尾	寓言		俄国	士武	儿童世界	第2卷第9期
1922	细丝	寓言		俄国	士武	儿童世界	第2卷第9期
1922	米袋王	童话		日本	郑振铎	儿童世界	第2卷第10期
1922	分配遗产	寓言		俄国	士武	儿童世界	第2卷第11期
1922	八十一王子	童话		日本	郑振铎	儿童世界	第2卷第11期
1922	猴	寓言		俄国	士武	儿童世界	第2卷第13期
1922	丑的小鸭	童话	安特生	丹麦	继程	儿童世界	第3卷第1期
1922	花架之下	故事		丹麦	郑振铎	儿童世界	第3卷第1期
1922	玫瑰花的伴侣	童话			刘廷蔚	儿童世界	第3卷第1期
1922	鸭与月	寓言		俄国	士武	儿童世界	第3卷第1期
1922	无猫国	童话			振铎	儿童世界	第3卷第2期
1922	金鹅	童话			耿济之	儿童世界	第3卷第2期
1922	乳牛	寓言		俄国	士武	儿童世界	第3卷第2期
1922	猿与豌豆	寓言		俄国	士武	儿童世界	第3卷第2期
1922	大拇指	故事			振铎	儿童世界	第3卷第2期
1922	狼和七只小山羊	童话			陈逖先	儿童世界	第3卷第3期
1922	仓的鼠	寓言		俄国	士武	儿童世界	第3卷第5期
1922	樱桃树	童话		德国	孙凤来、赵景深	儿童世界	第3卷第6期
1922	孔雀缘	童话			沈志坚	儿童世界	第3卷第6~8期
1922	瓶中之神	童话			萧雨青	儿童世界	第3卷第12期

续表附录二

时间	译作名称	体裁	原作者	国家/地区	译者	期刊名称	期卷号
1922	雅哥的房子	童话			耿式之	儿童世界	第3卷第13期
1922	汉士与郭丽	童话			郑振铎	儿童世界	第4卷第1期
1922	巢人	故事	杜柏	美国	郑振铎	儿童世界	第4卷第1～12期
1922	老妇亨蕾	童话			陈逖先	儿童世界	第4卷第3期
1922	象医生	故事			耿济之	儿童世界	第4卷第3～5期
1922	鹅笛	童话			卓西	儿童世界	第4卷第6期
1922	喀拉格拉	童话		印度	胡愈之	儿童世界	第4卷第6期
1922	贫人和富人	童话			雨青	儿童世界	第4卷第8期
1922	怪戒子	童话			高君箴	儿童世界	第4卷第10期
1923	伊索寓言（六则）	寓言	伊索	古希腊	方元	儿童世界	第5卷第1期
1923	伊索先生	故事			西谛	儿童世界	第5卷第1期
1923	打火匣	童话		丹麦	卓呆	儿童世界	第5卷第1期
1923	达尔文怎样研究自然	故事			周建人	儿童世界	第5卷第1期
1923	鹭鱼和蟹	寓言		俄国	士武	儿童世界	第5卷第1期
1923	鹰与鸡	寓言		俄国	士武	儿童世界	第5卷第1期
1923	山狗与象	寓言		俄国	士武	儿童世界	第5卷第2期
1923	老人和胡桃	童话			王先堤	儿童世界	第5卷第3期
1923	狐与狼	寓言		俄国	志坚	儿童世界	第5卷第5期
1923	狮不如马	童话		德国	吴	儿童世界	第5卷第7期
1923	兔与猎犬	寓言		俄国	萨士武	儿童世界	第5卷第8期
1923	母鸡与小鸡	寓言		俄国	萨士武	儿童世界	第5卷第9期
1923	这个孩子是谁的	故事			马炳翔	儿童世界	第5卷第9期
1923	黑布丁	童话			邓演存	儿童世界	第5卷第11期

259

续表附录二

时间	译作名称	体裁	原作者	国家/地区	译者	期刊名称	期卷号
1923	玫瑰儿	童话			应袒	儿童世界	第6卷第1期
1923	小吹手	故事		波兰	厉鼎煃	儿童世界	第6卷第2期
1923	哥伦布寻新大陆	故事			履彬	儿童世界	第6卷第4期
1923	惜毛失尾的狐狸	寓言		俄国	汪绍箕	儿童世界	第6卷第4期
1923	华盛顿骑悍马	故事		美国	何其宽	儿童世界	第6卷第5期
1923	弄错了	故事		英国	剑华	儿童世界	第6卷第6期
1923	破瓮	故事		印度	一泓	儿童世界	第6卷第6期
1923	律师得不着酬金	故事			志坚	儿童世界	第6卷第7期
1923	胡闹	故事		英国	倬	儿童世界	第6卷第8期
1923	大胆的缝衣匠	童话			喜连女士	儿童世界	第6卷第8期
1923	斧与锯	寓言		俄国	萨士武	儿童世界	第6卷第8期
1923	金蛇	故事		印度	一泓	儿童世界	第6卷第9期
1923	爱自由快乐的玫瑰花	童话			志坚	儿童世界	第6卷第10期
1923	树中人	童话			春渠	儿童世界	第6卷第10期
1923	两个哥哥的智者	故事		英国	倬	儿童世界	第6卷第11期
1923	大秘密	小说			谷芳	儿童世界	第6卷第12期
1923	树狸和葛蟹	故事		印度	觉先	儿童世界	第6卷第13期
1923	汉生和葛利	戏剧			沈放珉	儿童世界	第6卷第13期
1923	老白帽	故事		爱尔兰	沈放珉	儿童世界	第7卷第1期
1923	农夫和小仙	童话			赵景深	儿童世界	第7卷第1期
1923	始创事情是不容易的	故事			鸿鑫	儿童世界	第7卷第1期
1923	太镇定了	故事		希腊	陈文鸿	儿童世界	第7卷第1期

续表附录二

时间	译作名称	体裁	原作者	国家/地区	译者	期刊名称	期卷号
1923	狗与疯人	寓言		俄国	萨士武	儿童世界	第7卷第1期
1923	白家兄弟的生日	故事			喜莲女士	儿童世界	第7卷第1~6期
1923	面包人	小说	L. F. Bauln		一泓	儿童世界	第7卷第1~9期
1923	亚勒弗王和饼子	故事		英国	沈放呪	儿童世界	第7卷第2期
1923	聪敏的花狗	故事		日本	庄厂	儿童世界	第7卷第2期
1923	四个音乐家	童话			谷芳	儿童世界	第7卷第5期
1923	草煤豆的故事	童话		德国	谷芳	儿童世界	第7卷第6期
1923	一只勇敢的狗	故事			沈放呪	儿童世界	第7卷第6期
1923	糖果的价值	童话			更佩	儿童世界	第7卷第7期
1923	两匹马	寓言		俄国	萨士武	儿童世界	第7卷第7期
1923	魔术家马萨	故事			守一	儿童世界	第7卷第7~11,13期;第8卷第2,3期
1923	乐比的马	故事			浣冰	儿童世界	第7卷第7~11,13期;第8卷第2期
1923	胆小的克马	童话			陈国衡	儿童世界	第7卷第8期
1923	公主和鹦鹉	童话		印度	一真女士	儿童世界	第7卷第8期
1923	好人和恶人的结果	故事			陈国衡	儿童世界	第7卷第9期
1923	鹭	故事			陈国衡	儿童世界	第7卷第10期
1923—1924	列地狐历险记	故事	T. W. Bugeso		李幸通	儿童世界	第7卷第11,13期;第8卷第2~13期;第9卷第2~13期
1923	有羊气的穷老鼠	童话			谷芳	儿童世界	第8卷第1期
1923	靠不住的日光	故事			稼轩	儿童世界	第8卷第1期
1923	怪笛人	戏剧			一泓	儿童世界	第8卷第4,5期
1923	死神之乡	故事			胡超伦	儿童世界	第8卷第5期

续表附录二

时间	译作名称	体裁	原作者	国家/地区	译者	期刊名称	期卷号
1923	愚笨的勒克锋	童话		印度	顺甫	儿童世界	第8卷第6期
1923	忍饥不食老友肉	故事			一泓	儿童世界	第8卷第7期
1923	皮林的顽闷	童话			谷芳	儿童世界	第8卷第11期
1923	忙碌的雨点	故事			一泓	儿童世界	第8卷第12期
1923	换靴	戏剧			剑华	儿童世界	第8卷第12期
1923	杰克与豆硬	童话			甘棠	儿童世界	第8卷第12、13期
1923	心足石	童话			甘棠	儿童世界	第8卷第13期
1924	傅尔泰和他的仆人	故事		法国	蓝文成	儿童世界	第9卷第2期
1924	一个奇怪的救人方法	故事		德国	守拙	儿童世界	第9卷第4期
1924	七林红玫瑰花	童话			一泓	儿童世界	第9卷第4期
1924	讲不完的故事	故事			钝公	儿童世界	第9卷第5期
1924	瓷制的舞女	小说			一泓	儿童世界	第9卷第6期
1924	富兰克林造的码头	故事		美国	何其宽	儿童世界	第9卷第6期
1924	盐咪	童话			卓呆	儿童世界	第9卷第7期
1924	黑猫冒险记	故事			高君箴	儿童世界	第9卷第8期
1924	一个多才多能的人	故事			蔡斌成	儿童世界	第9卷第9期
1924	小孔	故事		荷兰	卓呆	儿童世界	第9卷第10期
1924	牺牲	故事			甘棠	儿童世界	第9卷第10期
1924	灯塔看守人的女儿	故事		英国	半梅	儿童世界	第9卷第13期
1924	聪明医生	童话			肖纯	儿童世界	第10卷第1期
1924	百年的长睡	故事			伍耿德	儿童世界	第10卷第1期
1924	象的报复	故事		印度	乃欣	儿童世界	第10卷第1期
1924	油灯的摇摆	故事			胡超伦	儿童世界	第10卷第1期

续表附录二

时间	译作名称	体裁	原作者	国家/地区	译者	期刊名称	期卷号
1924	牛顿和苹果	故事			胡韶伦	儿童世界	第10卷第2期
1924	世界第一聪明人	故事			草杲	儿童世界	第10卷第5期
1924	五个奇径的仆人	童话		荷兰	石荷	儿童世界	第10卷第5期
1924	忠实的少年	小说			江仲仁	儿童世界	第10卷第7期
1924	一个不受侮辱的孩子	故事		美国	石荷	儿童世界	第10卷第7期
1924	一个聪明的绅士	童话		印度	程荣标	儿童世界	第10卷第8期
1924	活命水	故事			松隐	儿童世界	第10卷第10期
1924	与兵士同甘苦的大元帅	故事			则煦	儿童世界	第10卷第10期
1924	银盾武士	故事			开斯	儿童世界	第10卷第13期
1924	审判官的智慧	故事			知非	儿童世界	第10卷第13期
1924	请客吃根苹的将军	故事		美国	石荷	儿童世界	第10卷第13期
1924	樱桃会	故事		德国	寿珍	儿童世界	第11卷第1期
1924	驴子朋友	故事			黄兰贞	儿童世界	第11卷第2期
1924	众人的仆役	戏剧			开斯	儿童世界	第11卷第2期
1924	爱迪生的幼年轶事	故事			何其宽	儿童世界	第11卷第5期
1924	橄榄会	童话			仁寿	儿童世界	第11卷第6期
1924	细妹的眼泪	童话			浣冰	儿童世界	第11卷第8期
1924	童子军的来源	故事			联光	儿童世界	第11卷第8期
1924	安徒生的童话	童话	安徒生	丹麦		儿童世界	第11卷第8、12期;第12卷第3、7期
1924	五星期汽球险记	小说		法国	联德	儿童世界	第11卷第8~13期;第12卷第1~13期
1924	都亏得一只蜘蛛	故事		苏格兰	蔡斌成	儿童世界	第11卷第9期

续表附录二

时间	译作名称	体裁	原作者	国家/地区	译者	期刊名称	期卷号
1924	普洛末修偷火的故事	神话		希腊	雁冰	儿童世界	第 11 卷第 11 期
1924	长尾猿	寓言			吴觉农	儿童世界	第 11 卷第 12 期
1924	割鼻趣史	故事			承顺甫	儿童世界	第 11 卷第 13 期
1924	服从	故事		法国	钱寿珍	儿童世界	第 11 卷第 13 期
1924	何以这世界上有烦恼	神话		希腊	沈雁冰	儿童世界	第 12 卷第 2 期
1924	洪冰	神话		希腊	沈雁冰	儿童世界	第 12 卷第 3 期
1924	春的复归	神话		希腊	沈雁冰	儿童世界	第 12 卷第 4 期
1924	汉特尔	故事		德国	开斯	儿童世界	第 12 卷第 5 期
1924	番松和太阳神的车子	神话		希腊	沈雁冰	儿童世界	第 12 卷第 5 期
1924	迷达斯的长耳朵	神话		希腊	沈雁冰	儿童世界	第 12 卷第 6 期
1924	一个和气又聪明的印第安人	故事			张鸿鑫	儿童世界	第 12 卷第 7 期
1924	卡特牟司和毒龙	神话		希腊	沈雁冰	儿童世界	第 12 卷第 7 期
1924	辛俾斯	童话			开斯	儿童世界	第 12 卷第 8 期
1924	埃王选将	故事		埃及	雪筠	儿童世界	第 12 卷第 10 期
1924	红菊地	童话			浣冰	儿童世界	第 12 卷第 11 期
1924	聪明的爱丽丝	故事			夏星寿	儿童世界	第 12 卷第 11 期
1924—1925	格廉童话	童话	格廉	德国	浣冰	儿童世界	第 12 卷第 11 期;第 13 卷第 3、7 期
1924	仙人井	童话			陈国衡	儿童世界	第 12 卷第 13 期
1925	几个没有经验的童子军	故事			亚得	儿童世界	第 13 卷第 1 期

续表附录二

时间	译作名称	体裁	原作者	国家/地区	译者	期刊名称	期卷号
1925	一把假刀	故事		俄国	雪筠	儿童世界	第13卷第2期
1925	发明转运自由车的童子军	故事		美国	一泓	儿童世界	第13卷第2期
1925	勃莱洛封和他的神马	神话		希腊	沈雁冰	儿童世界	第13卷第2、3期
1925	渔翁和妖魔	童话			钝公	儿童世界	第13卷第3期
1925	最会画狗的大画家	故事			志坚	儿童世界	第13卷第4期
1925	骄傲的阿拉克纳怎样被罚	神话		希腊	沈雁冰	儿童世界	第13卷第4期
1925	耶松与金羊毛	神话		希腊	沈雁冰	儿童世界	第13卷第5、6期
1925	阿德利的钟	故事			开斯	儿童世界	第13卷第8期
1925	四个艺术家	故事			黄兰贞	儿童世界	第13卷第9期
1925	喜芙的金头发	神话		北欧	沈雁冰	儿童世界	第13卷第9期
1925	玻璃瓶里的冒险	寓言		俄国	晓先	儿童世界	第13卷第9期
1925	叔耳思的见解	寓言		北欧	沈雁冰	儿童世界	第13卷第10期
1925	冰糖	寓言		俄国	晓先	儿童世界	第13卷第10期
1925	石子的经历	童话			若华	儿童世界	第13卷第10期
1925	不睡的国王	神话		北欧	沈雁冰	儿童世界	第13卷第11期
1925	亚麻的发见	神话		北欧	沈雁冰	儿童世界	第13卷第12期
1925	芬利思被摘	故事			一泓	儿童世界	第13卷第12期
1925	盲人会读书的故事	故事			黄兰贞	儿童世界	第13卷第12期
1925	海盗和皇帝	神话		北欧	沈雁冰	儿童世界	第13卷第13期
1925	青春的苹果	故事		英国	林履彬	儿童世界	第14卷第1期
1925	英国三个画家的故事						

续表附录二

时间	译作名称	体裁	原作者	国家/地区	译者	期刊名称	期卷号
1925	为何海水咸咸	神话		北欧	沈雁冰	儿童世界	第14卷第2期
1925	奈丁给尔	故事			来生	儿童世界	第14卷第2期
1925	大喷嚏	童话		朝鲜	子贞	儿童世界	第14卷第3期
1925	怪女人	传说		爱尔兰	济成	儿童世界	第14卷第4期
1925	聪明的织工	故事			黄兰贞	儿童世界	第14卷第4期
1925	没有受过童子军训练的童子军	故事			汪仁侯	儿童世界	第14卷第5期
1925	少年侦探	小说			前人	儿童世界	第14卷第6期
1925	一句格言	故事		波斯	卢守廷	儿童世界	第14卷第7期
1925	怪指环	童话			来生	儿童世界	第14卷第8期
1925	神灯	戏剧			晓先	儿童世界	第14卷第11～13期;第15卷第1期
1925	一个甲虫的力	故事		苏丹	林逸敏	儿童世界	第14卷第11期
1925	老妇人和她的七只猫	诗歌			汪绍箕	儿童世界	第14卷第12期
1925	蜘蛛精	童话		日本	克之	儿童世界	第14卷第12期
1925	蚁多困死象	故事		印度	克之	儿童世界	第15卷第3期
1925	山中的鹰女	童话		印度	江永年	儿童世界	第15卷第6期
1925	人类的历史	故事		波斯	目儿	儿童世界	第15卷第7期
1925	没主意的黏虮粗人	故事			目儿	儿童世界	第15卷第8期
1925	少年爱国者	故事		法国	胡愈之	儿童世界	第15卷第13期
1925	可敬慕的女郎	故事			彭家煌	儿童世界	第16卷第2期
1925	象之报复	故事		印度	开斯	儿童世界	第16卷第10期
1925	夜莺	童话			林鹤年	儿童世界	第16卷第11、12期
1925	惊人术	童话		法国	子纶	儿童世界	第16卷第13期

续表附录二

时间	译作名称	体裁	原作者	国家/地区	译者	期刊名称	期卷号
1925	潘民学画	故事		美国	仁侯	儿童世界	第16卷第13期
1926	两位音乐界的神童	故事			郑婴	儿童世界	第17卷第2期
1926	女仙后	童话			陈国衡	儿童世界	第17卷第3期
1926	三宝贝	童话			汪仁侯	儿童世界	第17卷第4期
1926	真慈悲				斐成	儿童世界	第17卷第5期
1926	仙人的宫殿	童话			陈国衡	儿童世界	第17卷第5期
1926	托尔斯泰的寓言	寓言	托尔斯泰	俄国	一真	儿童世界	第17卷第6期
1926	石匠	童话		日本	调父,均正	儿童世界	第17卷第6期
1926	猫头鹰和月亮公主	童话			黄兰贞	儿童世界	第17卷第7期
1926	冰神	故事		俄国	陈国衡	儿童世界	第17卷第8期
1926	猫的故事	故事			开斯	儿童世界	第17卷第8期
1926	巨魅的心	童话		挪威	陈国衡	儿童世界	第17卷第10期
1926	斯巴达孩童	故事		希腊	萧雨青	儿童世界	第17卷第11期
1926	三十二个厨师父	故事			黄兰贞	儿童世界	第17卷第13期
1926	莎氏披亚	传记			彭家煌	儿童世界	第17卷第13期
1926	小雄学叫	寓言		俄国	丁晓先	儿童世界	第17卷第14期
1926	三个儿子	故事			鲍四维	儿童世界	第17卷第15期
1926	汉塞儿	童话		德国	彭家煌	儿童世界	第17卷第15期
1926	农夫的狗	故事			李博心	儿童世界	第17卷第16期
1926	抛去的竹杠	故事			林亚峰	儿童世界	第17卷第16期
1926	孔雀与女神乔鲁	寓言			碧真	儿童世界	第17卷第17期
1926	都是仆人	寓言			碧真	儿童世界	第17卷第18期
1926	无坚不入的钥匙	童话			碧真	儿童世界	第17卷第19期
1926	两鞋匠	小说			尤植仁	儿童世界	第17卷第20~22期

267

续表附录二

时间	译作名称	体裁	原作者	国家/地区	译者	期刊名称	期卷号
1926	我不知道	故事			彭家煌	儿童世界	第17卷第25期
1926	不朽的钟	故事		德国	草早	儿童世界	第18卷第2期
1926	李将军和他的儿子	故事			彭家煌	儿童世界	第18卷第7期
1926	怨谁	童话			甘棠	儿童世界	第18卷第8期
1926	忘恩负义的兵士	故事			开斯	儿童世界	第18卷第8期
1926	葛齐与魔鬼	童话			甘棠	儿童世界	第18卷第9期
1926	空中楼阁	童话		西班牙	碧真	儿童世界	第18卷第11期
1926	飓风	故事		英国	王成	儿童世界	第18卷第12期
1926	三公子夺妻	童话		法国	尤楷仁	儿童世界	第18卷第12期
1926	仙花之汁	故事		英国	王成	儿童世界	第18卷第13期
1926	黄金脸	童话			草早	儿童世界	第18卷第14期
1926	一对恋爱者的铜像	故事		英国	王成	儿童世界	第18卷第14期
1926	勇敢的查利	故事			开斯	儿童世界	第18卷第15期
1926	高地丽的纯孝	故事		英国	王成	儿童世界	第18卷第15期
1926	绘画家琪珴托	传记		意大利	萧觉先	儿童世界	第18卷第16期
1926	罗西林变出来了	故事		英国	王成	儿童世界	第18卷第16期
1926	冷姑娘	童话			赵碧真	儿童世界	第18卷第17期
1926	驯服悍妇	故事		英国	王成	儿童世界	第18卷第17期
1926	三千年前的印度故事	寓言		印度	李博心、碧真	儿童世界	第18卷第18、21期
1926	用戒指的小孩子	故事		意大利	开斯	儿童世界	第18卷第18期
1926	戒指做证	故事		英国	王成	儿童世界	第18卷第18期
1926	好雷神	童话		日本	碧真	儿童世界	第18卷第18期
1926	女律师	故事		英国	王成	儿童世界	第18卷第19期

续表附录二

时间	译作名称	体裁	原作者	国家/地区	译者	期刊名称	期卷号
1926	开兵车	小说			植仁	儿童世界	第18卷第19期
1926	比利时的爱国大英雄白理克	故事			尤植仁	儿童世界	第18卷第20期
1926	凯撒	故事		英国	王成	儿童世界	第18卷第20期
1926	巧详恶梦	故事			洁西	儿童世界	第18卷第22期
1926	奇猫	童话			黄兰贞	儿童世界	第18卷第23期
1926	万知博士	戏剧			志点，洁西	儿童世界	第18卷第24、25期
1926	金发美人	童话			盛振声	儿童世界	第18卷第24期
1926	汤栂指	童话			盛振声	儿童世界	第18卷第25期
1927	春与秋	童话		日本	碧真	儿童世界	第19卷第2期
1927	几个喷嚏	小说		俄国	觉先	儿童世界	第19卷第5期
1927	黑碗	童话		日本	碧真	儿童世界	第19卷第6期
1927	打退惠灵吞	故事			陈杭生	儿童世界	第19卷第7期
1927	自寻死路	寓言			忠坚	儿童世界	第19卷第7期
1927	攸力栖兹的故事	故事			甘棠	儿童世界	第19卷第8～25期；第20卷第1～24期
1927	你认识大皇帝吗	故事			余青女	儿童世界	第19卷第8期
1927	童子比次	戏剧		土耳其	费锡胤	儿童世界	第19卷第9期
1927	天网	小说	托尔斯泰	俄国	守一	儿童世界	第19卷第11、12期
1927	法治精神	故事		意大利	若华	儿童世界	第19卷第11期
1927	风琴与战鼓	故事		希腊	余青女	儿童世界	第19卷第11期
1927	回声	神话			洁西	儿童世界	第19卷第12期
1927	戴帽子的是国王	故事		英国	余青女	儿童世界	第19卷第12期
1927	蜜蜂退敌	故事			汪仁侯	儿童世界	第19卷第13期

续表附录二

时间	译作名称	体裁	原作者	国家/地区	译者	期刊名称	期卷号
1927	好以利怎样发明缝纫机上的针眼	故事		美国	汪仁侯	儿童世界	第19卷第14期
1927	农夫和债主	童话			浣冰	儿童世界	第19卷第15期
1927	无名英雄	故事		美国	汪仁侯	儿童世界	第19卷第16期
1927	苏萨的故事	童话		日本	碧真	儿童世界	第19卷第17、18期
1927	皇帝的新衣	童话		丹麦	斐成	儿童世界	第19卷第19期
1927	最后的一课	小说	都德	法国	守一	儿童世界	第19卷第20期
1927	奥岳斯	神话		希腊	一泓	儿童世界	第19卷第21、22期合刊
1927	司各脱怎样考第一的	故事		英国	甘棠	儿童世界	第19卷第21、22期合刊
1927	卖自来火的小孩	故事		苏格兰	知非	儿童世界	第19卷第21、22期合刊
1927	黄金花	童话			卓呆	儿童世界	第19卷第23、24期合刊
1927	孤女的答语	寓言		俄国	萨士武	儿童世界	第19卷第25期
1927	猪女郎	童话			韫诸女士	儿童世界	第19卷第25期
1927	巴达的穷士	故事			甘棠	儿童世界	第20卷第1期
1927	柏林之围	戏剧	都德	法国	斐成	儿童世界	第20卷第2期
1927	忠诚的清道夫	故事			汪仁侯	儿童世界	第20卷第2期
1927	印度的圣地	传记			玉成	儿童世界	第20卷第3期
1927	毛佛鲁	小说			一泓	儿童世界	第20卷第4期
1927	鸡与乌鸦	寓言			志点	儿童世界	第20卷第5期
1927	瑞士王息斗	故事		瑞士	东	儿童世界	第20卷第6期
1927	也有难倒你的时候吗	童话			一泓	儿童世界	第20卷第8期
1927	葛百兰	寓言			守一	儿童世界	第20卷第9期
1927	英雄的父亲	故事			一泓	儿童世界	第20卷第10期

续表附录二

时间	译作名称	体裁	原作者	国家/地区	译者	期刊名称	期卷号
1927	山的朋友	童话			守一	儿童世界	第20卷第12期
1927	为着正义的缘故	故事			守一	儿童世界	第20卷第12期
1927	石公主	童话		匈牙利	斐成	儿童世界	第20卷第13期
1927	请细看三次	童话		巴西	甘棠	儿童世界	第20卷第13期
1927	大家都吃不着	童话			守一	儿童世界	第20卷第14期
1927	无礼的老虎	童话			高君箴	儿童世界	第20卷第15期
1927	白马	童话		巴西	守一	儿童世界	第20卷第15期
1927	三个小渔翁	诗歌	E. Field	美国	守一	儿童世界	第20卷第16期
1927	老水塔	小说			守一	儿童世界	第20卷第17期
1927	无价值的爱情	故事		德国	衡九	儿童世界	第20卷第17期
1927	赶驴子的阿利	童话		埃及	甘棠	儿童世界	第20卷第18期
1927	茶杯里的风波	小说			彭家煌	儿童世界	第20卷第18期
1927	聪明的酋长	故事			守一	儿童世界	第20卷第19期
1927	真假王子	童话			守一	儿童世界	第20卷第19期
1927	牺牲	故事			甘棠	儿童世界	第20卷第20期
1927	竹笼太郎	童话		日本	轶	儿童世界	第20卷第20期
1927	小孩子比大人聪明	故事	托尔斯泰	俄国	守一	儿童世界	第20卷第21期
1927	以德报怨的鹅	故事			陈汝敏	儿童世界	第20卷第22期
1927	和平公主	童话			晓	儿童世界	第20卷第23期
1927	奇怪的三足锅	童话		日本	纯明	儿童世界	第20卷第23期
1927	狐狸雷那德冒险史	童话		欧洲	子敬	儿童世界	第20卷第24期
1927	时钟的针	寓言		俄国	萨士武	儿童世界	第20卷第25期
1927	英国民谣	诗歌		英国	逸	儿童文学	第1卷第1期
1924	发明家爱迪孙	故事			抱一	儿童文学	第1卷第1期

271

续表附录二

时间	译作名称	体裁	原作者	国家/地区	译者	期刊名称	期卷号
1924	音乐家哈费次	故事			抱一	儿童文学	第1卷第1期
1924	电话发明家爱儿氏	故事			抱一	儿童文学	第1卷第2期
1924	诗人拜伦	故事			六逸	儿童文学	第1卷第3、4期
1924	爱特维印（画犬的名人）	故事			抱一	儿童文学	第1卷第3期
1924	鱼与鹅	戏剧			路	儿童文学	第1卷第3期
1924	故乡之歌	童话			易	儿童文学	第1卷第4期
1924	乐圣贝托芬的幼时	故事			陈抱一	儿童文学	第1卷第4期
1924	跳舞的公主们	童话			李伯俊	儿童文学	第1卷第4期
1924	一个最聪明的国王	故事			钱卿云	儿童文学	第1卷第5期
1924	玛利夫人的玫瑰花秧	戏剧			高君箴	儿童文学	第1卷第5期
1924	熊的粥	戏剧			高君箴	儿童文学	第1卷第5期
1924	穷人与富人	故事			亦非	儿童文学	第1卷第7期
1924	金河王	童话	J. Ruskin	英国	刘传贤	繁星季刊	第1卷第1期
1918	乞丐命运	故事	W. Kriloff		何寿嵩	复旦	第5期
1918	侏儒	故事	L. R. Readn		何寿嵩	复旦	第6期
1922	任事	小说	托尔斯泰	俄国	涂骏声	复旦	第14期
1923	我底航海归来的舅舅	小说	M. A. Lamb	英国	黄维荣	复旦	第17期
1917	黑夜明星	故事			西神	妇女杂志	第3卷第4号
1917	有恒与无恒	故事			孟纯	妇女杂志	第3卷第5号
1917—1918	动物报仇谈	故事	E. A. Bryant	英国	谢寿长	妇女杂志	第3卷第6号；第4卷第5、6号
1917	洛宾之晚膳	故事			伍孟纯	妇女杂志	第3卷第7号

续表附录二

时间	译作名称	体裁	原作者	国家/地区	译者	期刊名称	期卷号
1917	家事	故事			伍孟纯	妇女杂志	第3卷第8号
1917	犬与狼	寓言			乌垫庐	妇女杂志	第3卷第9号
1917	啄木鸟	童话			孟纯	妇女杂志	第3卷第9号
1917	渔父之妻	童话			吟痴	妇女杂志	第3卷第11号
1917	石	寓言	托尔斯泰	俄国	寿白	妇女杂志	第3卷第12号
1917	英兵与雀	故事			伍季真女士	妇女杂志	第3卷第12号
1918	生死交情	故事			济才	妇女杂志	第4卷第4号
1918	勇敢少年	童话			周介然	妇女杂志	第4卷第7号
1918	樵夫与渔父	寓言			王韵兰	妇女杂志	第4卷第7号
1918	勤惰之结果	故事			吟痴	妇女杂志	第4卷第8号
1918	猴之故事	童话			窈九生	妇女杂志	第4卷第9号
1918	贪号	童话			禹文	妇女杂志	第4卷第11号
1918	蝶衣女	童话			宗良	妇女杂志	第4卷第12号
1919	土耳其法官	童话			窈九生	妇女杂志	第5卷第1号
1919	虾蟆与田鼠	童话			袁凤冈	妇女杂志	第5卷第3号
1919	模范儿童	故事	T. Y. Companion	美国	邰光典	妇女杂志	第5卷第3,4,7号
1919	智鹅	童话			云孙	妇女杂志	第5卷第4号
1919	塔遘	童话			鸣岐	妇女杂志	第5卷第5号
1919	知礼与改过	童话			蓁鹤	妇女杂志	第5卷第6号
1919	报恩	故事			君又女士	妇女杂志	第5卷第8号
1919	戒贪	童话			君又女士	妇女杂志	第5卷第8号
1920	大拇指别传	童话		丹麦	冰岩	妇女杂志	第6卷第5号
1921	玫瑰花妖	童话	安徒生		学憨	妇女杂志	第7卷第1号
1921	两弟兄	童话		阿拉伯	仲持	妇女杂志	第7卷第1号

273

续表附录二

时间	译作名称	体裁	原作者	国家/地区	译者	期刊名称	期卷号
1921	懒惰美人	童话		爱尔兰	学憨	妇女杂志	第7卷第2号
1921	聪明女郎	童话			梅三	妇女杂志	第7卷第2号
1921	顽童	童话	安徒生	丹麦	学憨	妇女杂志	第7卷第3号
1921	国王与小屋	童话	托尔斯泰	俄国	寿白	妇女杂志	第7卷第3号
1921	白雪和红玫	童话	勖德兰夫人		韵兰	妇女杂志	第7卷第3号
1921	仙牛	童话		英国	封熙卿	妇女杂志	第7卷第4号
1921	半身王	寓言		俄国	宗良	妇女杂志	第7卷第4号
1921	慈善家	童话	安徒生	丹麦	愈之	妇女杂志	第7卷第5号
1921	母亲的故事	小说	乞呵夫	俄国	红霞	妇女杂志	第7卷第5号
1921	小猫	童话	安徒生	丹麦	兄齐	妇女杂志	第7卷第5号
1921	金发王女	童话	安徒生	丹麦	寿白	妇女杂志	第7卷第6号
1921	芋麻小传	童话	安徒生	丹麦	赵景深	妇女杂志	第7卷第7号
1921	老街灯	童话	安徒生	丹麦	伯恳	妇女杂志	第7卷第7号
1921	月亮的故事	童话	大卫森	美国	其善	妇女杂志	第7卷第7号
1921.7—12	青鸟	童话	梅德林克夫人	比利时	仲持	妇女杂志	第7卷第7~12号
1921	鹤	童话	安徒生	丹麦	赵景深	妇女杂志	第7卷第8号
1921	小芜露夫的木屐	故事	考贝	法国	伯冕	妇女杂志	第7卷第8号
1921	三愚人	童话			封熙卿	妇女杂志	第7卷第8号
1921	艾获莎遇盗	童话	Mrs. Burnett	美国	徐惠群	妇女杂志	第7卷第8~9号
1921	虾蟆王子	童话	格林	德国	封熙卿	妇女杂志	第7卷第9号
1921	星孩	童话	王尔德	英国	伯恳	妇女杂志	第7卷第9号
1921	公主和小狐狸	童话		日本	公劲	妇女杂志	第7卷第9号
1921	一滴水	童话	安徒生	丹麦	石麟	妇女杂志	第7卷第10号

续表附录二

时间	译作名称	体裁	原作者	国家/地区	译者	期刊名称	期卷号
1921	白蛇	童话	格林	德国	孙凤来、赵景深	妇女杂志	第7卷第10号
1921	比米	故事	吉布林			妇女杂志	第7卷第10号
1921	一荚五颗豆	童话	安徒生	丹麦	君韦	妇女杂志	第7卷第11号
1921	魔木博士	传说		德国	灏川、钰孙	妇女杂志	第7卷第11号
1921	恶魔和商人	童话	安徒生	丹麦	赵景深	妇女杂志	第7卷第12号
1922	鱼的悲哀	童话	爱罗先珂	俄国	鲁迅	妇女杂志	第8卷第1号
1922	安琪儿	童话	安徒生	丹麦	赵景深	妇女杂志	第8卷第2号
1922	她不是好人	童话		丹麦	仲持	妇女杂志	第8卷第3号
1922	穿靴子的猫	童话	白罗先勒	法国	葛孚英	妇女杂志	第8卷第5号
1922	松孩	童话	爱罗先珂	俄国	吴觉衣	妇女杂志	第8卷第7号
1922	小红帽子	童话	白罗先勒	法国	葛孚英	妇女杂志	第8卷第7号
1922	煊赫的流星	童话	王尔德	英国	仲持	妇女杂志	第8卷第8号
1922	不知足的钟摆	童话	J. Taylor女士	英国	王爱侬	妇女杂志	第8卷第9号
1922	小鸡的悲剧	童话	爱罗先珂	俄国	鲁迅	妇女杂志	第8卷第12号
1922	祖母	戏剧	武者小路实笃	日本	赵景深	妇女杂志	第8卷第12号
1922	开花的老人	童话	安徒生	丹麦	翰周、Y.D.	妇女杂志	第9卷第3号
1923	老星	童话		俄国	赵景深	妇女杂志	第9卷第3号
1923	谁是男子最好的朋友	传说		俄国	天月	妇女杂志	第9卷第8号
1923	爱昆虫的小孩	故事	法布耳	法国	周作人	妇女杂志	第9卷第9号
1924	柳下	童话	西比尔雅克	丹麦	赵景深	妇女杂志	第10卷第1号
1924	给海兰的童话	童话		俄国	王彦	妇女杂志	第10卷第1、3号
1924	蝴蝶与三块石头	童话	小川未明	日本	晓天	妇女杂志	第10卷第6号
1924	汉蒂额夷的天鹅	故事	西皮尔雅克	俄国	鲁彦	妇女杂志	第10卷第8号

续表附录二

时间	译作名称	体裁	原作者	国家/地区	译者	期刊名称	期卷号
1924	妇女的要求	故事		印度	天月	妇女杂志	第10卷第10号
1924	一对恋人	童话	安徒生	丹麦	天赐生	妇女杂志	第10卷第11号
1925	小克劳斯和大克劳斯	童话	安徒生	丹麦	顾均正	妇女杂志	第11卷第1号
1925	春	戏剧	竹久梦二	日本	YD	妇女杂志	第11卷第1号
1925	飞尘老人	童话	安徒生	丹麦	汪延高	妇女杂志	第11卷第2号
1925	锐蒯特一撮毛	童话	泊拉特		孔山宗	妇女杂志	第11卷第3号
1925	夜莺	童话	安徒生	丹麦	顾均正	妇女杂志	第11卷第4号
1925	不朽	故事	未斯林诺维克	南斯拉夫	PK	妇女杂志	第11卷第7号
1925	受憎的妻	寓言	伊西比阿		天月	妇女杂志	第11卷第12号
1926	驼背木匠	童话	G. Burchill		天朴	妇女杂志	第12卷第5号
1926	海底下的磨子	童话	P. C. Asbjornsen	挪威	顾均正	妇女杂志	第12卷第5号
1926	小黑人	小说	波耳	美国	倍金	妇女杂志	第12卷第6号
1926	女子的由来	故事	瓦耳	印度	季赞育	妇女杂志	第12卷第10号
1927	富耳各德的纺纱妇	故事		法国	唐圭璋	妇女杂志	第13卷第6号
1927	老人与魔鬼	童话	小泉八云	日本	林文方	妇女杂志	第13卷第6号
1917	最后一课	小说	都德	法国	梁荫曾	工读杂志	第1卷第1期
1922	卖火柴的女儿	童话	H. C. Andersen	丹麦	周作人	广益杂志	第30期
1926	顽皮的孩子	小说	契诃夫	俄国	张定钊	国民新报副刊	第44号
1925	雪后	童话	安徒生	丹麦	李静谋	国闻周报	第2卷第32～34期
1927	神弓手	神话	A. Cruse		赵景深	国闻周报	第4卷第25期
1923	世界最可爱的玫瑰	童话	安徒生	丹麦	赵景深	虹纹季刊	第1期
1923	松树	童话	安徒生	丹麦	焦菊隐	虹纹季刊	第1期
1919	百合花	童话	Anderson	丹麦	江戴冠一	沪江大学月刊	第7卷第6期

续表附录二

时间	译作名称	体裁	原作者	国家/地区	译者	期刊名称	期卷号
1922	小孩子比成人聪明	小说	托尔斯泰	俄国	丁征符	沪江大学月刊	第11卷第4/5期
1925	秦西神话	神话		希腊	光堃	家声	第36期
1925	伊索寓言	寓言	伊索	古希腊		家声	第37期
1922	幸福的指环	童话			卓呆	家庭	第2期
1922	唱歌的皇子	童话			卓呆	家庭	第4期
1926	金河王	童话	约翰罗思精	英国	胡久鉴	家庭杂志	第1卷第5期
1921	油煎饼	故事			赵露吴	江苏省立第二师范学校校刊	第7期
1921	动物世界	故事	E. Serl		盛振声	江苏省立第二师范学校校刊	第9期
1922	怪窟	童话	L. Bates		苏兆骧	江苏省立第二师范学校校刊	第10期
1922	狮王	故事			周法均	江苏省立第二师范学校校刊	第14期
1922	鲸要做鱼王	故事			李福尧	江苏省立第二师范学校校刊	第14期
1917—1919	童子侦探队	小说			天笑	教育杂志	第9卷第1、7号；第10卷第7、8、12号；第11卷第6～12号
1922	罗木易男	小说	拉绮洛孚	瑞典	沈雁冰	教育杂志	第14卷第3号
1926	石工安琪罗	小说	V. Nazor		樊仲云	教育杂志	第18卷第2号
1927	金鸟	童话			徐调孚	教育杂志	第19卷第3号
1927	依利亚特的故事	神话	荷马	古希腊	谢六逸	教育杂志	第19卷第4～6号
1927	星的预言	童话		意大利	赵景深	教育杂志	第19卷第12号
1926	狮怪与小僧官	小说	F. R. Stockton	美国	周白棣	进德季刊	第4卷第1期
1925	诚实的朋友	童话	王尔德	英国	庸揆	京报·儿童	第3～5期

续表附录二

时间	译作名称	体裁	原作者	国家/地区	译者	期刊名称	期卷号
1925	谁睡见过凤？	诗歌	C. Rossetti	英国	孝嵩	京报·儿童	第5期
1925	象的孩儿	童话	吉卜林	英国	子美	京报·儿童	第6期
1925	忠犬	故事		法国	沈祖徽	京报·儿童	第6期
1925	顽皮的孩子	小说	契诃夫	俄国	林声	京报副刊	第43期
1925	星孩	童话	O. Wilde	英国	沈召棠	京报副刊	第100、101、103~105期
1925	爱多亚儿童	小说	法郎士	法国	金满成	京报副刊	第116期
1925	一抓葡萄	故事	法郎士	法国	金满成	京报副刊	第132期
1925	矿蜂	童话	法布耳	法国	林兰	京报副刊	第160、162、165期
1925	雪女王	童话	安徒生	丹麦	林兰女士	京报副刊	第203、204、207、209、213、214、216~218、220、221、223、224期
1925	野草	童话	爱华耳特	丹麦	李小峰	京报副刊	第228、229期
1925	树林和野草	童话	爱耳华特	丹麦	李小峰	京报副刊	第245期
1925	虚伪的颈圈	童话	安徒生	丹麦	陈永森	京报副刊	第341期
1925	格林童话选	童话	格林	德国	潘	京报副刊	第363期
1926	蚁窠猎人	寓言			斐然	联益之友	第25期
1917	蛙求王	童话			冰如	旅欧杂志	第22期
1926	两个朋友	小说	赛甫林娜女士	俄国	曹靖华	莽原	第1卷第13期
1927	孩子，睡罢！	诗歌	M. Nodies	法国	小蕙	莽原	第2卷第12期
1927	比打哥儿	童话	服尔德	法国	刘复	莽原	第2卷第17期
1923	笑窝之神	童话	邹东郎		唐鸣时	弥洒月刊	第3期
1923	一束紫丁香	童话	向佛楼		唐鸣时	弥洒月刊	第3期
1923	一个无实跌	童话	李许汤培异		唐鸣时	弥洒月刊	第4期
1923	火鸡脚爪	童话	楼阁凡		唐鸣时	弥洒月刊	第5期

续表附录二

时间	译作名称	体裁	原作者	国家/地区	译者	期刊名称	期卷号
1922	地藏和鬼	戏剧	武者小路实笃	日本	俞寄凡	民铎	第3卷第2号
1925	顽童	童话	安徒生	丹麦	徐调孚	民铎	第6卷第1号
1922	星孩	童话	王尔德	英国	觉先	民国日报·妇女评论	第28~30期
1922	真公主	童话	安兑生	丹麦	CF女士	民国日报·妇女评论	第72期
1922	狮怪与小牧师	小说	F. R. Stockton	美国	周白棣	民国日报·妇女评论	第73~75期
1923	忠实的朋友	童话	王尔德	英国	白棣	民国日报·妇女评论	第85~86期
1923	豌豆上的公主	童话	安徒生	丹麦	YC	民国日报·妇女评论	第103期
1921	玫瑰花妖	童话	安徒生	丹麦	咪辛	杭育	
1920	渔家妇的催眠歌	诗歌	Botrel	法国	沈公布	民国日报·觉悟	7月28日
1920	还是小孩子乖宽些	小说	托尔斯泰	俄国	吴一之	民国日报·觉悟	11月10日
1920	樊卡	小说	P. Chekhov	俄国	慕鸿	民国日报·觉悟	12月17日
1921	没了亲娘的女儿	童话		俄国	白石	民国日报·觉悟	1月16日
1921	红箱子和绿匣子	童话		俄国	白石	民国日报·觉悟	1月17日
1921	母亲底遗念	童话		俄国	白石	民国日报·觉悟	1月20日
1921	伊文与怪兽	童话		俄国	白石	民国日报·觉悟	1月25日
1921	公主与火鸟	童话		俄国	白石	民国日报·觉悟	2月13日
1921	王子开803	童话		俄国	蔚南	民国日报·觉悟	4月19日
1921	可怜的若克	小说	都德	法国	得一	民国日报·觉悟	4月25日
1921	褐色的小手	诗歌	M. H. Krout		P·生	民国日报·觉悟	4月28日
1921	大譬人	神话	高尔基	俄国	一飞	民国日报·觉悟	5月1日
1921	白尾蓝色猪的大战争	故事			蔚南	民国日报·觉悟	6月10日
1921	派克底结果	童话	M'Colonna			民国日报·觉悟	6月15日

续表附录二

时间	译作名称	体裁	原作者	国家/地区	译者	期刊名称	期卷号
1921	荷马玫瑰上的玫瑰花	童话		丹麦	济甫	民国日报·觉悟	6月24日
1921	穷人和富人	故事			白石	民国日报·觉悟	6月26日
1921	富翁底客	故事			白石	民国日报·觉悟	6月27日
1921	蜂与花	诗歌	A. L. Tennyson	英国	陈斯白	民国日报·觉悟	6月28日
1921	六裁判	故事		印度	白石	民国日报·觉悟	6月28日
1921	旅行人和斧子	小说			白石	民国日报·觉悟	7月1日
1921	点灯的人	诗歌	竹久梦二	日本	馥泉	民国日报·觉悟	8月29日
1921	鸟说些什么	诗歌	丁尼称	英国	馥泉	民国日报·觉悟	9月1日
1921	池边	诗歌	爱罗先珂	俄国	鲁迅	民国日报·觉悟	10月3日
1921	小儿第一次的悲哀	诗歌	Mrs. Hemans		裴实	民国日报·觉悟	10月9日
1921	春夜的梦	童话	爱罗先珂	俄国	鲁迅	民国日报·觉悟	10月25、27、28日
1921	虹之国	童话	爱罗先珂	俄国	馥泉	民国日报·觉悟	11月15日
1921	小的百合花	小说	Hawthorne	美国	吕叔唐	民国日报·觉悟	11月27日
1921	雕的心	童话	爱罗先珂	俄国	鲁迅	民国日报·觉悟	12月11日
1921	梨花	童话	H. C. Andersen	丹麦	士元	民国日报·觉悟	12月15日
1921	寓言	寓言	托尔斯泰	俄国	愉	民国日报·觉悟	12月30日
1921	古怪的猫	童话	爱罗先珂	俄国	鲁迅	民国日报·觉悟	1月1日
1922	月光下的女孩	童话	安徒生	丹麦	赵景深	民国日报·觉悟	1月3日
1922	夜鹰	童话	孟代	法国	李小峰	民国日报·觉悟	4月10、11日
1922	镜子	童话	孟代	法国	CF女士	民国日报·觉悟	4月13、14日
1922	致命的愿望	童话	孟代	法国	小峰	民国日报·觉悟	4月16、17日
1922	儿歌	诗歌	L. A. Tennyson	英国	CF女士	民国日报·觉悟	5月11日

续表附录二

时间	译作名称	体裁	原作者	国家/地区	译者	期刊名称	期卷号
1922	桃色的云	戏剧	爱罗先珂	俄国	鲁迅	民国日报·觉悟	5月18、19、21—23、25、26、28—30日；第6月1、2、4—6、8、9、11—13、15、16、18、19、20、22、23、25—27、29、30日；第7月2—4、6日
1922	太阳底恋人达芙纳	神话		希腊	胡瑰琦	民国日报·觉悟	7月3日
1922	古尔伯父底秘密	小说	都德	法国	匀锐	民国日报·觉悟	7月21、23日
1922	王太子与村女	故事	T. Malory	英国	程本海	民国日报·觉悟	7月27、28、30、31日
1922	投降者	传说		俄国	鲁彦	民国日报·觉悟	8月13日
1922	好与坏	传说		俄国	鲁彦	民国日报·觉悟	8月13日
1922	时光老人	童话	爱罗先珂		鲁迅	民国日报·觉悟	12月4日
1923	勇敢的锡兵	童话	安徒生	丹麦	周白棣	民国日报·觉悟	4月22、24日
1923	野菊	童话	安徒生	丹麦	白棣	民国日报·觉悟	5月1日
1923	玫瑰姑娘	童话	雷特	英国	苏兆骧	民国日报·觉悟	6月5、7、8日
1923	盲子和疯瘫子	小说	C. Gcavle		丰子恺	民国日报·觉悟	9月11、14日
1924	太子底死	小说	都德	法国	刘昌绪	民国日报·觉悟	4月23日
1924	儿童诗选译	诗歌			杰桑	民国日报·觉悟	7月21日
1924	卖火柴的小孩子	故事	D. Stanley	英国	云影	民国日报·觉悟	8月14日
1925	金莺	戏剧			谷凤田	民国日报·觉悟	6月23日
1925	啁里的麻雀	戏剧			谷凤田	民国日报·觉悟	6月24日
1925	诚实的樵夫	戏剧			谷庐田	民国日报·觉悟	6月25日
1925	坝上洞	戏剧			谷凤田	民国日报·觉悟	6月26日
1925	仿徨	戏剧			谷凤田	民国日报·觉悟	6月27日
1925	寓意	戏剧			谷庐田	民国日报·觉悟	6月29、30日

281

续表附录二

时间	译作名称	体裁	原作者	国家/地区	译者	期刊名称	期卷号
1925	裴里寇叽亚的故事	戏剧			合庐田	民国日报·觉悟	7月1—3日
1925	义愤	戏剧			合庐田	民国日报·觉悟	7月4日
1925	粗须皇	童话	Grimm	德国	高三	民国日报·觉悟	7月23—25，27，28日
1925	钻光下的爱	戏剧			合凤田	民国日报·觉悟	8月5，6日
1925	一个小女孩的秘密	小说	爱罗先珂	俄国	松圃	民国日报·觉悟	8月30，31日
1925	希腊神话：希腊的神等（5则）	神话	却尔斯D萧	希腊	姚剑初	民国日报·觉悟	8月31日；第9月15日；第10月9日
1925	北欧神话	神话			译人	民国日报·觉悟	12月5，7—12，14—19日
1925—1926	土耳其寓言	寓言		土耳其	王世颖	民国日报·黎明	第1卷第11，18期
1926	天使	童话	安徒生	丹麦	南	民国日报·黎明	第1卷第31期
1926	蛛丝	童话	芥川龙之介	日本	徐蔚南	民国日报·黎明	第1卷第36期
1927	小长尾猴与胡桃	寓言	胡洛里扬	法国	何小旭	民国日报·黎明	第2卷第5期
1921	瞎子牛奶	寓言	托尔斯泰	俄国	余偷	民国日报·平民	第46期
1921	遗产的分析	寓言	托尔斯泰	俄国	余偷	民国日报·平民	第46期
1921	世界上所以有灾祸的原因	寓言	托尔斯泰	俄国	余偷	民国日报·平民	第49期
1921	农夫与黄瓜	寓言	托尔斯泰	俄国	余偷	民国日报·平民	第59期
1921	斧子和锯子	寓言	托尔斯泰	俄国	余偷	民国日报·平民	第59期
1921	火蛇底头尾	寓言	托尔斯泰	俄国	余偷	民国日报·平民	第65期
1921	细线	寓言	托尔斯泰	俄国	余偷	民国日报·平民	第66期
1922	鸭子与月亮	寓言	托尔斯泰	俄国	余偷	民国日报·平民	第84期
1922	奶牛	寓言	托尔斯泰	俄国	余偷	民国日报·平民	第84期
1922	猴子与豌豆	寓言	托尔斯泰	俄国	余偷	民国日报·平民	第84期
1922	雪人	童话	H. C. Andersen	丹麦	士元	民国日报·平民	第86期

续表附录一

时间	译作名称	体裁	原作者	国家/地区	译者	期刊名称	期卷号
1922	一支蜡烛	寓言	托尔斯泰	俄国	樵	民国日报·平民	第87～89期
1923	二牧童	小说	佩尔特·泰拉	美国	童心	民国日报·平民	第161期
1927	鸟王	童话	格林	德国	庄喆	民国文艺	第5期
1924	橡树与芦苇	寓言	克鲁洛夫	俄国	李秉之	民众文艺周刊	第1期
1925	二缝工	故事	E. Neumark		王秋士	民众文艺周刊	第6期
1925	蒂姆的鸽子	故事	F. Dielman		江震亚	民众文艺周刊	第9期
1925	王的新衣	童话	安徒生	丹麦	荆有麟	民众文艺周刊	第11期
1925	马其顿亚历山大	故事	V. Jabee	印度	张希涛	民众文艺周刊	第13期
1925	妇人的由来	传说			张希涛	民众文艺周刊	第14期
1927	小女孩子比大人聪明	小说	托尔斯泰	俄国	范土奎	南开大学思潮	第42期
1917	未次之课程	小说	多德	法国	段茂澜	南洋周刊	第1期
1923	一个忠爱的朋友	童话	王尔德	英国	高尔松	南洋周刊	第2卷第13期
1916—1917	义犬	故事			郑申华	女铎	第5卷第9～12期
1917	皱儿审判	故事			郑申华	女铎	第5卷第11期
1917	因祸得福	故事			郑申华	女铎	第5卷第12期
1917	施德拉	戏剧			郑申华	女铎	第6卷第1期
1917—1918	秘园	小说		美国	许之业、周兆桓、李冠芳	女铎	第6卷第9期～第7卷第4期
1918	象与马	寓言		英国	刘儒珍	女铎	第7卷第8期
1918	金河王	童话			刘儒珍	女铎	第7卷第8期
1919	猫与鼠	故事			郑申华	女铎	第7卷第10期
1920	树神	童话	弗兰克·斯托克顿	美国	徐珠宝	女铎	第9卷第4～5期
1923	奇孩	童话	安徒生	丹麦		洪之矶	前进	第7期

续表附录二

时间	译作名称	体裁	原作者	国家/地区	译者	期刊名称	期卷号
1923	火绒箱	童话	安徒生	丹麦	洪之祈	前进	第 9 期
1921	小小的红汤姆	小说	H. V. Dkye	美国	民	清华周刊	增刊 7
1926	熟记词（三）	诗歌	A. J. Demarest			清华周刊	第 26 卷第 4 号
1926	熟记词（七）	诗歌	A. J. Demarest			清华周刊	第 26 卷第 4 号
1926	白蝴蝶	诗歌	A. C. Swinburne	英国		清华周刊	第 26 卷第 4 号
1926	熟记词（八）	诗歌	A. Cary	美国		清华周刊	第 26 卷第 4 号
1926	一步步来	诗歌	Anonymous			清华周刊	第 26 卷第 4 号
1926	再试过	诗歌	Anonymous			清华周刊	第 26 卷第 4 号
1926	摇篮歌	诗歌	C. Osias			清华周刊	第 26 卷第 4 号
1926	我想	诗歌	C. Osias			清华周刊	第 26 卷第 4 号
1926	小东西	诗歌	C. Osias			清华周刊	第 26 卷第 4 号
1926	风	诗歌	C. G. Rossetti	英国		清华周刊	第 26 卷第 4 号
1926	熟记词（一）	诗歌	E. E. Hale			清华周刊	第 26 卷第 4 号
1926	秘密的爱	童话	A. Ephtaliotis	新希腊		清华周刊	第 26 卷第 4 号
1926	独眼双眼三眼	童话	Grimm	德国		清华周刊	第 26 卷第 4 号
1926	熟记词（四）	诗歌	H. W. Longfellow	美国		清华周刊	第 26 卷第 4 号
1926	窗外雨	诗歌	J. Baldwin	美国		清华周刊	第 26 卷第 4 号
1926	唱	诗歌	J. Baldwin	美国		清华周刊	第 26 卷第 4 号
1926	快乐日	诗歌	J. Baldwin	美国		清华周刊	第 26 卷第 4 号
1926	母亲只有一个	诗歌	J. Baldwin	美国		清华周刊	第 26 卷第 4 号
1926	我怎么做	诗歌	K. S. Wails			清华周刊	第 26 卷第 4 号
1926	先苦后甜	诗歌	K. S. Wails			清华周刊	第 26 卷第 4 号
1926	月①	诗歌				清华周刊	第 26 卷第 4 号

① 《清华周刊》该期登载了两首《月》，均来自同一原作者。

续表附录二

时间	译作名称	体裁	原作者	国家/地区	译者	期刊名称	期卷号
1926	光线	诗歌	K. S. Wails			清华周刊	第26卷第4号
1926	风筝	诗歌	K. S. Wails			清华周刊	第26卷第4号
1926	笼中鸟	诗歌	K. S. Wails			清华周刊	第26卷第4号
1926	一粒种子	诗歌	K. Brown			清华周刊	第26卷第4号
1926	倘若我知道	诗歌	M. Wyman			清华周刊	第26卷第4号
1926	月光之中	诗歌	N. J. O'conor			清华周刊	第26卷第4号
1926	花斑鸡母	诗歌	C. Osias			清华周刊	第26卷第4号
1926	熟记词（二）	诗歌	P. Cary			清华周刊	第26卷第4号
1926	小仙姑	诗歌	R. Buchanan			清华周刊	第26卷第4号
1926	我的影子	诗歌	R. L. Stevenson			清华周刊	第26卷第4号
1926	小小的星	诗歌	T. Nelson			清华周刊	第26卷第4号
1926	三月里底一天	诗歌	W. Wordsworth	英国		清华周刊	第26卷第4号
1926	心跳起来	诗歌	W. Wordsworth	英国		清华周刊	第26卷第4号
1926	熟记词（六）	诗歌	Witties			清华周刊	第26卷第4号
1926	瓶中儿	童话	梭罗古氏	俄国		清华周刊	第26卷第4号
1926	红风帽	童话				清华周刊	第26卷第4号
1926	小红苹	童话				清华周刊	第26卷第4号
1926	嘘荷花萨	童话				清华周刊	第26卷第4号
1926	蜘蛛救命	童话				清华周刊	第26卷第4号
1926	私心报	童话				清华周刊	第26卷第4号
1926	失斧报	童话				清华周刊	第26卷第4号
1926	黄金桶	童话				清华周刊	第26卷第4号
1924	年少与其子	童话	王尔德	英国	刘乃慎	青年进步	第76期
1918	农夫与其子	故事			陈俊述	青年镜	第17期

续表附录二

时间	译作名称	体裁	原作者	国家/地区	译者	期刊名称	期卷号
1918	雷神之居	故事			陈俊述	青年镜	第19期
1919	二童子	童话		挪威	叶承锟	青年镜	第20期
1921	小羔羊	诗歌	W. Blake	英国	过秉垫	青年友	第1卷第2期
1922	狼和他的智慧	童话			汉如	青年友	第2卷第12期
1923	童话故事	童话			汉如	青年友	第3卷第2期
1924	金河王	童话	罗斯更	英国	谢颂羔、米星如	青年友	第4卷第3~5期
1924	狐成婚	童话	Grimm	德国	宗铭	青年友	第4卷第4期
1924	三种职业	寓言	葛雷姆	德国	颂羔、星如	青年友	第4卷第4期
1924	牧童与童王	童话			颂羔、星如	青年友	第4卷第4期
1924	十二兄弟	童话	Grimm	德国	宗铭	青年友	第4卷第5期
1924	复活节的蛋	传说			刘澡	青年友	第4卷第5期
1924	几个讨厌的来客	童话			宗铭	青年友	第4卷第5期
1924	聪明人	童话			汉如	青年友	第4卷第6期
1924	蛙太子	童话			宗铭	青年友	第4卷第7/8/9期
1924	狼和七只小羊	童话			汉如	青年友	第4卷第10期
1924	百鸟之王	童话			汉如	青年友	第4卷第11期
1924	伯德和她的小人	童话			汉如	青年友	第4卷第12期
1925	殷勤的朋友	童话			汉如	青年友	第5卷第1期
1925	狐和鹅	童话			汉如	青年友	第5卷第1期
1925	狐和猫	童话			皎我	青年友	第5卷第2期
1925	小笛克	故事	F. Copper		铭	青年友	第5卷第2期
1925	雪白与红玫瑰	童话				青年友	
1925	红孩喜雅的故事（在坎拿大北部）	故事	J. Finnemore	加拿大	单慕仁	青年友	第5卷第6期

续表附录二

时间	译作名称	体裁	原作者	国家/地区	译者	期刊名称	期卷号
1925	夸大的狼	童话			汉如	青年友	第5卷第7/8/9期
1925	稻草煤灰和豆子	童话		德国	汉如	青年友	第5卷第11期
1925	老祖父的屋角	故事			汉如	青年友	第5卷第11期
1925	鼠太太	童话			崇义	青年友	第5卷第12期
1925	家禽趣话	童话			崇义	青年友	第5卷第12期
1926	大克老司和小克老司	童话	安特迪生	丹麦	颂义	青年友	第6卷第1期
1926	顽孩	童话	安迪生	丹麦	汉如	青年友	第6卷第2期
1926	小拇指	童话			崇义	青年友	第6卷第2期
1926	伶俐的爱妻	故事		丹麦		青年友	第6卷第6期
1927	爱神的玩意儿	童话	安徒生		颂义	青年友	第6卷第6期
1927	世界上最可爱的玫瑰	童话	H. C. Anderson	丹麦	蒋翼辅	青年友	第7卷第7/8/9期
1917	狡童	寓言			剑泪、松声	青声周刊	第5、6期
1924	跛足的王子都拉	童话			庄蚕秋	清心钟	第2卷第4、6、7期
1924	矮人	童话	格林	德国	邱金声	清心钟	第2卷第5期
1926	少年之实验	故事			泯泯	清心钟	秋季第1期
1918	纷金草	寓言			蔡奎荣	日新杂志	第1期
1918	椰果奇缘	童话			蔡倓荣	日新杂志	第3期
1918	华盛顿之仆	故事			咪懋	少年	第8卷第9期
1919	巨人与侏儒	童话			顾世桢	少年	第9卷第1、3期
1919	美总统威尔逊之轶事	故事			咪懋	少年	第9卷第2期
1919	银筯	童话			咪懋	少年	第9卷第9期
1919	老人与胡桃	故事			咪懋	少年	第9卷第10期

287

续表附录二

时间	译作名称	体裁	原作者	国家/地区	译者	期刊名称	期卷号
1920	忠信诚实的小	故事			曹乐澄	少年	第10卷第4期
1920	二十佛郎	故事			杨叔谐	少年	第10卷第4期
1920	背心王	童话		丹麦	尹忠	少年	第10卷第8期
1920	火绩匣	童话		丹麦	赵景深	少年	第10卷第11期
1920	国王的新衣	童话			赵景深	少年	第10卷第12期
1921	金发儿	故事			吴少修	少年	第11卷第1期
1921	美国的三个神童	故事			赵世泰	少年	第11卷第3期
1921	白鸽	童话		丹麦	赵景深	少年	第11卷第3、4期
1921	一枚金币	故事			汪延高	少年	第11卷第5期
1921	旅伴	童话		丹麦	汪延高	少年	第11卷第6期
1922	披史救主	小说	伦敦约克	美国	陶葆楷	少年	第12卷第1期
1922	少年时代的弗兰克林	故事			张寿林	少年	第12卷第3期
1922	亨利的少年时代	故事			顽石	少年	第12卷第4期
1922	卖火柴的小孩	戏剧	D. Stanley	英国	舒锡庚	少年	第12卷第5期
1922	爱迪生的少年时代	故事			咪懿	少年	第12卷第6期
1922	牛顿的少年时代	故事			咪懿	少年	第12卷第7期
1922	格兰斯顿的少年时代	故事			中孚	少年	第12卷第8期
1922	杀怪人的约克	童话			飞力	少年	第12卷第8期
1922	讷尔逊的少年时代	故事			咪懿	少年	第12卷第9期
1922	哥伦波的少年时代	故事			粱三	少年	第12卷第10期
1923	林肯的少年时代	故事			咪懿	少年	第13卷第1期
1923	怪泉	童话		德国		少年	第13卷第2期

续表附录二

时间	译作名称	体裁	原作者	国家/地区	译者	期刊名称	期卷号
1923	华盛顿的少年时代	故事			咪懑	少年	第13卷第2期
1923	猪猡	童话		匈牙利	咪懑	少年	第13卷第2期
1923	爱狄孙	故事				少年	第13卷第4期
1923	韦廉泰尔	故事		瑞士	佩	少年	第13卷第6期
1923	伊索与旅客	故事				少年	第13卷第7期
1923	向日葵的由来	神话		希腊	永如	少年	第13卷第9期
1923	幸运鼠	童话			佩斯	少年	第14卷第1期
1924	皇帝的新人	童话			佩斯	少年	第14卷第4期
1924	诚实的牧羊人	故事		匈牙利	佩斯	少年	第14卷第4期
1924	发明家小史	故事				少年	第14卷第4、5、7、10～12期；第15卷第3期
1924	笨汉比爱	童话			维克	少年	第14卷第5期
1924	福神和乞丐	童话	伊文克黎洛甫	俄国	萧之倜	少年	第14卷第6期
1924	妖怪与糖果	戏剧			佩斯	少年	第14卷第6期
1924	旧提琴	戏剧			佩斯	少年	第14卷第6期
1924	忠实的批评家	童话			倍思	少年	第14卷第6期
1924	阿美与马	神话			永如	少年	第14卷第7期
1924	魔王	神话			雪渔	少年	第14卷第8期
1924	石鼓大王	故事			古扬志	少年	第14卷第8期
1924	一块粗面包	故事			殷佩斯	少年	第14卷第8期
1924	一班愚人	故事			维克	少年	第14卷第9期
1924	富鹅	童话			永如	少年	第14卷第9期
1924	十个仙人	童话			倍思	少年	第14卷第10期
1924	孤岛	小说			佩斯	少年	第14卷第10期

续表附录二

时间	译作名称	体裁	原作者	国家/地区	译者	期刊名称	期卷号
1924	大卫变成雪人的故事	童话			雨馥	少年	第14卷第12期
1924	小珊珊和圣诞老人	戏剧			左企	少年	第14卷第12期
1924	狡兔和野猫	童话			佩斯	少年	第14卷第12期
1925	女孩子的牛	故事		美国	倍思	少年	第15卷第1期
1925	胆大的孩子	童话		丹麦		少年	第15卷第2期
1925	火焰山的巨人	故事			佩斯	少年	第15卷第2期
1925	世界第一甲壁	故事			佩斯	少年	第15卷第4期
1925	莫避狮子	故事			佩斯	少年	第15卷第4期
1925	动物的情感	故事			永如	少年	第15卷第5期
1925	烛与蜗牛	故事			佩斯	少年	第15卷第5期
1925	葩蓓蒂的花冠	故事			佩斯	少年	第15卷第6期
1925	沙迷的猫儿	童话			永如	少年	第15卷第6期
1925	著靴的猫人	故事			佩斯	少年	第15卷第7期
1925	三个呆人	故事		印度	龚翙明	少年	第15卷第7期
1925	黑夜叉和白夜叉	神话		德国	永如	少年	第15卷第7期
1925	莱因河畔的神话	传记			佩斯	少年	第15卷第7、8期
1925	环行地球第一人——麦志伦	童话	安徒生	丹麦	佩斯	少年	第15卷第8期
1925	甲虫	童话		德国	均正	少年	第15卷第12期
1925	聪明的裁缝	诗歌	Longfellow	美国	天朴	少年	第15卷第12期
1925	箭和声	童话			永如	少年	第15卷第12期
1925	牧羊人的女儿	童话			永如	少年	第16卷第2期
1926	想高飞的美人鱼						

290

续表附录二

时间	译作名称	体裁	原作者	国家/地区	译者	期刊名称	期卷号
1926	雪女王	童话	安徒生	丹麦	佩斯	少年	第16卷第2~7期
1926—1927	科学故事	故事	华不儿	法国	殷佩斯	少年	第16卷第2~8, 10~12期,第17卷第2~11期
1926	强壮的乔治	童话			永如	少年	第16卷第4期
1926	一粒浮躁的麦子	童话			佩斯	少年	第16卷第8期
1926	这是十分真确的！	童话	安徒生	丹麦	佩斯	少年	第16卷第9期
1926	农女一王后	故事			倍思	少年	第16卷第10期
1926	红窗帘的房子	故事			佩斯	少年	第16卷第11期
1926	三根黄金发	童话		德国	佩斯	少年	第16卷第11, 12期
1926	烟草童子	童话			均正	少年	第16卷第12期
1927	脱拉脱拉的小绿笛	童话			永如	少年	第17卷第2期
1927	熊与狐	故事			均正	少年	第17卷第3期
1927	运神和智神	童话			均正	少年	第17卷第3期
1927	天下妇人一样疯	故事			均正	少年	第17卷第3期
1927	三个快乐的旅行者	小说			佩斯	少年	第17卷第3~6期
1927	主人的主人	故事			均正	少年	第17卷第4期
1927	魔钥	童话			均正	少年	第17卷第4期
1927	雨云	寓言	克利洛夫	俄国	均正	少年	第17卷第7期
1927	狼与猎人	寓言	托尔斯泰	俄国	均正	少年	第17卷第7期
1927	小羊与狼	寓言	伊索	古希腊	均正	少年	第17卷第7期
1927	玫瑰公主	童话			仇兴	少年	第17卷第7期
1927	懒惰的鹦鹉	故事				少年	第17卷第7期
1927	愤愤不平的钟摆	童话			倍思	少年	第17卷第7期
1927	女酋长丽丽	小说			佩斯	少年	第17卷第7~11期

续表附录二

时间	译作名称	体裁	原作者	国家/地区	译者	期刊名称	期卷号
1927	猴子和采蜜鸟	童话		非洲	信思	少年	第17卷第8期
1927	不安分的猫	故事			均正	少年	第17卷第8期
1927	耐思堡的神秘	小说			佩斯	少年	第17卷第9~11期
1927	人与毒蛇	故事			顾均正	少年	第17卷第10期
1927	蓝胡髭	童话	贝洛耳	法国	顾均正	少年	第17卷第10期
1927	阿沙王之死	故事			徐镜如	少年	第17卷第10期
1927	乖媳妇	童话			顾均正	少年	第17卷第11期
1927	丑太子	童话			顾均正	少年	第17卷第11期
1927	阿勃斯推缪：寓言三则	寓言			顾均正	少年	第17卷第12期
1927	金发少年	童话			懿	少年	第17卷第12期
1921	花朝	诗歌			秋叶	少年（法国巴黎）	第15期
1921	百合花的白	诗歌			秋叶	少年（法国巴黎）	第15期
1921	小小子是什么做的	诗歌			秋叶	少年（法国巴黎）	第15期
1921	所罗门格郎达	诗歌			秋叶	少年（法国巴黎）	第15期
1921	因为缺了个钉子	诗歌			秋叶	少年（法国巴黎）	第15期
1919	采伊凡的故事	传说	托尔斯泰	俄国	金海观	少年社会	第4~10期
1919	小鸟	诗歌	R. H. Stodard		倪文宙	少年社会	第5期
1920	放着的手开	诗歌	B. C. Mansfield		志澄	少年社会	第1期
1920	公有天然物	诗歌			周邦道	少年社会	第7期
1920	日落	诗歌	E. L. Walton		志澄	少年社会	第8期
1919—1920	野大呼声	小说	J. London	美国	易家钺	少年中国	第1卷第1~7期
1919	卖国的童子	小说	A. Daudet	法国	黄仲苏	少年中国	第1卷第2期
1919	古战场	诗歌	苏翠		田汉	少年中国	第1卷第2期

续表附录二

时间	译作名称	体裁	原作者	国家/地区	译者	期刊名称	期卷号
1919	爱是什么	诗歌	E. Wilcox	美国	黄仲苏	少年中国	第1卷第3期
1919	一个秋夜	小说	M. Gorky	俄国	黄仲苏	少年中国	第1卷第4期
1920	太戈尔的诗十七首	诗歌	R. Tagore	印度	黄仲苏	少年中国	第1卷第8期
1920	太戈尔的诗六首	诗歌	R. Tagore	印度	黄仲苏	少年中国	第1卷第9期
1920	太戈尔传	传记		俄国	西曼	少年中国	第1卷第9期
1920	俄国诗豪朴思朴铿传	传记	掘口大学		黄玄	少年中国	第1卷第9期
1920	影和光	诗歌			郑伯奇	少年中国	第1卷第11期
1920	海的黄昏	诗歌			李思纯	少年中国	第2卷第3期
1920	爱的春	诗歌			李鹤龄	少年中国	第2卷第3期
1920	林中	小说	莫泊三	法国	何鲁之	少年中国	第2卷第4期
1920	幸福	诗歌			周无	少年中国	第2卷第4期
1920	末尾	诗歌	Tagore	印度	王独清	少年中国	第2卷第6期
1920	失路之儿	小说	哥伯	法国	何鲁之	少年中国	第2卷第6期
1920	月光	诗歌	Maupassant	法国	袁砺	少年中国	第2卷第7期
1921	"那时候"与"为什么"	诗歌	戴歌尔	印度	王独清	少年中国	第2卷第7期
1921	云与波	诗歌	戴歌尔	印度	恽震	少年中国	第2卷第7期
1921	月光	小说	毛尔勒桑	法国	周太玄	少年中国	第2卷第9期
1921	秋歌	诗歌	凡尔勒仑	法国	周太玄	少年中国	第2卷第9期
1921	他哭泣在我心里	诗歌	凡尔勒仑	法国	恽震	少年中国	第2卷第9期
1921	小酒桶	小说	毛泊桑	法国	恽震	少年中国	第2卷第9期
1921	沙乐美	戏剧	王尔德	英国	田汉	少年中国	第2卷第9期
1921	爱情	小说	毛泊桑	法国	恽震	少年中国	第2卷第10期

续表附录二

时间	译作名称	体裁	原作者	国家/地区	译者	期刊名称	期卷号
1921	一簇葡萄	小说	阿拉多耳法兰西	法国	何鲁之	少年中国	第2卷第12期
1921	哈孟雷德	戏剧	莎士比亚	英国	田汉	少年中国	第2卷第12期
1921	比爱情还重大	小说	伊文思	英国	恽震	少年中国	第2卷第12期
1921	我从未见过上帝	小说	罢尔比斯		汪颂鲁	少年中国	第3卷第1期
1921	父之回家	戏剧	菊池宽	日本	方光焘	少年中国	第3卷第3期
1922	瞎子	戏剧	M. Prouins	法国	胡蜀英	少年中国	第3卷第10期
1922	海之勇者	戏剧	菊池宽	日本	田汉	少年中国	第3卷第11期
1922	我的叔父虚勒	小说	莫泊桑	法国	陈生	少年中国	第3卷第11期
1922	屋上的汪人	戏剧	菊池宽	日本	田汉	少年中国	第3卷第12期
1923	罗蜜欧与朱丽叶	戏剧	莎士比亚	英国	田汉	少年中国	第4卷第1~5期
1923	屈利斯坦与懿苏尔特	诗歌	M. Arnold		田汉	少年中国	第4卷第2期
1923	忠意	小说	卜勒浮斯特	法国	李劼人	少年中国	第4卷第3期
1923	恩惠	小说	卜勒浮斯特	法国	李劼人	少年中国	第4卷第3期
1923	烦恼	小说	纳魏党	法国	李劼人	少年中国	第4卷第4期
1923	火	小说	卜勒浮斯特	法国	李劼人	少年中国	第4卷第6期
1923	酒馆中	小说	A. France	法国	李劼人	少年中国	第4卷第7期
1923	多马先生	小说	A. France	法国	何鲁之	少年中国	第4卷第8期
1923	家贼	小说	M. Prevost	法国	何鲁之	少年中国	第4卷第8期
1924	新春	小说	蒲莱浮斯德	法国	李劼人	少年中国	第4卷第9期
1924	戏谐	小说	唐努遗	意大利	李劼人	少年中国	第4卷第9期
1924	琪瑰康陶	戏剧			张闻天	少年中国	第4卷第11期
1917	金河之王	童话	J. Ruskin	英国	鹃魂译意、小蝶撰辞	申报	4月26日~5月3日

续表附录二

时间	译作名称	体裁	原作者	国家/地区	译者	期刊名称	期卷号
1917	三奇宝	童话			菊普	时报	4月4—6日
1917	复仇	童话	C. S. Chelnam		郁伯符、陈筆援	时报	7月3—6日
1917	三金发	童话		德国	陈筆援	时报	9月26，27日
1918	笼中鸟和空中鸟	寓言	托尔斯泰	俄国	一鹤	时事新报·学灯	12月31日
1919	奋密儿	小说	卢梭	法国	信言	时事新报·学灯	2月14，15，18，20，21日，3月1，14，26日
1919	卖火柴的女儿（录新青年）	童话	H. C. Andersen	丹麦	周作人	时事新报·学灯	3月21日
1919	一个农夫养两个官	故事	M. Y. Saltykov	俄国	冰	时事新报·学灯	12月27—29日
1920	二个诚实的人	故事			程本海	时事新报·学灯	3月4日
1920	玫瑰百合紫罗兰	童话	M. O. Bell		蘭云	时事新报·学灯	8月22日
1921	星和儿童	诗歌			沈松泉	时事新报·学灯	3月4日
1921	莺与玫瑰花	童话	O. Wilde	英国	杨前海	时事新报·学灯	6月8，9日
1921	一个自私的巨人	童话	O. Wilde	英国	杨前海	时事新报·学灯	6月18日
1921	钟儿今夜不可打啦	诗歌	R. H. Thrope		金德章	时事新报·学灯	6月13日
1921	安伦妹妹与伊凡哥哥	传说		俄国	天月	时事新报·学灯	7月24日
1921	万物的原始	传说		北欧	季平	时事新报·学灯	7月28日
1921	盲人与乳酪	故事			天月	时事新报·学灯	7月29日
1921	白菜的大头	故事			天月	时事新报·学灯	7月29日
1921	在田角里	故事			天月	时事新报·学灯	7月29日
1921	失而又得	故事			天月	时事新报·学灯	7月29日
1921	他是谁？	故事			天月	时事新报·学灯	7月29日
1921	磨面人和他的儿子及驴子	故事			天月	时事新报·学灯	7月29日

295

续表附录二

时间	译作名称	体裁	原作者	国家/地区	译者	期刊名称	期卷号
1921	公主和豌豆	童话	安徒生	丹麦	胡天月	时事新报·学灯	9月1日
1921	向亨利女儿讲的谐音	故事	马明西比尔耶	俄国	胡天月	时事新报·学灯	9月1~3、5日
1921	配分	故事		俄国	天月	时事新报·学灯	9月24日
1921	狭的笼	童话	爱罗先珂		鲁迅	时事新报·学灯	12月2~4日
1924	村衫颂圈	童话	安徒生	丹麦	顾均正	时事新报·学灯	5月4日
1924	魔的蜘蛛	童话	小泉八云	日本	徐调孚	时事新报·学灯	5月17日
1924	小神仙	童话	小泉八云	日本	徐调孚	时事新报·学灯	6月5日
1924	三根金发	童话	葛烈姆	德国	钟显漠	时事新报·学灯	6月19日
1924	情人	童话	安徒生	丹麦	顾均正	时事新报·学灯	7月18日
1924	荞麦	童话	安徒生	丹麦	赵承预	时事新报·学灯	10月2日
1924	一撮粘土	童话	亨利樊大克	美国	张心一	时事新报·学灯	11月4日
1924	坚定的锡兵	童话	安徒生	丹麦	陈燮丞	时事新报·学灯	11月6日
1922	幸运的亨利	童话		德国	土渊	思益附刊	第16、18期
1922	昂宿的来历	故事			土渊	思益附刊	第19、20期
1923	仙足奇谭	童话		丹麦	土渊	思益附刊	第55~57期
1920	一粒合同鸡蛋样大	寓言	Tolstoy	俄国	今非	太平洋	第2卷第3号
1923	两副面孔的奴隶	戏剧	戴维斯女士	美国	纯兰女士	太平洋	第3卷第10号
1923	最后一课	小说	都德	法国	胡适	台湾民报	第1卷第3期
1921	卖火柴之小女	小说		丹麦	钵庵	微言	第5期
1921	仁善的小孩	故事	阿美村司	意大利	张晋	文学周报	第1期
1921	故事	散文	推武玛耶尔	波兰	仲密	文学周报	第13期
1923	春日小品	散文	爱罗先珂	俄国	愈之	文学周报	第75、76期
1923	无画的画帖	童话		丹麦	余祥森	文学周报	第76、77期

续表附录二

时间	译作名称	体裁	原作者	国家/地区	译者	期刊名称	期卷号
1923	狼的国	寓言			西谛	文学周报	第81期
1923	圣的愚者	寓言	K. Gibran	阿拉伯	雁冰	文学周报	第86期
1923	童谣二首	诗歌			谢六逸	文学周报	第100期
1924	三个奥薄伦人与邪魔	童话	夏芝	英国	王统照	文学周报	第105期
1924	女人鱼	童话	安徒生	丹麦	顾均正、徐名骥	文学周报	第105~108期
1924	夜莺之巢	童话	T. Gautier	法国	C. F.	文学周报	第109、110期
1924	阿波罗与达芬希	神话		希腊	西谛	文学周报	第113期
1924	快乐的家庭	童话	安徒生	丹麦	岑麒祥	文学周报	第120期
1924	赤脚的儿童	诗歌	J. G. Whittier		鱼常	文学周报	第129期
1924	泉	诗歌	Tennyson	英国	鱼常	文学周报	第130期
1924	雏菊	童话	爱徒生	丹麦	调孚	文学周报	第135、136期
1924	幸福	故事			化鲁	文学周报	第135、136期
1924	印度寓言	寓言		印度	西谛	文学周报	第155~157期
1925	树叶	寓言	H. W. Beecher	美国	徐调孚	文学周报	第157期
1925	画猫的孩子	童话	小泉八云	日本	徐调孚	文学周报	第164期
1925	赤鱼与小孩	童话	小川未明	日本	姜景昔	文学周报	第167、168期
1925	荷马塞里的一朵玫瑰花	童话	安徒生	丹麦	顾均正	文学周报	第188期
1925	花与少年	童话	小川未明	日本	姜景昔	文学周报	第197期
1925	爱多亚的孩子们	小说	法朗士		徐蔚南	文学周报	第204期
1925	一串葡萄	小说	法朗士		徐蔚南	文学周报	第205期
1925	仙牛	童话	Clement shorter 夫人	英国	徐蔚南	文学周报	第207期
1925	狐与玫瑰	故事		欧洲	西谛	文学周报	第224期

续附录二

时间	译作名称	体裁	原作者	国家/地区	译者	期刊名称	期卷号
1925	雨	寓言	Vlas Dorochevitz	俄国	胡愈之	文学周报	第243期
1926	伤心的狐	故事			何小旭	文学周报	第260期
1926	狐狸做牧童	故事		荷兰		文学周报	第262、263合期
1927	老鸦、狐狸与蛇	寓言		印度	均正	文学周报	第290期
1925	一个母亲的故事	童话	H. C. Anderson	丹麦	顾均正	文学周刊	第33期
1925	月儿所看见的	童话	安徒生	丹麦	亡心	文学周刊	第33期
1923	蜗牛和玫瑰	童话	安徒生	丹麦	云女士	文艺旬刊	第11期
1923	老人做事不会错	童话	安徒生	丹麦	赵景深	文艺旬刊	第11期
1923	蛱蝶	童话	安徒生	丹麦	赵景深	文艺旬刊	第11、12期
1925	小以打底花	童话	安徒生	丹麦	马静沅	厦大周刊	第129、130期
1926	摩西叔叔的数鸡蛋	故事	益砂克		谢东山	现代评论	第4卷第96期
1923	瘌的一生	童话	安徒生	丹麦	静恒	晓光	第1卷第2期
1922	该死的狼	童话		德国	CF女士	小朋友	第16~18期
1922	狼誓	童话		德国	吴翰云	小朋友	夏季特刊
1923	人鱼公主	童话		德国	吴翰云	小朋友	第65、69期
1924	德国来的礼物	童话			樊琛、醉云	小朋友	第107、111期
1925	爱丽公主	童话			黎明	小朋友	第154期
1926	聪明的法官	故事			陶秉衡、陈永森	小朋友	第217期
1926	法官和皮匠	故事			靖华	小朋友	第223期
1926	希腊王和瑞门台公爵	故事		希腊	陈季昂	小朋友	第224期
1926	歌人和海猪	故事			戈述	小朋友	第225期
1926	发明家爱迪生	故事			陈季昂	小朋友	第227期

续表附录二

时间	译作名称	体裁	原作者	国家/地区	译者	期刊名称	期卷号
1926	女将军贞德	故事			陈季昂	小朋友	第229期
1926	发明家莫尔斯	故事			陈季昂	小朋友	第230期
1926	总统受罚	故事			维湘	小朋友	第239期
1927	伦敦之丐	故事			岑匹梅	小朋友	第250～252期
1927	林青大律师	故事			余青女	小朋友	第250期
1927	拿破仑	故事			王冠仪	小朋友	第251期
1927	科学家的请客	故事			陈品之	小朋友	第255期
1927	女巫遇著恶汉	故事			沈筱庵	小朋友	第259期
1927	印刷家恰克布	故事			陈季昂	小朋友	第266期
1927	探险家哥伦布	故事			陈季昂	小朋友	第267期
1927	游历家马哥孛罗	小说			陈季昂	小朋友	第269期
1927	诚实的林肯	故事			吴特民	小朋友	第281期
1927	聪明的审判官	故事			陈启宇	小朋友	第284期
1927	玫瑰花后	童话			徐瑾如	小朋友	第284期
1923	皇帝的衣服	童话	密克柴斯	匈牙利	沈雁冰	小说世界	第1卷第3期
1923	自私自利的大汉	童话	王尔德	英国	徐名骥	小说世界	第2卷第4期
1923	蝉与蚁	寓言	La Fontaine	法国	吴韵清	小说世界	第4卷第12期
1924	骑兵撒谎	寓言			寄尘	小说世界	第6卷第11期
1924	痴呆的鸽子	寓言			寄	小说世界	第7卷第8期
1924	夫妇赌赛不开口	寓言			胡寄尘	小说世界	第7卷第9期
1925	俄国寓言	寓言	铎米利耶夫	俄国	唐小圃	小说世界	第9卷第1期
1925	克鲁伊洛夫寓言	寓言	克鲁伊洛夫	俄国	唐小圃	小说世界	第9卷第3～13期；第10卷第1、2、4～13期
1925	伊资迈洛夫寓言	寓言	伊资迈洛夫	俄国	唐小圃	小说世界	第11卷第2～4期

续表附录二

时间	译作名称	体裁	原作者	国家/地区	译者	期刊名称	期卷号
1925	海木尼节鲁寓言	寓言	海木尼节鲁	俄国	唐小圃	小说世界	第11卷第5~7期
1926	天竺寓言	寓言			胡寄尘	小说世界	第13卷第24、25期
1927	爱神的忧愁	寓言			徐阿臧	小说世界	第15卷第6期
1927	鼠之嫁女	童话	秋田雨雀	日本	查士元	小说世界	第15卷第7期
1927	佛陀与战争	童话		日本	查士元	小说世界	第15卷第9期
1927	雄鹿占梦	传说		日本	查士元	小说世界	第15卷第10期
1927	一寸法师	传说		日本	查士元	小说世界	第15卷第11期
1927	春山秋山	传说		日本	查士元	小说世界	第15卷第14期
1927	桃太郎	童话		日本	查士元	小说世界	第15卷第16期
1927	切舌鸟	传说		日本	查士元	小说世界	第15卷第17期
1927	猿蟹之战	传说		日本	查士元	小说世界	第15卷第18期
1927	开花老祖	传说		日本	查士元	小说世界	第15卷第19期
1927	嘓啲山	传说		日本	查士元	小说世界	第15卷第20期
1927	旅客与提灯	童话	秋田雨雀	日本	唐小圃	小说世界	第16卷第15期
1924	森美的蒋告	小说	哈里生女士	美国	守一	小说世界附刊·民众文学	第1期
1924	神槌记	童话			夏华青	小说世界附刊·民众文学	第1期
1924	逃学	小说	哈里生女士	美国	守一	小说世界附刊·民众文学	第2期
1924	水晶宫	童话		日本	夏华青	小说世界附刊·民众文学	第2期
1924	红颜	童话			华清	小说世界附刊·民众文学	第3期

续表附录二

时间	译作名称	体裁	原作者	国家/地区	译者	期刊名称	期卷号
1924	犹莱姑娘	童话			夏华青	小说世界附刊·民众文学	第3期
1924	以德报怨	童话			何其宽	小说世界附刊·民众文学	第4期
1924	小马利	小说	哈里生女士	美国	守一	小说世界附刊·民众文学	第5期
1924	月仙	童话			夏华清	小说世界附刊·民众文学	第6期
1924	奇异的金杯	童话			何其宽	小说世界附刊·民众文学	第6期
1924	鹰救主人	戏剧			何其宽	小说世界附刊·民众文学	第7期
1924	镜误	童话		日本	夏天民女士	小说世界附刊·民众文学	第7期
1924	妖茶壶	童话			夏天民女士	小说世界附刊·民众文学	第7期
1924	世界寓言（印度寓言）	寓言		印度	胡寄尘	小说世界附刊·民众文学	第7～10期
1924	水母鱼	故事			夏天民女士	小说世界附刊·民众文学	第8期
1924	聪明的牧童	童话			何其宽	小说世界附刊·民众文学	第8期
1924	国王与囚犯	故事			余则	小说世界附刊·民众文学	第8期
1924	贪欲的惩罚	故事			余则	小说世界附刊·民众文学	第8期

续表附录二

时间	译作名称	体裁	原作者	国家/地区	译者	期刊名称	期卷号
1924	猫鼠朋友	童话	Grimm	德国	安恩	小说世界附刊·民众文学	第9期
1924	致富木	童话			夏华青	小说世界附刊·民众文学	第9期
1924	心木	童话			夏华青	小说世界附刊·民众文学	第10期
1924	茅屋里的宝贝	童话			懿隆	小说世界附刊·民众文学	第10期
1920	人兽之善恶	寓言	乔杰纳霍加司	英国	姚民哀、徐吉人	小说新报	第6卷第10期
1922	世界的火灾	童话	爱罗先珂	俄国	鲁迅	小说月报	第13卷第1号
1922	锁钥	寓言	Sologub	俄国	郑振铎	小说月报	第13卷第2号
1922	独立之树叶	寓言	Sologub	俄国	郑振铎	小说月报	第13卷第2号
1922	天鹅梭鱼与螃蟹	寓言	克鲁洛夫	俄国	郑振铎	小说月报	第13卷第2号
1922	箱子	寓言	克鲁洛夫	俄国	郑振铎	小说月报	第13卷第2号
1922	平等	寓言	梭罗古勃	俄国	郑振铎	小说月报	第13卷第3号
1922	你是谁？	童话	F. Sologub	俄国	郑振铎	小说月报	第13卷第3号
1922	骡子与夜莺	寓言	克鲁洛夫	俄国	郑振铎	小说月报	第14卷第1号
1923	时光老人	童话	爱罗先珂	俄国	鲁迅	小说月报	第14卷第3号
1923	爱字的疮	童话	爱罗先珂	俄国	鲁迅	小说月报	第14卷第3号
1923	缝针	童话	安徒生	丹麦	高君箴	小说月报	第14卷第5号
1923	红的花	童话	爱罗先珂	俄国	鲁迅	小说月报	第14卷第7号
1923	拇指林娜	童话	安徒生	丹麦	CE女士	小说月报	第14卷第8号
1923	蝴蝶	童话	安徒生	丹麦	顾均正、徐名骥	小说月报	第14卷第11号
1924	蜘蛛与草花	童话	小川未明	日本	晓天	小说月报	第15卷第2号
1924	白雪女郎	传说		俄国	高君箴	小说月报	第15卷第2号

续表附录二

时间	译作名称	体裁	原作者	国家/地区	译者	期刊名称	期卷号
1924	停着呀，停着呀，可爱的水	诗歌	Mrs. Eliza Lee Fellen		西谛	小说月报	第15卷第3号
1924	兄妹	故事		美洲	高君箴	小说月报	第15卷第3号
1924	熊与庵	传说			高君箴	小说月报	第15卷第3号
1924	种神的花	童话	小川未明	日本	晓天	小说月报	第15卷第6号
1924	懒惰老人的来世	童话	小川未明	日本	晓天	小说月报	第15卷第6号
1924	可交的蝙蝠和伶俐的金丝鸟	故事			落华生	小说月报	第15卷第6号
1924	凶恶的国王	童话	安徒生	丹麦	顾均正	小说月报	第15卷第7号
1924	佛陀的战争	童话	秋田雨雀	日本	晓天	小说月报	第15卷第7号
1924	天鹅	童话	安徒生	丹麦	高君箴	小说月报	第15卷第10号
1924—1925	莱森的寓言	寓言	莱森	德国	西谛	小说月报	第15卷第10号；第16卷第3、4号
1924	印度寓言	寓言		印度	西谛	小说月报	第15卷第11、12号
1924	克鲁洛夫的寓言	寓言	克鲁洛夫	俄国	西谛	小说月报	第15卷第11号
1924	牧神与羊群	戏剧	秋田雨雀	日本	张晓天	小说月报	第15卷第11号
1924	穿面包鞋的小孩子	故事	哥底	法国	斐成	小说月报	第15卷第10号外
1924	三个播种者	小说	孟代	法国	CF女士	小说月报	第15卷号外
1925	蜗牛与蔷薇丛	童话	安徒生	丹麦	桂裕	小说月报	第16卷第1号
1925	小鸟儿说些什么	诗歌	丁尼生	英国	调孚	小说月报	第16卷第1号
1925	教师与儿童	童话	小川未明	日本	晓天	小说月报	第16卷第1号
1925	奇异的礼物	神话		北欧	高君箴	小说月报	第16卷第1号
1925	天真的沙珊	小说	爱特加华士	英国	高君箴	小说月报	第16卷第2~6号
1925	十字路	传说	阿那森	冰岛	徐调孚	小说月报	第16卷第4号
1925	飞箱	童话	安徒生	丹麦	顾均正	小说月报	第16卷第4号

续表附录二

时间	译作名称	体裁	原作者	国家/地区	译者	期刊名称	期卷号
1925	哑的神判	神话	加湿武	英国	朱湘	小说月报	第16卷第4号
1925	为什么熊是短尾的	故事		挪威	徐调孚	小说月报	第16卷第4号
1925	印度寓言	寓言		印度	西谛	小说月报	第16卷第6、10号
1925	高加索寓言	寓言		高加索	西谛	小说月报	第16卷第6号
1925	列那狐的历史	故事		欧洲	文基	小说月报	第16卷第8~12号
1925	火绒箱	童话	安徒生	丹麦	徐调孚	小说月报	第16卷第8号
1925	幸运的套鞋	童话	安徒生	丹麦	傅东华	小说月报	第16卷第8号
1925	豌豆上的公主	童话	安徒生	丹麦	赵景深	小说月报	第16卷第8号
1925	牧豕人	童话	安徒生	丹麦	徐调孚	小说月报	第16卷第8号
1925	牧羊女郎和打扫烟囱者	童话	安徒生	丹麦	赵景深	小说月报	第16卷第8号
1925	锁眼阿来	童话	安徒生	丹麦	赵景深	小说月报	第16卷第8号
1925	孩子们的闲谈	童话	安徒生	丹麦	西谛	小说月报	第16卷第8号
1925	小绿虫	童话	安徒生	丹麦	岑麒祥	小说月报	第16卷第8号
1925	老人做的总不错	童话	安徒生	丹麦	顾均正	小说月报	第16卷第8号
1925	烛	童话	安徒生	丹麦	赵景深	小说月报	第16卷第8号
1925	践踏在面包上的女孩	童话	安徒生	丹麦	胡愈之	小说月报	第16卷第9号
1925	茶壶	童话	安徒生	丹麦	樊仲云	小说月报	第16卷第9号
1925	乐园	童话	安徒生	丹麦	顾均正	小说月报	第16卷第9号
1925	扑满	童话	安徒生	丹麦	西谛	小说月报	第16卷第9号
1925	千年之后	童话	安徒生	丹麦	顾均正	小说月报	第16卷第9号
1925	七曜日	童话	安徒生	丹麦	顾均正	小说月报	第16卷第9号
1925	一个大悲哀	童话	安徒生	丹麦	顾均正	小说月报	第16卷第9号

续表附录二

时间	译作名称	体裁	原作者	国家/地区	译者	期刊名称	期卷号
1925	雪人	童话	安徒生	丹麦	沈志坚	小说月报	第16卷第9号
1925	红鞋	童话	安徒生	丹麦	梁指南	小说月报	第16卷第9号
1925	妖山	童话	安徒生	丹麦	季赞育	小说月报	第16卷第9号
1925	凤鸟	童话	安徒生	丹麦	西谛	小说月报	第16卷第9号
1925	循环争斗	戏剧	益田甫	日本	苏仪贞	小说月报	第16卷第10号
1925	兔儿的衣服	童话	木村小舟	日本	秋芸	小说月报	第16卷第11号
1925	小的红花	童话	小川未明	日本	张晓天	小说月报	第16卷第11号
1925	狐狸和葡萄	寓言	拉封登	法国	调孚	小说月报	第16卷第12号
1925	鱼与天鹅	童话	小川未明	日本	晓天	小说月报	第16卷第12号
1926	恶汉乐斯和三个火堆	故事	M. H. Wade	印度	纫秋女士	小说月报	第17卷第1号
1926	玫瑰与麻雀	童话	安徒生	丹麦	樊仲云	小说月报	第17卷第1号
1926	乞丐	故事		高加索	西谛	小说月报	第17卷第1号
1926	拉风歹纳寓言	寓言	拉风歹纳	法国	张若谷	小说月报	第17卷第1~3、5、6号
1926	寓言的寓言	寓言	Vlas Dorocevic	俄国	胡愈之	小说月报	第17卷第2号
1926	牧童与羊群	寓言	拉风歹纳	法国	张若谷	小说月报	第17卷第2号
1926	渔夫的儿子	故事		高加索	西谛	小说月报	第17卷第2号
1926	狮出征	寓言	拉风歹纳	法国	张若谷	小说月报	第17卷第4号
1926	死神与穷汉	寓言	拉风歹纳	法国	张若谷	小说月报	第17卷第4号
1926	鸢与黄莺	寓言	拉风歹纳	法国	张若谷	小说月报	第17卷第5号
1926	约诺与孔雀	寓言	拉风歹纳	法国	张若谷	小说月报	第17卷第6号
1926	牝狗与她同伴	寓言	拉风歹纳	法国	张若谷	小说月报	第17卷第6号
1926	橡树与荻芦	寓言	拉风歹纳	法国	张若谷	小说月报	第17卷第7号

续表附录二

时间	译作名称	体裁	原作者	国家/地区	译者	期刊名称	期卷号
1926	遭往亚历山大的兽群	寓言	拉风歹纳	法国	张若谷	小说月报	第17卷第7号
1926	象与周比特的猴子	寓言	拉风歹纳	法国	张若谷	小说月报	第17卷第8号
1926	狮子老丁	寓言	拉风歹纳	法国	张若谷	小说月报	第17卷第8号
1926	狼狐聚讼于猴前	寓言	拉风歹纳	法国	张若谷	小说月报	第17卷第8号
1926	死神与临死人	寓言	拉风歹纳	法国	张若谷	小说月报	第17卷第9号
1926	大言不惭的游历家	寓言	拉风歹纳	法国	张若谷	小说月报	第17卷第9号
1926	蝉与蚁	寓言	拉风歹纳	法国	张若谷	小说月报	第17卷第10号
1926	二鸽	寓言	拉风歹纳	法国	张若谷	小说月报	第17卷第10号
1926	妇女与秘密	寓言	拉风歹纳	法国	张若谷	小说月报	第17卷第10号
1926	不忠实的受托人	寓言	拉风歹纳	法国	张若谷	小说月报	第17卷第11号
1926	百头龙与百尾龙	寓言	拉风歹纳	法国	张若谷	小说月报	第18卷第1号
1927	雄鸡与狐	寓言	拉风歹纳	法国	张若谷	小说月报	第18卷第1号
1927	木偶的奇遇	童话	科洛提	意大利	徐调孚	小说月报	第18卷第1～5、8、10～12号
1927	日本传说十种	传说		日本	谢六逸	新潮	第18卷第4号
1919	呆子伊凡的故事	传说	托尔斯泰	俄国	孙伏园	新潮	第2卷第5号
1921	自私的巨人	童话	王尔德	英国	穆敬熙	新的小说	第3卷第1号
1920	天真	戏剧	托尔斯泰	俄国	希纯、演存	新的小说	第1卷第3、5、6期
1920	奴	寓言	托尔斯泰	俄国	演存	新的小说	第1卷第5期
1920	托尔斯泰的寓言	寓言	托尔斯泰	俄国	静利	新的小说	第1卷第6期
1920	鞋匠	童话	安徒生	丹麦	蹇我俊升	新的小说	第1卷第6期
1923	陀螺和皮球	童话	安徒生	丹麦	黄振武	新民意报副刊	第8册
1923	跳的比赛	童话	安徒生	丹麦	赵景深	新民意报副刊	第9册

续表附录二

时间	译作名称	体裁	原作者	国家/地区	译者	期刊名称	期卷号
1923	蜗牛和玫瑰	童话	安徒生	丹麦	赵景深	新民意报副刊	第 10 册
1923	蝉和蚂蚁	寓言	勒封登	法国	冬塘	新民意报副刊·朝霞	第 1 册
1923	田鹅要变成牛那般大	寓言	勒封登	法国	冬塘	新民意报副刊·朝霞	第 1 册
1923	儿童的诗园	诗歌	司梯文生	英国	赵景深	新民意报副刊·朝霞	第 3、4 册
1923	木头唱了	诗歌	Mrs. J. G. Frazer		何汉基	新民意报副刊·朝霞	第 3 册
1923	下金蛋的母鸡	寓言	勒封登	法国	徐冬塘	新民意报副刊·朝霞	第 3 册
1923	农夫和他那些儿子	寓言	勒封登	法国	徐冬塘	新民意报副刊·朝霞	第 3 册
1923	小菊花	童话	安徒生	丹麦	黄振武	新民意报副刊·朝霞	第 4 册
1926	独脚鹳	故事			仲持	新女性	第 1 卷第 5 期
1926	结了婚的野兔	故事	P. C. Asbjrnse		顾均正	新女性	第 1 卷第 7 期
1927	名耀世界的"月光曲"	故事	田边尚雄	日本	丰子恺	新女性	第 2 卷第 1 期
1927	拟奉献于大拿破仑的"英雄交响乐"	故事	田边尚雄	日本	丰子恺	新女性	第 2 卷第 2 期
1927	乐圣的悲惨的最后的胜利	故事	田边尚雄	日本	丰子恺	新女性	第 2 卷第 3 期
1927	庆祝空前的战胜的千人大合唱	故事	田边尚雄	日本	丰子恺	新女性	第 2 卷第 4 期
1927	会走的木宝宝	童话	滨田广介	日本	丰子恺	新女性	第 2 卷第 5 期
1927	因奋斗而得最后的荣冠的人	故事	田边尚雄	日本	丰子恺	新女性	第 2 卷第 7 期
1927	有结带的旧皮靴	童话	和田古江	日本	丰子恺	新女性	第 2 卷第 8 期
1927	歌剧"罗安格林"的故事	故事	田边尚雄	日本	丰子恺	新女性	第 2 卷第 8 期

续表附录二

时间	译作名称	体裁	原作者	国家/地区	译者	期刊名称	期卷号
1927	神奇的怀娘铃的所有者	故事	田边尚雄	日本	丰子恺	新女性	第2卷第9期
1927	比百万言的说教功德更大的一曲	故事	田边尚雄	日本	丰子恺	新女性	第2卷第10期
1927	俄老爷	诗歌	雷卫查	日本	调孚	新女性	第2卷第11期
1927	睡歌	童话	Sologub	俄国	素非	新女性	第2卷第12期
1918	童子Lin之奇迹	童话	蔼夫达利谛斯	新希腊	周作人	新青年	第4卷第3号
1918	皇帝的公园	故事	A. Ephtaliotis	新希腊	周作人	新青年	第4卷第4号
1918	扬忒拉奴婢复仇的故事	故事	A. Ephtaliotis	新希腊	周作人	新青年	第5卷第3号
1918	扬尼思老爹和他驴子的故事	传说	Tolstoj	俄国	周作人	新青年	第5卷第5号
1919	空大鼓	童话	H. C. Andersen	丹麦	周作人	新青年	第6卷第1号
1919	卖火柴的女儿	童话	蔼夫达利谛斯	新希腊	周作人	新青年	第6卷第1号
1920	铁圈	诗歌		希腊	周作人	新青年	第8卷第3号
1921	燕子	神话	Kuprin	俄国	沈泽民	新青年	第9卷第1号
1921	快乐	童话	埃罗先珂	俄国	鲁迅	新青年	第9卷第4号
1921	狭的笼	诗歌	北原白秋	日本	周作人	新青年	第9卷第4号
1921	凤仙花	诗歌	生由春月	日本	周作人	新青年	第9卷第4号
1919	燕子	小说	桃苔氏	法国	周瘦鹃	新申报	5月17—22日
1919	最后之课	寓言			刘复	新生活	第5期
1920	印度寓言	故事			程本海	新生活	第27期
	一个勇敢的小孩子						

续表附录二

时间	译作名称	体裁	原作者	国家/地区	译者	期刊名称	期卷号
1920	农夫一马	故事			程本海	新生活	第30期
1920	蚊…鸽…猎人	寓言			洪斐然	新世界	4月8—10日
1917	怪磨	童话			梦苏	新世界	10月20—26日
1918	美人泉	寓言			富华、石僧	新舞台	5月4日
1921	一个故事	传说	托尔斯泰	俄国	演存	新晓	第3卷第1期
1919	什么是生命?	诗歌	A. S.		龚均如	新学生杂志	第1卷第1期
1919	解放	诗歌	B. C. mansfield		张志澄	新学生杂志	第1卷第1期
1919	画屏	诗歌	D. Sumner		龚鸣璆	新学生杂志	第1卷第1期
1919	日落	诗歌	E. L. Walton		张志澄	新学生杂志	第1卷第1期
1919	一幅希腊风景画	诗歌	G. Gumberland		龚均如	新学生杂志	第1卷第1期
1919	暮色	诗歌	J. Bunker		龚鸣璆	新学生杂志	第1卷第1期
1919	不再见乐却勃了	诗歌	N. Munrd		张志澄	新学生杂志	第1卷第1期
1919	阿孟甫道歌	诗歌	Tnomaswalsh		龚鸣璆	新学生杂志	第1卷第1期
1923	水仙花与池沼	童话		英国	C. F. 女士	新医人	第1卷第4期
1924	皇帝的新衣	童话	H. C. Anderson	丹麦	步揆	兴华	第21卷第26期
1924	三条白蛇	童话	Grimms	德国	汉如	兴华	第21卷第33期
1925	印度寓言	寓言		印度	西谛	兴华	第22卷第2～6期
1925	巧人	故事			汉如	兴华	第22卷第28期
1926	四个伶俐的兄弟	故事			汉如	兴华	第23卷第29期
1920	一个好问的女儿	故事			颂西	星期评论	第34号
1922	卖火柴的女儿	童话		丹麦	悟生	学汇	第41期
1921	夜莺和玫瑰	童话	O. Wilde	英国	章洪熙	学林杂志	第1卷第1期
1922	益友	童话		英国	铁民	学林杂志	第1卷第4～5期
1926	金箧	戏剧	王尔德		盛勤升	学生文艺丛刊	第3卷第4期

续表附录二

时间	译作名称	体裁	原作者	国家/地区	译者	期刊名称	期卷号
1926	母亲的遗念	童话			华家玉	学生文艺丛刊	第3卷第8期
1916.7—1917.12	拉哥比在校记	小说	德麦司希慈	英国	秋水生	学生杂志	第3卷第7号~第4卷第12号
1917	三百年后孵化之卵	小说		英国	雁冰	学生杂志	第4卷第1、2、4号
1917	生物学大家达尔文自传	传记			太玄	学生杂志	第4卷第1、3、7号
1917	希腊数学家善拉司	传记			蔡德注	学生杂志	第4卷第4号
1917	希腊古代几何学家辟塔果拉斯小传	传记			薛尊龄	学生杂志	第4卷第9号
1918	两月中之建筑谭	小说	洛赛尔孛特	美国	雁冰、泽民	学生杂志	第5卷第1~4、12号
1918	文豪意普森传	传记			太玄	学生杂志	第5卷第1号
1918	履人传	传记			雁冰	学生杂志	第5卷第4、6号
1918	战争之末日	小说	My Magazine 的主笔	英国		学生杂志	第5卷第5号
1918	二十世纪后之南极	小说			雁冰	学生杂志	第5卷第7号
1918	欧战中之重要人物	传记			天民	学生杂志	第5卷第8号
1918	缝工传	传记			雁冰	学生杂志	第5卷第9、10号
1919.1—12	颠巢记	小说	鲁斗威司	瑞士	林纾、陈家麟	学生杂志	第6卷第1~12号
1919	福煦将军	传记			雁冰	学生杂志	第6卷第1号
1919	萧伯讷	传记			雁冰	学生杂志	第6卷第2、3号
1919	托尔斯泰与今日之俄罗斯	传记			雁冰	学生杂志	第6卷第4~6号
1919	近代戏剧家传	传记			雁冰	学生杂志	第6卷第7~12号
1920	活尸	戏剧	托尔斯泰	俄国	雁冰	学生杂志	第7卷第1~6号

续表附录二

时间	译作名称	体裁	原作者	国家/地区	译者	期刊名称	期卷号
1920	理工学生在校记	小说		美国	雁冰、泽民	学生杂志	第7卷第7～12号；第8卷第2、3号
1920	室内	戏剧	梅德林	比利时	雁冰	学生杂志	第7卷第8号
1921	七个被缢死的人	小说	安特列夫	俄国	明心	学生杂志	第8卷第1、4、8、9号
1921	现代预言的作家威尔斯	传记			慈心	学生杂志	第8卷第1号
1921	近代英美文坛的一个明星——虎尔思	传记			沈雁冰	学生杂志	第8卷第2号
1921	获安斯坦因奖金的鲍尔顿	传记			CC	学生杂志	第8卷第6号
1921	人生颂	诗歌	Longfellow	美国	倪文宙	学生杂志	第8卷第7号
1921	家	诗歌	太戈尔	印度	郑振铎	学生杂志	第8卷第7号
1921	长期充军	小说	托尔斯泰	俄国	张耀宗	学生杂志	第8卷第7号
1921	佛兰战野诗	诗歌	J. M. Crae		倪文宙	学生杂志	第8卷第8号
1921	答和	诗歌	R. W. Lillard		倪文宙	学生杂志	第8卷第8号
1921	英国大小说家乔治曼利狄更思	传记	E. T. Raymond		见洪	学生杂志	第8卷第9号
1921	我们是七个	诗歌	Wordsworth	英国	陈楚材	学生杂志	第8卷第9号
1921	秋歌	诗歌	哥的叶	法国	汪颂鲁	学生杂志	第8卷第10号
1921	信托的财产	小说	台莪尔	印度	邓潢存	学生杂志	第8卷第10号
1921	一个义侠底奴仆	故事		俄国	张毅生	学生杂志	第8卷第11号
1921	狂风的夜	小说	H. Bandlow	德国	胡天月	学生杂志	第8卷第11号
1921	岔路	诗歌	呵伯	法国	汪颂鲁	学生杂志	第8卷第12号
1921	黎明	诗歌	Longfellow	美国	梁宗岱	学生杂志	第8卷第12号
1921	雪女	诗歌	Stevenson	英国	倪文宙	学生杂志	第8卷第12号

续表附录二

时间	译作名称	体裁	原作者	国家/地区	译者	期刊名称	期卷号
1921	十兽迹	寓言	司通		高为雄	学生杂志	第8卷第12号
1921	世界两大科学家的百年祭	传记			C.C.	学生杂志	第8卷第12号
1921	培根与笛卡尔	传记			徐亚生	学生杂志	第8卷第12号
1922	两性	诗歌	A. Guiterman	美国	倪文宙	学生杂志	第9卷第1号
1922	真珠小姐	小说	莫泊三	法国	匀锐	学生杂志	第9卷第1号
1922	二十年以后	小说	邬享利	美国	C.C.	学生杂志	第9卷第1号
1922	青年进步歌	诗歌			柴骋陆	学生杂志	第9卷第1号
1922	大的友情	童话		俄国	顽石	学生杂志	第9卷第1号
1922	父亲的教师	小说	ED. DE Amicis	意大利	汪颂鲁	学生杂志	第9卷第2号
1922	檀香盒	戏剧	Stevenson	英国	张毅生	学生杂志	第9卷第2号
1922	愿在三天中读荷马的绮丽阿德	诗歌	龙纱	法国	汪颂鲁	学生杂志	第9卷第2号
1922	喀罗萨斯和核伦	故事	托尔斯泰	俄国	朱厚锟	学生杂志	第9卷第2号
1922	陀思妥以夫斯基	传记			王謦涛	学生杂志	第9卷第2号
1922	罗斯福的青年时代	传记			雁江	学生杂志	第9卷第2号
1922	主与仆	小说	托尔斯泰	俄国	小柳	学生杂志	第9卷第3~6号
1922	乡村中的铁匠	诗歌	Longfellow	美国	夏绂麟	学生杂志	第9卷第4号
1922	为什么	诗歌	W. S. Landor	英国	张远芬	学生杂志	第9卷第4号
1922	威尔逊的青年时代	传记			雁江	学生杂志	第9卷第4号
1922	爱迪生的青年时代	传记			雁江	学生杂志	第9卷第6号
1922	两个巴黎小孩的旅行	小说	R. Samoy	法国	讼茵	学生杂志	第9卷第8、9号
1922	我的叔父修利	小说	莫泊三	法国	匀锐	学生杂志	第9卷第8号
1922	耶卡尔的诗	诗歌	耶卡尔	法国	W.S.L	学生杂志	第9卷第9号

续表附录二

时间	译作名称	体裁	原作者	国家/地区	译者	期刊名称	期卷号
1922	漂流的船	戏剧	L. W. Bray		痴汉	学生杂志	第9卷第11号
1922	一副枯骨	小说	太谷尔	印度	佩斯	学生杂志	第9卷第12号
1922	现代大电学家斯坦墨芝	传记			茅以新	学生杂志	第9卷第12号
1923	蜗娜赤茹	小说	柴霍甫	俄国	邓演存	学生杂志	第10卷第1号
1923	昏迷	故事			化鲁	学生杂志	第10卷第1号
1923	燕子与蝴蝶	小说	戈木列支奇	波兰	周作人	学生杂志	第10卷第1、2、5号
1923	船	戏剧	J. G. Ervine		桂裕	学生杂志	第10卷第2、3、5、7、9、10号
1923	水仙花与池沼	童话	王尔德	英国	张近芬	学生杂志	第10卷第2号
1923	救主	故事	王尔德	英国	张近芬	学生杂志	第10卷第2号
1923	短歌	诗歌	C. Bicknell	日本	CF女士	学生杂志	第10卷第2号
1923	致诚恩的妻	诗歌			星杉	学生杂志	第10卷第3号
1923	野蜂的梦	小说	须莱纳尔女士	南非	陈兆瑛	学生杂志	第10卷第3号
1923	谦让	故事			P. C.女士	学生杂志	第10卷第3号
1923	冬之别离	诗歌	H. Hoffmann	俄国	盛国成	学生杂志	第10卷第5号
1923	树叶	散文	J. Aho	芬兰	波云	学生杂志	第10卷第5号
1923	玛丽与羔羊	诗歌			陈兆瑛	学生杂志	第10卷第7号
1923	死人的小衫	故事	爱罗先珂	俄国	愈之	学生杂志	第10卷第7号
1923	春日小品	散文		德国	佩斯	学生杂志	第10卷第8~11号
1923	专一的朋友	童话	O. Wilde	英国	佩衡	学生杂志	第10卷第8号
1923	森林中之火	小说	罗赛格	奥地利	陈兆瑛	学生杂志	第10卷第8号
1923	坏事	故事		俄国	陈兆瑛	学生杂志	第10卷第8号
1923	魔鬼怎样创造黑人	故事			陈兆瑛	学生杂志	第10卷第10号

续表附录二

时间	译作名称	体裁	原作者	国家/地区	译者	期刊名称	期卷号
1923	正义	戏剧			张企留	学生杂志	第10卷第11号
1923—1924	短文选译	故事			盛国成	学生杂志	第10卷第11号；第11卷第2号
1923	复仇	小说	A. Theuriet	法国	郭春涛	学生杂志	第10卷第12号
1924	未完的杰作	戏剧	S. Phillips	英国	佩斯	学生杂志	第11卷第1号
1924	农夫养两个官	故事	M. Y. Saltvkov	俄国	佩斯	学生杂志	第11卷第2号
1924	MARO KAJ RO-KO	散文	德富芦花	日本	H. J. C	学生杂志	第11卷第2号
1924	猎人	小说	Oliver Schreiner 女士	南非	李伟森	学生杂志	第11卷第4号
1924	园丁集选译	诗歌	太戈尔	印度	愈之	学生杂志	第11卷第4号
1924	乞孩	小说	陀斯妥夫斯基	俄国	泽民	学生杂志	第11卷第6号
1924	小加白的旅行	小说	多利哀	法国	维克	学生杂志	第11卷第7号
1924	桃子	故事	讬尔斯泰	俄国	愈之	学生杂志	第11卷第7号
1924	孤女裘丽的故事	小说	朵斯托也夫恩奇	俄国	售灵	学生杂志	第11卷第9号
1924	秋山图	小说	芥川龙之介	日本	汪馥泉	学生杂志	第11卷第10号
1924	囚人	诗歌	A. Dombowski	立陶宛	黄涓生	学生杂志	第11卷第11号
1924	幻想	诗歌	I. Seleznet		黄涓生	学生杂志	第11卷第11号
1924	莫说	诗歌	S. Shatunovski		黄涓生	学生杂志	第11卷第11号
1924	伶俐的姑娘	小说	梭罗古勃	俄国	素园	学生杂志	第11卷第11号
1924	谢礼	故事			H. J. C	学生杂志	第11卷第11号
1924	蛇的寓言	故事		印度	后觉	学生杂志	第11卷第11号
1924	小鸟之歌	童话	安徒生	丹麦	售灵	学生杂志	第11卷第12号
1924	豌豆上的公主	童话	安徒生	丹麦	后觉	学生杂志	第11卷第12号

续表附录二

时间	译作名称	体裁	原作者	国家/地区	译者	期刊名称	期卷号
1924	莱多维亚民歌	诗歌			黄涓生	学生杂志	第11卷第12号
1925	发弗娜的日记	小说	朵斯妥也夫司奇	俄国	S. N.	学生杂志	第12卷第1、2号
1925	托尔斯泰和警察	故事			老衣	学生杂志	第12卷第2号
1925	机巧的回答	故事			老衣	学生杂志	第12卷第2号
1925	在阔人的寄宿学校里	小说	朵思妥也夫斯奇	俄国	售灵	学生杂志	第12卷第3号
1925	乡人玛垒	小说	朵思妥也夫斯奇	俄国	售灵	学生杂志	第12卷第7号
1925	女作家的死	小说	秋田雨雀	日本	汪馥泉	学生杂志	第12卷第8号
1925	老鼠嫁女	故事		日本	衣	学生杂志	第12卷第9号
1925	与我自己的	诗歌	G. Deskin		芾甘	学生杂志	第12卷第10号
1925	影子	童话	安徒生	丹麦	佩斯	学生杂志	第12卷第10号
1925	沙鸠与狐狸	寓言	托尔斯泰	俄国	钟献铭	学生杂志	第12卷第10号
1925	曾祖父	童话	安徒生	丹麦	顾均正	学生杂志	第12卷第12号
1926	年的故事	童话	安徒生	丹麦	顾均正	学生杂志	第13卷第1号
1926	老夫子与富翁	寓言		希伯来	后觉	学生杂志	第13卷第1号
1926	圣母的戏法师	小说	法郎士	法国	陈洪	学生杂志	第13卷第3号
1926	老橡树的最后一梦	童话	安徒生	丹麦	顾均正	学生杂志	第13卷第4号
1926	大科学家的少年功绩	故事	乔治米特	美国	程小青	学生杂志	第13卷第4号
1926	园丁集选译	诗歌	太戈尔	印度	陈兆瑛	学生杂志	第13卷第4号
1926	沼泽王的女儿	童话	安徒生	丹麦	顾均正	学生杂志	第13卷第5、6、9、10号
1926	国王与走江湖的	寓言		德国	后觉	学生杂志	第13卷第11号
1926	美丽的山岭	诗歌		加塔洛尼	修人	学生杂志	第13卷第12号

续表附录二

时间	译作名称	体裁	原作者	国家/地区	译者	期刊名称	期卷号
1926	云雀	诗歌		捷克	C. H. 生	学生杂志	第13卷第12号
1926—1927	那苏爱廷老夫子	故事		土耳其	秬玕	学生杂志	第13卷第12号；第14卷第2号
1927	奇坛记	小说	霍桑	美国	顾均正	学生杂志	第14卷第1、2号
1927	乡人与其儿子	故事	Prof. Dr. Penndorf			学生杂志	第14卷第4号
1927	世界上最快乐的人	寓言			倍思	学生杂志	第14卷第4号
1927	女怪的头	童话	霍桑	美国	顾均正	学生杂志	第14卷第4、5号
1927	爱之高歌	诗歌			宪民	学生杂志	第14卷第4~6、8、10~12号
1927	仔马归矣	小说	吉田弦二郎	日本	黎列文	学生杂志	第14卷第6号
1927	邂逅	诗歌	Renkontigo		献民	学生杂志	第14卷第7号
1927	大克拉和小克拉	童话		丹麦	毕惢	学生杂志	第14卷第7号
1927	人生	散文			钟宪民	学生杂志	第14卷第10号
1927	奇异的伦常	故事			符恂武	学生杂志	第14卷第11号
1927	蔷薇	诗歌	屠格涅夫	俄国	献民	学生杂志	第14卷第12号
1917	金河王	童话		英国	孙祁寿	雅礼学生杂志	第1卷第1期
1922	英勇之少年	故事			刘麟生	英文杂志	第8卷第2期
1922	皇帝与少校	故事			刘麟生	英文杂志	第8卷第6期
1922	家庭中之笨伯	故事			刘麟生	英文杂志	第8卷第7期
1923	真义侠	故事			顾润卿	英文杂志	第9卷第2、3期
1923	商人之狡计	故事			顾润卿	英文杂志	第9卷第4期
1923	心不在焉的思想家	故事			顾润卿	英文杂志	第9卷第6期
1923	神经过敏之律师	故事			顾润卿	英文杂志	第9卷第7、8期
1923	快速审判	故事			顾润卿	英文杂志	第9卷第10期

续表附录二

时间	译作名称	体裁	原作者	国家/地区	译者	期刊名称	期卷号
1923	农夫与律师	故事			顾润卿	英文杂志	第9卷第12期
1927	珍象抗命记	童话	Rudyard Kipling	英国	苏兆龙	英文杂志	第13卷第5、6期
1927	斑马奇缘	故事			苏兆龙	英文杂志	第13卷第9期
1917	蝗与蚁	寓言			满炯然	英语周刊	第69期
1917	野鹅群中之鹤	寓言			李右曾	英语周刊	第71期
1917	一瓦塔	寓言			刘乃诚	英语周刊	第72期
1917	小鸟	寓言			刘乃诚	英语周刊	第72期
1917	产金卵之鹅	故事			S. L. Chang	英语周刊	第77期
1917	贪得之狮	寓言			鲁仓云	英语周刊	第81期
1917	记群豉被捕事	寓言			鲁仓云	英语周刊	第81期
1917	风与日	寓言			鲁仓云	英语周刊	第87期
1917	愚树	寓言			鲁仓云	英语周刊	第87期
1917	驴与蚱蜢	寓言			宗器	英语周刊	第91期
1917	鹰与鸢鸽	寓言			鲁仓云	英语周刊	第96期
1917	猴与月	寓言			鲁仓云	英语周刊	第96期
1917	鹿	寓言					
1917	金河之神	童话	J. Ruskin	英国	S. L. Chang	英语周刊	第97、98、101~103期
1917	三百勇士	故事			Cheng Chen-tsu, S. L. Chang	英语周刊	第110期
1917	丽莲之良心	故事			F. F. Sec, B. E. Lee	英语周刊	第118期
1918	智者达乌基尼士	故事			Cheng Chen-tsu, S. L. Chang	英语周刊	第119期
1918	狮与鼠	寓言			Cheng Chen-tsu, S. L. Chang	英语周刊	第120期

续表附录二

时间	译作名称	体裁	原作者	国家/地区	译者	期刊名称	期卷号
1918	字露斯及蜘蛛	故事			Cheng Chen-tsu, S. L. Chang	英语周刊	第121期
1918	虎与驴	寓言			Cheng Chen-tsu, S. L. Chang	英语周刊	第122期
1918	诚实童子	故事			Cheng Chen-tsu, S. L. Chang	英语周刊	第122期
1918	六钉	故事			Cheng Chen-tsu, S. L. Chang	英语周刊	第123、124期
1918	小君子	故事			F. F. Sec, B. E. Lee	英语周刊	第127期
1918	狐与鹳	寓言			D. Fouyay, S. L. Chang	英语周刊	第129期
1918	时运之寓言	寓言		英国	S. N. Yang	英语周刊	第130期
1918	狮与蚋	寓言			J. Y. Yen, S. L. Chang	英语周刊	第130期
1918	鸦与鸽	寓言			J. Y. Yen, S. L. Chang	英语周刊	第130期
1918	兔与龟	寓言			D. Fouyay, S. L. Chang	英语周刊	第131期
1918	狼与羔	寓言			J. Y. Yen, S. L. Chang	英语周刊	第132期
1918	多取一李	故事			F. F. Sec, B. E. Lee	英语周刊	第160期
1920	岂知不然	故事			T	英语周刊	第233期
1920	播种与收成	故事			顾润卿	英语周刊	第234~235期
1920	财之大用	故事			顾润卿	英语周刊	第239期

续表附录二

时间	译作名称	体裁	原作者	国家/地区	译者	期刊名称	期卷号
1920	常为一诚实之人	故事			顾润卿	英语周刊	第240~242期
1920	胆力之需要	寓言			顾润卿	英语周刊	第253、254、256、257期
1921	抑怒	故事			顾润卿	英语周刊	第276~279期
1921	兔与狮	寓言			顾润卿	英语周刊	第283、284期
1921	沙囊	童话			H. Y. Nieh	英语周刊	第285期
1921	约翰王与方丈	故事			徐泽	英语周刊	第292~294期
1921	朴锅匠之柳树	故事			苏兆龙	英语周刊	第292~295期
1921	驼与豕	寓言			顾润卿	英语周刊	第296、297期
1923	懒惰之童	童话			顾润卿	英语周刊	第298期
1923	三斧	寓言			顾润卿	英语周刊	第387期
1923	忠实之童	故事			Kwei Yu	英语周刊	第404期
1923	俄国寓言	寓言		俄国	Kwei Yu	英语周刊	第406期
1923	少年英雄	故事			Kwei Yu	英语周刊	第407期
1923	诚实之波斯人	故事			Kwei Yu	英语周刊	第411期
1923	受恩得救	故事			Kwei Yu	英语周刊	第418期
1923	宽宏之印度人	故事			Kwei Yu	英语周刊	第420期
1923	不自私的福郎席司	故事			Kwei Yu	英语周刊	第426期
1923	蚱蜢与蜜蜂	寓言			Kwei Yu	英语周刊	第427期
1923	诚实之擦靴匠	故事			Kwei Yu	英语周刊	第429期
1924	行为信实	寓言			Kwei Yu	英语周刊	第432期
1924	蛙王子	童话			Kwei Yu	英语周刊	第434期
1924	高尚的少年水手	故事			Kwei Yu	英语周刊	第435期
1924	愚鸟	寓言			Kwei Yu	英语周刊	第436期
1924	义勇的荷兰少年	故事			Kwei Yu	英语周刊	第439期

319

续表附录二

时间	译作名称	体裁	原作者	国家/地区	译者	期刊名称	期卷号
1924	巨谷	寓言	L. Tolstoy	俄国	陈方汉	英语周刊	第441~444期
1924	真慈善	故事			Kwei Yu	英语周刊	第450期
1924	母训之功效	故事			Kwei Yu	英语周刊	第457期
1924	约翰汉生之夜工	故事			Kwei Yu	英语周刊	第459期
1924	福神	故事			Kwei Yu	英语周刊	第471~474期
1924	某僧恶劣性气	故事			Kwei Yu	英语周刊	第475、476期
1924	汤末斯谟尔励爵与疯人	故事			Kwei Yu	英语周刊	第477期
1924	两大画家	故事			顾润卿	英语周刊	第482、483期
1925	十字路	故事	J. Arnason		Kwei Yu	英语周刊	第483期
1925	熊尾短小之原因	故事			Kwei Yu	英语周刊	第484期
1925	熊与睡者	寓言	格李鲁夫	俄国	顾润卿	英语周刊	第485期
1925	王子哈尔入狱	故事			顾润卿	英语周刊	第487、488期
1925	蕾吐娜与村夫	故事			Kwei Yu	英语周刊	第488、489期
1925	国王之报谢	故事			Kwei Yu	英语周刊	第490期
1925	路中之石	故事			顾润卿	英语周刊	第492、493期
1925	以篮盛水	故事			顾润卿	英语周刊	第494、495期
1925	城鼠与乡鼠	童话			Kwei Yu	英语周刊	第495、496期
1925	王之鹰	故事			顾润卿	英语周刊	第496~498期
1925	国王与鸿及鹰	故事			Kwei Yu	英语周刊	第497期
1925	波土顿童子	故事			Kwei Yu	英语周刊	第499期
1925	王与乡人	故事			顾润卿	英语周刊	第499期
1925	与鱼交谈	故事			顾润卿	英语周刊	第500期

续表附录二

时间	译作名称	体裁	原作者	国家/地区	译者	期刊名称	期卷号
1925	男仆与水妖	童话	J. Arnason		Kwei Yu, Su Chao Lung	英语周刊	第534期
1927	礼拜五圣母	故事			Kwei Yu	英语周刊	第601期
1927	鲍俾尔之子	故事			Kwei Yu	英语周刊	第602期
1918	生死交	故事			清风	友声日报	4月22、23日
1925	朝鲜传说	传说		朝鲜	开明	语丝	第28期
1925	明译伊索寓言：茶话之三	寓言	伊索	古希腊	子荣	语丝	第49期
1926	阿尔萨斯的"鸣儿歌"	诗歌			刘复	语丝	第89期
1927	木马歌	诗歌	P. Verlaine	法国	小惠	语丝	第121期
1927	祖父的歌	诗歌		法国	小惠	语丝	第135期
1917	乞太子求婚记	童话	孟代	法国	民国	余兴	第25期
1917	阿沙王	童话	安脑尔	英国	彭年	余兴	第26期
1917	玫瑰花妖	童话		丹麦	大拙山人、彭年	余兴	第26期
1917	雪皇后	童话	安脑尔氏	英国	大拙山人、彭年	余兴	第27期
1917	真与假	童话			彭年	余兴	第27期
1917	玻璃山	童话			南珊	余兴	第28期
1917	亚历山大画像	故事			彭年	余兴	第28期
1917	某王者慎刑	故事			彭年	余兴	第28期
1917	圣辇工	故事			彭年	余兴	第28期
1917	孝友之小孩	故事			彭年	余兴	第28期
1917	小黑端	故事			彭年	余兴	第28期
1917	生命圣诗	故事			彭年	余兴	第28期
1917	少年首领	故事			彭年	余兴	第28期

续表附录二

时间	译作名称	体裁	原作者	国家/地区	译者	期刊名称	期卷号
1917	烙饼之王	故事			彭年	余兴	第28期
1917	土耳其僧	故事			寄云	余兴	第28期
1917	华盛顿	故事			寄云	余兴	第28期
1917	荷兰翁	故事			听梧	余兴	第28期
1917	双玫瑰	童话			大拙山人、彭年	余兴	第29期
1917	妖魔首	童话			省痰	余兴	第29期
1917	弗雷特立克	故事			省痰	余兴	第29期
1917	罗伯布露斯	童话			彭年	余兴	第29期
1917	牧羊汉子	故事			彭年	余兴	第29期
1917	击钉童子	童话			彭年	余兴	第29期
1917	嗜金之王者	童话			彭年	余兴	第29期
1917	吹笛之异人	童话	格林	德国	王嗣顺	余兴	第5期
1921	格林的童话三篇	故事	托尔斯泰	俄国	郭大中、侯述先	真光	第20卷第2期
1923	三隐士	故事	显利		陈达廷	真光	第22卷第12期
1924	北极老人底礼物	寓言			帕巴氏口译、文仁笔述	真光	第23卷第2期
1924	百合花之恢复其快乐	故事	J. Balwin	美国	铁生	真光	第25卷第4/5/6期
1926	没有完的故事	故事	J. Balwin	美国	铁生	真光	第25卷第4/5/6期
1926	三个问题	童话			刘维汉	真光	第26卷第7/8/9期
1927	雪香的礼物	寓言			刘维汉	真光	第26卷第7/8/9期
1927	用铲与用锄	故事			刘维汉	真光	第26卷第10期
1927	安地和蚂蚁的故事	故事			刘维汉	真光	第26卷第10期
1927	少年女子的朋友问题						

续表附录二

时间	译作名称	体裁	原作者	国家/地区	译者	期刊名称	期卷号
1927	一只失去的表	小说			铁生	黄光	第26卷第11/12期
1924	一个猴子的故事	童话	H. Z. Mublen		济川	中国青年	第1卷第12期
1924	魔鬼的恶作剧	童话			济川	中国青年	第1卷第14期
1921	最后一课	小说	F. M. Dostoievski	俄国	顾雁宾	中华英文周报	第5卷第105～110期
1922	汤姆勃朗人学记	小说	阿尔芳朴社谭	法国	樊仲云	中华英文周报	第7卷第182～184期
1922	皇帝之新衣	童话		丹麦	樊仲云	中华英文周报	第8卷第188～189期
1923	三指环	童话				中华英文周报	第8卷第192期
1923	一个独立生活的童子	小说	D. C. Krull			中华英文周报	第8卷第198期
1924	诚实之印人	故事			K. C. Chou	中华英文周报	第10卷第255期
1924	知恩之狮子	故事			孙厚安	中华英文周报	第11卷第262期
1925	小星	诗歌			李承权	中华英文周报	第13卷第322期
1927	童子与羊	童话	A. Taylor		张国威	中华英文周报	第15卷第389期
1927	松树和豹	寓言			陈蕳祺	中华英文周报	第16卷第391期
1927	最后的一课	小说	A. Daudet	法国	吴志谦	中华英文周报	第16卷第395～396期
1927	蜘蛛与苍蝇	寓言	M. Howitt		邹朝潜	中华英文周报	第16卷第396～397期
1927	蜂鸟与蝴蝶	寓言			吴遁清	中华英文周报	第16卷第405期
1927	印度故事	寓言				中华英文周报	第16卷第408～411期
1927	三斧	童话			陈瑞宝	中华英文周报	第16卷第408期

后　记

　　落笔至此，终于长舒了一口气，我的国家社科基金后期资助项目也算画上了一个圆满的句号。

　　我对翻译儿童文学的兴趣始于童年时期，对翻译儿童文学的研究则始于博士阶段。自身的专业背景与生活经历决定了我与翻译儿童文学的不解之缘：首先，我学士和硕士阶段均求学于西南大学外国语学院，7年的专业学习和系统训练使我对翻译及其理论有了一定了解，初步奠定了后续研究基础。其次，我博士阶段求学于西南大学中国新诗研究所，就读于比较文学与世界文学专业，由于自身的英语背景，学术兴趣自然地聚焦于译介学。另外，我幼年虽喜爱儿童文学，但因为年龄不断增长而与其渐行渐远。在读博前几年，出于亲子阅读需求，儿童文学又逐步回到我的生活，进而与翻译儿童文学得以"再续前缘"。我与翻译儿童文学的缘分既体现在日常生活中，也存在于学术生涯里，在导师向天渊教授的支持下，最终以五四时期儿童文学译介作为我的主要研究对象。之后，我申请到广东外语外贸大学高级翻译学院从事博士后研究工作，我的合作导师穆雷教授支持我继续研究五四时期儿童文学翻译，并给我提出了许多宝贵意见，推荐了不少有价值的参考书目，推进了我对儿童文学翻译研究的认识与理解。

　　感谢我的博士生导师向天渊教授。读博期间，向老师无论是在学习还是生活上都给予了我极大的鼓励和帮助。学业上，向老师非常尊重我的学习兴趣与知识背景，总是鼓励我去多尝试与挖掘。向老师知识渊博、眼界开阔，对我博士学位论文的选题、撰写以及毕业后学术研究的推进均起着指引作用。生活上，向老师和师母都十分关心我的身体与心理健康，每次谈完学习总不忘问及近况，老师与师母的关心和爱护无疑使我的生活多了一抹暖色。感谢我的博士后合作导师穆雷教授。在博士后研究期间，我得到了穆老师的悉心指导，穆老师不仅时时关心我的写作进度，还对我遇到的各种困难给予最及时的帮助，可以说，如果没有穆老师的耐心指导、关心和帮助，我的研究不可能进展得如此顺利。

感谢我的硕士生导师胡显耀教授，是胡老师带领我步入了翻译研究之门。感谢熊辉老师、王本朝老师和蓝红军老师。三位老师学识渊博、平易近人，总是耐心解答我的各种问题，令我无论是在理论学习还是在论文撰写中都受益匪浅。还要感谢曾经给予过我帮助的宋炳辉教授、沈卫威教授、蒋登科教授、李永东教授、赵军峰教授、戴桂玉教授、王湘玲教授、张保红教授、贺显斌教授、曾利君教授、李应志教授和梁笑梅教授，感谢老师们极具学术价值的建议！

感谢马晶晶、杨扬、张蓉、梁伟玲、冯梅、蒋庆胜、周佳、于相风、王妮、曾妍、邱食存、杨新友、徐臻、杨晓河、王健、皮亚杰、谭颖君、王丽平、蔡燕聪、呼振楠等朋友、同学、同门的支持与鼓励，你们的相伴为我单调枯燥的学习生活增添了一抹亮色。感谢全国社科规划办对本书的资助，感谢四川大学出版社王冰老师为本书所付出的辛勤劳动。同时，还要感谢西南医科大学领导们对我求学的支持，感谢西南医科大学外国语学院对我学术研究的帮助。

最后，我要特别感谢我的家人们，他们给予了我最无私的关爱。求学期间，我对一双儿女的照顾多有疏忽，而先生的工作也十分繁忙，父母和公婆义无反顾地接过照顾小孩与料理家务的重担，使我能够没有后顾之忧地全身心投入学习与研究，看着他们日渐苍老的容颜我常心存愧疚，谢谢他们的理解与支持。感谢我的先生姚洪伟，在我读博和博后期间，他不但身兼母职，还多次充当"学术小助手"，在我论文的资料搜集、文字校对、文献整理等过程中发挥了巨大作用，极大地提高了我的工作效率。感谢父母和先生的付出与支持！感谢我家的两个小开心果，他们总能让我忘记烦恼与压力，每次回家总能电力满格，使我有了在学术道路上继续前行的信心与勇气。感谢你们的陪伴！

再次感谢老师、朋友和家人的关心与鼓励，我将心怀感恩，继续前行！

王　琳
2021年6月10日于医大北滨苑